W0346085

PROverbis | Roman

Mit freundlicher Unterstützung der Kulturabteilung Wien - MA 7 WIEN KULTUR

Impressum

Ernst Bieber: Am Hopfenpranger

© 2013 PROverbis e.U., Wien

1. Auflage 2013
1 2 3 4 5 17 16 15 14 13

ISBN 978-3-902838-06-3

Satz und Gestaltung: PROverbis e.U., Wien
Umschlag: PROverbis e.U., Wien unter Verwendung eines Fotos von Ernst Bieber

Druck: Alket, Wien
Gesetzt aus der Gatineau

Alle Rechte vorbehalten. Kein Teil des Werks darf in irgendeiner Form ohne schriftliche Genehmigung des Verlags reproduziert oder unter Verwendung elektronischer Systeme verarbeitet, vervielfältigt oder verbreitet werden.

Am Hopfenpranger

Ein Kriminalroman aus der Südsteiermark

von

Ernst Bieber

PROverbis | Roman

Für Renate und Renate

Inhalt

Zur Beachtung

In diesem Roman kommen tatsächlich existente (oder existent gewesene) Menschen vor. Sie sind alle am Schluss des Buches namentlich erfasst und, das möchte ich betonen, lauter ehrenhafte Persönlichkeiten (gewesen, ausgenommen der Briefbomber Franz Fuchs). Meistens treten sie im Text als Zeugen auf, wodurch dem geschilderten Geschehen Glaubwürdigkeit vermittelt werden soll. Immer mehr Autoren bedienen sich einer solchen „dokumentarischen Fiktion", um dem Leser das Gefühl zu geben, einen Tatsachenbericht vor sich zu haben. Alle Personen, die nicht im Namensverzeichnis, aber im Text aufscheinen, sind frei erfunden. Reine Fiktion ist auch die Krimi-Handlung. Die Schauplätze im Roman sind allerdings weitgehend authentisch. Jeder Leser könnte sich an Ort und Stelle davon überzeugen – mit dem Nutzen, eine paradiesische Landschaft kennengelernt zu haben. Das Wein- und Hopfenland im Süden der Steiermark ist jedenfalls einen Besuch wert. Stellenweise dokumentarisch, sprich: autobiografisch, sind auch einige Wesenszüge und Erlebnisse des Ich-Erzählers geraten.

E. B.

1. Die Totenglocke

Zunächst hielt ich die Gestalt, die in fast acht Meter Höhe zwischen mächtigen Hopfenmasten an einem Drahtgeflecht baumelte, für eine Puppe. Für so eine Art Menschenattrappe, wie sie Bauern gelegentlich zwischen Kulturpflanzen aufstellen, um naschhafte Vögel fernzuhalten. Aber wozu sollte hier eine Vogelscheuche dienen, wenn die Früchte noch nicht einmal reif waren? Selbst wenn sie reif gewesen wären, was freilich erst in zwei, drei Wochen der Fall gewesen wäre, würden sie den geschnäbelten Dieben nicht schmecken. Denn Hopfendolden sind so bitter, dass sich selbst das hungrigste Federvieh nach einer Kostprobe mit Grausen abwenden würde.

Mein Hund Bodo sah fragend zu mir auf und schien die gleichen Überlegungen zu wälzen: Was machte diese in einen sandgrauen Anzug gehüllte Kleiderpuppe da oben? Bodo hatte nämlich bemerkt, dass ich hinauf starrte, und spürte, dass mir die Existenz dieser glatzköpfigen Gestalt nicht geheuer war. Plötzlich hatte ich nämlich den Eindruck, das Gesicht zwinkere mir zu. Ich sah noch einmal hin und merkte, dass dies nur ein trügerischer Schimmer- und Schatteneffekt gewesen war, den die Vormittagssonne im von einer Brise geschaukelten Blättergestrüpp auf die Augenpartie gespiegelt hatte, und ich sah, dass es sich keineswegs um eine Puppe handelte.

Es war ein Mensch. Diese Erkenntnis jagte mir einen Schrecken ein, mir wurde heiß und kalt, als ich noch einmal hinschaute.

Optische Täuschungen sind manchmal Selbsttäuschungen und beruhen auf einem Wunschdenken. Eine Fata Morgana, die in der Wüste eine labende Wasserstelle vorgaukelt, hat der Wahrnehmende herbeigesehnt. Doch ich hatte hier an einem friedlichen Sonntagmorgen während eines beschaulichen Spaziergangs mit meinem Golden Retriever alles andere als eine Leiche über mir erwartet. Irgendwie kam mir das Gesicht des Mannes mit den buschigen Augenbrauen bekannt vor. Dabei, muss man wissen, ist mein Visagengedächtnis wirklich nicht sehr ausgeprägt. Wobei der Begriff Visagengedächtnis viel zu eng gegriffen ist. Denn auch sonst zeigt mein Hirn Mangelerscheinungen, wenn ich zum Beispiel aus der Erinnerung heraus einen Menschen beschreiben soll. Habe ich auf der Straße einen Bekannten getroffen und mit ihm ein paar belanglose Worte gewechselt, muss ich hinterher passen, wenn mich jemand fragt, wie die Person bekleidet war.

Seit einiger Zeit habe ich mir angewöhnt, bei Menschen, mit denen ich zu tun habe oder hatte, nach Ähnlichkeiten mit bekannten Leuten zu suchen. Eine Assoziation mit einer Berühmtheit, so hoffte ich, würde meinem schwachen Personengedächtnis auf die Sprünge helfen. Meinen Hausarzt, den ich, Gott sei 's gedankt, nur ganz selten konsultieren muss, habe ich mit Didi Hallervorden verglichen. Das äußere Erscheinungsbild des Arztes ist zumindest im verschmitzten Gesichtsausdruck, mit dem grauen Haar und der knolligen Nase dem bekannten deutschen Humoristen und Schauspieler ähnlich. Wobei die höchst persönliche Assoziation mit Hallervorden durch die Lebensweisheit bestärkt wird, dass Lachen gesund hält.

Jedenfalls hat mich das Manko meines Erinnerungsvermögens oft schon zur unerfreulichen Einsicht bewogen, dass ich als Zeuge in einem Kriminalfall eine schlechte Figur abgeben würde. Und jetzt stand ich offensichtlich vor einem Selbstmörder. Aber um so hoch hinauf zu gelangen, musste der Lebensmüde doch eine Leiter verwendet haben. Ich trat näher, um einen Blick in die hintere Hopfenreihe zu richten. Dabei verfing sich Bodos Leine an einem der kinderfingerdicken Stahlseile, mit denen die Halterungspfähle gesichert waren. Mühsam entwirrte ich das Lederknäuel, jetzt hing die Gestalt fast direkt über uns, ich sah, dass sie braune Halbschuhe trug und vorsichtshalber trat ich zur Seite. So weit ich sehen konnte, eine Leiter war nirgends zwischen den Hopfenreihen angelehnt oder umgefallen.

Aber wenn dieser Lebensmüde, dessen Gesicht mir bekannt schien, keine Steighilfe benutzt hatte, wie war er in diese schwindelnde Höhe gelangt? War er an einem der schräg stehenden Kastanienholzpfosten hochgeklettert, von denen die Mastenallee seitlich gestützt wurde? Für so eine Turnübung schien mir der Mann da oben nicht wendig genug und körperlich kaum fähig. Ich schätzte ihn um einiges älter ein als mich, und ich war zu diesem Zeitpunkt bereits drei Jahre in Pension.

Keine Leiter, keine Klettermöglichkeit bis hinauf zu dem Drahtgeflecht – langsam dämmerte mir noch Unheimlicheres. Stand ich hier vor einem Mordopfer? Ich hatte in meiner Laufbahn als Reporter schon etliche Tatorte und Opferfundorte erlebt, aber so eine skurrile Szenerie war mir noch nie untergekommen. Das Ganze schien mir umso bizarrer, als es sich inmitten einer scheinbar friedvollen und sanftmütigen Gegend zutrug.

Wie zur Bestätigung dieser Gegensätzlichkeiten trug nun der Wind das mehrstimmige Sonntagsgeläut der mächtigen Leutschacher Pfarrkirche herüber. Es war neun Uhr fünfundvierzig, und der Pfarrer ließ das Läutwerk zur Sonntagsmesse nicht zur vollen Stunde ertönen, wenn der Gottesdienst begann, sondern eine Viertelstunde vorher, damit die Leute rechtzeitig an ihre Sonntagspflicht erinnert wurden. Eine der fünf Glocken, die nun die sonntäglich-ländliche Stille mit ihrem Klang idyllisch verbrämte, war die Hopfenglocke, im Volksmund auch Totenglocke genannt. Früher wurde sie immer geläutet, wenn einer der Hopfenbauern gestorben war. Inzwischen darf sich auch jeder andere, der sich vom Irdischen verabschiedet, von dem sonoren Klang in eine andere Welt begleiten lassen.

Am Abend zuvor hatten die Glocken zum Pfarrfest auf dem Platz vor der Kirche eingeladen, und bis spät in die Nacht wurde fleißig musiziert, getanzt, gelacht und gezecht. Ich meide solche Massenaufläufe und unterhalte mich lieber in kleinerem Freundeskreis bei einem Glas steirischen Wein. Dennoch nahmen wir teil an dem Spektakel, bis zur mitternächtlichen Stunde wehte nämlich der Wind die lärmende Fröhlichkeit der Besucher und die Klänge einer Tanzkapelle und der örtlichen Blasmusik bis zu unserer Hube herüber, obwohl diese durch einen Hügel vom Ortskern getrennt ist. Von der Kirche führt ein schmaler, von jungen Bäumen gesäumter Schotterweg, genannt Rosegger-Steig, Richtung Freibad, und Bodo erkundet dort gerne die Spuren seiner Artgenossen. Auch heute wählte ich, bevor ich die Hopfenplantage erreichte, diese Gassi-Route, und selbst hier waren die Reste nächtlicher Vergnügungen von Festbesuchern in Form von weggeworfenen gebrauchten Schutzgummis zu sehen. Beiderseits dieses Weges hatte man vor Jahren Bänke sowie Info-Tafeln über Friedensnobelpreisträger aufgestellt und den Steig als „Friedensweg" deklariert. Kein Wunder, dass die Ortsjugend hier mit Vorliebe der freizügigen Friedensparole der Hippiegeneration huldigt: *Make love not war.* Gerüchteweise soll diesem Motto bei einer von der Pfarre organisierten Lustbarkeiten sogar einmal in einem Beichtstuhl der Kirche gefrönt worden sein.

Mein Golden Retriever begann unruhig an der Leine zu zerren, und ich trat zurück auf die schmale Fahrbahn, die entlang des Hopfenfeldes zu einer verfallenen Mühle und nach ein paar Windungen zurück in den Ort führt. In dem Moment näherte sich eine Radfahrerin. Es war Irmi, eine ortsbekannte ältere Person, die mit ihrem roten Rad einmal da, einmal dort und dann wieder ganz anderswo anzutreffen war. Sie schien immer unterwegs zu sein, keiner wusste aber, wohin sie tatsächlich radelte, außer, wenn sie die Richtung zu einem Waldhang bei Maltschach einschlug, wo ihr Freund in einem Wohnmobil hauste. So eine Zeugin brauchte ich in dieser Situation nun wirklich nicht. Weiß Gott, was sie beim Anblick des Toten für ein Theater begonnen und was für Mordthesen sie sich zusammengereimt und anschließend im Ort verbreitet hätte.

„Maj, is dejs a liabs Hundal", rief sie aus, vom Fahrrad steigend. Bodo schnupperte mit dem Schwanz wedelnd an ihrer Hose und ihrem grellgelben Regenumhang, der jenen Signalwesten glich, die Autofahrer mitführen müssen. Weit und breit war keine Regenfront in Sicht, aber Irmi war immer für alle Regenfälle gewappnet. Ich zog Bodo energisch zurück.

„Wia hoaßt er denn?"

„Bodo, wie der Graf vom Schloss", sagte ich.

„Aha, is er a odeliga Hundal?"

„So was Ähnliches", bestätigte ich in der Hoffnung, dass sie sich bald trollen würde. Andererseits war es mir nicht unangenehm, dass sie den Blick wie fasziniert nicht von Bodo und somit nicht nach oben wandte.

Sie fragte noch, ob sie ihn streicheln dürfe, ich nickte, und Bodo hob genießerisch den Kopf, für Streicheleinheiten war er immer zu haben, egal, von wem sie verabreicht wurden. „Maj, bist du schejn!", schwärmte sie noch etliche Male. Was ist, fiel mir ein, wenn mich diese Person hinterher, sobald die Geschichte im Ort publik wurde, als Verdächtigen anschwärzte? Immerhin hatte sie mich am Fundort des Toten angetroffen und bemerkt, dass ich hier verweilt hatte.

Doch dann verabschiedete sie sich endlich, stieg umständlich auf ihr Fahrzeug und entfernte sich schwankend mit einem abermaligen Gruß: „Nou an schejnan Toug!"

Ich atmete durch, griff zum Handy und tippte die Nummer von Kommissar Max Ricchius. Ihn kannte ich seit zwei Jahren, wir waren fast befreundet, jedenfalls hatten wir auch privat Kontakt. Er würde mir sagen können, was zu tun sei. Schon vor einem Jahr hatte ich ihn, damals nach einem mysteriösen Skelettfund, zu Rate gezogen. Vielleicht würde er wie damals wieder persönlich herkommen, immerhin war er in der Bezirksstadt Leibnitz tätig und für Kapitalverbrechen, die im lokalen Rahmen blieben, zuständig. Überregionale Fälle fielen freilich in die Kompetenz der Mordkommission beim Landeskriminalamt Graz, und diese Herrschaften dort entschieden auch, was als überregional einzustufen sei.

Die Kirchenglocken waren verstummt, meistens sind sie drei Minuten zu hören, doch diesmal schien mir das Geläut noch länger gedauert zu haben. Im Handy summte der Anrufton, schon fürchtete ich, in einer Mailbox zu landen, und ich kann solche Wortnachrichten ebenso wenig ausstehen wie SMS-Botschaften, die ich von vornherein ignoriere und die sich in meinem Handy stets ungelesen wie auf einer Sprechmüllhalde anhäufen. Dann hob er endlich ab, der Herr Kommissar.

„Opodeldok, wo bist du, Max?", sagte ich statt zu grüßen. Opodeldok war unser Codewort für den Fall, dass es was Heikles oder Unangenehmes zu besprechen gab. Ich hatte Max Ricchius einmal empfohlen, sein schmerzendes Knie mit dem uralten Rheumamittel Opodeldok, auf das schon der brave Soldat Schwejk geschworen hatte, einzureiben. Max trieb tatsächlich irgendwo so eine Tinktur auf, die vermutlich schon Paracelsus gemixt hatte, behandelte damit sein ramponiertes Knie, wickelte es in Tücher und ging zu Bett. Der penetrante Geruch des Beinverbandes war jedoch so eindringlich und unerträglich, dass seine Frau das Weite suchte und Ricchius gleich darauf ein heißes Bad nahm, um, mit einer Bürste bewaffnet, das Wundermittel wegzuschrubben. Als er sich danach abtrocknete, so erzählte er mir, war der Schmerz wunderbarerweise verflogen. Seither beginnen wir beide anrüchige Angelegenheiten mit dem Grußwort „Opodeldok" einzuleiten.

„Wo stinkt es?", fragte er zurück.

„Ich stehe unter einem Mordopfer."

Er lachte: „Hoffentlich nicht unter Mordverdacht."

„Ich hab den Toten nur gefunden."

„Baumelt er am Baum?"

„Etwas höher, an einer Hopfenstange."

„Opodeldok, ich rühr kein Bier mehr an, nur noch Wein."

Ich schilderte ihm, was zu sehen war, und fügte hinzu: „Das Gesicht des Kerls kommt mir bekannt vor."

„Einer deiner Winzerfreunde aus der Känguru-Gesellschaft, die mit leeren Beuteln große Sprünge machen und größenwahnsinnig ausbauen oder expandieren. Der hat vermutlich Pleite gemacht und sich aufgeknüpft."

„Ohne Leiter?"

„Es gibt auch unter Bauern Affen."

„Nein, Max. Das schaut mir echt grob aus. Komm her."

Es stellte sich heraus, dass er mit Mimi, seiner Angetrauten, einen behaglichen Sonntag im Thermalbad Radkersburg verbringen wollte. „Wenn ich deinen Wunsch an Mimi weiterleite, haben wir noch einen Mord.“

„Ich lade euch beide hinterher zum Harkamp ein, das verspreche ich ihr.“ Das Lokal in Flamberg mit dem atemberaubenden Panoramablick auf den Sausal zählt zu unseren Lieblingsadressen.

Ricchius räusperte sich. „Also, gut. Du rufst jetzt die Polizeiinspektion Leutschach an. Die Kollegen sollen deinen Hopfen-Toten bewachen und nichts anrühren. Ich kümmere mich um eine Tatortgruppe und einen Gerichtsmediziner. In einer Stunde bin ich dort, Opodeldok.“

Ich rief meine Frau an und bereitete sie darauf vor, dass ich mich auf dem Heimweg etwas verspäten würde. Sie wollte den Grund dafür erfahren, vermutete, dass ich in der kleinen gemütlichen Brauerei Leutschach einkehren wollte, was ich ab und zu nach dem Sonntagsspaziergang tat, um ein Glas von dem frisch gebrauten Wein- oder Kürbisbier zu kosten, doch ich verneinte und sagte, daheim würde ich ihr alles berichten, und zu berichten gäbe es viel. Folgsam wählte ich dann die Nummer des Postens in Leutschach. Ich kannte dort drei Beamte namentlich, den Kommandant Reinhard Bierbauer, ferner Edi Tschernko, der in den Siebzigerjahren mehrfacher steirischer Meister und Staatsmeister im Skilanglauf war, und Herrn Wanko, mehr nicht. Wobei Tschernko, ein hochrangiger Personalvertreter der Polizei, meistens in Graz Dienst versah und nur selten in Leutschach anzutreffen war.

Der Polizist, der abhob, überraschte mich mit dem Ausruf: „Ah, Sie sind es!“ Das klang nicht sehr erfreut, in den paar Worten schwang sogar Ablehnung, vielleicht sogar Missbilligung mit. Er hatte mich offenbar nicht in angenehmer Erinnerung behalten, und als er mir seinen Namen sagte, es war Herr Wanko, wusste ich warum. Vor zwei Jahren hatte ich über einen tragischen Unfall in der Ortschaft Glanz berichtet. Ein beliebter Kutschenfahrer war bei einem Dorffest von seinem Pferdegespann niedergetrampelt und so schwer verwundet worden, dass er seither gelähmt und ein Pflegefall war. Weil eine damalige Zeugin der Frau des Opfers Monate später anvertraut hatte, sie habe gesehen, wer den Unfall verschuldet habe, nahm ich mich des Falles an. Ein offenbar angeheiterter Mann soll eine glühende Zigarette am Hinterteil eines der beiden Pferde ausgedämpft haben, worauf das sonst ruhige Tier panikartig losgaloppierte. In der Folge wurde der vor dem Gespann stehende Kutscher von der Wagendeichsel am Kopf getroffen und vom Gespann niedergetrampelt.

Seinerzeit hatten alle von der Polizei Leutschach befragten Dorffestbesucher ausgesagt, einen möglichen Grund für die Panik der Pferde weder gesehen oder sonstwie bemerkt zu haben. Gerüchteweise wurde kolportiert, ein umstürzender Tisch habe die Tiere erschreckt. Als ich in einer Lokalzeitung über den Fall berichtete, schaltete sich die Staatsanwaltschaft ein und beauftragte die Polizei mit neuen Erhebungen. Ein Leutschacher Beamter musste den Akt aufrollen und achtzehn damalige Zeugen neu vernehmen, Herr Wanko war wochenlang mit den nachträglichen Ermittlungen befasst und für andere Agenden blockiert. Allerdings wollte auch diesmal keiner etwas gesehen haben, und die Kronzeugin schwächte ihre anfangs getätigte Aussage ab. Die Polizei, vor allem Inspektor Wanko, hatte also die ganze Arbeit vergeblich gemacht.

Ich schilderte dem Beamten den Sachverhalt im Hopfenfeld, und seine ungnädige Laune wurde deutlicher hörbar: „Ein Toter auf der Hopfenstange? Sie irren sich, das ist vielleicht eine Vogelscheuche."

„Das hab ich zuerst auch gedacht, Herr Inspektor. Aber es ist eine Leiche."

Schließlich sagte er das Kommen einer Streife zu: „Wir schauen vorbei."

Das Polizeiauto mit den blauroten Signalstreifen näherte sich gemächlich und ohne Blaulicht. Dem Wagen entstiegen eine junge Uniformierte und Inspektor Wanko, beide betont lässig, um nicht zu sagen unwillig, so als gelte es, von einem polizeibekannten Querulanten eine unbedeutende Anzeige aufzunehmen. Doch Sekunden später, als Wanko die Gestalt hoch oben baumeln sah, hatte er es plötzlich eilig, schwang sich zurück auf den Fahrersitz und sprudelte aufgeregt einen Wortschwall ins Funkmikrofon. Seine Begleiterin, eine junge, wie ich später erfuhr, sehr tüchtige Beamtin und übrigens Tochter eines guten Bekannten aus Eichberg, der ich, als sie noch ein Kind war, auf Wanderungen durch schattige Hopfenplantagen spannende Märchen erzählt hatte, starrte sekundenlang gebannt auf den Toten, um dann auf mich zuzusteuern: „Ich muss Ihre Personaldaten aufnehmen."

Ich wollte sie nicht an ihre Kindheitstage erinnern, als sie mit ihrem Cousin Christoph und ihrer Cousine Evelyn meinen Erzählungen von einer abenteuerlustigen Kirchenmaus gelauscht hatte, und gab bereitwillig Auskunft. Sie notierte alles gewissenhaft in einen kleinen Notizblock, erkannte mich aber offenbar noch immer nicht, sondern fragte in einem fast herrischen Beamtenton, ob ich den Mann da oben kenne.

Meine Antwort genügte ihr ganz und gar nicht, sie bohrte weiter: „Wo haben Sie ihn gesehen?“

„Ich weiß es nicht mehr.“

Bodo witterte, dass mit einer baldigen Fortsetzung des Spaziergangs nicht zu rechnen war, und ließ sich seufzend auf den brüchigen Asphaltboden plumpsen. Nun hatte auch Inspektor Wanko sein Funkgespräch beendet und trat näher.

„Er kennt ihn, aber er weiß nicht, wer er ist“, erklärte ihm die Kollegin mein Paradoxon.

„Vielleicht hat der Tote einen Ausweis bei sich“, sagte Wanko. „Jedenfalls müssen wir warten, bis die Kommission da ist.“

Ich erinnerte ihn daran, dass Kommissar Ricchius bereits die Tatortgruppe alarmiert hatte und bald selber eintreffen werde.

„Wir müssen bis dahin den Tatort großflächig absperren“, ermahnte Wanko die Kollegin.

Sie deutete auf ein Wegkreuz, das in einiger Entfernung am Fahrbahnrand steht: „Ist da schon einmal ein Verbrechen passiert?“, fragte sie.

„Nein“, beruhigte sie Wanko. „Das war ein vierzehnjähriges Mädchen, übrigens eine Verwandte von einem unserer Kollegen. Das Kind ist damals, so steht es in unserer Chronik, auf dem Heimweg plötzlich zusammengebrochen. Herztod. Das Tragische war, dass ein alter Mann das Mädchen auf dem Boden liegen gesehen hat, aber ohne Hilfe zu leisten weitergegangen ist, weil er gemeint hat, das Dirndl sei betrunken. Der Vater des Mädchens war ein Kunstmaler, er hat später das Gedenkkreuz aufgestellt.“

„Wäre sie zu retten gewesen?“, fragte die Beamtin.

„Das weiß niemand“, sagte Wanko achselzuckend. „Aber einen Versuch wäre es auf jeden Fall wert gewesen. Den da oben, denk ich“, er schaute auf den Toten, der sich nun nach einem sanften Windstoß leicht drehte, „den kann jedenfalls keiner mehr retten.“

Bodo erhob sich plötzlich, schüttelte sein Fell und signalisierte mir mit einem Blick, dass er nun endlich weitergehen wollte.

„Brauchen Sie mich hier?“, fragte ich. „Ich bring meinen Hund nach Hause und komm dann zurück“, schlug ich vor.

„Ich hab seine Personalien", sagte die Beamtin, als Wanko kurz überlegte, ob er mich ziehen lassen dürfe. „Er wohnt in Leutschach."

Kaum hatte der Polizist eingewilligt, kam mit quietschenden Reifen und nervös rotierendem Blaulicht ein zweites Streifenauto herangebraust. Ich wartete, bis auch aus diesem Wagen zwei Beamte ausgestiegen waren. Wanko zeigte ihnen den Mann auf der Hopfenstange und fragte die Kollegen, ob jemand ihn erkenne. Beide schüttelten die Köpfe, einer der Neuankömmlinge wagte voreilig eine Theorie: „Das ist ein Suizid. Kein Mörder macht sich die Mühe, ein Opfer in eine solche Höhe zu hieven. Und womit sollte er das tun?"

„Unser Zeuge hat nach einer Leiter gesucht und keine gefunden. Wie soll ein Lebensmüder da hinauf gelangen?", gab Wanko zu bedenken.

„Vielleicht hat ein Bauer die Leiter weggetragen, ohne hinaufzuschauen."

Ich entfernte mich Richtung Mittermühle, einem halb verfallenden baulichen Juwel mit einem uralten Arkadengang, da strampelte mir sichtlich erregt und hastig die signalgelb leuchtende Irmi entgegen. Sie war offenbar dem Blaulichteinsatz gefolgt. Knapp vor mir bremste sie sich ein: „Wous isn passiert? Hot dejs Hundal wejn bissn?"

Diesmal konnte ich ihr die Existenz des Toten nicht verheimlichen: „Da oben hängt ein Mann."

„Wou?" Zuerst war 's eine Frage, dann, beim Anblick des Aufgehängten, ein Ausruf: „Wou!"

Jetzt kam die junge Polizistin auf uns zu: „Das ist jetzt polizeiliches Sperrgebiet, Irmi", ermahnte sie die Frau. „Du darfst da nicht vorbei."

Irmi wunderte sich: „Zuerscht is dou kana g'hängt."

„Was meinst du mit zuerst?"

Irmi schilderte nun, dass sie erst einige Minuten zuvor hier vorbeigefahren war und keinen Toten gesehen habe. „Ouba da Moun mit dem Hundal is schou dou g'wejsn."

Die Bemerkung erweckte den kriminalistischen Spürsinn der Polizistin. „Das ist aber merkwürdig, Herr – ." Sie hatte sich an mich gewandt, aber meinen Namen vergessen. „Wie ist das zu verstehen: Dass vor einigen Minuten noch kein Toter da gewesen ist?"

Ich versuchte die Beamtin aufzuklären: „Der Mann war freilich schon da. Nur Irmi hat ihn nicht bemerkt."

„Ouba Sej houbm mir nix von dejm dou obn g'sogt", warf Irmi ein.

Ich hatte es ja geahnt, dass mir dieses Frauenzimmer noch Schwierigkeiten bereiten würde. „Ich wollte Irmi nicht beunruhigen", erklärte ich. „Wer weiß, wie sie reagiert hätte." Nach einer Pause fügte ich hinzu: „Sie werden sehen, in ein paar Minuten haben wir den halben Ort hier versammelt."

Diese Argumentation schien der Polizistin einleuchtend und bedrohlich zugleich, sie trug Irmi auf, umzukehren und keinem Menschen etwas von dem Leichenfund zu erzählen. Irmi murmelte Unverständliches, warf noch ein paar neugierige Blicke auf den Erhängten und kehrte dann mit ihrem Rad um. Nach einigen Metern erhöhte sie ihr Tempo, offenbar hatte sie es trotz der polizeilichen Ermahnung eilig, das Erlebte jemandem zu berichten.

Auch ich schilderte Edith daheim meine Entdeckung und die mysteriösen Umstände des Falles. Edith trocknete ein Riedelglas fertig ab, dann hatte sie schon eine Erklärung für das Krimi-Rätsel parat: „Das war die Hopfenmafia."

Nun neigt meine Frau hin und wieder zu Übertreibungen und abstrusen Theorien, wenn es um Verbrechen geht. Vor etlichen Jahren, als das Land von einer Briefbombenserie schockiert wurde und in Oberwart vier Roma ermordet wurden und als danach der Briefbomber Franz Fuchs in Gralla, nur einige Kilometer von unserem jetzigen Domizil entfernt, verhaftet wurde, verdächtigte Edith einen guten Bekannten von uns der Komplizenschaft mit Fuchs. Der Briefbomber hatte in seinen Bekennerschreiben eine ganze Terrorgruppe vorgetäuscht, doch ich schwor von Anfang an auf die Einzeltäter-Theorie, was übrigens Österreichs damaliger Sicherheitschef Michael Sika bezeugen kann. Aber Edith ließ sich weder durch meine Argumente noch durch die eindeutigen Erkenntnisse beim Prozess gegen Fuchs überzeugen, dass der Kerl aus Gralla mutterseelenallein agiert hatte. Nein, sie hielt einen älteren Mann, übrigens eine geachtete Persönlichkeit in der Südsteiermark, für den Komplizen von Fuchs, unter anderem deshalb, weil der Herr nationalem Gedankengut nachhing und weil ich einmal in seiner Gegenwart das Gespräch auf Franz Fuchs gelenkt und unser Gegenüber darauf mit Schweigen reagiert hatte. Edith hielt es für ein vielsagendes Schweigen.

„Hopfenmafia?", fragte ich ungläubig. „Von so einer kriminellen Organisation hab ich noch nie gehört."

„Das sagt noch lange nichts", beharrte Edith. „Wer sonst kommt auf die Idee, ein Opfer auf einen Hopfenpranger zu hängen?"

„Mit dem Hopfenanbau kannst du doch nie Reichtümer verdienen. Da hat keine Mafia Interesse daran", wandte ich ein.

„In der ehemaligen Untersteiermark war der Hopfen ein Garant für Wohlstand", belehrte mich Edith. Sie war, muss man wissen, hopfenmäßig familiär vorbelastet. Ihr erster Schwiegervater Franz Urch betrieb in Cilli, dem heutigen Celje, außer einem Kaufhaus eine Hopfenplantage und galt als begüterter Landadeliger. Als er, da seine Muttersprache Deutsch war, 1945 nach Österreich fliehen musste und sich bei Verwandten in Leutschach niederließ, überzeugte er ein paar südsteirische Landwirte von den finanziellen Vorteilen, die ein Hopfenanbau bringen konnte. Zwar gab es hier schon im 19. Jahrhundert Hopfenkulturen, doch mit der Zeit geriet diese Anbautradition in Vergessenheit, und erst ab 1951 erlebte die flott wuchernde Schlingpflanze in und um Leutschach eine neue Blüte, vor allem dank Baron Peter Reininghaus, der die Auspflanzung finanziell förderte. Noch heute liefern die vierzehn Hopfenbauern aus Leutschach und Umgebung ihre Jahresernte, immerhin zwischen 120 und 165 Tonnen Dolden, nach Graz, wo später daraus das Gösser- und das Puntigamer-Bier sowie das begehrte Reininghaus Jahrgangspils gebraut wird. Ein winziger Teil der Ernte bleibt in Leutschach, wo sich in einem stimmungsvollen und Jahrhunderte alten Gewölbe eine von mir bereits erwähnte kleine Brauerei angesiedelt hat. Schon vor etlichen Jahren hatten die Hopfenbauern überlegt, im bisherigen Weinmekka Leutschach auch eine eigene Bierproduktion zu etablieren. Aber erst als nach der Schließung eines Supermarktes ein geeignetes Gebäude frei wurde, nahm der Plan konkrete Formen an. Und als Peter Musger, Obmann des örtlichen Hopfenbau-Vereins, aus einem Zeitungsinserat erfuhr, dass ein engagiertes Brauteam aus der Obersteiermark ein passendes Betätigungsfeld suche, reifte das Projekt bis zur Realisierung. Inzwischen komponiert das Team naturbelassene Biere aus dem besten steirischen Hopfen und aus steirischem Malz. Der erste Braumeister im Ort stellte sich stets mit einem launigen Sprüchlein vor: „Gestatten, mein Name ist ‚Kleines Bier', auf gut Österreichisch: Seidl." Johann Seidl kreierte anfangs drei köstliche Bier-Variationen: ein untergäriges naturtrübes Weizenbier mit feinen Bananen-Aromen, ein vollmundiges, mildes „Rossnatur"-Bier und ein mit Ginseng angereichertes Gebräu. Sein Nachfolger erweiterte die Bierpalette um ein exklusives Weinbier, das mit einem Morillon vom Weingut Erwin Sabathi verfeinert wird, ferner um ein Kürbisbier, das nur im Herbst nach der Kürbisernte gebraut wird, und um ein Stark- oder Bockbier um die Weihnachtszeit.

Die aromabetonten Hopfensorten, die auf fast neunzig Hektar im Süden der Steiermark gedeihen und auch dem Leutschacher Bier Pikanz und Charakter geben, heißen übrigens Cicero, Celje, Aurora und Golding.

„Vielleicht müssen die Bauern Schutzgeld zahlen, damit ihre Kulturen unversehrt bleiben", präzisierte Edith ihre Mafia-Theorie zum Krimi-Rätsel. „In Italien soll das gang und gäbe sein."

„Unser Land wird zwar immer mit der Toskana verglichen, aber zur dortigen Kriminalität gibt es keine Parallelen", widersprach ich.

Der von Edith erwähnte Hopfenpranger gab jedoch auch mir zu denken, während ich zurück zum Tatort beziehungsweise Fundort fuhr. Mir fiel ein, dass das An-den-Pranger-Stellen in diesem Landstrich beinahe volkstümliche Tradition war. Ich entsann mich eines Brauches, der hier in der Nacht zum Pfingstsonntag praktiziert wird: Vor Häusern, in denen ledige, aber heiratsfähige Mädchen wohnen, werden so genannte Pfingstlotter aufgehängt. Diese Puppen aus Stoff und Stroh baumeln vom Dach oder von einem Baum und signalisieren, meistens zum Leidwesen der Betroffenen, dass es höchste Zeit für eine Paarung wäre. Außerdem sind früher am Faschingsdienstag vermummte Gestalten mit einem bunt geschmückten Baumstamm von Haus zu Haus gezogen. Vor jenen Adressen, wo ein unverheiratetes reiferes Mädchen lebte, wurde Halt gemacht und ein Stück Holz abgesägt, das der ledigen Schönen ausgehändigt wurde. Auch dieses Brauchtum war eine nicht gerade charmante, sondern eher bloßstellende Inszenierung.

Im Fall des Hopfenprangers hatte der Mörder offenbar ebenfalls ein Interesse, den Toten dreist zur Schau zu stellen. Normalerweise sind Täter bestrebt, ihre Opfer den Blicken der Umwelt zu entziehen, vor allem um die Entdeckung der Untat zu verhindern oder zumindest zu verzögern.

Als ich meinen Wagen vor der schon erwähnten Mittermühle abstellte, standen im Hof schon etliche andere Privatautos, und ein Stück weiter hatte sich eine Gruppe Männer und Frauen versammelt, auch eine junge Frau mit einem Kinderwagen war dabei. Ein Polizist hielt die Gruppe in Schach, sonst wären einige Neugierige die Strecke bis zum Toten weitermarschiert. Der Uniformierte wollte auch mich nicht passieren lassen, obwohl ich ihn daran erinnerte, dass ich es gewesen war, der die Polizei verständigt hatte. „Bis die Kommission ihre Arbeit beendet hat, kommt mir da keiner durch", entschied er. Ich geduldete mich und lauschte den Bemerkungen der Zaungäste. Wie ich einigen Gesprächsfetzen entnehmen konnte, dachten die meisten an einen Selbstmord, rätselten aber über die Identität des Mannes. „Dejs is kana voun dou", meinte ein älterer Mann, nachdem ihm ein anderer den Feldstecher geliehen hatte. Ich kannte den Alten, er war schon über achtzig, aber jeden Tag noch rüstig auf einem Elektrofahrrad unterwegs. Einmal traf man ihn beim Kren-Müller August Muster, mit dem er einst zur Schule gegangen war, dann wieder in einem Lokal beim Einkaufsmarkt Repolusk. Jetzt lümmelte er sich auf die nach oben gebogene Lenkstange seines Rades und verfolgte gespannt das Geschehen am Rand des Hopfenfeldes. Die Frau mit dem Kleinkind wandte sich gleichsam Hilfe suchend an mich: „Ich geh jeden Sonntagvormittag hier spazieren und wollte jetzt nach Hause, aber ich darf nicht vorbei."

Auch die Feuerwehr war bereits zugegen, sie blockierte mit zwei Einsatzfahrzeugen den Weg. Ich entdeckte Ehrenhauptmann Raimund Resch, der fleißig fotografierte, vermutlich für einen Artikel auf der Website der örtlichen Löschmannschaft. Er war als Webmaster der Freiwilligen Feuerwehr Leutschach in Wien für die vorbildliche Homepage mit fünf Helmen ausgezeichnet worden und nahm seine Tätigkeit als Berichterstatter sehr ernst. Diesen außergewöhnlichen Menschen durften wir seit Jahren zu unseren Freunden zählen. Und er wird uns im Verlauf dieser Erzählung noch mehrmals begegnen, obwohl er einige Monate nach den hier geschilderten Ereignissen erst 65-jährig einem Krebsleiden erlegen ist. Neben dem Feuerwehrteam bemerkte ich auch einige Tatortspezialisten der Polizei, die sich, einige mit ihren weißen Overalls, andere mit orangegrellen Umhängen und der Aufschrift „Tatort", schon optisch von den anderen Anwesenden abhoben und aus einem grünen Kastenwagen allerlei Gerätschaften und silbrige Koffer holten, um mit der Spurensicherung zu beginnen. Ich wartete neben den Zuschauern hinter der Polizeisperre, vielleicht, so hoffte ich, würde mich Inspektor Wanko, wenn er mich sah, zu den Ermittlern holen. Ich hatte meine kleine Kamera, die ich immer im Wagen mitführe, eingesteckt und wollte, schon an einen Bericht für die Zeitung denkend, die Szenerie aus der Nähe einfangen. Immerhin war ich es gewesen, der Alarm geschlagen hatte, und außerdem war ich der bisher Einzige, dem der Tote irgendwie bekannt schien. Mein Freund Max Ricchius war offenbar noch nicht eingetroffen, er hätte mich als Zeugen, da war ich mir sicher, sofort zu sich geholt.

Allmählich kam Bewegung in die Szene. Von einem der beiden Feuerwehrautos wurde eine Art Hebebühne ausgefahren, auf der schmalen Plattform ließ sich ein Mann in Weiß hochhieven. Der Polizist hatte eine Kapuze über das Haar gezogen, trug einen blütenweißen Mundschutz und hatte durchsichtige Latexhandschuhe über die Hände gestülpt. Der Hebekorb wurde bis in die Höhe des Toten manövriert, dann gab der Polizist ein Zeichen innezuhalten. Mit einer Digitalkamera fotografierte er penibel das Gesicht des Toten, den Knoten, mit dem der Unbekannte auf dem Mast befestigt war, die Kleidung des Opfers sowie den gesamten Bereich um die Leiche. Mir war klar, warum der Beamte zunächst das Opfer und dessen unmittelbare Umgebung fotografierte: Demnächst musste der Gerichtsmediziner erscheinen, und bis dahin sollte das Spurenbild rund um den Toten festgehalten werden.

„Schau, ob er einen Ausweis dabei hat“, hörte ich Wanko vorschlagen.

Der Mann in Weiß verneinte kopfschüttelnd und ließ sich mit dem Korb zurück auf den Boden gleiten. Einige seiner Kollegen, alle in Plastiküberschuhen, suchten unterdessen den Boden ab und sicherten vermutlich, das sah ich nicht, das konnte ich aus der Entfernung nur annehmen, irgendwelche Fuß- und Fahrzeugspuren. Auch in diesem Punkt war übrigens meine Anwesenheit unerlässlich, fiel mir ein, denn ich war möglicherweise der einzige Mensch gewesen, der nach dem Mörder oder nach den Mördern den Fundort auf der Suche nach einer Leiter betreten hatte. Zu Vergleichszwecken mussten die Tatortleute auch meine Schuhspuren abnehmen.

Mir kam eine Idee, wie ich ohne Herrn Wanko oder Freund Ricchius durch die Sperre gelangen konnte. Zurück im Auto, bat ich meine Frau am Handy um die Telefonnummer des Obmanns der Hopfengesellschaft. Dann rief ich Peter Musger an und erkundigte mich, wem das Hopfenfeld unweit der Mittermühle gehöre. Da ich schon einmal mit Herrn Musger wegen einer Reportage über den örtlichen Hopfenverband Kontakt gehabt hatte, fragte er nicht weiter nach dem Grund meines Interesses, nannte mir den Namen des Bauern, Karl Harrer, und schilderte mir, wo dieser Mann wohnte. Wenn ich mit dem Eigentümer des Hopfenfeldes auftauchte, so meine Überlegung, würden mir die Polizisten den Zutritt zum Fundort nicht verwehren können und früher oder später mussten sie sich den Bauer sowieso vorknöpfen.

2. Charly wird wütend

Das Gehöft des Eigentümers lag einige hundert Meter vom Fundort entfernt. Neben dem stockhohen Wohnhaus, dessen Fenster überbordend und bunt mit Blumen geschmückt waren, streckte sich ein langes Wirtschaftsgebäude. Vor dem Haus breitete sich ein gepflegter Rasen aus, vereinzelt unterbrochen von Ziersträuchern und einigen kurz geschnittenen Obstbäumen. An die Scheune reihte sich, offenbar neu gezimmert, ein hölzerner Stall, davor war ein weitläufiges, zum Teil mit Klee bewachsenes Areal eingezäunt, in dem mehrere Hühner am Boden scharrten. Ein Hahn krähte kurz und heiser, sonst schien hier alles sonntäglich still.

Ein kleiner Hund kam mir schwanzwedelnd entgegen. Ich kannte ihn, er lief mir, während ich sonntags mit Bodo meine Runden zog, in der Nähe des Freibades manchmal über den Weg, ließ sich, auf rührende Art liebesbedürftig, streicheln und freute sich auf die Leckerlis, die ich ihm und zwei anderen Hunden zuschob, die uns ebenfalls freundlich begrüßten. Auch jetzt bekam er einen kleinen Leckerbissen, dankend schmiegte er den Kopf an meine Seite, um dann wieder heimzutrotten.

Ich klingelte an einer Tür, aber es rührte sich nichts. „Herr Harrer!“, rief ich, aber es blieb still. Ich läutete noch einmal und wartete etwa eine halbe Minute, dann drückte ich die Türklinke und trat vorsichtig ein. Es roch nach Schweinsbraten und Sauerkraut, aber ich kam nicht dazu, mich an dem köstlichen Duft zu delektieren, denn draußen wurde scharf ein Wagen gebremst. Als ich aus dem Haus trat, kam mir mit wütender Miene ein schnurrbärtiger Mann entgegen. Er war etwa fünfzig, trug einen Trachtenrock und trotz der angenehmen Temperaturen einen Hut.

„Was soll das?!“, schnaubte er. „Was haben Sie da verloren?!“

„Tschuldigung“, sagte ich. „Ich hab ein paar Mal geläutet, aber keiner hat mich gehört. Deshalb hab ich mich im Haus bemerkbar machen wollen.“ Erst jetzt nahm ich wahr, dass der Mann in Begleitung einer etwa vierzigjährigen attraktiven brünetten Frau war. Meine Assoziationsautomatik flüsterte mir ein, die Dame habe eine entfernte Ähnlichkeit mit dem berühmten Model und Filmstar Cindy Crawford. Sogar der Schönheitsfleck an der linken Wange stimmte mit dem Original überein. Die Frau war ebenfalls aus dem Wagen, einem flotten grauen Touareg, gestiegen und mit einem aparten blauweißen

Trachtenkostüm bekleidet. Ich hatte weder den Mann noch die Frau vorher im Ort gesehen und musste daher annehmen, dass auch ich den beiden unbekannt war.

Der Wütende hatte mich erreicht und war nahe daran, tätlich zu werden. Knapp vor mir hielt er inne.

„Die Haustür war offen“, sagte ich.

„Offen oder zu – Sie können nicht in ein fremdes Haus einbrechen. In letzter Zeit treibt sich hier immer mehr freches Diebsgesindel herum. Anja“, er wandte sich zur nachkommenden Frau um, und auch in diesen Worten schwang Ärger mit, „hast du vergessen abzusperren?“

„Die Oma ist ohnehin im Haus, sie kocht das Mittagessen“, sagte die Frau entschuldigend.

„Die hört ja nichts“, tadelte sie der Mann. „Notier zur Sicherheit die Autonummer dieses Kerls.“

„Ist nicht nötig, Herr Harrer“, sagte ich. „Sie können meinen Ausweis sehen, außerdem wohne ich im selben Ort.“

„Und was wollen Sie hier?“ Nur allmählich schien er sich zu beruhigen.

„Ich bin gekommen, um Sie zu informieren. In Ihrem Hopfenfeld ist ein Toter gefunden worden. Die Polizei ist schon dort.“

Anja reagierte als erste auf diese Mitteilung: „Heiliger Strohsack! Ein Unfall?“

„Nein, ein Erhängter.“

„Ein Selbstmörder!“, rief die Frau entsetzt.

„Wer ist es?“, fragte Harrer, nachdem ich mit der Antwort gezögert hatte, absichtlich natürlich, denn dass es sich höchstwahrscheinlich um ein Mordopfer handelte, wollte ich den beiden noch nicht auf die Nase binden. Wer weiß, dachte ich, ob am Ende dieser aggressive und gewaltbereite Typ nicht etwas mit dem Verbrechen zu tun hatte? In diesem Fall war es besser, nicht zu viel auszuplaudern.

„Bisher hat ihn niemand identifizieren können“, sagte ich. „Es ist ein Mann um die siebzig, glatzköpfig und ordentlich bekleidet.“

Anja dachte angestrengt nach: „Ein Mann um die siebzig? Wer könnte das sein?“

„Wenn Sie mitkommen, Herr Harrer“, versuchte ich ihn zu ködern, „könnten Sie ihn sehen. In ein paar Minuten wird er weggebracht.“

„Gehen wir hin, Charly“, schlug die Frau vor.

Karl Harrer schüttelte energisch den Kopf: „Ich möchte damit nichts zu tun haben.“ Er nahm den Hut ab und betrat, Unverständliches vor sich hin brummend, das Haus.

„Ich schau ihn mir an“, rief ihm Anja nach und wandte sich an mich.

Wir marschierten los, und unterwegs erzählte sie, dass sie beide aus der Sonntagsmesse gekommen waren. „Sie müssen seine Vorsicht verstehen“, sagte sie. „Bei uns ist erst vergangene Woche versucht worden, in die Garage einzubrechen. Die Alarmanlage hat die Diebe verscheucht. Und gestern Abend haben wir auf dem Pfarrfest erfahren, dass im Ort neben der Trafik ein Zigarettenautomat aufgebrochen wurde. Drüben in Glanz haben sie vor einigen Wochen einen neuen Traktor gestohlen. In ein paar Minuten waren sie damit über der Grenze. Charly ist daher sehr empfindlich, wenn Fremde in unser Haus eindringen.“

„Verständlich“, nickte ich. Die ganze Zeit beschäftigte mich die Vorstellung, Herr Harrer könnte der Täter sein, doch der Verstand sagte mir: Selbst wenn er diesen unbekannten älteren Mann – zum Beispiel im Affekt – umgebracht hätte, aus welchem Grund sollte er das Opfer dann in seinem eigenen Hopfenfeld aufgeknüpft haben?

„Sie wohnen hier etwas abgeschieden. Dieser Umstand lockt vermutlich Diebe an“, sagte ich.

„Die Lage hat auch Vorteile“, entgegnete sie. „Es ist herrlich ruhig hier. Wir haben auch zwei Fremdenzimmer, die wir aber nur im Herbst vermieten, wenn rundherum die Sturm- und Kastaniensaison beginnt. Die Gäste genießen dann umso mehr diese Muße abseits vom Wirbel entlang der Weinstraße.“

„Haben Sie auch Weingärten?“, fragte ich, nur um ihre Gesprächigkeit in Schwung zu halten.

„Nein, aber die Gäste können bei uns Weine von den Weingütern Elsnegg, Rothschädl und Strablegg kaufen. Mein Freund ist ein Fan dieser Winzer. Er kennt die meisten seit seiner Jugendzeit.“

„Charly hat einen guten Geschmack, was den Wein und was Frauen betrifft“, lobte ich, um dem Kompliment gleich eine schüchterne Frage anzufügen: „Sie sind nicht verheiratet?“

„Noch nicht“, antwortete sie mit einem vielsagenden Lächeln. Sie war kurz stehen geblieben, um mir die Situation zu erklären, und da spürte ich einen Hauch von ihrem teuren Parfum. „Charlys Frau ist vor zwei Jahren gestorben, sein Sohn ist erwachsen und arbeitet als Monteur im Ausland. Und Charlys Mutter ist dreiundachtzig. Da ist es ganz günstig, dass ich auch im Haushalt mitarbeite.“

„Sie haben aber auch eine andere Berufsausbildung“, stellte ich, aus ihrer Ausdrucksweise und ihrem Benehmen schließend, fest.

„Ich bin gelernte Heilmasseuse", bejahte sie geschmeichelt. „Aber diesen Beruf übe ich derzeit nicht aus. Vielleicht richtet Charly mir später einen Behandlungsraum im Haus ein. Dann könnte ich was dazuverdienen. Mit der Landwirtschaft allein kann man keine weiten Sprünge machen. Beim Hopfen ist man vom Wetter abhängig. Heuer hatten wir nach einem Hagelsturm große Schäden. Am einträglichsten ist noch die Hühnerzucht."

„Hühnerzucht?", fragte ich verwundert.

„Ja, mein Mann züchtet echte Sulmtaler. Es gibt nur ganz wenige Betriebe, die sich in der Südsteiermark auf diese Hühner spezialisiert haben."

„Ich weiß", stimmte ich zu. Tatsächlich hatte ich im Vorjahr eine Reportage über dieses Hendl-Phänomen veröffentlicht. Das Sulmtaler Huhn war seit dem 17. Jahrhundert eine begehrte Delikatesse an allen Kaiser- und Fürstenhöfen Europas. Die Beliebtheit bei gekrönten Häuptern trug der steirischen Naturrasse den Beinamen „Kaiserhuhn" ein. Es ist nicht nur der feine Geschmack, der den Geflügelbraten zum Erlebnis werden lässt, sondern auch der Nährwert des Fleisches. Jahrzehnte waren die Sulmtaler in Vergessenheit geraten und letztlich sogar vom Aussterben bedroht. Durch Einkreuzungen mit anderen Hühnern verschwand die urtümliche Rasse fast zur Gänze. Erst auf Initiative des Sulmtaler Wirtes Anton Koschak wurde mit der mühevollen und langwierigen Neuzüchtung begonnen. Zum Glück besaß die Geflügel-Fakultät der Universität Marburg in Slowenien noch ein Original-Elternpaar dieser Poularden. In Kooperation mit Marburg und den Geflügelforschern der Universität Laibach konnte wieder eine genetisch einwandfreie Sulmtaler Mutterschar in der Steiermark herangezogen werden. Marburg und Laibach sind auch heute noch die wissenschaftlichen Stützpunkte in der medizinischen Betreuung der Sulmtaler Hühner.

Unter Feinschmeckern am beliebtesten ist übrigens der Sulmtaler Kapaun, also der kastrierte Gockel. Vor Monaten wollten es die Gourmetspezialisten ganz genau wissen, welche Hühnerrasse die beste der Welt ist. Titelverteidiger war der weltberühmte französische Bresse-Kapaun, als Herausforderer wurde ein Kapaun aus dem Sulmtal nominiert. Zwölf Juroren sollten die Geschmacksparameter der „verdeckt" servierten Geflügelbraten bewerten. Der kulinarische Wettstreit war gewissermaßen das Finale in der Champions-League des Federviehs, und zum einstimmigen Sieger am Teller und Gaumen wurde das

Sulmtaler Edelhuhn gekürt. Es übertraf seinen Gegner mit einzigartigen Fleischaromen, mit Saftigkeit und Zartheit, und darüber hatte nicht nur ich ausführlich berichtet. Kein Wunder, dass sich der Ruhm des edlen Geflügels auch international rasch verbreitete. So ließ schon Albert II. Grimaldi den einen oder anderen steirischen Kapaun für die fürstliche Tafel nach Monaco einfliegen, und auch Gastronomen aus Dubai bestellten eine Lieferung von vierhundert Sulmtaler Hühnern. Auch der berühmte Red-Bull-Boss Dietrich Mateschitz sorgte für die weltweite Verbreitung des steirischen Federviehs. Er ließ mit einem Privatjet mehr als sechzig Edelhühner auf seine zwölf Quadratkilometer große Fidschi-Insel Laucala fliegen, wo er einen Zuchtbetrieb einrichtete. Superreiche, die sich einen Urlaub im exklusiven Sieben-Sterne-Resort „Laucala Island" leisten können, werden mit dem feinen Hühnerbraten aus dem Sulmtal und mit leckeren Frühstückseiern verwöhnt. Anfangs vermutete ich, dass Mario Fagitsch, ein aus Leutschach stammender Mitarbeiter von Mateschitz, diesen kuriosen Export von Red-Bull-Hühnern eingefädelt habe. Doch Anton Koschak, Wirt der „Keltentaverne" in Heimschuh, klärte mich auf: Als andere Firmenangehörige von Red-Bull in seinem Lokal feierten und Pläne für den 66. Geburtstag ihres abwesenden Chefs wälzten, wurde die Idee geboren, dem Milliardär sechsundsechzig Sulmtaler Hühnereier aus der Koschak'schen Hendlfarm zu schenken. Mateschitz bedankte sich hinterher bei Koschak für das ungewöhnliche Präsent und ließ das Gelege ausbrüten. Nachdem mehr als sechzig Sulmtaler Junghühner geschlüpft waren, wurden sie in die Südsee geflogen.

„Bei uns werden die Hühner mit biologischem Mais gefüttert", schilderte Anja mit hörbarem Stolz. „Im Freigehege bekommen sie als Zusatznahrung Klee und gesunde Kräuter. Das schlägt sich in der Fleischqualität nieder. Das Fleisch enthält ungesättigte Fettsäuren, die den Cholesterinspiegel senken, wichtige B-Vitamine und Mineralstoffe sowie Spurenelemente."

„Sie sind ja ein perfekter Botschafter fürs steirische Backhenderl", staunte ich.

„Ja, die Hühnerzucht interessiert mich besonders."

„Wie viele Hühner haben Sie?"

„Rund zwanzig, manchmal mehr, manchmal weniger. Für je zehn Hühner ist ein Hahn zuständig. Das schafft er gerade noch", sagte sie schmunzelnd. „Leider", ihre Miene verdüsterte sich, „hat gestern ein Autofahrer einen unserer beiden Hähne und eine Henne totgefahren."

„Das Geflügel ist doch in einem Gehege", wunderte ich mich.

„Irgendwie ist das Hendl über den Zaun gelangt, der Hahn ist ihm nachgeflogen, und dann hat sich vor dem Haus das Drama abgespielt. Ich hab 's Gott sei Dank nicht gesehen, aber Charly war draußen und hat den Lenker zur Rede gestellt. Immerhin ist so ein Zuchthahn unserer Meinung nach etliche hundert Euro wert, und der Gesamtschaden ist durch den Zuchtausfall noch größer."

„Der Autofahrer wird hoffentlich versichert sein", warf ich ein.

„Mein Freund hat das Geld sofort gefordert, weil der Wagen ein ausländisches Kennzeichen hatte. Aber der Fahrer hat sich geweigert zu zahlen. Er meinte, die Hühner hätten auf dem Weg nichts verloren gehabt. Charly ist echt wütend geworden."

„Kann ich mir denken", sagte ich.

Wir näherten uns dem Fundort des Toten, und schon von Weitem sah ich, dass Bewegung in die Szene gekommen war. In der Zwischenzeit war ein Wagen der Bestattungsfirma aus dem benachbarten Maltschach eingetroffen, und auch mein Freund Max Ricchius amtierte bereits. Er hatte zwei Beamte in Zivil und einen Gerichtsarzt mitgebracht, und dieser war offenbar mit einer ersten Begutachtung der Leiche fertig, denn sie hing nicht mehr am Hopfenmast, sondern lag in einem Zinnsarg.

Ein Tatortbeamter maß mit einem Digitalthermometer die Temperatur am Fundort der Leiche, ein anderer nahm dem Opfer offenbar provisorisch die Fingerabdrücke mit Folien ab und stülpte dann Papiersäcke über die Hände des Toten, ein dritter musterte eingehend das Seil, das der Tote um den Hals geschlungen hatte, ein vierter Mann im weißen Astronautenlook holte mit einem Klebestreifen mögliche Haut- oder sonstige Körperspuren vom Strick, unter anderem offenbar ein Haar, denn er steckte den winzigen Fund mithilfe einer Pinzette in ein Papiersäckchen. Normalerweise werden Spurenträger in Folien verwahrt und beschriftet, nur bei Haaren greift man zu Papier, denn in Kunststoffsäckchen würden sie, so hat mir Ricchius einmal verraten, „einen unnatürlichen Drall" bekommen. Andere Spurensucher tasteten Zentimeter für Zentimeter den Boden ab und fotografierten die Radprofile des Feuerwehrfahrzeuges.

Wir hatten den Fundort diesmal von der anderen Seite erreicht, aber auch dort wachte ein Uniformierter darüber, dass kein Unbefugter näher kam. Ich erklärte ihm, dass nun die Eigentümerin des Hopfenfeldes für Fragen zur Verfügung stünde, und bat ihn, dies dem

Kommissar Ricchius zu melden. Der Polizist kam meinem Ersuchen tatsächlich nach und kehrte in Begleitung von Max zu uns zurück.

„Opodeldok“, empfing mich der Kommissar. „Das schaut wirklich echt besch-eiden aus.“

„Das ist Frau Anja, die Lebensgefährtin des Hopfenbauern“, sagte ich, die Frau vorschiebend.

Ricchius betrachtete die sonntäglich bekleidete, vom Kirchgang zurückgekehrte Frau prüfend, dann fragte er: „Sind Sie bereit, den Toten eventuell zu agnoszieren?“

„Ja, natürlich ja“, stimmte Anja mutig zu.

Er bat sie mitzukommen, und ich schloss mich den beiden an. Ricchius deutete den Bestattungsträgern, die den silbrigen Sarg mit einem rot-weiß-roten Querstreifen gerade in ihr Auto schieben wollten, zu warten. Dann öffnete er den Deckel.

„Schau ihn dir noch einmal genau an“, forderte mich der Kommissar auf. „Vielleicht erinnerst du dich jetzt, woher du den Mann kennst.“

Anja und ich standen vor dem Toten, er war schlank, fast hager, und nicht groß, vielleicht 170 Zentimeter. Sein Gesicht schien mir nun, aus der Nähe betrachtet, aufgedunsen, und als ich genauer hinsah, bemerkte ich, dass eine Wangenhälfte bläulich verfärbt war, wie verschwollen. Die Augen waren geschlossen und die Arme wie zur Beerdigung auf der Brust gekreuzt, das hatten bestimmt die Bestatter in pietätvoller Routine so zurechtgerückt. Schon mehrmals hatte ich in meiner Laufbahn als Reporter Mordopfer und Unfalltote gesehen und jedes Mal hatte ich beim Anblick der seelenlosen Körper an eine traurige Ballonhülle denken müssen, aus welcher der einst tragende Inhalt sich irgendwohin verflüchtigt hat. Diesmal berührte mich der Anblick anders, tiefer, vermutlich, weil ich mir einbildete, den Mann zu kennen. Ich fühlte eine unerklärliche Nahbeziehung zu diesem Menschen, er war kein anonymes Opfer, über dessen Schicksal man nach ein paar in den Computer gehämmerte Zeilen wieder zur Tagesordnung übergeht. Mir erging es wie jedem, der das Opfer einer Tragödie persönlich gekannt hat. Dieser Mensch war mir, obwohl genau genommen unbekannt, irgendwie vertraut. Ich musste daran denken, was er in den geschätzten sieben Jahrzehnten, die er auf dieser Welt gewesen war, alles erlebt hatte, welches Glück und welches Leid ihm zuteil geworden waren, und welches böse Schicksal ihn schließlich hier in einer eher friedvollen Gegend einem Mörder in die Hände getrieben und auf einem Hopfenmast, nein, auf einem Hopfenpranger, hatte enden lassen. Hatte dieser Mann selbst ein Verbrechen verübt, das jemand mit einem Todesurteil bestrafte, oder war er Opfer eines Irren geworden, der ihn misshandelt und schließlich gekillt hatte?

Anja schlug beim Anblick des Toten die Hände vors Gesicht.

„Sie erkennen ihn?“, fragte Ricchius.

„Nein, nein“, stotterte Anja. „Aber ich hab noch nie einen Selbstmörder gesehen.“

„Sie denken, es ist ein Selbstmörder?“, wunderte sich der Kommissar.

„Was sonst?“, fragte Anja betroffen zurück und wandte sich an mich: „Sie haben doch gesagt, dass er sich erhängt hat.“

„Er war aufgehängt“, korrigierte ich.

Anja wurde leise: „Ist das ein Mord?“

Ricchius zuckte die Achseln: „Die Obduktion wird es zeigen.“

Die Männer der Bestattungsfirma hatten links und rechts von uns auf das Ende unserer Leichenbeschau gewartet und schlossen nun den Sargdeckel mit einer Selbstverständlichkeit, als würden sie eine geöffnete Schachtel zuklappen. Ich erschauderte: Der metallische Ton des Einrastens ließ mir die Unwiderruflichkeit des Todes bewusst werden, und zur Verdeutlichung dieser Empfindung schoben die Bestatter die Totentruhe in ihren grau lackierten Wagen und schlugen die Hecktür kräftig zu. Der Kommissar notierte Namen, Anschrift und Telefon der Frau und ihres Lebensgefährten und kündigte für demnächst einen Besuch durch Kollegen an.

Während Anja nachdenklich zum Hof ihres Freundes zurückkehrte, erinnerte ich Ricchius, dass einige Fußspuren am Fundort auch von mir stammen könnten, weil ich dort nach einer Leiter gesucht hatte. Ein Tatortbeamter sicherte daraufhin meine Schuhabdrücke und meinte schnippisch: „Endlich eine heiße Spur, Chef.“

„Ich hab ihn schon lange im Visier“, pflichtete Ricchius ihm bei und entfernte sich dann zu den zwei Kriminalbeamten, einem Mann und einer Frau, die mit dem Gerichtsarzt sprachen. Ich hörte, welche Ermittlungsaufträge er erteilte, und wunderte mich, mit welcher Umsicht er vorging und woran er in der Eile alles dachte. So wies er seine Kollegen an, ein Foto von der ursprünglichen Fundort-Situation dem Fallanalytiker zu mailen, ferner empfahl er, mit dem Obmann des Hopfenbau-Vereins Kontakt aufzunehmen und eine Liste aller Hopfenbauern aus den Gemeinden Schlossberg, Leutschach, Glanz und Eichberg zu erstellen. Er gab den Kollegen den Tipp, auch im Internet nachzuforschen, und zwar bei den EU-Förderungen für Hopfenanbau.

Außerdem sollten die Beamten erkunden, welche Landwirte auf Traktoren oder sonstigen Nutzfahrzeugen hydraulische oder mechanische Hebebühnen montiert hatten. Mit einem Foto des Opfers sollten die Kollegen die Höfe im Umkreis des Fundortes abklappern und die Leute befragen. Dabei könnten sie bei Landwirten auch gleich einen Blick in Garagen oder Scheunen werfen und nach Hebefahrzeugen Ausschau halten, schlug er vor. In der Bezirkshauptmannschaft Leibnitz sollten sie morgen, Montag, eruieren, wer in den vier genannten Orten im Besitz von Waffenpässen oder Waffenbesitzkarten war. Auch eine Liste der örtlichen Jäger wäre ratsam. Und morgen, hoffte er, würden dann die genauen Fingerabdrücke des Toten vorliegen, die müssten umgehend an Interpol und Europol geschickt werden.

Den Chef der Tatortgruppe bat er, von den Hopfenpflanzen in unmittelbarer Nähe des Toten Proben zu nehmen, diese in einem Plastiksack zu verwahren und so bald wie möglich tiefzukühlen. „Teilweise stehen die Pflanzen noch in Blüte", begründete er seine Anweisung, „und das Pollenprofil eines Verdächtigen kann uns später verraten, ob er am Fundort gewesen ist." Im Anwesen des Karl Harrer sollten Reifenspuren von einem möglicherweise vorhandenen Fahrzeug mit Arbeitsbühne genommen werden. Außerdem sollten zwei Dutzend Fotos vom Gesicht des Toten ausgedruckt werden, allerdings müsste man vorher die Misshandlungsspuren am Computer retuschieren. Die Bilder sollten der lokalen Polizeiinspektion übergeben werden. Inspektor Wanko wurde ersucht, die Fotos auf allen möglichen Anschlagtafeln, sei es in den Schaukästen der Gemeinden und der Kirche, sei es auf den schwarzen Brettern in den beiden Supermärkten des Ortes, zu affichieren, und zwar mit der Frage, wer diesen Mann erkennen könne. Auch die Gastwirte und Hoteliers in den Rebenland-Gemeinden sollten mit Fotos des Opfers persönlich aufgesucht werden. Es könnte ja sein, argumentierte Ricchius, dass der Mann ein Urlauber, vielleicht sogar ein Gast aus dem Ausland, war. In diesem Zusammenhang sollten die örtlichen Polizisten auf fremde Pkw achten. Schließlich verlangte er von Wanko, eine kurze Pressemeldung an das Landespolizeikommando nach Graz zu senden, und zwar an Generalmajor Wolfgang Lackner. Dessen Stabsabteilung werde die Benachrichtigung der Austria Presse Agentur veranlassen.

Nachdem Ricchius rundum seine Weisungen verteilt hatte, hörte ich ihn den Gerichtsarzt fragen: „Doktor, wann darf ich mit einem Ergebnis rechnen?"

„Ich fahre mit der Bestattung nach Graz zurück“, antwortete der Mediziner. „Der Tote kommt in die Pathologie, und wir beginnen sofort mit der Autopsie. Am Abend kann ich Ihnen mehr sagen. Ich rufe Sie dann verlässlich an.“

Als der Totentransport losfuhr, kam Ricchius wieder auf mich zu: „Du wartest ohnehin noch mit einem Artikel in der Zeitung, oder?“

„Der Harkamp wird sich heute nicht mehr ausgehen?“, wich ich aus.

„Heute nicht, aber ich nehme dich beim Wort und Mimi sowieso. Sie wird von dir eine Flasche Chablis einfordern. Du weißt, das ist ihr Lieblingswein.“

„Meinetwegen darf 's auch Champagner sein“, sagte ich großspurig. „Damit stoßen wir dann auf die Klärung dieses Kriminalrätsels an.“

„So bald, fürchte ich, wird das nicht der Fall sein“, seufzte Ricchius.

„Deinen Befehlen von vorhin nach zu schließen, hatte der Tote keinen Ausweis bei sich“, kombinierte ich.

„Nicht einmal einen Cent hat er in den Taschen“, verriet Max. „Dabei war er nicht nur korrekt, sondern fast elegant gekleidet.“

„Mein Bekanntenkreis ist halt elitär, aber knapp bei Kasse“, versuchte ich zu scherzen.

„Streng dein Hirn an“, befahl er mir. „Solange wir nicht wissen, wer das Opfer ist, kommen wir nicht weiter.“

„Aus der Weinbranche, wie du vermutet hast, ist er nicht“, wagte ich eine Eingrenzung. „Diese Leute hab ich alle optisch vor mir. Aber vielleicht kenne ich ihn aus der Gastronomie.“

„Ein Ende mit Messer und Gabel war 's aber sicher nicht“, wandte Ricchius ein.

„Ist er erschossen worden?“ Mir erschien der Gedanke, dass sich ein Lebender von seinem Mörder auf einer Hebebühne hochhieven und dann aufknüpfen lässt, widersinnig. Das Opfer, so war ich überzeugt, musste vor dem Erhängen zumindest betäubt oder getötet worden sein.

„Der Arzt will sich erst festlegen, wenn er den Toten entkleidet hat. Das wollte er nicht hier vor den Leuten machen. Aber die Misshandlungsspuren im Gesicht hast du ja selber gesehen.“

„Vielleicht ist es ein Beziehungsdrama, ein Eifersuchtsmord“, sagte ich.

„Eine Affekthandlung könnte es gewesen sein“, räumte Ricchius ein. „Ein Meuchelmörder richtet das Opfer nicht so zu.“

„Hat der Arzt den Tatzeitpunkt eingeengt?“

„Nicht genau. Er will erst die Totenstarre und die Totenflecken untersuchen. Aber einige Stunden dürfte der Mann schon von da oben auf die Erde herunter geschaut haben."

„Edith hatte einen passenden Ausdruck für diesen luftigen Fundort: Hopfenpranger", sagte ich.

„Stimmt. Der oder die Täter hat oder haben das Opfer absichtlich zur Schau gestellt", meinte auch Ricchius. „Das war ein ganz beträchtlicher Aufwand, um die Leiche in diese Position zu bringen. Wenn wir den Grund dafür kennen, haben wir vermutlich auch den oder die Täter."

3. „Zur Gendarmerie“

Natürlich ließ ich mich nicht abhalten, der Redaktion noch am selben Nachmittag einen Bericht zu mailen. Ich sandte den Kollegen auch ein Foto, das ich mit meiner kleinen Canon vom Fundort gemacht hatte, ohne Leiche, aber mit den Mondmännern bei der Spurensuche. Anfangs raunzte der zuständige Redakteur und klagte, dass kein Platz für einen größeren Bericht sei, weil ein Reporter wieder eine ganze Seite mit Attacken gegen polizeiliche Willkür, ein Lieblingsthema von ihm, vollgeschrieben habe. Doch schließlich brachte ich doch noch einen Sechzigzeiler unter. Das ist, gemessen an der Länge des Artikels, ein journalistisches Mittelmaß. Für das Foto hatte Kollege Reinhard allerdings keine Verwendung, schade, wir hätten das Bild exklusiv gehabt. Ich verschwieg in dem Bericht, wer den Mord entdeckt hatte, aber andere Zeitungen, von der Polizei informiert, erwähnten, ohne meinen Namen zu nennen, einen Hundehalter, der beim Gassi-Gehen den Mann auf dem Hopfenmast gefunden habe. Ein Blatt dichtete noch eine zusätzliche Skurrilität dazu, an die ich mich freilich nicht erinnern konnte: *„Als der Vierbeiner ein Lackerl an einer Hopfenstange machte, entdeckte sein Herrl, dass auf diesem Mast, einige Meter höher, ein Toter hing.“*

Montagvormittag fuhr ich Edith zur täglichen Einkaufstour in den Spar-Markt Repolusk, dann drehte ich, wie gewohnt, meine Gassi-Runde mit Bodo, diesmal allerdings nicht durch die Hopfenplantagen, sondern entlang von Wiesen und Grünstreifen Richtung Hohenegg und am Rückweg über die Kren-Mühle, einem beliebten Treffpunkt von Einheimischen und Gästen. Der alte Müllermeister lehnte wie immer am nostalgisch anmutenden uralten hölzernen Eingangstor, während Elke, seine hübsche und liebenswürdige Tochter, die Kunden mit Mehl, Kernöl, Säften, Bier oder Edelbränden versorgte.

„Wollen S' a Schnapserl?“, frage der Kren-Müller und deutete auf einige Flaschen und Stamperl, die auf einem ausgedienten Weinfass zum Kosten einluden. Ich lehnte dankend ab, aber einige Besucher aus dem Ort griffen munter zu, alles war wie immer gratis.

Der Leichenfund war der beherrschende Gesprächsstoff in der Runde, und der alte Radfahrer, der schon am Fundort des Toten Zaungast gewesen war, hatte eine eigene These parat: „Glabts ma, dejs worn Windische. Kana von uns wa zu sou wos imstaund.“ Der Begriff „windisch“ ist nur noch bei älteren Generationen gebräuchlich und, historisch bedingt, mit negativen Vorurteilen behaftet, er umschreibt ungalant die slowenischen Nachbarn im Süden.

Keiner widersprach ihm, im Gegenteil, ein Mann, der gerade die Bierflasche vom Mund absetzte, erinnerte die Zuhörer: „Das war ein Raubmord. Den Mann haben sie ausgesackelt. Nicht einmal einen Cent hat er in den Taschen gehabt." (Dieser Umstand stand nur in meinem Bericht, sonst nirgends.)

Ein Dritter wusste zu berichten: „In Glanz haben sie vor wenigen Wochen drei Halunken aus Slowenien erwischt. Die sind am Abend, während der ZiB, in ein Haus eingebrochen. Die Polizei hat sie aber noch vor der Grenze gestellt."

„Vielleicht waren es Tschetschenen", meinte ein Vierter.

„Oder Georgier", sagte ein Fünfter. „Da liest man auch häufig von Kriminellen."

Ich hatte, wie gewohnt, Elke und ihren Vater begrüßt und dann der Stammtischrunde zugehört. „Wer das gestern getan hat", warf ich ein, „hat einen Traktor mit einer Hebeplattform benutzt. Ich glaube nicht, dass ausländische Banden mit so einem schwerfälligen Fahrzeug daherkommen."

„Kein Problem für diese Gauner", sagte der Bier-Konsument. „Die holen so ein Gefährt einfach aus dem nächsten Bauernhof." Er goss sich ein Stamperl Zwetschkenschnaps ein und kippte es runter.

„Aber warum sollten sie sich so viel Mühe machen?", gab ich zu bedenken.

„In kriminelle Hirn kaun kana einischaun", assistierte der betagte Radprofi dem Biertrinker.

Die Runde hielt es für erwiesen, dass kriminelle Einwanderer, auch das Wort „Asylanten" fiel zwischendurch, an dem Verbrechen beteiligt waren. „Wous manst du, Gustl?", fragte der Radfahrer den Hausherrn.

Der alte Müller rückte seine Schirmmütze zurecht und meinte diplomatisch: „Ich kann nicht sagen, wer 's gewesen ist. Die Polizei wird 's schon herausfinden." Ja, der Müllermeister, einer der letzten Zeitzeugen dieser Gegend, war immer schon recht vorsichtig mit seinen Äußerungen. Wenn er zu erzählen anfing, dann über Jahrzehnte zurückliegende Ereignisse. Auch jetzt erinnerte er an die schrecklichen Zeiten zu Kriegsende und danach, als dieser Teil der Südsteiermark von radikalen Jugoslawen vereinnahmt werden sollte: „Damals haben überall die Partisanen das Sagen gehabt. Da sind viele Leute, auch unschuldige, erschossen worden. Im Mai 1945, da war der Krieg schon aus, haben sie vierzig verwundete ehemalige Soldaten und eine Frau aus einem Lazarett in der Klosterschule geholt und fortgetrieben. Hinten in Pössnitz, in der Nähe des Graf-Bunkers, haben sie diese Menschen erschossen und verscharrt."

„Dich haben sie in Ruh gelassen?", wollte der Bier-Konsument wissen.

„Mich haben sie auch gesucht", schilderte der Müller. „Hier in der Mühle. Aber ich hab mich im Flussgraben der Pössnitz versteckt. Erst nach drei Tagen, da waren sie schon fort, hab ich mich wieder heimgetraut."

Ich kannte die Erzählungen des Müllermeisters aus vorherigen Begegnungen und verabschiedete mich. Auf der Straße zurück zum Parkplatz vor dem Supermarkt überholte mich Irmi mit dem Rad. Sie stieg ab und betrachtete mich wie ein Weltwunder: „Maj, san Sej net einkouttat wurn?"

„Was heißt das?", fragte ich unwirsch.

„Wiasou san Sej net im Tschumpass?"

„Warum sollte ich im Tschumpass sein?"

Bodo zerrte an der Leine und suchte, abseits der Straße, eine Wiesenfläche auf, wo er in aller Ruhe den Rücken krümmte und ein erstes Häufchen deponierte.

„Dej Polizej hot Sej eppa laffn lossn?"

„Ich hab ja nichts verbrochen, Irmi."

„Kreizdibidomine! Mej Oida is ollemol einbucht wurn, oubwol er a nix oungstöd hot. Nur wal er augwassert woa." Sie war verärgert über die Ungleichbehandlung von Verdächtigen, stieg aufs Rad und strampelte weiter, nicht ohne sich vorher Bodo zuzuwenden, der sich noch immer mit seinem Stoffwechsel plagte: „Jo, host recht, Bodo, tua gacksn auf die Wöd. Dej is eh scho gaunz beschissn!"

Edith wartete schon beim Wagen und empfing mich aufgeregt: „Mir kommt der Mann auch irgendwie bekannt vor!" Sie hatte im Einkaufszentrum das Plakat mit dem Foto des Opfers und dem Aufruf der Polizei gesehen.

„Wenn wir beide ihn zu erkennen glauben", kombinierte ich, „dann müssen wir ihn vorher auch gemeinsam irgendwo gesehen haben."

Weinverkostungen, die ich beruflich manchmal besuche, konnte ich ausschließen. Edith weigerte sich, an solchen, wie sie meint, der guten Tropfen unwürdigen hastigen Schluck- und Spuck-Veranstaltungen teilzunehmen. Vielleicht war 's doch ein Restaurant oder, hier in der Umgebung, eine Buschenschank, wo wir das Opfer zu Gesicht bekommen hatten. Aber in einem solchen Fall hätten sich doch schon andere Zeugen gemeldet, nahm ich an.

„Stell dir vor“, verkündete mir Edith, als wir heimwärts fuhren, „eine Verkäuferin in der Fleischabteilung vermutet, dass sie den Mann noch Samstagmittag gesehen hat.“

Ich bremste überrascht ab, und Bodo, der immer im autositzbefreiten Fond mitfährt, taumelte durch den Ruck vorwärts. „Hier in Schlossberg?“, fragte ich.

„Ja, sie ist sich nicht ganz sicher, aber sie nimmt es an. Der Mann, so hat sie mir erzählt, hat bei ihr im Markt zwei Schinkensemmeln gekauft. Sie hat sich erinnert, dass er die länglichen Semmeln und nicht die runden verlangt hat. Nur hat er damals eine blaue Mütze getragen.“

„War es ein Urlauber, ein Fremder?“

„Sie vermutet es. Er hat nur gebrochen Deutsch gesprochen.“

„Das – das muss ich Max sagen“, stammelte ich und gab Gas. „Daheim ruf ich ihn sofort an.“ Unterwegs fragte ich meine Frau provokant: „Und du meinst noch immer, dass es die Hopfenmafia war?“

Edith zögerte kurz, dann eröffnete sie mir ihre modifizierte Tatversion: „Vielleicht war der Mann ein Abgesandter dieser Mafia, ein Geldeintreiber, wie man sagt. Und ein Hopfenbauer, den er erpressen wollte, hat ihn aus Wut oder Rache erschlagen und aufgehängt.“

Irgendwie amüsierte mich diese These, und ich schmunzelte. Edith bemerkte es und konterte: „Du wirst sehen, ich hab wieder recht.“

„Ja, wie damals beim Briefbomber.“

„Auch dieser Fall wird einmal ganz geklärt werden“, beharrte sie.

Ich erreichte Kommissar Ricchius in seinem Büro in Leibnitz. Im Eifer, ihm die Spur im Supermarkt mitzuteilen, vergaß ich auf unsere Grußformel.

„Max, stell dir vor, der Tote, nein, also der Mann hat Samstagmittag zwei Semmeln gekauft.“

„O-po-del-dok“, entgegnete er betont ruhig und gedehnt. „Du hast Mist gebaut.“

„Ich? Warum?“

„Du hast geschrieben, dass dieser Unbekannte ausgeraubt wurde.“

„Ich hab nur erwähnt, dass er keinen Cent bei sich trug.“

„Das ist das Gleiche! Weiß du, was du damit angerichtet hast, du Schreiberling? Die Leute bombardieren uns mit Hinweisen auf vorbestrafte Räuber.“

„Tut mir leid", murmelte ich. „Aber vielleicht war 's wirklich ein Raub."

„Hör auf zu kombinieren. Das überlass' lieber uns. Also, was willst du mir mitteilen?"

Ich schilderte ihm, was Edith mir berichtet hatte. Auf die Frage, wie die Zeugin in der Fleischwarenabteilung hieß, musste ich Edith konsultieren. Aber auch sie kannte den Namen der Verkäuferin nicht. „Sie ist blond und schlank und immer recht freundlich", beschrieb Edith die Dame.

„Gut", knurrte Ricchius, „ich werde die Kollegen von Leutschach auf die Suche nach einer freundlichen Blondine einkaufen schicken." Ich spürte, dass er, noch immer wütend, das Gespräch rasch beenden wollte, und beeilte mich, eine Frage anzuhängen: „Max, was hat die Obduktion ergeben?"

„Ich sag gar nix", maulte Ricchius. „Du kannst, wenn du was wissen willst, morgen zu unserer Pressekonferenz kommen. Zehn Uhr im Kommandosaal der Polizeiinspektion Leibnitz."

„Hallo, Max", rief ich ins Telefon, aber er war schon weg.

Mein Versuch, danach in der Gerichtsmedizin Graz nähere Einzelheiten über die Todesursache zu erfahren, scheiterte kläglich. Die Sekretärin des Arztes verwies mich – ja, auf die morgige Pressekonferenz.

In der Hoffnung, dass die örtliche Polizeidienststelle informiert war, rief ich auch dort an. Am Apparat war eine Frau, vermutlich meine Bekannte aus vergangenen Jahrzehnten. Die Dame erkannte mich als Anzeigeperson von gestern: „Sie sind es wieder?"

„Ich wollte mich nur erkundigen, ob bei Ihnen schon Hinweise auf den unbekannten Toten eingelangt sind", sagte ich.

„Lieber Herr, wenn Sie was wissen wollen, rufen Sie die Pressestelle im Landespolizeikommando an."

„Mach ich, Frau Inspektor", versprach ich. „Nur eine Frage noch wegen der Tatwaffe. Haben Sie die Schusswaffe schon gefunden?" Mein Trick schien zu funktionieren, denn die Dame wunderte sich: „Welche Tatwaffe?"

„Na, mit der dieser Mann erschossen wurde."

„Erschossen? Da wissen Sie mehr als wir, lieber Herr."

„Was?", zeigte ich mich verwundert. „Er ist nicht erschossen worden?"

„Meines Wissens nicht. Er war doch stranguliert. Aber jetzt beenden wir das Gespräch, ich hab zu tun." Die Frau, der ich schon Märchen erzählt hatte, als sie noch ein Kind gewesen war, hatte aufgelegt.

Für den morgigen Bericht in der Zeitung tippte ich diesmal wieder sechzig Druckzeilen mit einem mehr als dürftigen Inhalt in den Computer:

Der unbekannte Tote, der, wie berichtet, am Sonntag auf einem Hopfenmast in der Nähe von Leutschach gefunden wurde, dürfte ein Ausländer sein. Der mysteriöse Mordfall erhält damit eine internationale Dimension. Schon Sonntagabend hat die Polizei Leibnitz Interpol und Europol um Mithilfe gebeten. Die Fingerabdrücke des Toten wurden diesen beiden Organisationen übermittelt, das DNA-Profil des Opfers wurde an die internationale gentechnische Datenbank geschickt.

Unser Reporter fand eine Zeugin, die noch Samstagmittag mit dem Mann gesprochen hatte. Die Frau, Verkäuferin in der Fleischwarenabteilung eines Supermarktes in Schlossberg, erinnerte sich anhand eines Fotos, das die Polizei im Markt affichiert hatte, an den Unbekannten. Er hatte bei ihr in gebrochenem Deutsch zwei Schinkensemmeln verlangt.

Die Zeugin wollte sich aber nicht festlegen, welcher Nationalität der etwa siebzigjährige Mann angehören könnte. Der erwähnte Einkaufsmarkt liegt vom späteren Fundort der Leiche etwa einen Kilometer entfernt.

Nach wie vor sind die Hintergründe des Mordes völlig unklar. Ein abschließendes Obduktionsergebnis liegt noch nicht vor, nur ein Schusswaffendelikt wird derzeit ausgeschlossen. Vom Umstand, dass der Tote kein Geld bei sich trug, will die Polizei nicht unbedingt Rückschlüsse ableiten. Es muss sich also keineswegs um ein Raubverbrechen handeln, meinte ein Polizeisprecher.

Nach wie vor ersuchen die Ermittler um Hinweise auf den Unbekannten oder ein mögliches Fahrzeug, mit dem der Mann unterwegs gewesen ist.

Ich mailte den Text an die Redaktion, diesmal war 's mir allerdings egal, ob die Kollegen den Artikel aus den immer wieder strapazierten Platznotgründen zusammenstreichen würden oder nicht. Doch schon wenige Minuten, nachdem ich die E-Mail abgeschickt hatte, kam ein Anruf: „Bernt, wir brauchen fünfzehn Zeilen mehr."

„Aha", fragte ich den Kollegen Andy, „habt ihr endlich Blut geleckt?" Ich hatte mich, ehrlich gesagt, am Morgen geärgert, weil die Konkurrenzblätter dem Mord viel mehr Raum gewidmet hatten als meine

Redaktion. Der Fall war unserer Zeitung nicht einmal eine kleine Schlagzeile auf der Seite 1 wert gewesen.

„Der Chef hat gemeint, wenn du schon vor Ort bist, sollten wir den Fall, der ja ganz interessant und spannend scheint, größer spielen", erklärte Andy.

„Ihr könnt für die morgige Ausgabe das Bild verwenden, das ich euch gestern vom Tatort gemailt hab."

„Das ist ohnehin eingeplant", sagte Andy.

„Na gut", fügte ich mich der Bitte, „in drei Minuten hast du die fünfzehn Zeilen."

Ich nahm mir den bereits gemailten Bericht vor und überlegte, wo ich den Zusatz einfügen könnte. Schließlich entschied ich mich, den neuen Text als vorletzten Absatz einzubauen:

Der Fall hat im sonst friedlichen Rebenland ungeheures Aufsehen erregt. Vor allem die Hopfenbauern sind beunruhigt, weil das Opfer in fast provokanter Art in einer ihrer Plantagen aufgehängt wurde. Offenbar benutzte(n) der oder die Täter eine mobile Hebebühne, um den Toten in acht Meter Höhe zu hieven. Solche Geräte werden auch bei der Hopfenernte verwendet.

Umgehend kam eine Returnmail von Andy: „Danke! Kannst du noch einen Titelvorschlag machen? Maximal dreißig Anschläge für den Haupttitel, fünfundfünfzig für die zwei Unterzeilen."

Ich schickte eine Mail zurück:

Mordopfer war ein Ausländer
Zeugin erinnert sich an das Opfer / Interpol eingeschaltet

und fügte ein Post Scriptum an:

„Aufgepasst! Morgen, Dienstag, gibt es zu dieser Story eine PK in Leibnitz. Ich bin dort, reserviert entsprechend Platz, am besten rund achtzig Zeilen. Vielleicht ist der Fall dann schon geklärt."

„O. k.", lautete die Antwort.

An diesem Abend waren unsere Freunde Inge und Hermann Herbst bei uns zu Gast. Edith tischte Crostini mit Mozarella und Lammsteaks mit Polenta auf, ich steuerte zum Nachtisch eine Traminer-Mousse bei, eines meiner Lieblingsdesserts, zu dem man übrigens auch den für die Speise verwendeten Wein kredenzen kann. Es war unvermeidlich, dass wir auch auf den Kriminalfall aus dem Hopfenfeld zu reden kamen. Hermann meinte, das Opfer könnte Slowene sein, er kenne viele Leute aus dem Nachbarstaat, die bei uns arbeiten, einkaufen, Handel betreiben oder sonst wie zu profitieren versuchen. Möglicherweise habe der Mann bei einem windschiefen Geschäft jemanden geschädigt, und der habe sich gerächt. Inge, von Beruf Arzthelferin, lauschte den Ausführungen ihres Mannes und schüttelte schließlich den Kopf: „Du, Hermann", begann sie, „du irrst dich. In der Ordination war heute eine Frau, du kennst sie wahrscheinlich nicht, sie war selber Ärztin und wohnt in Glanz. Sie hat mir und danach vermutlich auch meiner Chefin erzählt, dass sie Samstagmittag auf dem Parkplatz vor dem Repolusk-Markt von einem Fremden angeredet wurde. Der Mann hat mit einem ausländischen Akzent gesprochen, aber nicht mit so einem wie die Slowenen." Und er habe dem Foto, das sie heute auf der Gemeindetafel gesehen habe, täuschend ähnlich geschaut.

Ich wurde hellhörig: „Und was wollte der Mann von ihr?"

„Er hat angeblich nach der Gendarmerie gefragt."

„Gendarmerie gibt 's ja gar nicht mehr", stellte Hermann fest.

„Er wollte aber zur Gendarmerie", betonte Inge. „Und Frau Doktor Dunkl hat ihm erklärt, wie er zum Polizeiposten gleich neben dem Kniely-Haus kommt."

„Das ist stark!", rief ich aus. „Das Mordopfer ist vorher zur Polizei gegangen!"

Edith schwenkte in eine neue Mafia-Theorie um: „Vielleicht hat er sich schon vorher bedroht gefühlt und Schutz gesucht."

„Aber die Polizisten, die dann am Fundort waren, haben ihn alle nicht wiedererkannt", gab ich zu bedenken.

„Die Sache wird immer mysteriöser", fand Edith, und ich musste ihr in diesem Punkt zustimmen.

„Die Wachstube ist nicht immer besetzt", überlegte Inge. „Vielleicht hat er niemanden angetroffen."

Ich griff zum Handy, deutete unseren Gästen, kurz zu warten, und wählte die Nummer der Polizeiinspektion Leutschach. Wieder war meine Bekannte zur Stelle. „Entschuldigung, Frau Inspektor, dass ich schon wieder störe. Ich wollte nur fragen, ob Ihr Posten Samstagmittag besetzt war."

„Warum interessiert Sie das?", fragte sie zurück.

„Vielleicht ergibt sich eine Spur in unserem Mordfall", versuchte ich ihre Neugier zu wecken.

„Unsere Dienstzeiten haben nichts mit dem Leichenfund zu tun. Ich glaube, da geht die Fantasie mit Ihnen durch, lieber Herr. Sie lesen oder schreiben zu viele Kriminalromane. In der Trafik am Hauptplatz hab ich jedenfalls ein Buch von Ihnen gesehen."

Zum dritten Mal, ich hatte es gezählt, war ich ihr „lieber Herr". Das war auch eine Methode, mich freundlich, aber bestimmt abzuwimmeln, doch ich ließ nicht locker: „Also wir haben eine Zeugin gefunden, bei der hat sich dieser Mann Samstagmittag nach der Gendarmerie-Dienststelle erkundigt. Deshalb nehme ich an, dass der Mann bei Ihnen war."

„Bei mir sicher nicht. Aber warten Sie – " Offenbar blätterte sie in einem Dienstverzeichnis, nach einigen Augenblicken räumte sie ein: „Es kann sein, dass Samstagmittag alle Kollegen außer Haus waren. Zwei mit dem Streifenwagen, drei waren in der Pfarre, um mit den Veranstaltern eines Festes die Sicherheitsaufgaben zu koordinieren."

Ich dankte und versprach, ihr ein Exemplar meines nächsten Krimis zu schenken.

„Kann ich was lernen aus Ihren Fantasien?", fragte sie einigermaßen belustigt.

„Dass nur die Wirklichkeit unsere Fantasien formt", gab ich zur Antwort. „Und dass man gute Märchen nicht vergisst."

„Wie zum Beispiel die Abenteuer einer Kirchenmaus", sagte sie.

„Oh!", wunderte ich mich, „Sie erinnern sich?"

„Ja, an gute Märchen immer", lachte sie, „aber jetzt muss ich hier weitermachen, lieber Herr."

Inge fand ihre Vermutung bestätigt: „Die Wachstube war also geschlossen."

„Ein fataler Umstand", fügte ich hinzu. „Niemand wird je erfahren, was der Mann dort wollte. Oder hat deine Patientin mehr von ihm erfahren?"

„N-nein", zögerte Inge, „ich hab sie nicht weiter gefragt."

„Hat sie erwähnt, ob der Mann zu Fuß unterwegs war oder ein Fahrzeug dabei hatte?"

Inge lachte: „Ich bin nicht so wissbegierig wie du, Bernt."

„Neugier ist unsere Berufskrankheit", sagte ich und ließ mir den vollen Namen der Zeugin geben. „Morgen wird sie interviewt."

Bei einem Glas Traminer vom Weingut Georg Regele, das ideal mit meinem Dessert harmonierte, stießen wir auf die baldige Klärung des Kriminalrätsels an.

4. Verärgerte Reporter

Es war Dienstag knapp nach acht Uhr Früh, als mein Handy summte. Ich bereitete gerade das Frühstück, während Edith mit Bodo ihre morgendliche Runde auf unserem Grundstück zog, und eilte von der Küche ins Büro, wo das Mobiltelefon am Akkukabel hing. Meistens spaziert meine Frau auf der Gassi-Tour an unserem Biotop vorbei. Täglich begrüßte sie dort den einzigen beschuppten Bewohner, einen rötlichen, fast dreißig Zentimeter großen Buntkarpfen, den sie mit dem Namen „Neptun" geadelt hatte und der, wie sie überzeugt war, jedes Wort verstand. Denn sobald sie zu ihm redete, kam er herbeigeschwommen und streckte manchmal sogar sein Köpfchen mit den blauen Augen aus dem Wasser, wohlgemerkt, ohne dass er dabei je gefüttert wurde. Ursprünglich hatten wir uns über drei solcher Fische im Teich gefreut, wobei wir bis heute nicht wissen, wie sie hinein gelangt waren. Wir hatten sie jedenfalls nicht ausgesetzt, und auch unsere ursprüngliche These, dass sie mit drei weißen Seerosen, die uns Franz Schneider, ein Freund aus Wien, geschenkt hatte, in den Weiher geschwemmt wurden, erwies sich als unhaltbar. Denn immerhin maßen die drei Teichbewohner zwei Monate, nachdem wir die Wasserblumen eingepflanzt hatten, schon stattliche fünfzehn bis zwanzig Zentimeter. So rasch, meine ich, kann doch kein Fisch heranwachsen. Zwei unserer lieb gewonnenen schwimmenden Freunde waren leider über Nacht, so wie sie aufgetaucht waren, verschwunden. Ich habe Fischreiher oder Kormorane im Verdacht, dass sie in unserem kleinen Teich gewildert haben. Nur der größte des Trios, „Neptun", entkam offenbar den geflügelten Fischdieben. Umso inniger plauderte Edith mit dem Überlebenden. Immer wieder schärfte sie ihrem roten Liebling ein, er sei hier der Boss und solle sich nichts gefallen lassen. Denn einmal war sie Zeugin einer vermutlich liebevoll gemeinten, aber wilden Attacke auf Neptun geworden. Es muss im Mai oder Juni gewesen sein, als mehrere Frösche und Kröten den Weiher belagerten und täglich bis spät in die Nacht mit ihren Paarungsrufen für ein mannigfaltiges, fast unheimlich-melancholisches Gezeter und Gequake sorgten. Edith stand wieder am Ufer, um Neptun zu rufen. Da tauchte der Rotfarbige tatsächlich neben einem Blatt der Wasserlilie auf und wie zur Begrüßung öffnete und schloss er das Maul. Im nächsten Moment hechtete ein langbeiniger Frosch, ein Stammgast am Ufer, den Edith „Willy" getauft hatte, ins Wasser. Er schwang sich auf den

Fisch und ritt, sein Sexopfer umklammernd, auf diesem dahin. Erst als meine Frau den liebestollen Kerl schreiend verscheuchte, konnte sich Neptun von der unerwarteten Umarmung befreien und untertauchen. Der freche Frosch war Edith schon vorher einmal unangenehm aufgefallen. Bei einem früheren Besuch unseres Biotops war eine blaue Libelle elegant übers Wasser geschwebt. „Bist du schön!“, rief Edith aus, doch plötzlich war das bewunderte Insekt verschwunden – der Frosch, am Ufer lauernd, hatte blitzartig seine klebrige Beutezunge weit emporgeschnellt und die Libelle verspeist. Ab da nannte Edith den Räuber nur noch „Mörder-Willy“. Auch Neptun muss Monate später im Beutemaul irgend eines Räubers gelandet sein, denn plötzlich war auch er verschwunden. Ich verdächtige einen Fischotter, der auch den Fischbestand im Teich des berühmten Weinmachers Erwin Sabathi dezimiert hat.

Ihr morgendlicher Rundgang führt Edith jedenfalls nach wie vor vom Weiher weiter durch unsere zwei Rebzeilen bis zu einem vom Hagelsturm gefällten, aber noch immer leicht verwurzelten riesigen Nussbaum, der wieder angetrieben hatte und bei dem sie, sich auf den mächtigen Stamm lehnend, eine erste Station einlegt, um Bodo den Ball zu werfen.

Ursprünglich wollte Edith ihre täglichen Morgenspaziergänge im taufrischen Gras barfuß zurücklegen, doch nach einigen mehr oder weniger unheimlichen Begegnungen verwarf sie diese Absicht und zog stattdessen sogar Gummistiefel an. Mehrmals kamen ihr und Bodo nämlich Schlangen in die Quere, die sich nicht eindeutig bestimmen ließen, weil sie im Nu in einem Erdloch oder im kniehohen Gras verschwunden waren. Eine davon war so dickleibig, drall und grau, dass es eine Äskulapnatter gewesen sein könnte. Die zweite war kleiner und schlanker, dafür hob sie mit einer Drohgebärde den Kopf und züngelte gefährlich. Einmal sonnte sich auf einem Stein neben dem Teich eine Schlange, die an ihren gelben „Halbmonden“ am Hinterkopf als harmlose Ringelnatter erkennbar war und die umgehend ins Wasser tauchte. Zu einem vierten Zusammentreffen kam es mitten auf dem öffentlichen Wanderweg, der unser Grundstück quert. Das Reptil ringelte sich wohlig mitten auf dem Pfad und ignorierte den vorbeitrabenden Bodo, aber auch er nahm von ihm keine Notiz, und erst als Edith mich rief und ich mich näherte, schlängelte sich das etwa einen Meter lange Tier durch die Wiese davon. Ich verfolgte es, vor allem, um mir sein Aussehen einzuprägen, bis es dann nach rund zehn Metern in einem Erdloch verschwand. An Hand des zickzackförmigen Rückenmusters und der rotbraunen Farbe konnten wir das Reptil später im Naturhistorischen Museum in Wien eindeutig als Sandviper identifizieren. Tatsächlich war dort zu lesen, dass diese sehr giftige Gattung, die auch als Europäische Hornotter bezeichnet wird, noch im südlichsten Teil der Steiermark und Kärntens anzutreffen ist, aber schon auf der Roten Liste der gefährdeten Tierarten steht. Erst Monate später entnahm ich einer Zeitungsmeldung, dass diese größte Giftschlange im Land, die seit 1973 weder gefangen noch getötet werden darf, eine beliebte Beute von illegalen Reptiliensammlern ist. Vor allem am Fuße des Dobratsch in Südkärnten machen sie mit Stoffsäcken Jagd auf Sandvipern, wenn diese während der Paarungszeit unaufmerksam sind. Auf dem Schwarzmarkt, so hieß es in der Meldung, würden bis zu 10 000 Euro pro Exemplar geboten. Sollte sich herumsprechen, dass auch auf unserem Wanderpfad ein kleines, wenn auch giftiges Vermögen zu holen ist, droht unserem Garten die Invasion einer Karawane von Schlangen suchenden Glücksrittern

Einmal, es war ein milder, freundlicher Herbsttag, besuchten uns sechs Freunde aus Wien. Nach einer Stärkung in unserer Stube schlug ich einen Rundgang auf dem Grundstück vor, vor allem wollte ich meinem bei der Weltweinmesse in Bordeaux so erfolgreich gewesenen Winzerkollegen Poldi Breyer meine Rebzeilen zeigen, um sein fachliches Urteil zu hören. Als unsere Gruppe, insgesamt acht Personen plus Bodo, bergan stapfte, meine Frau wieder in den obligaten Gummistiefeln, erzählte ich den Freunden den Grund für Ediths Vorsicht: Giftschlangen, denen sie hier schon begegnet war. Edith schritt mit Poldi voran, Bodo trottete brav nebenher, da rief einer der Nachfolgenden, ich glaube, es war Udo Strobl oder Günther Spindler, plötzlich aus: „Da ist ja eine Schlange!" Tatsächlich schlängelte sich in der Nähe unseres kleinen Biotops ein knapp einen Meter langes Reptil durchs Gras. Meine Frau, Poldi Breyer und unser Hund hatten die Stelle bereits passiert, ohne die Schlange bemerkt zu haben. Wir hielten sie für eine Kreuzotter, in Wahrheit dürfte es wieder eine Sandviper gewesen sein. Denn als ich später einmal dem steirischen Biologen und Schlangenexperten Dr. Werner Kammel unsere Beobachtung schilderte, versicherte er mir, dass Kreuzottern im weiten Umkreis von Leutschach nicht mehr anzutreffen sind.

Aber zurück zu Ediths Morgenmarsch: Nach der Station beim quer liegenden Nussbaum wandern Hund und Frauchen zu einem klobigen

Tisch mit ebensolchen Bänken, einem gemütlichen, urigen Sitzensemble, das uns Nachbar und Freund Wolfgang Stelzl überlassen hat und wo die zweite Rast gehalten wird. Dann führt der Weg die beiden noch weiter bergan zu einem schattigen Winkel des Grundstücks, wo eine Sitzbank und ein Tisch abermals zu einer Verschnaufpause einladen und von wo sich bei uns der weiteste Panoramablick über das Rebenland bietet. Und erst über eine ausgedehnte Wiese, auf der immer wieder für Ballwurf-Pausen innegehalten wird, kehren die beiden zurück zur Hube. Ich habe diese Gassi-Strecke deshalb so ausführlich erklärt, um klar zu machen, dass diese jeden Morgen eine volle Stunde dauert.

Wenn das Telefonat am Handy jetzt Edith galt, konnte ich sie gar nicht verständigen, denn um sie zu rufen, war sie noch zu weit entfernt, und ein eigenes Handy zu haben, lehnt sie bis heute strikt ab. Aber der Anrufer hatte ohnehin mich gewünscht.

„Opodeldok", sagte er.

„Hallo Max!", rief ich erfreut. „Gibt 's was Neues in unserem Fall?"

„Das erfährst du bei der Pressekonferenz", antwortete er, und es klang missmutig. War er mir noch immer böse wegen der Raubversion?

„Ich bereite gerade das Frühstück, aber um zehn bin ich bei dir in Leibnitz", versprach ich.

„Deshalb ruf ich an. Du hast wahrscheinlich keinen APA-Anschluss in Leutschach und deshalb keine Info erhalten. Die Konferenz ist nämlich nach Graz verlegt worden."

Ich war schockiert: „Was bedeutet das? Nimmt man dir den Fall weg?"

„Kann sein, ist mir auch Wurscht", brummte Ricchius. „Das Landespolizeikommando hat so entschieden, weil die meisten Zeitungsredaktionen und die Radio- und Fernseh-Heinis in Graz zuhause sind. Ob die Mordkommission in Graz den Fall übernimmt, weiß ich nicht. Vielleicht erfahre ich es selber erst dort. Ich bin jedenfalls zur Stelle, zehn Uhr im Rapportsaal, Strassganger Straße 280. Also auf bald, ich muss los!"

In Leibnitz wäre ich mit dem Wagen in zwanzig, fünfundzwanzig Minuten gewesen, nach Graz musste ich, den täglichen Stau auf den Einfallrouten mitgerechnet, eine Stunde einplanen. Also musste ich spätestens um neun starten. Für gewöhnlich war Edith aber erst um neun Uhr zurück von ihrem Rundkurs.

Ich trank eine Schale Kaffee und aß meine Buttersemmel, als Edith und Bodo eintrafen. Meine Frau zeigte glücklicherweise Verständnis für meine Eile, im Gegenteil, sie drängte mich zum Losfahren, damit ich nicht in Versuchung käme zu rasen.

Als ich das schmiedeeiserne Gartentor öffnete, den Wagen auf die Einfahrt lenkte und das Tor wieder schloss, war aus der Ferne knatternder Lärm zu hören. Ein Hubschrauber näherte sich aus Richtung Gamlitz und nahm, kaum hundert Meter über uns, mit ohrenbetäubendem Gedröhne Kurs zur Ortsmitte von Leutschach.

„Ist schon wieder ein Unfall passiert?", fragte Edith, die beim Tor stand, um sich von mir zu verabschieden.

„Das ist kein Gelber Engel", antwortete ich, „das sieht eher wie ein Polizeihubschrauber aus."

„Vielleicht kommt Max dahergeflogen", überlegte Edith, „und klärt den Mord auf."

„Das glaub ich nicht", widersprach ich. „Erstens hat Max, wie er mir einmal verraten hat, panische Flugangst, und zweitens ist er schon mit dem Auto nach Graz zur Pressekonferenz unterwegs." Mich hätte brennend interessiert, wer von der Polizei so dringend hierher geflogen werden musste. Wahrscheinlich hatte der Einsatz dieser Kufenlibelle etwas mit unserem Hopfen-Krimi zu tun, vielleicht waren Mitglieder der Mordkommission aus Graz an Bord, um sich ein Bild vom Fundort zu machen. Der Hubschrauber, das hörte ich am absterbenden Motorgeräusch, setzte hinter der Kirche auf, wo vor Jahren ein betonierter Landeplatz errichtet worden war. Ich hielt mich nicht länger mit dem Rätsel auf und startete.

Kurz nach zehn Uhr fand ich einen Parkplatz in der Nähe des Kommandogebäudes und eilte ins Haus. Ein Uniformierter, der mir die Reporterhast ansah, erklärte mir den Weg zum Rapportsaal, und dort hatten sich schon zahlreiche Kollegen versammelt. Auf einem Podium saßen einige mir unbekannte Herren, aber in der Reihe der – nennen wir sie – Informationsträger, erspähte ich auch Max Ricchius und den Gerichtsarzt, der schon in Schlossberg amtiert hatte.

Auf der Herfahrt hatte ich immer wieder auch den Himmel über der Autobahn beobachtet, in der Annahme, der Hubschrauber aus Leutschach könnte mit seiner Besatzung ins Landespolizeikommando fliegen, und zwar mit Neuigkeiten an Bord, die uns von der Presse interessieren würden. Doch ich hatte vergeblich Ausschau gehalten. Wenn Kommissar Ricchius bei dieser Pressekonferenz zu Wort kommt, überlegte ich, wird er den Fall behalten dürfen.

Als Erster begrüßte ein Mann in Zivil die „Vertreter und Vertreterinnen der Presse und des Rundfunks und Fernsehens". Es war allem Anschein nach der Pressesprecher des Landespolizeikommandos.

„Wir haben Sie, die Medienvertreter, eingeladen", fuhr er fort, „weil wir Sie erstens über den Stand der Ermittlungen in einem der mysteriösesten Kriminalfälle der letzten Zeit informieren wollen und", er lächelte sauer, „weil wir auch Ihre Mithilfe brauchen."

Die Herren am Podium hatten offenbar die verteilten Rollen vorher besprochen, denn jetzt meldete sich ein mit vielen Orden behafteter Uniformierter zu Wort. „Auch ich möchte Sie herzlich begrüßen und für Ihr Erscheinen danken", sagte er. „Und ich möchte ebenfalls um Ihre Mithilfe ersuchen, damit dieser Fall rasch geklärt werden kann. Sie wissen, bei uns in der Steiermark bleibt fast kein Kapitalverbrechen ungeklärt, und so soll es auch bleiben. In diesem neuen Fall gibt es allerdings einige Hürden zu nehmen. Ich bitte jetzt Herrn Ricchius vom Bezirkspolizeikommando Leibnitz, das den Fall bisher bearbeitet hat, um Einzelheiten."

Ein Kollege von der „Kleinen Zeitung" hob eine Hand, aber der Pressesprecher deutete ihm noch zu warten: „Nach dem Bericht von Herrn Ricchius stehen wir Ihnen alle für Fragen zur Verfügung."

Mein Freund Max räusperte sich, vor so einer großen und öffentlichen Zuhörerschaft hatte er noch nie Bericht erstattet, fiel mir ein. Schließlich erhob er sich und begann: „Ein herzliches Grüßgott auch von mir. Nun zu unserem Kriminalfall. Wie Sie wissen, ist am Sonntag in Schlossberg bei Leutschach ein Toter auf einem Hopfenmast gefunden worden. Der Spaziergänger, der ihn entdeckt hat, ist übrigens ein Kollege von Ihnen. Und er ist, glaube ich", Ricchius überblickte den Saal und erkannte mich in der hintersten Reihe, „Ja, er ist sogar hier. Der Tote war kein Selbstmörder, wie man meinen könnte. Er ist von fremder Hand gehängt, buchstäblich aufgehängt worden. Eine kriminelle Handlungsweise, die bisher, sieht man von Diktaturen ab, nur von der Mafia praktiziert wurde, wenn sie andere einschüchtern wollte. Dieser Tatbestand ist umso rätselhafter, als es sich bei dem Opfer mit größter Wahrscheinlichkeit um einen Ausländer handelt. Wir bemühen uns derzeit intensiv und mit Hilfe der Interpol, den Mann zu agnoszieren. Die Fingerabdrücke, die wir von ihm genommen haben, liegen weder bei uns noch international auf. Es hat den Anschein, dass der Mann unbescholten war. Mit Ihrer Hilfe könnte die Identifizierung beschleunigt werden. Wir haben retuschierte Fotos des Opfers vorbereitet, da schaut der Mann wie lebend aus. Wenn Sie das Bild in Ihrem Medium veröffentlichen, braucht deshalb niemandem das Frühstückskipferl vor Grausen oder Schreck im Mund stecken zu bleiben."

Der Pressesprecher ergänzte, das Foto könne auch im Internet heruntergeladen werden, aber er werde es gerne jedem einzelnen von uns aushändigen. Er erhob sich, verließ seinen Platz und verteilte die Bilder. Tatsächlich schaute der Unbekannte nun, wenn man so will, „freundlicher" aus. Das gedunsene Gesicht und die eine blau verfärbte Wange waren geschickt, offenbar per Computeranimation, auf lebensecht umgestylt worden. Die Augen waren nun geöffnet, und alles in allem konnte man meinen, ein Passbild vor sich zu haben. Mit dem Foto bekam jeder Medienvertreter einen Waschzettel, auf dem die wichtigsten Erkenntnisse über den Toten und die Fragen an die Bevölkerung zusammengefasst waren:

„Der Unbekannte ist 167 Zentimeter groß, schlank und glatzköpfig. Auffallend sind die buschigen Augenbrauen. Das Gebiss ist fehlerhaft, eine Prothese im Unterkiefer. Operationsnarben sind nicht vorhanden. Bekleidet war der Tote mit einem sandfarbenen Sakko, Marke Redoute Création, Größe 50, sandfarbener Baumwollhose, Marke Soft Grey, Größe 50, ferner mit braunen ledernen Schnürschuhen, Modell Badminton, Größe 42, mit einem gestreiften kurzärmeligen City-Hemd, Marke Redoute Création, mit grauen Socken und mit Unterwäsche, ebenfalls von Redoute Création. Es handelt sich um die französische Marke La Redoute, die allerdings auch in anderen Ländern vertrieben wird, teilweise auch im Versandhandel, und die in Österreich zum Beispiel in Salzburg eine Niederlassung hat.

Die Polizei ersucht um Hinweise:

Wer hat diesen wie oben beschrieben bekleideten Mann vor dem vergangenen Sonntag gesehen?

Wo hat der Mann möglicherweise genächtigt?

Mit welchem Fahrzeug war der Mann unterwegs?"

Ricchius wartete, bis alle Medienleute im Saal mit Fotos und Info-Blättern versorgt waren, dann setzte er fort: „Sie haben jetzt schriftlich unsere Fragen vor sich. Es gibt aber darüber hinaus noch mehr, was uns interessiert. Zum Beispiel dürfte der Mann Samstagnachmittag irgendwo eine Jause eingenommen haben – Kaffee und Kuchen, vermutlich ein Stück Gugelhupf. Frage: Wo ist der Mann eingekehrt?"

Ein Kollege von der „Kronenzeitung" unterbrach den Kommissar: „Ich denke, es ist Zeit, dass wir nicht nur Fragen hören, sondern auch was über den Mord erfahren. Wie ist der Mann zu Tode gekommen?

Durch Erhängen? Oder ist er erschlagen, erschossen oder betäubt und dann erst erhängt worden?"

Der Reporter der „Kleinen Zeitung" stimmte dem Kollegen des Konkurrenzblattes in seltener Eintracht zu: „Ja, und was wir noch wissen wollen: Ist das Opfer ausgeraubt worden? Und wann ist der Mord passiert?"

Ricchius schien verärgert über die mediale Schelte, ich erkannte es, weil er kurz seinen Nasenrücken massierte und sich wieder räusperte: „Der Mann hatte bei seiner Auffindung weder Ausweise noch Geld oder Kreditkarten bei sich. Ob dieser Umstand auf ein Raubverbrechen schließen lässt, wage ich nicht zu sagen. Vielleicht wollte der Täter – es können auch mehrere Täter gewesen sein – vielleicht wollten sie nur verhindern, dass der Mann rasch identifiziert wird. Als Tatzeit hat Herr Doktor Stendal von der Gerichtsmedizin Graz die Zeit von Samstag zwischen 16 und 17 Uhr eingeengt. Zur möglichen Todesursache kann Ihnen ja Herr Professor Stendal selber was sagen."

Ricchius setzte sich, Dr. Stendal neben ihm begann sein Statement im Sitzen: „Der wahrscheinliche Todeszeitpunkt ist, wie Herr Ricchius schon gesagt hat, Samstag 16 bis 17 Uhr. Unsere Untersuchungen zur Todesursache sind noch nicht abgeschlossen, ich kann Ihnen daher diesbezüglich nichts Endgültiges sagen."

„Ist der Mann stranguliert worden?", wollte ein Kollege wissen, der sich als Redakteur des Fernseh-Landesstudios Graz vorstellte.

„Es gibt Verletzungen am Kehlkopf", antwortete der Arzt, „aber die sind postmortal eingetreten. Aus dem Fehlen von Stauungsblutungen in den Lidern und Bindehäuten darf man schließen, dass das Opfer nicht mehr gelebt hat, als es aufgehängt worden ist."

„Ist der Mann erschossen worden?", fragte eine junge Dame, die von der Gratiszeitung „Woche" kam, „eine Schussverletzung muss man doch sofort erkennen, oder?" Ich kannte Waltraud Fischer flüchtig, einmal hatte sie über eine Buchpräsentation von mir im Leutschacher Kniely-Haus berichtet, wo auch sie selbst ihre Aquarelle ausgestellt hatte.

„Ja", bestätigte der Professor. „Aber wir haben keine gefunden."

„Der Herr Kommissar hat eine Jause erwähnt", schloss nun ich mich der Fragenlitanei an. „Kann es sein, dass der Mann dabei vergiftet wurde?"

„Die chemischen Laboruntersuchungen laufen noch", sagte Stendal. „Aber auszuschließen ist es nicht."

„Haben Sie einen Profiler eingeschaltet?", fragte der Reporter der „Steirer-Krone".

Ricchius sah kurz und fragend zum Ordensträger, und als dieser nickte, übernahm der Kommissar es zu antworten: „Natürlich haben wir einen Fallanalytiker beauftragt, die Fundortsituation zu beurteilen."

„Und zu welchem Schluss ist der Mann gekommen?"

„Der Kollege ist ganz unserer Meinung", sagte Ricchius. „Der Täter hat die Leiche arrangiert, er hat sie ausgestellt."

„Das ist doch für einen Mörder ungewöhnlich", fand der Redakteur der „Kleinen Zeitung". „Ein Mörder versteckt doch lieber sein Opfer."

„Genau das bereitet uns Kopfzerbrechen", gab Ricchius zu.

„Und hat dieser Profiler ein Täterprofil erstellen können?", bohrte der „Krone"-Mann weiter.

„Wenn es nicht mehrere Personen gewesen sind, die den Toten aufgehängt haben, muss der Täter ein kräftiger Kerl sein", schloss der Kommissar. „Mehr können wir derzeit leider nicht sagen."

Wofür bin ich eigentlich so weit gefahren, ärgerte ich mich. Meine Redaktion zahlte mir nicht einmal das Fahrgeld, aber gut, das konnte ich verkraften. Wie oft war ich schon auf eigene Spesen nach Graz gekommen, um zum Beispiel an einer Weinkost teilzunehmen, aber da hatte ich wenigstens als Weinberichterstatter einen persönlichen Nutzen gezogen, indem ich mich über die aktuellen Weine der steirischen Winzerschaft informieren konnte.

Es wäre vernünftiger gewesen, warf ich mir vor, in Leutschach zu bleiben und stattdessen mit jener Zeugin zu reden, die vergangenen Samstag von dem Unbekannten angesprochen worden war. Denn wesentlich Neues war hier in Graz zum „Hopfen-Krimi", wie der Fall inzwischen im allgemeinen Reporterjargon hieß, nicht geboten worden.

Ich war mindestens so verstimmt wie der Kommissar, allerdings aus anderen Gründen, und als die Veranstaltung mit einem Dankeswort des uniformierten Ordensträgers beendet wurde, waren die meisten Medienleute genau so erbost wie ich. Daran änderte auch der Nachsatz des Pressesprechers nichts: „Bitte, alle sind zu einem kleinen Buffet in den Nebenraum eingeladen."

„Die wollen uns verarschen", drückte es der Kollege von der „Krone" drastisch aus, als er den Raum wechselte. „Den Zettel mit den Fragen hätten sie uns genauso wie das Foto mailen können."

„Wozu ist der Gerichtsmediziner überhaupt angetanzt, wenn er nichts sagen kann oder will“, grollte der Reporter der „Kleinen Zeitung“.

„Die verheimlichen uns etwas“, vermutete ich.

„Aber wer das Opfer ist, wissen sie noch immer nicht, sonst hätten sie uns nicht hierher bestellt“, warf die Reporterin der „Woche“ ein.

Ich aß zwei Brötchen, auch die Kollegen griffen zu, nur das Fernseh- und Rundfunkteam war noch im Saal geblieben, um Ricchius vors Mikrofon zu holen. War der Kommissar vorher überhaupt schon einmal im Fernsehen präsent gewesen? Mir war jedenfalls kein TV-Auftritt von Max in Erinnerung. Wahrscheinlich war er jetzt entsprechend aufgeregt.

„Was schreibst du morgen über diesen Hopfen-Krimi?“, fragte mich ein Kollege. Als ich nur die Achseln zuckte, um meine Unschlüssigkeit zu demonstrieren, fügte er hinzu: „Du hast ja einen Startvorteil. Du hast den Toten gefunden, nicht wahr?“

„Ja, ja“, bestätigte ich. „Aber deshalb weiß ich auch nicht mehr als ihr.“

Ich wollte warten, bis Ricchius von den verkabelten Kollegen freigegeben wurde, aber nach den Fernsehreportern verlangten auch die Radio-Heinis ein Statement vom Kommissar. Als die Aufnahme endlich im Kasten war, wischte sich Max den Schweiß von der Stirn und eilte zum Ausgang, allerdings nicht zu jenem, der zum Buffet führte. Ich lief ihm nach, auf der Stiege holte ich ihn ein.

„Opodeldok“, keuchte ich, „das hättet ihr euch sparen können.“

„Mir sagst du das?“, herrschte er mich an. „Das war nicht meine Idee. Ich wollte die Informationen an euch im kleinen Kreis bei uns in Leibnitz weitergeben.“

„Viel Neues haben wir nicht erfahren“, wagte ich Kritik zu üben. „Zumindest die genaue Todesursache hättet ihr uns mitteilen können.“

„Bernt“, mahnte Ricchius und blieb mitten auf der Treppe stehen, „das ist ein heikles Thema. Es war, wie du ja schon geschrieben hast, kein Schusswaffendelikt. Woher du das erfahren hast, ist mir ein Rätsel, aber es stimmt.“

„Die Gerichtsmedizin ist doch sonst nicht so säumig“, wandte ich ein.

„Ich hab dir schon klarzumachen versucht: Es ist eine heikle Sache.“

„Also war es Gift oder eine Droge“, sagte ich.

„Warte noch etwas, bitte!“

„Oder es war gar kein Mord?“, versuchte ich nun die Geheimnistuerei ins Groteske zu ziehen.

Wieder hielt Ricchius auf der Stiege inne. „Ja, vielleicht war es gar kein Mord“, sagte er bedächtig, mit betonter Ernsthaftigkeit, um mich gleich darauf zu mahnen: „Aber schreib das ja nicht!“

Ich schnappte nach Luft, aber nicht, weil ich noch immer außer Atem war, sondern weil ich möglicherweise ins Schwarze getroffen hatte.

„Lass dir nicht einfallen, mich zu zitieren oder so etwas nur anzudeuten“, ergänzte der Kommissar seine Drohung.

„Gut, gut, Max, du hast mein Wort“, versprach ich. „Aber wenn ’s so weit ist, erfahre ich als Erster, was da läuft, o. k.?“

„Das ist kein Thema für ein Gegengeschäft“, sagte er. Wir waren am Eingang des Kommandogebäudes angelangt, die Wache salutierte freundlich, und Ricchius eilte grußlos Richtung Parkplatz davon.

„Ich melde mich heute noch bei dir“, rief ich ihm hinterher, „vielleicht hab ich auch für dich eine Überraschung.“

Ricchius drehte sich fragend um.

„Der Unbekannte wollte am Samstag, also kurz vor seinem Tod, Hilfe bei der Polizei suchen. So hatte es zumindest den Anschein“, schwächte ich meine Aussage etwas ab. Ich genoss den irritierten Blick meines Freundes, er kam zurück.

„Wer sagt das? Wo wollte er Hilfe haben?“

„Ich muss erst mit einer Zeugin reden“, sagte ich. „Dann erfährst du alles, was ich weiß.“

„Pfusch uns ja nicht ins Handwerk!“, warnte Ricchius, drehte sich brüsk um und enteilte Richtung Dienstwagen.

Ich ließ mich nicht einschüchtern, das Befragen von Menschen zählte immer schon zu meinen berufsbedingten Lieblingstätigkeiten. Und in so einem spannenden Fall wollte ich mir dieses Vergnügen, in jemanden hineinzuhorchen, sein Wesen auszuloten, Neues zu erfahren, von fremden Schicksalen zu hören, nicht nehmen lassen. Noch in Graz rief ich die pensionierte Ärztin Irene Dunkl an und fragte sie, ob ich sie in etwa einer Dreiviertelstunde aufsuchen dürfte, und zwar wegen ihrer Beobachtung im Hopfen-Krimi.

„Ich kenne Sie ohnehin“, sagte die Dame. „Wir haben einander einmal beim Karl Krainer in der Buschenschank getroffen. Ja, kommen Sie nur. Darf ich Ihnen dann Kaffee oder Tee anbieten?“

„Ein Glas Wasser genügt“, sagte ich.

5. Ein Gentleman

Bei der Autobahnabfahrt Vogau schaltete ich das Radio ein, um die Mittagsnachrichten zu hören. Der steirische Lokalsender kündigte auch einen Bericht über den Hopfen-Krimi an, und in der Höhe von Ehrenhausen meldete sich eine Reporterin mit jenen dürftigen Neuigkeiten, die man uns in der Pressekonferenz aufgetischt hatte. Am Schluss ihres Berichtes sagte sie: „Wir haben den zuständigen Kriminalisten befragt, wie er die Chance auf eine baldige Klärung des Falles einschätzt."

Ich sah Ricchius vor mir, wie er um Worte rang: „Es handelt sich um einen ebenso spektakulären wie ungewöhnlichen Kriminalfall. Bis wir nicht geklärt haben, wer das Opfer ist, wage ich keine Prognose über eine rasche Klärung."

„Herr Kommissar", ließ die Reporterin nicht davon ab, Max zu nerven, „Sie sagen selbst, dass es sich um einen ungewöhnlichen Kriminalfall handelt. Ist dieser Fall für einen Bezirkskriminalisten nicht um eine Nummer zu groß?"

Das war eine Bemerkung unter der Gürtellinie, und ich wünschte Max, dass er die richtige Antwort auf diese Provokation finden möge.

Nach einer Schrecksekunde antwortete Ricchius: „Wir tun alle unseren Job, so gut wir können. Und wenn wir Unterstützung brauchen, zum Beispiel von der Rechtsmedizin, von der Kriminaltechnik oder von der Interpol, dann kriegen wir sie, egal, ob wir in Wien, Graz oder Leibnitz ermitteln."

„Bravo!", rief ich aus. Aber nun, da sogar im Rundfunk öffentliche Zweifel an den Fähigkeiten von Ricchius angeklungen waren, machte ich mir Sorgen, ob der Kommissar den Fall tatsächlich behalten würde. Mir war nicht entgangen, dass der hochrangige Ordensträger beim Pressetermin in einem Nebensatz das Bezirkspolizeikommando Leibnitz erwähnt hatte, „das den Fall bisher behandelt" habe, und die Betonung, das hörte man, lag auf bisher. Wenigstens hatte der Mann nicht das gespreizt klingende Unwort bislang verwendet. Ich hätte Ricchius nach der Pressekonferenz fragen müssen, fiel mir in dem Zusammenhang ein, wer heute Vormittag per Hubschrauber nach Leutschach unterwegs gewesen war.

Die Reporterin war mit ihren unverfrorenen Fragen noch nicht am Ende: „Wie viele Morde hatten Sie im vergangenen Jahr in Ihrem Bezirk zu klären oder, falls es nicht zu einer Klärung kam, zu bearbeiten?"

„Liebe Reporterin", antwortete Ricchius, und ich merkte, wie er seine Wut in Zaum halten musste, „bevor Sie solche Fragen stellen, hätten Sie sich besser informieren können. Zum Beispiel auch im Internet, der beliebtesten Spielwiese Ihrer Generation. Dort hätten Sie nachlesen können, dass über zwei musterhaft geklärte Morde aus unserem Bezirk sogar Bücher geschrieben wurden."

Noch einmal musste ich Max geistig applaudieren, nicht weil er meine Bücher erwähnt, sondern weil er die freche Interviewerin nieder gebügelt hatte. Es wunderte mich, dass diese Passage überhaupt gesendet worden war, aber offensichtlich war den Rundfunkleuten wenig Zeit geblieben, an dem Beitrag herumzuschnipseln.

Der Moderator griff nun ein anderes Thema auf, wieder einmal waren in einem geistlichen Internat sexuelle Übergriffe auf Schüler durch priesterliche Erzieher ans Tageslicht gekommen, und da dieses Thema schon seit Monaten zum Überdruss europaweit latent präsent war, wollte ich es nicht mehr hören und schaltete auf einen anderen Sender. Prompt ertönte im Äther die tröstliche Stimme von Bobby Mc Ferrin, der mir riet: *Don't worry, be happy*, was ich mir auch zu Herzen nahm und befolgte.

Einige Kilometer nach Gamlitz bog ich am Karnerberg, dieser trotz seiner bescheidenen Höhe eindrucksvollen Wetterscheide zwischen Gamlitz und Leutschach, links in eine Landstraße ein, auf der alle Jahre im Frühling der landschaftlich wohl attraktivste Marathon vorbeizieht. Vorbei am Haar-Salon der Cornelia Zaff, von dem sich ein einmaliger Panoramablick auf das Rebenland öffnet, fand ich das Haus der Zeugin auf Anhieb. Schon vor rund dreißig Jahren, so erinnerte ich mich jetzt an ihre Schilderung in der Buschenschank Krainer, hatten sie und ihr Mann, ein Primararzt, eine Villa am vornehmen Ruckerlberg in Graz aufgegeben und sich hier in der Südsteiermark angesiedelt. Doch vor etlichen Jahren hatte der Mann sich scheiden lassen, und nun lebte die Frau, noch immer eine attraktive blonde Erscheinung, allein am Karnerberg.

Sie empfing mich wie einen alten Bekannten und hatte sogar eine Brettljause vorbereitet – Schinken, Kübelfleisch und Selchwürste, alles von unserem gemeinsamen Bekannten Krainer, dessen Bruder Franz ein Fleischimperium aufgebaut hatte, der aber in Eigenregie die besten Fleischprodukte weit und breit herzustellen versteht.

„Sie wollen etwas über meine Begegnung mit diesem Mann wissen", begann Frau Dunkl, nachdem ich mir einige Schinkenblätter auf eine

Schnitte Brot geladen hatte. „Inge hat mich angerufen. Ich hoffe, ich enttäusche nicht Ihre Erwartungen."

„Jedes Detail kann helfen, die Sache aufzuklären", sagte ich.

„Also, ich hab damals den Supermarkt verlassen und wollte zu meinem Wagen. Ich hatte ihn auf dem Parkplatz gleich neben dem Riesen-Klapotetz abgestellt. Da ist der Mann auf mich zugekommen und hat mich angesprochen."

„Wie hat er ausgesehen? Ich meine, welchen Eindruck hat er gemacht? War er ängstlich?"

„Nein, nein. Er hat sogar freundlich gelächelt und mich nach der Gendarmerie gefragt."

„Er hat gelächelt?", wunderte ich mich.

„Ganz charmant sogar. *Pardon, Madame*, hat er gesagt. Bitte, wo hört man das heute noch: *Pardon, Madame*!? Er hat sogar seine Kopfbedeckung dabei abgenommen, wie ein echter Gentleman."

„Eine Mütze?"

„Ja, eine Baskenmütze, ich glaub, sie war blau."

„Und wie hat er gesprochen, ich meine hochdeutsch oder gebrochen deutsch?"

„Wollen Sie nicht ein Glas Welschriesling dazu?", fragte sie.

„Danke, Frau Doktor, ich muss heute noch einen Bericht verfassen."

„Aber mich erwähnen Sie, bitte, nicht namentlich."

„Nein, nein, ich werde nur von einer Zeugin schreiben."

„Ja, er hat also ganz einfach gefragt: Bit-te, wie kom-me ich zur Gen-dar-me-rie? Silbe für Silbe hat er betont, so als hätte er sich die Redewendung vorher aus einem Lehrbuch zurechtgelegt."

„Hatte er ein Gepäckstück bei sich?"

„Nein, er hatte nur eine Tragtasche vom Spar-Markt."

„Hatte er ein Auto dabei?"

„Das frag ich mich seither auch die ganze Zeit. Ich hab ihn nicht bei einem Wagen stehen gesehen. Und nachher bin ich selber gleich zu meinem Auto gegangen. Ich hab nicht weiter darauf geachtet, ob er wegfährt. Aber andererseits wird er doch nicht zu Fuß hergekommen sein, nicht wahr?"

„Gefunden wurde bisher kein Fahrzeug, das man mit dem Mann in Verbindung bringen könnte", erklärte ich.

„Er war ein sehr, sehr netter Herr, einer vom alten Schlag, wenn Sie wissen, was ich meine."

„Hatte er irgendeine Verletzung im Gesicht?"

„Nein, woher! Er war auch tadellos bekleidet. Ein beiges, feines Sakko, sandfarbene bis beige Hose, braune Schuhe. Mir ist kein Makel an ihm aufgefallen. Sogar seine Hände waren gepflegt. Das habe ich gesehen, als er die Mütze abgenommen hat."

„Haben auch andere Leute auf dem Parkplatz mit ihm gesprochen?"

„Das kann ich nicht sagen. Ich bin dann gleich heimgefahren. Aber da ich ihm genau geschildert habe, wie er zur Polizei kommt, nehme ich nicht an, dass er noch einmal nachgefragt hat."

„Hat er angedeutet, warum er zur Polizei will?"

„Nein, überhaupt nicht. Aber ich hab angenommen, er will sich nach irgendwas oder nach irgendwem erkundigen. Aber jetzt greifen Sie endlich zu", ermunterte mich Irene Dunkl.

„Danke", sagte ich und begann mein Schinkenbrot zu verzehren.

„War er dann bei der Polizei?", wollte die Zeugin wissen.

„Der Posten war geschlossen", sagte ich.

„Nein! Samstagmittag war der Posten geschlossen?", wunderte sie sich. „Wegen Personalnot?"

„Die Beamten waren unterwegs, zwei auf Streife, drei waren in der Pfarrei wegen des abendlichen Pfarrfestes."

„Ach ja, ich hab auch kurz überlegt, ob ich das Fest besuchen soll. Ich hab einige Freundinnen im Kirchenchor, zum Beispiel Judith, Lilly oder Maria. Aber dann bin ich doch daheim geblieben, vor dem Fernseher. Das Fest ist halt doch eher was für die Jungen, hab ich mir gedacht. Kann es sein", die Zeugin hatte eine plötzliche Eingabe, „kann es sein, dass der Mann zum Pfarrfest wollte?"

Ich schüttelte den Kopf: „Dann hätte er nach dem Pfarrer gefragt, nicht nach der Gendarmerie. Und als das Fest begonnen hat, war er schon tot."

„Mein Gott!", seufzte Frau Dunkl. „Da kommt ein Fremder eigens zu uns, vielleicht um unser paradiesisches Land zu sehen, vielleicht um alte Freunde zu besuchen oder sogar eine alte Liebe, und dann wird er aufgehängt – wie ein Schwerverbrecher wird er gehenkt!"

„Wenn wir wüssten, wen er besuchen wollte, hätten wir den Täter", sagte ich.

„Das kann doch nicht so schwer sein, zu ermitteln, wo der Mann gewesen ist." Ihr kritischer Unterton war nicht zu überhören.

„Morgen werden Bilder des Toten veröffentlicht", entgegnete ich. „Die Polizei hofft, dass sich dann endlich jemand meldet, der ihn erkennt oder bei dem er sogar logiert hat."

Daheim erwartete mich Edith mit dem Mittagessen, Thymianhenderl mit Reis, aber ich musste ihr einen Korb geben, zwei Brötchen in Graz, ein Schinkenbrot bei der Zeugin ... Ich begnügte mich mit einem Kaffee und schilderte Edith, was Frau Doktor Dunkl zu berichten wusste.

„Gepflegte Hände, sagt sie?“, wiederholte Edith die Personsbeschreibung der Zeugin. „Ich hab ’s gewusst: Kein Mafiaboss macht sich die Hände selber schmutzig“, beharrte sie auf ihrer These.

„Aber kein Mafiaboss würde sich ohne Begleitschutz in eine gefährliche Mission wagen“, widersprach ich.

„Deshalb wollte er ja zur Gendarmerie“, konterte Edith hartnäckig.

„Und ein italienischer Mafioso hätte die Frau Doktor nicht mit *Madame* angesprochen, sondern mit *Signora*“, argumentierte ich amüsiert.

„Er kann sich verstellt haben“, antwortete Edith.

In meinem Achtzigzeilen-Bericht an die Redaktion unterließ ich jede Anspielung auf ein Mafia-Verbrechen, was Edith mit einem vorwurfsvollen Kopfschütteln quittierte: „Du solltest die Öffentlichkeit nicht von der richtigen Spur ablenken.“ Als „Aufhänger“, so nennt man in unserem Berufsjargon den spannenden Einstieg in eine Geschichte, wählte ich die Aussage der Zeugin Doktor Irene Dunkl:

Hopfen-Krimi: Opfer wollte zur Polizei

Zeugin beschreibt den Mann als „Gentleman“ / Polizei bittet um Mithilfe

Das Rätsel um den Unbekannten, der, wie berichtet, vergangenen Sonntag auf einem Hopfenmast im südsteirischen Schlossberg gefunden wurde, scheint durch die Aussage einer Zeugin noch mysteriöser geworden. Die Frau, eine pensionierte Ärztin aus einem Nachbarort, erzählte unserem Reporter exklusiv von einer Begegnung mit dem späteren Opfer. Samstagmittag hat der Mann auf dem Parkplatz vor einem Supermarkt in Schlossberg nach dem Weg zur Polizei gefragt.

„Er war sehr nett gekleidet und benahm sich wie ein Gentleman“, schildert die Zeugin. „Als er mich ansprach, lüftete er sogar seine blaue Baskenmütze und sagte: Pardon, Madame.“ Danach erkundigte sich der Unbekannte nach der Gendarmerie, nicht wissend, dass diese Exekutiveinheit in Österreich längst der Polizei einverleibt wurde.

Die Zeugin erklärte dem Fremden den Weg zur Polizeiinspektion und fuhr dann heim. Bedauerlicherweise war der Posten zu dieser Stunde geschlossen. Alle fünf diensthabenden Beamten waren auswärts unterwegs. Der Unbekannte hat also keinem Polizisten sein Anliegen mitteilen können.

Jetzt kann man spekulieren: Suchte der Mann Hilfe bei der Polizei, weil er sich bereits bedroht fühlte? Oder wollte er sich nur nach irgendjemandem erkundigen? Das Gemeindeamt, wo er ebenfalls hätte Auskunft erhalten können, war am Samstagmittag nicht besetzt.

Die Zeugin erwähnt, dass der Mann keineswegs ängstlich gewirkt hat. Sie kann leider nicht sagen, ob er mit einem Fahrzeug unterwegs gewesen ist.

Das will jetzt unter anderem die Polizei wissen. Sie hat den Medien ein Foto des Unbekannten zur Verfügung gestellt und ersucht um Hinweise:

Wer hat den 167 Zentimeter großen, schlanken Mann gesehen? Wer erkennt ihn? Wo hatte der Mann unter Umständen gewohnt? Wo ist das mögliche Fahrzeug des Unbekannten verblieben? Hinweise nimmt jede Polizeidienststelle entgegen.

Auch die Obduktion des Opfers brachte bisher keine Klarheit über die eigentliche Todesursache. Fest steht nur, dass der Mann bereits tot war, als er gehängt wurde. Unser gestriger Bericht, wonach kein Schusswaffendelikt vorliegt, wurde vom Gerichtsmediziner bestätigt. Ein Vergleich der Fingerprints mit internationalen Fingerabdruck-Datenbanken verlief negativ. Der Mann dürfte unbescholten gewesen sein.

6. Ein Bankraub

Diesmal empfing mich der Kommissar ohne jede Unmutsäußerung, im Gegenteil, als ich sein Büro in Leibnitz betrat, grinste er breit: „Ohne Anspruch auf Exklusivität läuft bei dir gar nichts."

„Verzeih", sagte ich, „aber von meinem journalistischen Eifer profitiert auch ihr. Die Aussage der Zeugin, auf die du anspielst, lässt doch einige Rückschlüsse zu. Der Mann hat sich vielleicht bedroht gefühlt."

„Spekulationen bringen uns nicht weiter", konterte Ricchius.

„Du scheinst heute gut drauf zu sein, Max", bemerkte ich. „Habt ihr vielleicht schon eine Spur?"

„Aus Graz sind einige Hinweise auf den Unbekannten eingelangt, auch aus Spielfeld wurde uns eine eher kuriose Spur gemeldet. Aber ich bezweifle, dass die Hinweise zutreffend sind. Eine Trafikantin hat zum Beispiel aus Graz angerufen und meint, der Mann habe bei ihr eine Schachtel Gauloises Blondes Blau gekauft."

„War der Mann Raucher?"

„Nein, er hat keine gelben Nikotinfinger. Ich glaub eher, die Zeugin hat sich gemeldet, weil auf diesen Zigarettenpackungen groß die Warnung steht: ‚Rauchen kann tödlich sein'."

„Aber möglich wäre es doch, dass er vorher in Graz gewesen ist", wandte ich ein.

„Natürlich, aber die Hinweise sind sehr nebulos. Ein Taxifahrer erzählt zum Beispiel, er habe den Mann vergangenen Freitagabend vom Bahnhof in ein Bordell geführt. Wir haben dort nachgefragt. Der Gast, den der Zeuge gemeint hat, war ein deutscher Schauspieler, der ein Engagement im Schauspielhaus antritt. Übrigens ein gar nicht so unbekannter Bursche."

„Das Opfer könnte aber tatsächlich mit dem Zug gekommen sein", überlegte ich. „Ein passendes Auto habt ihr noch nicht gefunden, oder?"

„Genau das bereitet uns noch zusätzlich Kopfzerbrechen", seufzte Ricchius.

„Und die Spur in Spielfeld? Ist die brauchbarer?"

„Da hat uns eine Domina angerufen. Sie glaubt, dass unser Mann am Samstagnachmittag Kunde bei ihr war."

„War er da nicht schon tot?"

„Sie behauptet, er sei vor 16 Uhr gekommen und mehr als eine Stunde geblieben, und zwar in einem Käfig."

„Er hat sich einsperren lassen?", staunte ich.

„Viel schlimmer. Sie erzählte uns, dass er auch drei, vier Tage vorher bei ihr gewesen ist. Jedes Mal ist er pudelnackt in einen großen Käfig gekrochen, den sie für Masochisten und Sadomasochisten in ihrer Wohnung aufgestellt hat. Dann musste sie in einen Nachttopf urinieren und ihn über seinem Kopf entleeren. Beim ersten Mal, so erzählt sie, hat ein zweiter Kunde geläutet. Da musste sie den Käfig zudecken, wie man es bei Volieren macht. Und während sie sich mit dem anderen vergnügt hat, soll der Mann im Käfig wie ein Papagei dazu gekrächzt haben."

„Das kann doch nicht unser Opfer gewesen sein", sagte ich kopfschüttelnd.

„Sie hielt den Mann für einen Ungarn oder Slowenen", fuhr Ricchius fort, „er hat kaum geredet, sagt sie. Aber sie will ihn auf den Zeitungsfotos erkannt haben."

„Vielleicht will sie sich nur wichtig machen", räumte ich ein.

„Genau das denken auch wir", bestätigte Ricchius. „Wir kriegen immer wieder auch zu anderen Kriminalfällen Hinweise aus dem Rotlichtmilieu. Die Damen legen Wert auf ein gutes Verhältnis zur Exekutive. Mit dem Hintergedanken, dass wir gegebenenfalls, wenn sie selber Mist gebaut haben, ein Auge zudrücken."

„Hinweise aus Schlossberg und Umgebung habt ihr nicht bekommen?", fragte ich. „Du hast doch deine Leute schon am Sonntag ausgeschickt."

„Niemand will sich an den Mann erinnern. Aber vielleicht hat uns der eine oder andere, den wir gefragt haben, auch belogen."

„Weil er sich sonst selbst in Verdacht bringt?", kombinierte ich.

„Kann sein. Oder weil er mit so etwas grundsätzlich nichts zu tun haben will. Deine Zeugin hat sich ja auch nicht bei uns gemeldet."

„Kannst du mir schon Näheres über die Todesursache sagen?"

„Noch nicht."

„Also war es doch ein Giftanschlag", versuchte ich ihn aus der Reserve zu locken, „vermutlich bei der Gugelhupf-Jause, von der du uns berichtet hast."

Ricchius lachte, und seine Reaktion zeigte mir, dass ich falsch lag. Schließlich beendete der Kommissar meine Kombinationen: „Schau, Bernt. Wir sagen aus kriminaltaktischen Gründen nichts über die Todesursache. Wenn wir den Täter haben, und er schildert uns, was geschehen ist, dann kann er hinterher das Geständnis nicht widerrufen und sich darauf ausreden, er habe den Ablauf der Tat in der Zeitung gelesen. Du weißt ja, wie oft so etwas vorkommt, vor allem, wenn sich ein Verteidiger einschaltet."

Ich akzeptierte das Argument und erwähnte die gestrige Hubschrauberlandung in Leutschach: „Kann es sein, dass jemand von der Grazer Mordkommission hergeflogen ist, um den Fundort zu prüfen? Will man dir den Fall streitig machen?"

Wieder schmunzelte Ricchius gnädig: „Nein, horch: Das war unser Fallanalytiker."

„Der Profiler?", wunderte ich mich, „der ist doch schon vorher informiert gewesen."

Ricchius seufzte: „Ich wollte, dass er sich den Toten schon am Sonntagvormittag anschaut. Der Mann war aber daheim in Bad Aussee und hätte einen Hubschrauber benötigt, um sofort herzukommen. Schließlich konnte ich den Toten nicht zu lange auf der Hopfenstange hängen lassen. Aber das Landeskommando hat den teuren Flug abgelehnt. Deshalb hab ich dem Kollegen zunächst ein Foto von der Situation mailen lassen. Und gestern, kurz vor der Pressekonferenz, bekamen es die Herren Offiziere mit der Medienangst zu tun und haben dem Fallanalytiker den Flug nach Leutschach gestattet, damit er sich auch persönlich ein Bild machen kann."

„Und hat der Mann etwas Neues entdeckt?", fragte ich.

„Nein, außer, dass der Tote, von einem Ende des Hopfenfeldes aus betrachtet, am dreizehnten Mast aufgehängt war. Aber das war wahrscheinlich purer Zufall."

„Und war es auch Zufall, dass diese Rundfunkreporterin dich gestern so provoziert hat?", fragte ich.

„Ach, du meinst das Interview. Ich hab diese Frau zum ersten Mal gesehen und kann mir nicht vorstellen, dass sie gegen mich persönlich etwas hat. Ich denke, es wird den Radio- und Fernsehreportern vorgeschrieben, harte Fragen zu stellen."

„Du hast dich glänzend gehalten", streute ich ihm Blumen.

„Danke. Mimi hat hinterher gemeint, sie hätte der Reporterin an meiner Stelle eine geschmiert."

„Genau das hätte ich auch getan", sagte ich. „Wann darf ich dich und Mimi übrigens zum Harkamp nach Flamberg einladen?"

„Wenn der Fall geklärt ist, o. k.?"

Als hätte er jetzt, um mir das Ende meines Besuches in seinem Büro signalisieren zu lassen, einen Anruf bestellt, ertönte die Europahymne auf seinem Handy. Kollegen hatten ihm, dem technisch Unbegabten, diese Kennmelodie auf das Mobiltelefon gespeichert. Er lauschte kurz, dann quittierte er das, was man ihm berichtet hatte, mit einem „Aha, einmal was Neues. Gut, ich schick meine Leute." Nachdenklich klappte er sein Handy zu.

„Endlich etwas Handfestes?", fragte ich.

„Nein, das hat nichts mit unserem Unbekannten zu tun. Ein Bankraub in Gamlitz."

„Ich fahr ohnehin zurück nach Leutschach. Ich nehm dich bis Gamlitz mit, wenn du willst."

„Ich bleib da", sagte er. „Ich muss die Hinweise und neuen Erkenntnisse in unserem Hopfen-Krimi koordinieren – so sagt ihr doch zu dem Fall?"

Für die Rückfahrt nach Leutschach wählte ich die hügelige Route, hinauf auf den Seggauberg, dann zum Frauenberg, vorbei am Seminarhotel Hasenwirt und an einem Flecken mit dem lustigen Namen Oberliputscheni. Diese Strecke gilt ab Leibnitz als Abschneider, wenn man zur *Route Sixtynine* will, über die man nach Leutschach und weiter nach Eibiswald gelangt. Der schmale Fahrweg führt über eine Panorama-Hochschaubahn, steil bergab, durch ein enges Tal, dann wieder hinauf und hinunter, eine ständige Berg- und Talfahrt, die erst in Gamlitz endet. Und zwar an genau jener Straßenkreuzung, wo links am Eck die Raiffeisenbank liegt. Etliche Polizeiautos standen kreuz und quer vor dem Geldinstitut, ich stoppte meinen Wagen ein Stück weiter und erkundigte mich, was passiert war.

Ein Maskierter, so erzählte mir ein Uniformierter, der mich vom Sehen kannte, war mit einer Handfeuerwaffe in das Banklokal gestürmt und hatte „*Money, money*!" verlangt. Im vorderen Teil der Bank, wo die Automaten für Überweisungen, Kontoauszüge und Geldentnahme stehen, hielten sich zwei Frauen mit einem Kleinkind auf. Zum Glück ignorierte der Räuber diese Personen, er wandte sich an eine Kassiererin, und diese händigte dem Mann einige Banknotenbündel aus, unter anderem ein Alarmpaket. Der Täter flüchtete, aber ein Security-Mann, der abseits im Lokal postiert gewesen war und wegen der Kunden innerhalb der Bank nicht eingreifen wollte, verfolgte den Mann. Angeblich raste der Räuber in einem grauen Kleinwagen davon, der Bewacher fuhr mit einem roten Clio hinterher. Im Steinbachtal nahe der Weinstraße kam es zu einer Schießerei. Näheres darüber wusste der Polizist vor der Bank noch nicht.

Ich nahm mir vor, den Ausgang der Verfolgung später zu recherchieren, und startete in Richtung Hube. Edith, das hatte ich bei meiner Wegfahrt gemerkt, war *not amused*, dass ich den halben Mittwochvormittag bei der Polizei in Leibnitz zubringen wollte. Also beeilte ich mich heim. Meine Frau war mit Bodo oben am Weinberg, ich sag großspurig Weinberg, in Wahrheit sind es nur die zwei schon erwähnten Rebzeilen, aber die liegen rund sechzig Meter oberhalb unseres Wohnhauses.

Nach einem Anruf in der Redaktion, der ich im Telegrammstil eine nur kurze Fortsetzung im Hopfen-Krimi, dafür aber einen Vierzigzeiler über einen Bankraub ankündigte, schlug ich Edith vor, sie zum Essen auszuführen, und zwar zu Gregor, unserem Freund jenseits der Grenze. Edith zögerte, willigte dann jedoch ein, weil sie für Mittag ohnehin nur die gestrige Mahlzeit, das von mir verschmähte Thymianhuhn, vorgesehen hatte und weil man dieses am Abend auch kalt würde verzehren können. Zuletzt waren wir einige Tage vorher im Restaurant Denk gewesen, so lautet der offizielle Name des Lokals im Gedenken an Gregors Großeltern. Gregor heißt eigentlich Vracko, das ist die slowenische Schreibweise des vor allem in Gamlitz und Ehrenhausen verbreiteten Familiennamens Wratschko. Der Meisterkoch spricht aber perfekt Deutsch, was nicht verwundert, wenn man bedenkt, dass er seine Lehrjahre bei den Brüdern Karl und Rudi Obauer in Werfen und bei Topadressen in Wien verbracht hat. Vor wenigen Jahren wurde er als bester Koch Sloweniens ausgezeichnet, und seither pilgern noch mehr Steirer und Urlauber zum Gasthaus Denk in die kleine Ortschaft Zgorja Kungota, zu Deutsch Sankt Kunigund, nur fünfeinhalb Kilometer jenseits der österreichischen Grenze.

Natürlich war diesmal auch Bodo mit dabei und er bekam wie immer als Erster sein Getränk. Wir nahmen im damals überdachten Restaurantteil im Freien Platz, genau am selben Tisch wie am Donnerstag der vorherigen Woche. Von dort hatte man einen Ausblick auf den von Gregors Eltern vorbildlich gepflegten Garten, in dem ein beschauliches Salettl zum Verweilen einlädt, das von Gästen allerdings nur bei Festivitäten wie Hochzeiten oder Geburtstagspartys frequentiert wird. In einem Gehege grasen Zwergziegen und scharren Hühner, und manchmal wird man hier Zeuge von spannenden Hahnenkämpfen.

Der Kellner kannte unsere Trinkgewohnheiten und servierte, nachdem er Bodos Durst gelöscht hatte, Edith ein Soda mit Zitrone und mir ein großes Lasko-Bier. Kaum hatten wir die Speisen ausgewählt – für mich Rindsuppe mit Butternockerln und traditionsgemäß *Liguji ne pariski nacin s'prilog*, zu Deutsch Kalamari auf Pariser Art (die üppige Portion kann ich mit Bodo teilen, es ist sein Lieblingsgericht, und er wartet geduldig unterm Tisch, bis er seinen Teil abbekommt), und für Edith den gefüllten Kaninchenrücken mit Buchweizensoufflé, bemerkten wir an einem Tisch gegenüber zwei Slowenen, die bei einem Bier saßen und sich mit Gregors Vater unterhielten.

Fast gleichzeitig streifte uns der Gedankenblitz, wir sahen einander an und erstarrten: „Das gibt es doch nicht!" Beide hatten wir die gleiche Erkenntnis, und mich überkam ein Schauder wie damals am zugeklappten Transportsarg: An diesem Tisch gegenüber, genau dort hatten wir einige Tage vorher jenen kahlköpfigen Mann mit den buschigen Augenbrauen gesehen, der später am Hopfenmast geendet hatte. Wir hatten uns über den Gast gewundert, weil er weder deutsch noch slowenisch gesprochen hatte, sondern – französisch. Und weil Gregor sich immer wieder zu seinem Tisch begeben, mit dem Mann in dessen Muttersprache geplaudert und ihm Gang für Gang empfohlen, erklärt und schließlich persönlich serviert hatte. Ein Privileg, das auch seinen Stammgästen nur widerfährt, wenn der Kellner frei hat. Auch dann bleibt Gregor freilich nur einige Minuten an der Seite seiner Kundschaft, eine längere Ausnahme machte er vorher nur bei seinem Drei-Hauben-Kollegen Gerhard Fuchs. Der berühmte „Kreuzwirt" war eines Abends in Begleitung einer Dame die acht Kilometer aus Pössnitz nach Kungota herübergekommen, um bei diversen Köstlichkeiten aus der Küche über diese zu fachsimpeln. Und auch damals waren wir zufällig Zeugen dieses „Gourmetgipfels" am Nebentisch geworden.

Vergangenen Donnerstag erschien uns der Gast, dem Gregor sich in ebenso auffälliger wie zuvorkommender Weise widmete, keineswegs wie ein beruflicher Kulinarik-Kollege von Gregor, eher wie ein Genießer. Tatsächlich hatte der Mann fein getafelt – wie Gott in Frankreich eben. Gregor hatte eine Flasche Rotwein geöffnet, ob es ein slowenischer oder ein französischer war, konnte ich nicht ausnehmen. Gemeinsam hatten die beiden zwei oder drei Gläser davon geleert, und jedes Mal wurde damit angestoßen, so dass der glockenklare Klang einladend durch das halbe Lokal hallte. So wie der Gast sich verhielt, ungezwungen, locker, fröhlich und unbekümmert, und so wie er bekleidet war, leger, mit kurzer Hose und kurzärmeligem Hemd, hatten wir den Eindruck, dass er nach diesem Restaurantbesuch nicht mehr Auto fahren musste und dass er in der hauseigenen Pension der Familie Vracko ein Appartement gemietet hatte.

„Die ganze Zeit ist uns beiden nicht eingefallen, woher wir das Gesicht kennen", ärgerte ich mich, „obwohl wir sogar an die Gastronomie gedacht haben."

„Wir sind halt nicht mehr die Jüngsten", seufzte Edith.

„Dass unser Kurzzeitgedächtnis im Alter nachlässt, passiert aber nur zum Schutz des vielen Wissens, das wir in unserem Köpfen angesammelt haben", stellte ich klar.

„Gregor wird gar nicht wissen, dass sein Gast ermordet wurde", überlegte Edith. „Er hat wahrscheinlich weder österreichische Zeitungen gelesen noch das steirische Fernsehen geschaut."

„Der Kommissar kündigt mir die Freundschaft", fürchtete ich, „wenn er erfährt, dass wir noch vor der Polizei erfahren haben, wer der Tote ist."

„Ruf ihn aber erst von daheim an", schlug Edith vor, „sonst haben wir hier beim Mittagessen keine Ruhe."

Während unser Hauptgang serviert wurde, wagte ich eine Frage: „Glaubst du noch immer, dass es ein Mafioso war?"

„Ein Franzose!", sagte Edith, und in der kurzen Bemerkung schwangen Enttäuschung und Entrüstung mit. „Vielleicht war er ein Bankmanager, der einem Kunden durch falsche Beratung Schaden zugefügt hat", kreierte sie postwendend eine neue Verschwörungstheorie.

7. Suche nach dem Vater

Nach dem Essen, als Gregor wie gewohnt zu unserem Tisch trat, um ein wenig zu plaudern, bat ich ihn, Platz zu nehmen. Ich lud ihn ein, mit uns eine Flasche Pinot blanc aus seinem Familienweingut zu probieren. Gregor war verblüfft, so gönnerhaft hatten wir uns vorher noch nie erwiesen, aber er schlug meine Bitte nicht aus und brachte eine gekühlte Bouteille und drei Gläser. Bevor er sich setzte, blickte er besorgt zum südwärtigen Himmel: „Da zieht ein Unwetter auf. Ich fürchte, es wird hageln. Wollen Sie Ihren Wagen nicht unter unser Vordach stellen?"

Auch wir bemerkten die tiefschwarze Wolkenbank eines Adriatiefs, die langsam näher zog. Schon im Juni hatten wir in der Südsteiermark einen fürchterlichen Hagelsturm erlebt, die Schloßen waren hühnereigroß und trommelten wie MG-Geschosse auf Dächer und Scheiben. Unser wetterseitiges Küchenfenster ging zu Bruch, Dachziegel wurden durchlöchert, eine halbe Stunde prasselte der Regen seitlich und von oben ins Haus. Der sechzig Jahre alte Nussbaum wurde durch den Sturm entwurzelt, meine beiden Rebzeilen waren hinterher buchstäblich zerfetzt, kein einziger Traubenansatz blieb auf den Stöcken, und der Boden war knöchelhoch und 24 Stunden lang mit weißem Eis bedeckt, wie im tiefen Winter. Die rund dreihundert Meter breite Hagelfront zog quer durchs Land, machte vor der slowenischen Grenze nicht Halt und zertrümmerte auch im Nachbarland Hausdächer, Scheiben und Kulturen. Wer damals sein Auto nicht rechtzeitig in Sicherheit gebracht hatte, musste überdies Blechschäden an Fahrzeugdach und -türen in Kauf nehmen.

Ich nahm Gregors Angebot an und lenkte unser Auto unter ein Vordach im Innenhof des Gebäudes. Auch der Wirt steuerte sein Auto in die Garage, und so fing unser Gespräch mit Verspätung an.

Er öffnete die Flasche Wein und schenkte ein, es war ein nussiger, eleganter Tropfen. Nach dem Trinkspruch kam ich auf mein Anliegen zu sprechen: „Gregor, darf ich Sie nach einem Ihrer Gäste fragen?"

„Wenn er nichts Unanständiges angestellt hat, natürlich."

„Wir waren vorige Woche bei Ihnen, es war Donnerstagabend. Da haben Sie einen Gast bedient, der da drüben gesessen ist." Ich deutete auf den Tisch gegenüber. Die beiden Slowenen hatten ihren Platz inzwischen verlassen, vermutlich aus Angst vor dem aufziehenden Unwetter, und Gregors Vater war im Haus verschwunden.

Gregor sah mich an, er versuchte sich zu erinnern.

„Der Mann dürfte Franzose gewesen sein, zumindest haben Sie mit ihm französisch gesprochen", half ich seinem Gedächtnis nach.

„Ah!", Gregors Miene heiterte sich auf. „Monsieur Gelin, natürlich. Er war das erste Mal bei uns, aber er hat versprochen, nächstes Jahr wiederzukommen."

Edith und ich sahen einander an, schließlich sagte ich: „Ich glaube, Herr Gelin wird nicht mehr kommen."

„Oh doch, nächstes Jahr wird er sogar seine Tochter Madeleine mitbringen, hat er gesagt", widersprach Gregor.

„Herr Gelin ist tot, Gregor."

Das Gesicht des jungen Küchenchefs wurde bleich, so ernst und betroffen hatte ich Gregor, der sonst immer zu Späßen aufgelegt ist, noch nie erlebt. „Was, was ist passiert?", stammelte er.

„Er wurde in Schlossberg, nahe von Leutschach, tot aufgefunden", sagte ich. „Wie er ums Leben gekommen ist, wird noch untersucht."

Ein erster Donner rollte über die Weinhügel, in der Ferne zerrissen Blitze das düstere Wolkenmassiv. Gregor schlug beide Hände vors Gesicht und schüttelte den Kopf: „Er ist ein ganz, ganz lieber Gast." Es fiel ihm nicht auf, dass er von dem Toten in der Gegenwart sprach, und ich fand es nicht außergewöhnlich. Wenn einem ein Mensch so angenehm in Erinnerung ist, bleibt er gegenwärtig, der Geist wehrt sich gegen die Vergangenheitsform.

„Seit wann war er hier?", fragte ich.

„Ich schau nach", sagte Gregor und stand auf. Er eilte ins Haus, ich vermutete, dass er möglicherweise mit Tränen kämpfte und dies nicht zeigen wollte, oder dass er die Hiobsbotschaft seiner Mutter in der Küche mitteilen wollte.

Die Lichtspiele am Himmel wurden immer intensiver, die Intervalle kürzer. Bodo, der es sich nach der halben Kalamariportion unterm Tisch gemütlich gemacht hatte, wurde unruhig und erhob sich. Seit ein paar Jahren ist unser Vierbeiner allergisch gegen jeden Lärm, der vom Himmel dröhnt, auch vor Feuerwerken und Silvesterraketen fürchtet er sich, er beginnt am ganzen Leib zu zittern, und nicht einmal die feinsten Leckerlis können ihn dann beruhigen. Auch jetzt bebte sein Körper, total verängstigt wollte er zu mir auf die Bank flüchten, um neben mir Schutz zu suchen. „Nein Bodo, du musst unten bleiben", bedauerte ich. Er begann noch heftiger zu zittern, und auf einmal öffneten sich die Wolkenschleusen, Sturzbäche trommelten gegen die

Kunststoffverglasung, die seitlich von uns den überdachten Restaurantteil vor Zugluft schützen sollten. Es dauerte einige Minuten, bis der Patron zurückkam und das Meldebuch seiner Pension aufschlug: „Monsieur Gaston Gelin ist vergangenen Mittwoch gekommen und am Samstag abgereist."

„Gaston Gelin?", staunte ich, als ich nun auch den Vornamen erfuhr. „Genau so heißt mein Lieblingswinzer im Beaujolais."

„Wahrscheinlich", gab Edith zu bedenken, „ist Gelin in Frankreich so ein häufiger Name wie bei uns Muster, Müller oder Tscheppe und in Slowenien Vracko oder Polc."

„Monsieur Gelin ist kein Winzer, er war Richter in Auxerre." Gregor schob mir das dreisprachige, in Slowenisch, Deutsch und Englisch verfasste Gästeverzeichnis über den Tisch: „Monsieur Gelin hat alles penibel eingetragen." Ich las: *Ime in Primek/ Name/ Name: Gaston Gelin; Geburtsdatum: 9. September 1939; Naslov Prebivalisca/ Wohnadresse/ Home-Address: 89200 Avallon, 8 Avenue Victor Hugo, Departement Yonne, France; Poklic/ Beruf/ Profession: Pensionnaire, autrefois juge.*

„Er war Pensionist?", wunderte sich Edith.

„Ja, seit zwei oder drei Jahren ist er im Ruhestand", sagte Gregor. „Weiß seine Tochter schon von dem Unglück? Mit Madeleine scheint er ein inniges Verhältnis zu haben."

„Ich denke nicht, dass sie es weiß", sagte ich. „Der Tote wurde offiziell noch nicht identifiziert."

„Und woher wissen Sie, dass Gaston tot ist?" Gregors Frage schien mir nicht unberechtigt.

Die Heftigkeit des Wolkenbruchs nahm zu, auf dem Parkplatz spritzten die Fontänen am Asphalt so hoch, dass wir sie von unserem Tisch aus wahrnehmen konnten, und erneut wälzten sich dunkle Wolken drohend übers Land.

„Nur keinen Hagel mehr", flehte ich, und Gregor stimmte mir zu: „Bei uns wurden im Juni so viele Hausdächer zerstört, dass die Dachdecker mit der Reparatur nicht nachkommen." Tatsächlich waren uns auf der Herfahrt schon etliche Gebäude aufgefallen, die mit riesigen blauen Planen notdürftig zugedeckt waren.

Bodo drückte sich nun an die Beine des Wirtes, von dem er offenbar mehr Schutz vor dem Wettergetöse erwartete als von mir.

„Ich habe den Toten selbst gesehen", kam ich auf Gregors Frage zurück. „Der Mann war mir bekannt, aber ich wusste nicht, wo mir sein

Gesicht vorher untergekommen war. Erst heute fiel uns ein, dass es in Ihrem Restaurant gewesen ist."

„War es ein Unfall?"

„Die Polizei untersucht den Fall noch."

„Er ist Samstag kurz vor Mittag weggefahren", erinnerte sich Gregor, „in die Steiermark", ergänzte er. „Dort wollte er eine alte Mühle besichtigen und fotografieren und eine bestimmte Adresse aufsuchen."

„Und was wollte er dort?"

Aus der Ferne ertönte eine Feuerwehrsirene. „Da hat irgendwo der Blitz eingeschlagen", vermutete Gregor.

Edith streckte die Rechte überrascht Richtung Parkplatz aus: „Schau, ein Storch!"

Der Vogel hatte sich am Fahrbahnrand auf einem Lichtmast niedergelassen und genoss offensichtlich die Freiluftbrause, denn er rührte sich nicht weg.

„Das ist unser Gemeindestorch", erklärte Gregor. „Er hat sein Nest auf dem Kirchendach gebaut, bei uns sammelt er manchmal Speisereste. Und wissen Sie, warum er manchmal auf diesem Mast Halt macht?" Gregor wartete keine Antwort ab, sondern deutete mit einem Anflug von Schmunzeln hinüber: „An dem Mast ist eine Stopp-Tafel montiert." Tatsächlich prangte dort als Sicherheitsvorkehrung für alle, die vom Restaurant-Parkplatz auf die Straße wollten, das achteckige Verkehrsschild.

„Was Monsieur Gelin in der Steiermark wollte?", kam Gregor auf meine Frage zurück. „Ich glaube, es handelt sich um eine alte Sache, um seinen Vater. Der war im Krieg als Gefangener auf einem Bauernhof tätig."

„Monsieur Gelin wollte sehen, wo sein Vater vor vielen Jahrzehnten als Zwangsarbeiter gewesen ist?", fragte ich erstaunt.

„So was Ähnliches. Sein Vater, hat er mir erzählt, ist aus dem Krieg nicht mehr zurückgekehrt. Gaston war ein Jahr oder zwei Jahre alt, als der Vater nach Österreich verschleppt wurde. Ich glaube, Österreich hat damals gar nicht Österreich geheißen, oder?"

„Das alles war Deutsches Reich, beziehungsweise die Ostmark, wie die Nazis Österreich nannten", sagte ich.

„Eine schreckliche Zeit", fand Gregor. „Gaston hat seinen Vater nie bewusst erlebt. Er hat nur Briefe von ihm, die seine Mutter aufbewahrt hat. So einen Brief hatte Gaston dabei."

„Haben Sie das Schreiben gelesen?", fragte ich.

„Nein, Gaston hat es mir nicht gezeigt, er hat nur davon gesprochen. Und er hat erwähnt, dass es dem Vater in Österreich nicht gut ergangen ist.“

„Das kann ich mir vorstellen“, nickte ich. „War Monsieur Gelin verheiratet?“, fragte ich.

„Ja, aber vor einigen Monaten ist seine Frau gestorben, hat er mir erzählt. Darmkrebs. Er wollte schon früher hierher kommen, aber er konnte seine Frau nicht alleinlassen.“

„Sie haben gesagt, Gregor, dass dieser Herr Gelin das erste Mal bei Ihnen war. Wie ist er auf Ihre Adresse gestoßen?“, wollte Edith wissen.

Gregors Miene hellte sich wieder auf: „Er hat in einer französischen Zeitung gelesen, dass ich Koch des Jahres geworden bin. Ich glaube, die Zeitschrift heißt ‚*Gourmet magazine*‘. Und Monsieur Gelin hat für gutes Essen viel übrig. Dort, wo er daheim ist, in Burgund, kocht man ebenfalls ausgezeichnet.“

„Hatte er großes Gepäck dabei?“, fragte ich.

„Nur einen kleinen Koffer“, erwiderte Gregor. „Er wollte nur noch einen Tag in Leutschach oder Umgebung bleiben, diese eine Adresse aufsuchen, vielleicht ein paar alte Mühlen fotografieren und anschließend in Richtung Frankreich aufbrechen.“

„Und welches Auto hat er gefahren?“

Gregor dachte kurz nach: „Einen Peugeot 206.“

„Das war bis vor Kurzem der meistverkaufte Kleinwagen in Europa“, wusste ich zufällig, weil ich einen entsprechenden Bericht unseres Kollegen vom Motorressort in Erinnerung hatte.

„Haben Sie sich das Kennzeichen gemerkt?“, bohrte ich weiter.

„Nein“, bedauerte Gregor, „das hat mich nicht interessiert. Der Wagen war grau, ich glaube dreitürig mit einem schrägen Heck.“ Gregor ergriff sein Glas: „Auf das Wohl von Monsieur Gelin, wo er jetzt auch sein mag!“

Ein Blitz schlug ganz in der Nähe ein, denn auf den Lichtstrahl folgte umgehend ein ohrenbetäubender Krach. Bodo begann zu winseln und suchte erneut Zuflucht unter der Bank, diesmal zwischen Edith und Gregor.

„Wenn man an den Himmel glaubt“, sagte Edith, „könnte man meinen, dieser Monsieur Gelin hat jetzt geantwortet.“

„Man muss an den Himmel glauben“, antwortete Gregor, der Bodo durch Streicheleinheiten zu beruhigen versuchte, „sonst ist doch alles, was wir tun, sinnlos.“

„Ich muss widersprechen, Gregor“, bedauerte ich. „Wenn es einen Gott gibt, der uns die menschliche Intelligenz geschenkt hat, dann ist er selber schuld daran, dass wir die Aussicht auf ein ewiges Leben bezweifeln können.“

„Aber die christliche Lehre spricht doch vom ewigen Leben“, argumentierte Gregor.

„Wahrscheinlich wollten die Kirchenlehrer uns damit Mut machen, das Diesseits zu ertragen“, entgegnete ich.

„Wenn wir fest an etwas glauben“, grübelte Gregor, „dann heißt es doch: Es kann wahr werden.“

Ich versuchte eine Richtigstellung: „Nur weil wir anders als zum Beispiel der Storch dort oben über die irdischen Dimensionen hinaus denken können, maßen wir uns an zu glauben, der Geist, von mir aus die Seele, sei unsterblich und lande irgendwo im Universum.“

„Sie glauben nicht an Gott?“, wunderte sich Gregor.

„Oh doch, diese Instanz ist nötig. Aber ein ewiges Leben hat doch nur Er. Unser körperliches und seelisches Leben hat irgendwann begonnen, also hat es auch irgendwann ein Ende.“

„Sie machen mir Angst“, sagte Gregor.

„Ich glaube, fürchten müsste man sich nur vor einem ewigen Jenseits“, gab ich zur Antwort.

„Aber irgendeine Hoffnung braucht der Mensch doch “, widersprach Gregor.

„Genau“, bestätigte Edith, „zum Beispiel die Hoffnung auf ein Wiedersehen mit seinen Verstorbenen.“

„Also, ich würde Herrn Gelin gerne wiedersehen“, bekannte Gregor.

„Derzeit ist das nur in einer Totenkammer in Graz möglich“, gab ich zu bedenken.

Gregor schüttelte den Kopf: „Ich kann es nicht glauben. Er hat mir zwar erzählt, dass er Herztabletten nimmt, aber er hat überhaupt nicht krank gewirkt.“

Ein Wagen stoppte auf dem Parkplatz, eine Autotür und eine zweite wurden aufgemacht und zugeschlagen, eine Frau rief nach einem Regenschirm. Der Storch ließ sich von dem Wirbel nicht stören und behielt tapfer seinen Aussichtsposten. Es regnete noch immer, doch der Wolkenbruch hatte seine Schleusen zu einer Landregendusche gedrosselt, und das Gepolter am Himmel entfernte sich von Mal zu Mal. Gregor erhob sich, und die zwei neuen Gäste betraten beschirmt, aber fluchtartig den überdachten Restaurantteil.

„Sauwetter“, stieß der Mann hervor und rüttelte die Nässe vom Schirm, „Gott sei Dank, endlich bei Gregor!“, atmete seine Begleiterin auf. Der Aussprache nach waren es Steirer. Der Wirt begrüßte die Ankömmlinge wie alte Bekannte und riet ihnen, an einem Tisch im Lokal Platz zu nehmen, denn heraußen, fürchtete er, würde es bald empfindlich kühler werden.

Edith und ich hatten ebenso wie Gregor vom Weißburgunder nur genippt, uns war nicht danach, das Glas zu leeren. Wir baten den Patron, die angebrochene Flasche für uns zu reservieren, wir würden spätestens nächste Woche wiederkommen. Gregor begleitete das Paar ins Haus und wollte das Meldeverzeichnis mitnehmen. Ich bat ihn, die Angaben von Monsieur Gelin notieren zu dürfen. Auf das Dessert, im Restaurant Denk immer ein lukullisches Erlebnis, verzichtete ich diesmal. Ich bat um die Rechnung, denn mich trieb es heimwärts, ich musste meine Informationen loswerden und der Redaktion mailen.

Bodo, der sich inzwischen beruhigt hatte, machte auf dem Parkplatz ein Lackerl, noch immer beäugte der Gemeindestorch von Kungota das Geschehen unter sich, nur ab und zu schüttelte er die Nässe aus dem Gefieder, dann schrubbte ich Bodo trocken, ehe ich ihn ins Auto hüpfen ließ, und wir fuhren heim. Unterwegs beschäftigten Edith die Fragen, warum dieser Monsieur Gaston Gelin eine Mühle fotografieren wollte und welchen heimischen Bauer er aufgesucht haben könnte.

„Vielleicht fotografiert er gerne alte Mühlräder“, vermutete ich. „Die faszinieren auch mich immer wieder, weil sie monumentale Relikte aus romantischen Zeiten sind. Und der Bauernhof, den er gesucht hat, gehört vermutlich ohnehin diesem Karl Harrer.“ Ich hatte meiner Frau von der Begegnung mit dem aggressiven Typen berichtet.

„Glaubst du, der Bauer hätte sein Opfer im eigenen Hopfenfeld an den Pranger gehängt?“, bezweifelte Edith meinen, zugegeben, nicht ernst gemeinten, sondern nur rhetorischen und voreiligen Verdacht.

„Das glaub ich nicht“, gab ich zu.

„Du hast mir erzählt, dass der Kerl eine recht attraktive Frau hat“, erinnerte sich Edith.

„Verheiratet sind die beiden nicht“, stellte ich richtig.

„Möglicherweise hat der Mord etwas mit einer Frau zu tun. Wenn nicht mit dieser, dann mit einer anderen“, kombinierte Edith.

„Aber geh“, sagte ich, „dieser Gaston Gelin war über siebzig. Was sollte sich so ein Mann noch aus Frauen machen?“

Die Scheibenwischer begannen zu kreischen, ein Zeichen, dass der Regen aufgehört hatte.

„Du vergisst, dass wir in einigen Jahren auch so weit sind", erinnerte mich Edith, „dann wirst du dir hoffentlich noch etwas aus mir machen."

8. Madame Madeleine

In unserer Hube angelangt, schwankte ich, ob ich zunächst mein Mitteilungsbedürfnis oder meine Neugier befriedigen sollte. Ich entschied mich, Kommissar Ricchius noch etwas warten zu lassen und vorerst mit der Tochter des Opfers Kontakt aufzunehmen. Ich hoffte inständig, dass die Dame, von der ich nur den von Gregor erwähnten Vornamen Madeleine kannte, einigermaßen der englischen Sprache mächtig war. Denn mein Schulfranzösisch würde sicherlich nicht reichen, um mich gegenüber einer Französin halbwegs verständlich machen zu können. Wohl hatten wir einst oft mehrmals im Jahr Frankreich bereist, und nach einigen Tagen hatte ich damals wieder stockend in die Redeweise der schönsten Sprache der Welt zurückgefunden, aber nach jahrelanger Absenz von der *Grande Nation* waren alle meine Sprachkenntnisse verkümmert.

Ich erinnere mich an einen Urlaub im unteren Rhônetal, als ich nach dem Abendessen in dem gemütlichen kleinen Hotel *Auberge de Castillon* an der *Route Nationale 86* einen Kaffee wollte und beim hübschen, freundlich lächelnden Servicemädchen statt *Café au lait* irrtümlich *Café au lit* bestellte. Was nicht kam, war der Kaffee. Am nächsten Morgen, ich stand gerade unter der Dusche, Edith war auch noch nicht angezogen, klopfte jemand an der Tür. Meine Frau öffnete, vor ihr stand, wieder lächelnd und mit einem opulent bestückten Frühstückstablett, das Mädchen vom Vorabend. Es hatte uns den Kaffee, die Croissants, Weißbrotschnitten sowie Butter, Marmelade und Schinken ans Bett servieren wollen. Phonetisch hatte ich nur einen Vokal verwechselt und statt „olä“ „oli“ gesagt, und schon war ich in eine französische Bettgeschichte gestolpert.

Umgekehrt sorgte ein anderes Mal eine Plauderei mit unserem bretonischen Quartiergeber für Heiterkeit, als wir uns über die weihnachtlichen Essgewohnheiten in unseren Heimatländern unterhielten. Die bevorzugte Speise der Österreicher am Heiligen Abend sei *le carpe*, sagte ich, Monsieur Le Bolch antwortete auf meine Frage nach dem beliebtesten *reveillon*, also Weihnachtsessen, in der Bretagne, mit *le canard*. Meine Frau fragte mich, was damit gemeint sei, und scherzhaft entgegnete ich: „Was wird das schon sein? Kanarienvögel!“ Edith protestierte mit einem ungläubigen „Geh, geh, geh!“, worauf der *patron* kopfnickend zustimmte: *„Ah oui: Geh, geh, geh!“* Er hatte Ediths Ausruf für die Imitation des Entengeschnatters gehalten.

In der burgundischen Kleinstadt Seurre wiederum sorgte das abendliche Hotelmenü für sprachliche Irritationen, diesmal allerdings nicht bei meiner Frau, sondern bei mir und bei Otto, Ediths Cousin, der mit uns unterwegs war und der eigentlich ein ganz passables Französisch sprach. Als wir am dritten Abend im *„Le Castel"* das gleiche Menü auf der Karte vorfanden wie an den beiden vorherigen Tagen, bat Edith die Serviererin: *„Variété, s'il vous plait."* Otto und ich mussten ein Lachen unterdrücken, stellten wir uns doch unter diesem Begriff eine musikalische oder akrobatische Einlage vor, und dafür hätten wir ein anderes Etablissement aufsuchen müssen. Am Ende war es Edith, der zum Lachen zumute war, denn sie bekam prompt eine neue Menü-Empfehlung. Wir beiden Männer hingegen hatten unsere Bestellung anhand der alten Karte gemacht und schauten verdutzt. Hinterher machte ich mich schlau, dass *variété* im Französischen vor allem „Abwechslung, Mannigfaltigkeit" bedeutet.

Im Internet suchte ich nun vergeblich die Telefonnummer einer Madeleine Gelin in Avallon, aber unter *Docteur* Gaston Gelin schien ein Anschluss auf. Ich überlegte meine Wortwahl, denn jemandem den Tod eines Familienangehörigen mitzuteilen, ist ein ebenso schwieriges wie unangenehmes Beginnen. Schon oft hatte ich als Reporter Verwandte von Mordopfern oder Verunglückten aufsuchen müssen, meistens um Näheres über den Menschen zu erfahren, manchmal auch, um ein Foto des Opfers zu „keilen", wie es im Jargon der Journaille heißt, aber in diesen Fällen waren die Angehörigen schon vorher von der Polizei über die Tragödie informiert worden. Diesmal war ich gewissermaßen der „Totenvogel", eine heikle Aufgabe, bedenkt man, dass der oder die Angesprochene, wenn er oder sie zum Beispiel herzleidend wäre, bei der Hiobsbotschaft zusammenbrechen könnte. Während ich die Nummer wählte, hoffte ich plötzlich insgeheim, dass sich niemand melden würde, aber kaum hatte ich die Ziffern getippt, wurde der Hörer abgehoben.

„Bonjour", sagte eine wohlklingende weibliche Stimme. War es die Tochter Gelins oder seine Haushälterin?

Ich nannte meinen Namen. *„Pardon, Madame"*, fügte ich hinzu, *„Je ne parle pas beaucoup de Francais. Parlez-vous l'Anglais ou l'Allemand?"*

Eine Schrecksekunde blieb es still, dann sagte die Stimme: „Ich spreche Deutsch. Was wollen Sie?"

„Sind Sie Madame Madeleine?"

„*Oui*, was ist los? Warum rufen Sie hier an?"

„Ich habe die Nummer von Monsieur Gaston Gelin gewählt."

„Rufen Sie aus *Autriche* an? Ist mit *Père* etwas passiert?"

„Leider ja."

„Ist er im Spital? Ich hab ihn gewarnt, mit seinem Herzleiden so weit zu fahren. Oder ist er mit dem Wagen verunglückt? Ist er verwundet?"

Die Frau sprach ein perfektes Deutsch mit dem bezaubernden Akzent einer Französin. Jetzt musste ich auf jedes Wort achten, um ihr die schreckliche Wahrheit schonend mitzuteilen.

„Weder noch, Madame. Möglicherweise liegt ein Kriminalfall vor", sagte ich.

„Ein Kriminalfall?", wiederholte Madeleine ungläubig. „Was heißt Kriminalfall? Ist mein Vater tot?"

Ich wartete zwei Sekunden länger mit der Antwort als notwendig: „Ja, er ist gestorben."

„*Non, non, non!*", schrie Madeleine in den Äther. Es blieb lange still, und ich horchte vergeblich auf ein Schluchzen und schwieg ebenfalls. Nach einiger Zeit schien die Frau sich gefasst zu haben: „Sagen Sie mir, was passiert ist. Ich will alles wissen. Ist mein Vater – ", sie stockte, „ermordet worden?"

„Ob es Mord war, weiß die Polizei noch nicht. Das wird derzeit noch untersucht."

„Warum rufen Sie an und nicht die Polizei?" Misstrauen regte sich in ihrer Stimme.

„Die Polizei hat Ihren Vater noch nicht identifizieren können. Ich bin zufällig darauf gestoßen, dass der Mann, den man tot gefunden hat, Ihr Vater ist. Ich kenne den Chef des Hotels, in dem er gewohnt hat."

„In Kun-, Kun-gota war er, ich weiß. Ich habe noch am Samstag mit *Père* gesprochen. Anschließend wollte er nach *Styrie*, nach Steiermark, fahren."

„Dort ist er gefunden worden, Madame."

„Sagen Sie mir den Ort, ich werde hinfahren."

„Der Ort heißt Schlossberg und liegt in der Südsteiermark, nahe von Leutschach und nahe an einer bekannten Weinstraße", antwortete ich.

„Schlossberg!", rief sie aus. „*Mon Père* hat mir erzählt, dass er eine Adresse in Schlossberg sucht. Ein Bauerngut."

„Dem Wirt in Kungota hat er gesagt, dass er jenen Hof suchen will, wo sein Vater, also Ihr Großvater, als Kriegsgefangener gearbeitet hat", knüpfte ich an ihre Bemerkung an.

„*Exact!* Mein Großvater ist verschollen. *Mon Père* vermutet, dass ihm in Schloss-, Schlossberg etwas zugestoßen ist."

„Hatte Ihr Vater einen Verdacht, irgendein Indiz?"

„Mein Großvater hat seiner Frau mehrere Briefe geschrieben. Ich habe einen solchen Brief. Darin klagt er über Misshandlungen. Der Bauer hat ihn mehrmals mit der Peitsche geschlagen."

„Oh", sagte ich bedauernd, „in diesem Krieg ist viel Unrecht, viel Böses geschehen."

„Monsieur, Sie haben die Nummer meines Vaters angerufen. Ich bin nur zufällig hier, weil ich die Post entferne und in der Wohnung nachschaue."

„Sie wohnen nicht in Avallon?"

„Nein, ein paar Kilometer außerhalb. Aber, Monsieur, ich gebe Ihnen meine Mailadresse. Teilen Sie mir genau mit, wohin ich fahren muss." Es klang wie ein Kommandoton.

„Können Sie sich freinehmen?", fragte ich, nachdem sie mir ihre E-Mailadresse buchstabiert hatte, und bereute den Satz sofort. Im Todesfall eines Blutsverwandten darf dies keine Frage sein.

„Morgen ist Donnerstag, spätestens Freitag oder Samstag bin ich in *Autriche*. Schreiben Sie mir so bald wie möglich. *Au revoir.*"

„D'accord! A tout à l'heure, Madame", antwortete ich mit einer vorbereiteten Phrase.

„Wie ist sie?", fragte Edith, als ich den Hörer auflegte.

„Ein sehr nettes Mädchen, und sie wirkt gefasst."

„Mädchen, Mädchen! Das wird eine erwachsene Frau sein", korrigierte mich Edith. Tatsächlich enthielt ihre Mailadresse einen anderen Familiennamen als Gelin, nämlich Dietrich. Wahrscheinlich war sie verheiratet. Mir kam eine Idee: „Sie will her kommen. Was hältst du davon, wenn wir sie in unserem Kellerstöckl unterbringen?"

Edith zögerte, dann zuckte sie die Achseln: „Von mir aus. Aber sie ist eine wildfremde Person."

„Ist ja nur ein Vorschlag", schränkte ich ein.

„Dann muss ich es Traude sagen, damit sie im Kellerstöckl Ordnung macht." Traude ist unsere südsteirische, immer verlässliche Perle. „Wann kommt deine Madeleine?", fragte Edith.

„Sie ist nicht meine Madeleine", widersprach ich, „aber sie wird uns mailen, wann und wie sie anreist."

Da fiel mir ein, ich hätte Madeleine nach dem Auto ihres Vaters und nach dem Kennzeichen fragen können. Aber diesen Punkt konnte ich in meinem Mail ansprechen. Schon nach wenigen Minuten sandte ich ihr folgende Nachricht:

Sehr geehrte Madame Madeleine,
ich möchte Ihnen zum Ableben Ihres Vaters mein herzlichstes Mitgefühl ausdrücken. Ihr Vater wurde vergangenen Sonntag in der Ortschaft Schlossberg, Postleitzahl A-8463, Bezirk Leibnitz, tot aufgefunden. Derzeit befindet sich der Leichnam in der Prosektur in Graz. Teilen Sie mir, bitte, mit, ob Sie beabsichtigen, per Auto, Bahn oder Flugzeug anzureisen, und wann Sie kommen wollen. Ich würde Sie dann an einem vereinbarten Punkt abholen und nach Leutschach bringen oder lotsen. Sie könnten einige Tage in unserem Haus wohnen.

PS: Teilen Sie mir bitte die Kennzeichennummer vom Auto Ihres Vaters mit.

Affectueusement à vous

Die Redewendung hatte ich in einem Wörterbuch gefunden, ihr fügte ich meinen Namen und unsere E-Mailadresse hinzu.

Apropos E-Mail! Ich hatte der Redaktion zwei Artikel versprochen, einen kurzen über den Hopfen-Krimi und einen Vierzigzeiler über den Bankraub in Gamlitz. Es war 14.30 Uhr, höchste Zeit, wenn die Berichte noch in der ersten Ausgabe erscheinen sollten. Aber nun, da wir vermutlich exklusiv und als erstes Blatt die Identität des Opfers kannten, war mir eine Kurzmeldung zu wenig. Ich rief Kollegen Reinhard an, aber er bedauerte: Es sei alles schon fix geplant, für den Hopfen-Krimi habe er mir immerhin zwanzig Druckzeilen reserviert, für den Bankraub dreißig.

„Dann sorge für mehr Platz in der nächsten Ausgabe“, verlangte ich verärgert. „Es gibt eine sensationelle Wende im Hopfen-Krimi. Die haben wir exklusiv. Ich brauche mindestens sechzig Zeilen.“ Die sensationelle Wende konnte Kollegen Reinhard weder beeindrucken noch umstimmen. „Vielleicht in der übernächsten Ausgabe“, murrte er und hängte ein.

Ich fluchte, dann trommelte ich den Zwanzigzeiler in den Computer. Ich musste mich beeilen, weil ich noch Details des Bankraubes in Gamlitz recherchieren musste, und nach vier Minuten sandte ich diesen Bericht an die Redaktion:

Hopfen-Krimi: Das Opfer war Franzose
Das Rätselraten um den Toten aus dem Hopfenfeld in Schlossberg scheint zu Ende. Wie unser Blatt exklusiv erfuhr, handelt es sich bei dem Opfer um einen pensionierten Richter aus Frankreich. Gaston G., Jahrgang 1939, war in die Südsteiermark gereist, um die Spur seines verschollenen Vaters zu suchen. Dieser hatte während des Zweiten Weltkrieges als Kriegsgefangener in einem südsteirischen Bauernhof arbeiten müssen und ist nie mehr aufgetaucht. Zuletzt fuhr Gaston G. einen grauen Peugeot 206, der noch immer nicht gefunden wurde.

Dann rief ich die Polizeistation Gamlitz an, um Näheres über den Bankraub zu erfahren. Der Beamte wollte mich zunächst an das Landeskriminalamt in Graz verweisen, das für Presseauskünfte zuständig sei. Ich sagte ihm, dass ich es sehr eilig hätte, es wäre bereits fünf Minuten vor Redaktionsschluss, und ich wollte ohnehin nur wissen, ob der Täter gefasst worden war. Ich sei am Vormittag am Tatort gewesen, sagte ich, und hätte von einem seiner Kollegen erfahren, dass es auch eine Schießerei gegeben habe.

„Der Kollege war ich selber", antwortete der Polizist, nunmehr etwas freundlicher gestimmt. Ja, es habe tatsächlich eine Schießerei in Steinbach gegeben, und der Räuber sei an einem Bein verletzt worden und in Haft. Er sei Slowene und habe das geraubte Geld noch im Fluchtauto gehabt. Dessen Fond sei inzwischen rot verfärbt, weil das Alarmpaket explodiert sei.

„War er mit dem eigenen Wagen unterwegs?", hakte ich nach.

„Vielleicht, das wird überprüft, aber nicht von uns. Das Auto trägt nämlich ein französisches Kennzeichen."

Ich hätte noch eine Reihe von Fragen zu stellen gehabt, aber angesichts der fortgeschrittenen Zeit dankte ich dem Beamten und setzte mich wieder an den Computer, um in wenigen Minuten diese dreißig Druckzeilen zu tippen:

Bankräuber in der Südsteiermark angeschossen
Die sonst friedvolle Gegend, erst jüngst durch den Hopfen-Krimi in die Schlagzeilen geraten, war am Mittwoch Schauplatz eines neuen Verbrechens. Ein slowenischer Bankräuber überfiel mit einer Handfeuerwaffe die Raika Gamlitz und flüchtete mit mehreren Banknotenbündeln und mit einem Alarmpaket. Auf dem Fluchtwagen hatte er eine offenbar gestohlene französische Nummerntafel montiert.

Im Schalterraum waren während des Überfalls auch einige Bankkunden, unter anderem eine Frau mit einem Kleinkind, gewesen. Glücklicherweise kamen alle Zeugen mit dem Schrecken davon.

Ein Security-Mann, der ebenfalls in der Bank war, verfolgte den Räuber im eigenen Wagen und konnte den Verdächtigen einige Kilometer weiter, in Steinbach, einholen. Bei der folgenden Schießerei wurde der Täter an einem Bein verletzt und später verhaftet.

Max Ricchius erreichte ich im Büro. „Opodeldok“, grüßte ich, „dein Hopfen-Krimi nimmt internationale Dimensionen an.“

„Was willst du wissen?“ Er klang, als sei er sehr in Eile.

„Ausnahmsweise nichts. Ich wollte dir etwas mitteilen, was du noch nicht weißt.“

„Halt mich nicht auf und nicht zum Narren, Bernt, ich hab 's eilig. Ich muss nach Wagna ins Krankenhaus, zu diesem Bankräuber, er ist schon vernehmungsfähig.“

„Ach so“, sagte ich, „der angeschossene Slowene.“

„Vielleicht ist er unser Täter im Hopfen-Krimi“, meinte Ricchius.

Ich reagierte stotternd und verwirrt: „Der Bankräuber?“

„Ja, im Fluchtauto haben wir im Gepäcksraum einen kleinen Koffer und im Handschuhfach einen Führerschein gefunden. Das Foto ist zwar zwanzig Jahre alt, aber die Ähnlichkeit mit unserem Opfer ist unverkennbar. Außerdem lag eine blaue Baskenmütze auf dem Rücksitz. So eine, wie das Opfer sie getragen hat.“

Ich hatte den Kommissar überraschen wollen, jetzt war ich der Verblüffte. „Das heißt also, dass der Räuber mit dem Wagen unseres Opfers unterwegs war?“

„So schaut es aus. Das Auto ist auf den Führerscheinbesitzer zugelassen.“

„Und der Räuber könnte auch der Mörder sein?“

„Deshalb bin ich ja unterwegs nach Wagna. Du hältst mich auf mit deinen Fragen.“

„Wer ist dieser Slowene?“

„Den Namen kann ich dir nicht sagen. Ich weiß nur, dass er früher bei einem Weinbauer in Glanz als Tagwerker gearbeitet hat.“

„Dank Führerschein und Zulassungsdokument wisst ihr also schon den Namen des Toten“, stellte ich fest.

„Ja, aber ich sag ihn dir nicht. So, jetzt muss ich fort.“

„Er heißt Gaston Gelin“, sagte ich schnell.

Der Kommissar reagierte schroff: „Woher hast du den Namen!? Welcher Trottel hat das verraten?“

„Max, beruhige dich. Ich hab herausgefunden, wo der Mann logiert hat. Drüben in Slowenien.“

„Wo genau?“ Das berufliche Interesse war geweckt, Ricchius schien es nicht mehr ganz so eilig zu haben.

„Bis Samstagvormittag hat er in Kungota bei Gregor Vracko gewohnt, du weißt, über dem Restaurant gibt es einige Fremdenzimmer. Dann ist Herr Gelin die paar Kilometer herübergefahren, um einen Bauernhof aufzusuchen.“

„Welchen Bauernhof?“

„Das weiß ich selber noch nicht. Aber ich krieg den Namen und vielleicht auch die Adresse. Ich hab mit der Tochter des Mannes telefoniert.“

„Opodeldok“, grollte der Kommissar. „Du erledigst unsere Arbeit.“

„Wenn ich euch helfen kann, mach ich es gerne“, sagte ich scheinheilig.

„Ist der Mann ein Schuhvertreter?“, fragte Ricchius zu meiner Überraschung.

„Wieso Schuhvertreter?“

„Wir haben im Kofferraum des Autos sieben Paar Schuhe gefunden, zum Teil fabrikneu, ungetragen und originalverpackt, aber lauter erstklassige Marken.“

„Von einer Schuhvertretung hat mir die Tochter nichts erzählt“, bedauerte ich.

„Gib mir die Adresse der Tochter oder ihre Telefonnummer.“

„Ich hab weder Anschrift noch Telefonnummer“, sagte ich wahrheitsgemäß. „Ich hab die Frau zufällig in der Wohnung ihres Vaters angetroffen. Sprichst du übrigens Französisch?“, fragte ich hinterhältig und in der Hoffnung, der Kommissar würde vorerst, wenn er mit Sprachproblemen rechnen musste, keinen Kontakt zu Madeleine suchen. Zuerst wollte nämlich ich die Tochter interviewen, vielleicht würden mir ihre Angaben eine Spur zum Täter weisen. Dann konnte ich immer noch den Kommissar einschalten.

„Nein, nicht viel.“ Ricchius schien nachzudenken. „Aber vielleicht spricht sie Englisch.“

„Kann sein“, sagte ich. „Sie will übrigens nach Österreich kommen.“

„Das wäre hilfreich“, gab sich Ricchius zufrieden. „Wenn sie da ist, lass es mich wissen, oder bring sie in mein Büro. Und wenn du erfährst, welche Adresse der Mann aufgesucht hat, sag es uns sofort und versuch nicht wieder, auf eigene Faust zu recherchieren. *Adieu!*“

9. Ein Zeuge

Ricchius hatte meine Zustimmung zu seinem Befehl nicht einmal abgewartet, er war schon auf dem Weg zum mutmaßlichen Täter. War er der Mörder von Monsieur Gelin?

Jedenfalls kannte sich der Slowene in der Südsteiermark gut aus, weil er hier gearbeitet hatte. War er zuletzt arbeitslos gewesen? In Slowenien, hatte ich gelesen, war der Anteil der Beschäftigungslosen zuletzt stark gestiegen, wie übrigens in fast allen EU-Staaten. Aber wenn im Hopfen-Krimi ein Raubverbrechen vorlag, was angesichts des Verdächtigen, der ja auch eine Bank überfallen hatte, plausibel erschienen wäre, warum hatte der Mann sich anschließend die Mühe gemacht, den Toten aufzuknüpfen? Und wie hätte er das ohne Hebeplattform oder entsprechende technische Hilfe zuwege gebracht?

Beim Kaffee diskutierte ich diese Fragen mit Edith. Sie meinte, das Ganze ergebe ohnehin keinen Sinn. Ein einfacher Bankräuber hätte kein Interesse, ein Mordopfer auch noch an den Hopfenpranger zu hängen. Diesmal musste ich meiner Frau zustimmen.

„Wer sagt überhaupt", überlegte Edith, „dass dieser Slowene mit dem Franzosen etwas zu tun hatte?"

„Er hat dessen Auto benützt."

„Na gut", kombinierte Edith weiter, „vielleicht hat er den Wagen gestohlen."

„Das wäre ein unglaublicher Zufall", sagte ich.

„Das Auto könnte irgendwo verlassen abgestellt gewesen sein."

„Verlassen abgestellt", wiederholte ich zweifelnd. „Im Wagen hat man den Führerschein des Herrn Gelin gefunden und seine blaue Baskenmütze. Da wird er sich nicht weit vom Fahrzeug entfernt haben, oder?"

„Vielleicht gehört der Slowene zu einer Organisation, und es gibt Mittäter", grübelte Edith.

„Wenn wir den Bauernhof finden, den Gaston Gelin gesucht hat, haben wir das Rätsel vermutlich gelöst", meinte ich. „Kann schon sein, dass der Slowene auch dort einmal beschäftigt war."

Als ich nach der Kaffeejause die Redaktion anrief, zeigte sich Kollege Reinhard unnachgiebig gegenüber meiner Forderung nach mehr Platz für den Hopfen-Krimi. Ich verlangte achtzig Zeilen und wollte dafür auch den Bankraub in der Geschichte unterbringen, weil, so mein Argument, beide Kriminalfälle nun zusammenzuhängen schienen.

„Ich hab keinen Platz", jammerte Reinhard. „Ich hab ein Interview mit dem Wiener Bürgermeister, einen Riesenprozess gegen zwei Polizisten, ein Hochwasser in Kärnten, einen Killerhund, der sein Frauchen zerfleischt hat, und, und, und. Du musst dich mit dem Platz begnügen, den ich dir in unserer ersten Ausgabe gegeben habe. Eine aufblasbare Zeitung ist noch nicht erfunden worden."

Auch ein Telefonat mit dem Chronikchef half nichts, verärgert warf ich den Hörer hin. Nun neigt fast jeder Journalist dazu, die Bedeutung seiner gerade aktuellen Arbeit zu überschätzen und mit Unverständnis zu reagieren, wenn die Chefs oder Kollegen die jeweils angebotene Geschichte nicht richtig würdigen. In meinem Fall hielt ich freilich meine Forderung nach einem Seitenaufmacher mit achtzig Zeilen für berechtigt. Immerhin hatten wir im Hopfen-Krimi exklusiv den Namen des Opfers erfahren und dessen Beweggründe, nach Österreich zu kommen, recherchiert, und nun ergab sich auch noch der unfassbare, scheinbare oder tatsächliche Zusammenhang mit einem aktuellen Banküberfall.

Ich war wütend, schaltete den Laptop ab und marschierte, Dampf ablassend, in Gummistiefeln zum Weinberg, um mit der Laubarbeit an den Rebstöcken zu beginnen. Im Sommer wird es Zeit, einige Blätter rund um die Traubenzonen zu entfernen, damit die wachsenden Früchte mehr Sonnenschein, aber auch Wind abbekommen und damit sie nach einem Regen rascher trocknen. Allerdings sollte man die Stöcke nicht zu rigoros entlauben. Manche Winzer stellen nämlich den Traubenbereich ziemlich frei, um ihm möglichst viel Sonnenwärme zukommen zu lassen. Allerdings erleiden Beeren, die so schutzlos der Tageshitze ausgesetzt sind, häufig einen Sonnenbrand, verfärben sich rötlichbraun und schrumpfen saftlos zusammen. Solche kranken und vertrockneten Trauben sind für die Weingewinnung nicht mehr verwendbar, sie würden den Rebensaft des gesunden Traubengutes im Geschmack negativ beeinflussen.

Doch mit Hitzeschäden hatte ich diesmal kein Problem, alle Traubenansätze in meinen beiden Rebzeilen waren, wie erwähnt, Monate vorher vom Unwetter zerstört worden. Die Reben, sie sind und bleiben wild rankende Schlingpflanzen, hatten aber noch einmal „ausgetrieben", das heißt, überall spross neues Blattgrün, aber ohne jeden Fruchtansatz. Diese neuen Triebe musste ich teilweise oder gänzlich stutzen, außerdem galt es, das vom Hagelsturm geknickte und abgestorbene Holz zu entfernen.

Auch Edith war unterdessen mit Bodo auf ihren „Aussichtshügel" gewandert, wie sie den höchsten Punkt unseres Grundstücks bezeichnet. Sie setzte sich auf ihre Bank neben dem vom Hagelsturm gefällten Stamm des Nussbaumes, warf Bodo ab und zu einen Ball ins Gelände, sah mir bei meiner Weingartenarbeit zu oder genoss den prächtigen Panoramablick auf das gewölbte Hügelland, das sich am südlichen Horizont bis zum „Heiligen Geist" erstreckt. So heißt auf Deutsch eine 1667 erbaute Wallfahrtskirche in fast tausend Meter Seehöhe. Sie liegt knapp auf slowenischem Gebiet, wurde aber mit kräftiger finanzieller Unterstützung aus der Steiermark vor einigen Jahren renoviert und erstrahlt Abend für Abend, von Scheinwerfern beleuchtet, weit über das Land in einem fast mystischen Licht. Edith liebt diesen Blick zum *Sveti Duh*, wie die Kirche auf Slowenisch genannt wird, und beide pilgern wir oft und gerne hinauf, weil sowohl das Gotteshaus wie auch der von zerklüfteten Felsbrocken bedeckte Platz davor Orte einer Kraftquelle sind. Zumindest spüren wir eine positive Energie und tanken sie, sobald wir Kirche oder Vorplatz betreten. Im frühen 17. Jahrhundert, heißt es, wurde dieser Ort vor allem von Sektierern frequentiert, die wegen ihrer religiös motivierten Tänze „Springer" genannt wurden.

Die Kirche thront auf dem sogenannten Osterberg. Dieser ist Teil eines Höhenzuges, der die Grenze zwischen Österreich und Slowenien markiert. Von seiner Himmelsloge hat der Heilige Geist allerdings oft genug und scheinbar tatenlos den Auswüchsen menschlichen Treibens zusehen müssen. Die Fratzen des Krieges hielten dort blutrünstig Karneval. *Carne vale*. Ja, das Fleisch, dieses für Verwundbarkeit anfälligste Material am Menschen, wurde im Schatten der Kirche misshandelt, verletzt und gemordet. Jahrelang waren die Bewohner der Gemeinde Schlossberg, die bis hinauf zum Osterberg reicht, Freiwild von Freischärlern und von Rächern in deutschen Uniformen. Die örtlichen Chroniken sind voll von gewalttätigen Ereignissen. So etwa wurde im Juli 1944 ein Mann namens Johann Sivetz bei Waldarbeiten an der Grenze durch zwei Schüsse aus einer Partisanenpistole getötet. Am 8. August 1944 wurden zwei Widerstandskämpfer in der Nähe der Kirche erschossen. Zehn Tage darauf sprengten Partisanen aus Rache die Grenzlandschule in Großwalz, dem südlichsten Sprengel von Schlossberg, ferner die Schule oben beim Heiligen Geist und jene in der Nachbarortschaft Kappl, dem slowenischen *Kapla*. Am 25. August 1944 wurde Othmar Friedl, Kreisschulrat von Leibnitz, während einer

Erkundungsfahrt im Grenzgebiet von Partisanen ermordet, die beim Heiligen Geist einen Stützpunkt unterhielten. In Remschnigg, einem Ortsteil von Schlossberg, wurden zwei Brüder erschossen, weil sie sich gegen die Requirierung von Lebensmitteln aus ihrem Haus wehrten. Als eine Freischärlereinheit in einem Bauernhof in Großwalz ein Hitlerbild entdeckte, wurde der Hausherr unter Waffengewalt genötigt, das Bild aufzuessen. Ende September 1944 starteten deutsche Wehrmachtseinheiten eine Offensive gegen die jugoslawischen Freiheitskämpfer rund um den Heiligen Geist, wo die Tito-Partisanen auch auf etliche Unterstützer in der Zivilbevölkerung zählen konnten. Wenn die Gestapo im Anmarsch war, wurden zum Beispiel die Glocken geläutet, damit die Kämpfer sich in Sicherheit bringen konnten. Der damalige Dechant von Leutschach, Johann Stoff, war ein aufmerksamer Chronist und hielt Anfang 1945 fest:

Die bodenständige [...] Bevölkerung (Deutsche wie Slowenen) leidet unter den jetzigen Verhältnissen unvorstellbar, materiell u. physisch-psychisch – ein Schrecken ohne Ende! Geben sie oder geben sie nichts, beherbergen sie oder nicht – gefehlt ist es in jedem Fall und fast jedes Mal, auf der einen oder anderen Seite. Bald ist es die Gestapo, bald u. noch viel öfter und zahlreicher sind es die Partisanen, die sie „besuchen" bzw. sich selbst als Gäste einladen u. aus Haus und Hof alles Wünschenswerte mitnehmen oder sie bezüglich ihrer Gesinnung und Einstellung auf härteste Proben stellen. Die Partisanen verbieten ihnen jedwede Ablieferung, sonst werde ihnen auch das Restliche genommen; den Bauerführern wurde überdies bei Vorschreibungen zur Ablieferung mit dem Erschießen u. dem „Roten Hahn"auf ihr Dach gedroht [...]

Aber auch nach Kriegsende nahm der Horror an dieser Grenze kein Ende, immer wieder kam es zu Überfällen, Verschleppungen und Erschießungen durch Partisanen.

Die lebensgefährlichen Umstände, denen die Einheimischen in diesem Grenzland damals ausgesetzt waren, habe ich hier etwas ausführlicher geschildert, weil sie in unserer Geschichte noch von Bedeutung sein werden.

Ich war mit meiner Arbeit erst an der Hälfte der ersten Rebzeile angelangt, als weit unten, vor unserer Einfahrt, ein Pkw mit Anhänger hielt, dann wieder losfuhr und so lange hin und her manövriert wurde, bis hinter dem zweirädrigen Hänger genügend Platz war, um ein transportiertes Gerät abzuladen. Bodo lief vom Aussichtshügel zum Tor und wedelte erfreut mit der Rute, ein Zeichen, dass er den Ankömmling gut kannte. Tatsächlich war es Franz Grill, seit Jahrzehnten unser Freund und damals Chef im Lagerhaus Schlossberg. Flink wie immer montierte der kleine, aber drahtige und kräftige Steirer zwei Rampenschienen am Anhänger, sprang hinauf, setzte sich auf das Ladegut und steuerte es langsam und bedächtig auf den Boden. Es war ein Rasenmäher in der Dimension eines Gartentraktors. Edith und ich waren hinunter geeilt, um Franz zu begrüßen und ihm das Tor zu öffnen. Aber was wollte er mit dem Ungetüm? Wohl wäre eine Mahd auf unserer Wiese schon fällig gewesen, doch heute nach dem Regen war es unmöglich, das teilweise schon kniehohe und feuchte Gras zu mulchen.

Er wolle das Gerät nur bei uns einstellen, sagte Franz. Morgen würde er am Nachmittag vorbeikommen, um uns das neue Modell vorzuführen und einen Teil des Grundstücks abzumähen. Ich besaß nur einen einfachen Motorrasenmäher, mit dem ich die Innenhof-Wiese pflegte, die Bearbeitung der weiten Grasflächen hatten wir bis dahin einem Bauer aus Eichberg überlassen. Nachdem dieser jedoch während unserer Abwesenheit wieder einmal vier Stunden mit einem so genannten Balkenmäher unterwegs gewesen war, präsentierte er uns eine Rechnung, die im Vergleich zu den vorherigen Arbeitsgängen um rund 130 Euro teurer ausfiel. Es stellte sich heraus, dass er unter anderem auch den Einsatz seiner Ehefrau verrechnet hatte, die sonst mit der Sense die Böschungen händisch gemäht hatte, aber diesmal überhaupt nicht hier gewesen war, wie unsere aufmerksamen Nachbarn beobachtet hatten. Wir zahlten dem Bauer den verlangten Betrag, verzichteten aber fortan auf seine Dienste. Franz witterte daraufhin eine Chance, uns einen richtigen Rasentraktor, der bis zu einem bestimmten Neigungswinkel auch auf Hängen einsetzbar ist, zu verkaufen, Edith winkte jedoch gleich ab. Sie würde nie zulassen, sagte sie, dass ich mich auf so ein gefährliches Gefährt setzte, das auf unseren steilen Böschungen jederzeit kippen konnte. Außerdem schien ihr der Preis für diesen Husqvarna Rider, rund 10 900 Euro, viel zu hoch. Um das Geld, meinte sie, könnten wir jahrelang einen Lohnmäher finanzieren.

Franz bestand dennoch darauf, uns das moderne Mähmobil morgen Nachmittag vorzuführen, wenn die Wiese trocken sein würde. Wir luden ihn in die Bauernstube auf ein Glas Wein ein, doch Franz bat um ein Bier. Edith servierte ihm auch Schinken und Salami, und ich genehmigte mir ebenfalls ein Bier.

„Was hältst du von diesem Hopfen-Krimi?", fragte ich Franz.

„Die Kunden erzählen, dass ein Slowene den Mann ermordet hat", antwortete er. „Und dass keiner weiß, wer das Opfer ist."

„Oh doch, inzwischen ist er agnosziert", sagte ich. „Er ist Franzose."

Unser Gast setzte das Glas, das er zum Mund führen wollte, ab: „Ein Franzose?! Was macht ein Franzose bei uns? Nicht einmal im Herbst kommen Urlauber aus Frankreich hierher."

„Er ist aus privaten oder nostalgischen Motiven angereist", erzählte ich. „Er wollte einen Bauernhof suchen, wo sein Vater im Krieg gearbeitet hat."

Franz reagierte wie elektrisiert: „Wie schaut der Mann aus?"

„Hast du nie sein Bild in der Zeitung oder im Fernsehen gesehen?", fragte ich zurück.

„Nein, ich hab seit Tagen nicht mehr ferngesehen. Montagabend musste ich nach Gleinstätten zu einer Besprechung der Lagerhauschefs, Dienstagabend hatten wir Musikprobe in Leutschach." Franz, muss man wissen, ist ein begnadeter Musiker, er hat schon vor dem Bundeskanzler aufgespielt, war Kapellmeister des örtlichen Musikvereins, hat diese Agenden später seinem Sohn Christoph übergeben, der allerdings als Polizeibeamter stellvertretender Orchesterleiter der Polizeimusik Steiermark geworden ist und den Taktstock in Leutschach seinem Onkel Ewald Grill überlassen hat.

Ich kramte eine Zeitung mit dem Foto des Opfers hervor: „Das ist er."

„Bist du deppert!", rief Franz aus. „Der war bei mir!"

Fast hätte nun ich mich der Ausdrucksweise von Franz bedient, stattdessen stellte ich verblüfft die Frage: „Wann und wo?"

Franz nahm einen Schluck Bier: „Vergangenen Samstag war 's. Ich hab unser Firmengelände abgesperrt, später als sonst. Normalerweise machen wir den Laden samstags um elf Uhr dicht. Diesmal wollte ein Weinbauer noch zwei Paletten Weinflaschen holen, das hat etwas länger gedauert. Es war vielleicht dreiviertel zwölf, als ich das Tor abgesperrt hab. Auf einmal steht der Mann neben mir, das war er hundertprozentig. Er war nicht größer als ich und hat mir einen Zettel gezeigt, auf dem ist der Name Gaischitz gestanden. Er hat mich in gebrochenem Deutsch gefragt, ob ich den Namen kenne. Aber ich kenne keinen Gaischitz, hab ich gesagt. Ich war nicht sehr freundlich zu ihm, weil es schon sehr spät war und weil ich, du kannst dich erinnern, schon einmal Probleme mit Ausländern hatte."

„Jetzt greif doch zu", ermunterte Edith unseren Gast, der noch immer keinen Bissen vom Jausenteller angerührt hatte.

Franz nahm ein Stück Brot und zwei Rädchen von der Salami. Ich erinnerte mich sehr wohl an den Vorfall: Unser Freund war ein Jahr vorher in Kärnten auf Kur gewesen, schon am ersten Sonntag spürte er seltsamerweise das Bedürfnis, heimzufahren, obwohl das während des Kuraufenthaltes untersagt ist. Nach dem Frühstück setzte er sich ins Auto, eine Stunde später war er in Leutschach. Wieder soufflierte ihm ein sechster Sinn, nicht sofort in sein Haus und zu Rita, seiner Frau, zu fahren, sondern im Büro in Schlossberg vorbeizuschauen. Als er das Lagerhaus aufsperren wollte, sah er die Bescherung: Eine Tür war aufgebrochen, drinnen lagen Ordner, Waren und sonstiges Inventar verstreut, der Tresor war aus der Wand gestemmt worden und weg. Die Täter, es waren Serben oder Bosnier, das weiß ich nicht mehr, hat man zum Glück Wochen später nach einem neuerlichen Tresordiebstahl in Bad Radkersburg gefasst. Seit damals achtete Franz mit Argusaugen auf alle Fahrzeuge, die ihm fremd waren. Einige Tage vor dem Einbruch in sein Lagerhaus hatte er eines Abends, als er nach Geschäftsschluss sein Büro aufsuchte, um die Buchhaltung zu erledigen, einen verdächtigen ausländischen Kastenwagen auf dem Firmenparkplatz bemerkt, aber die Autonummer nicht notiert.

„Hatte der Mann ein Fahrzeug dabei?“, fragte ich.

„Ja, natürlich. Der Wagen ist auf unserem Parkplatz gestanden. Das ausländische Kennzeichen hat mich misstrauisch gemacht. Ich hab ’s mir notiert.“ Er kramte in einer Tasche seines raiffeisengrünen Arbeitsmantels und holte einen zerknitterten Zettel hervor. Darauf war mit ungelenker Handschrift die Nummer 3130 AN 89 vermerkt. „Ich hab das Kennzeichen im Stehen aufgeschrieben“, entschuldigte er die unbeholfen wirkende Notiz.

„Neunundachtzig steht für das französische Departement Yonne“, sagte ich. „Von dort ist der Mann auch her.“

Franz wurde neugierig: „Woher weißt du das?“

„Wir haben dort früher jedes Jahr Urlaub gemacht“, erzählte ich.

„Wegen der französischen Weine“, vermutete Franz.

„Auch deshalb“, bestätigte ich. „Wir hatten in Burgund sogar schon Stammwinzer.“

„Na, dann köpfen wir doch so eine Flasche“, schlug unser Gast vor.

„Gerne, wenn du morgen gemäht hast, begießen wir deinen Freundschaftsdienst“, sagte ich, kam dann aber auf unser Thema zurück: „Auf dem Zettel von diesem Franzosen hast du ‚Gaischitz‘ gelesen? Vielleicht ist das der Name des Bauers, den der Franzose gesucht hat.“

Franz stärkte sich wieder mit einem kräftigen Schluck: „Ich kenn doch alle Leute hier. Aber ein Gaischitz ist mir noch nie untergekommen. Das hab ich dem Mann auch klar gemacht."

„Wie hat er reagiert?"

„Er hat *Merci* gesagt und sich in sein Auto gesetzt, es war übrigens ein Peugeot 206, dann ist er umständlich weggefahren. In der Kurve hat er den Randstein mitgenommen."

„Hat der Mann eine blaue Baskenmütze getragen?"

„Genau! So was setzt doch bei uns kein Mensch auf." Franz wurde nachdenklich: „Aber warum sollte ein Slowene bei uns einen Franzosen ermorden?"

„Ich glaub nach wie vor, dass eine Organisation hinter dem Verbrechen steckt", mischte sich nun Edith ein. „Einer allein hätte den Mann doch nicht so hoch auf die Hopfenstange befördern können."

„Da unterschätzt du unsere Technik", warf Franz ein. „Ich verkaufe Maschinen, da kannst du auf Knopfdruck jede Last automatisch in zehn Meter Höhe heben."

„Ich denke, Franz", warnte ich ihn, „die Polizei wird von dir ohnehin eine Liste aller Kunden verlangen, die solche Hebe-Vorrichtungen gekauft haben."

„Die Polizei hat sich schon bei mir gemeldet. Morgen Vormittag kommt irgendein Kommissar ins Büro."

„Ricchius?"

„Ja, auch so ein ausländischer Name. Vielleicht ist er von der Europol oder Interpol. Aber er hat wenigstens gut deutsch gesprochen, fast steirisch."

10. „Gaischitz"

Am nächsten Morgen verließ Edith früher als sonst das Haus, um mit Bodo ihre tägliche *Happy hour* zu zelebrieren und in Gummistiefeln über unser Grundstück zu spazieren. Nachdem ich die Kaffeemaschine eingeschaltet hatte (ich bereite, während Edith ihre Runden dreht, immer das Frühstück), fuhr ich sofort den Laptop hoch, ich erwartete Post aus Frankreich. Am Mittwoch hatte ich noch gegen 23 Uhr, vor dem Zubettgehen, nachgeschaut, ob Madeleine eine E-Mail geschickt hatte, aber außer zwei Einladungen für Weinverkostungen und ein obskures Viagra-Angebot war keine Botschaft eingetroffen. Diesmal war die Nachricht da, und ich druckte sie sofort aus:

Cher Monsieur bernt,
danke für ihr mitgefühl, ich kann es noch immer nicht glauben, dass mon père nicht mehr nach hause kommt. Ich habe auf der landkarte und dann im internet nachgesehen, wie ich nach graz und dann nach schlossberg komme. Mit der bahn ab avallon ist es nicht zu machen. Es wäre eine endlose fahrt, bis graz müsste ich dreimal umsteigen, nach leibnitz ein viertes mal. auch von auxerre, der nächsten größeren stadt, gibt es keine günstige und rasche zugverbindung nach graz.
Ich habe mich auch über flugverbindungen nach graz erkundigt. Von auxerre gibt es jeden samstag flüge nach graz, aber die sind sehr teuer. Jetzt habe ich einen billigen flug ab paris gefunden und gebucht. die fluglinie fly-niki startet in paris-charles-de-gaulle freitag um 8.40 uhr, um 14.10 uhr landet das flugzeug in graz. Die reise dauert so lange, weil das flugzeug einen umweg nach berlin-tegel macht. Aber freitag 14.10 uhr müsste ich, falls nichts dazwischenkommt, in graz landen. Wenn sie mich dort abholen, wäre ich ihnen dankbar.
Nach paris muss ich mit dem auto fahren, das sind rund zweihundert kilometer. Ich werde freitag um vier uhr früh losfahren, damit ich rechtzeitig im flughafen bin.
Das auto meines vaters trägt die nummer 3130 AN 89.
Ps: ich füge ein foto von mir an, damit sie mich erkennen, wenn ich ankomme.

Ich klickte das angefügte Fotodokument an, und es öffnete sich das Bild einer rassigen Schönheit. Madeleine musste um die vierzig sein, sie trug auf dem Foto langes brünettes Haar, ihre großen Augen wirkten faszinierend, und als sich mein Doppelgänger-Gedächtnis einschaltete, sah ich Romina Power vor mir, wie sie in den Achtzigerjahren ausgesehen hat. Ich druckte das Foto aus, faltete es und steckte es in die Innentasche meines Sommersakkos.

Dann schickte ich der Tochter Monsieur Gelins ein Returnmail:

Chère Madeleine,
ich werde Sie morgen Freitag im Flughafen Graz erwarten und freue mich trotz der traurigen Umstände, Sie persönlich kennenzulernen.

Kurz überlegte ich, ob ich neben meinem Namen auch den von Edith anfügen sollte, ließ es aber bleiben. Schließlich rief ich, wie jeden Morgen, die Internetseiten der Konkurrenzblätter auf und war frustriert: Alle berichteten breit über die erste heiße Spur in unserem Kriminalfall und stellten eine Verbindung mit dem Bankräuber her. Eine Zeitung titelte sogar: *„Verdächtiger im Hopfen-Krimi verhaftet"*, eine andere wählte die Schlagzeile: *„Bankraub nach Hopfen-Mord"*, und eine dritte stellte die These nur in Frage: *„Hat Bankräuber den Hopfen-Mord verübt?"* Die „Kleine Zeitung" veröffentlichte zudem ein Foto des Fluchtautos, das eine eingedellte Seitentür und daneben ein Schussloch aufwies. Offenbar hatte der Security-Mann den Bankräuber im Wagen eingeholt und vom Fahrerfenster aus ins Visier genommen. Zum Glück für den Verfolger hatte der Schuss nur ein Bein des Täters verletzt. Wäre der Slowene tödlich getroffen worden, hätte man dem Schützen wahrscheinlich eine Anklage wegen Mordes oder Totschlags aufgehalst.

Auch unsere Zeitung hätte über diese sensationelle Wende im Hopfen-Krimi berichten können, aber Redakteur Reinhard hatte sich ja geweigert. Ich hoffte nur, dass der Chefredakteur nach Lektüre der anderen Tageszeitungen dem Kollegen ordentlich die Leviten lesen würde. Denn: Auch wenn man sich rühmte, eine Qualitätszeitung zu produzieren, hieß das doch nicht, aktuelle Entwicklungen in einem Kriminalfall, der ein breites Publikumsinteresse genoss, zu verschweigen und stattdessen die Seiten nur mit mehr oder weniger faden Kommunal- und Politikthemen zu füllen.

Ich blickte auf die Uhr und merkte, wie gewaltig ich mit den Frühstücksvorbereitungen im Verzug war. Edith würde in zehn Minuten zurück sein, sie bleibt jedes Mal, obwohl stets ohne Uhr unterwegs, eine volle Stunde im Freien. Der Kaffee brodelte zwar schon, doch ich hatte noch Brot, Semmeln, Butter, Schinken, Honig und Marmelade aufzutischen und auch das Frühstückstablett für Bodo mit Extrawurstscheiben, Fleischstangerln und allerlei Leckerlis musste ich noch herrichten. Als ich die ersten dünnen Wurstblätter auf das Hundetablett schlichtete, klingelte mein Handy.

„Opodeldok“, sagte eine diesmal gar nicht missgelaunte Stimme. „Ich bin in Gamlitz und unterwegs nach Schlossberg. Da komme ich zwangsläufig bei dir vorbei. O. k.?“

„Ja, ja“, sagte ich. „Ich freue mich, der Kaffee kocht schon.“

Als Ricchius seinen Golf vor unserer Einfahrt parkte, kam Edith gerade vom Berg herab, und Bodo war glücklich, wieder einen Gast begrüßen zu können.

„Dein Mann hat mich auf einen Kaffee eingeladen“, entschuldigte der Kommissar, am Tor wartend, seinen morgendlichen Auftritt gegenüber Edith.

„Endlich kann ich mit einem Kompetenten über den Hopfen-Krimi reden“, sagte Edith, „komm nur weiter.“

Ich hatte inzwischen am Jogltisch in der Stube für drei Personen und Bodo gedeckt, der Hund wird von mir nämlich am Tisch gefüttert, am Ende seiner Morgenmahlzeit kriegt er ein getrocknetes Schweinsohr, das er genüsslich auf dem Teppich verzehrt.

„Hat er gestanden?“, fragte ich, nachdem Ricchius von seinem Kaffee genippt hatte, geradeheraus.

„Den Bankraub ja“, antwortete er. „Mit dem Hopfen-Krimi will er aber nichts zu tun haben.“

„Ich tippe auf eine abgefeimte Organisation“, wiederholte Edith ihre Lieblingsthese, um nun auch ein Motiv ins Spiel zu bringen: „Vielleicht ging es um Waffenhandel für den Balkan oder für eine Terrororganisation im Nahen Osten.“

„Alles möglich“, pflichtete ihr Ricchius bei, „so lang wir den Täter nicht haben, darf jeder beliebig und fantasiereich spekulieren.“

„Woher hatte der Slowene den Wagen?“, fragte ich.

„Er erzählt eine unglaubliche Geschichte“, begann der Kommissar. „Er behauptet, er habe das Auto, einen Peugeot 206, nicht in Österreich, sondern in Slowenien gestohlen. Er sagt allerdings nicht: gestohlen, sondern: gefunden. Der Dolmetsch hat es extra betont: Der Mann will den Wagen auf einem Parkplatz am Ufer der Drau in Marburg gefunden haben. Er sei auf das Auto am Dienstag aufmerksam geworden, weil schon zwei Strafmandate hinter den Scheibenwischer geklemmt waren. Auf dieser Uferpromenade darf man nämlich nur eine bestimmte Zeit parken. Im Wagen hat er angeblich sogar den Autoschlüssel gefunden. Der Kerl hat uns die Strafzettel gezeigt. Der erste ist vergangenen Sonntag um 18 Uhr ausgestellt worden, der zweite am Montag um 14 Uhr."

„Das Opfer wird in Schlossberg aufgehängt, das Auto in Marburg gefunden", sinnierte Edith, „das spricht doch wirklich für eine Bande, für eine Organisation."

„Ich weiß nicht", sagte Ricchius, „ob ich dem Kerl glauben soll."

„Vielleicht hat er den Wagen nach der Tat in Schlossberg nach Marburg gefahren, das sind rund 25 Kilometer", kombinierte ich. „Wohnt er in der Stadt?"

„Knapp außerhalb", erwiderte Ricchius. „Am Dienstag, sagt er, war er in der Stadt auf Arbeitssuche. Er ist seit Monaten ohne Job."

„Hat er in der Steiermark früher bei einem Hopfenbauer gearbeitet?"

„Nein, bei einem Weinbauer. Aber wir und die Kollegen in Slowenien haben ihn und seine Kleider daheim auf Hopfenpollen untersuchen lassen. Das Laborergebnis steht noch aus."

„Wenn er also am Tatort war", überlegte Edith, „könnte man ihm das wissenschaftlich beweisen."

„Genau. Jeder, der sich vor allem zur Zeit der Blüte in einem Raum, auf einer Wiese, in einem Wald, Weingarten oder Hopfenfeld aufhält, nimmt ein unverwechselbares Pollenprofil mit", dozierte der Kommissar.

„Und wenn er hinterher gebadet und die Kleidung zur Reinigung gegeben hat?", fragte Edith.

„Das nützt nichts. Er könnte seine Hose mehrmals mit dem aggressivsten Fleckenreiniger behandeln, die Pollenspuren kann er nicht auslöschen. Manche Bankmanager machen sich diese kriminalistische Beweiskraft zunutze und statten ihre Geldinstitute mit ausgefallenen Pflanzenkonstellationen aus. Ein Verdächtiger kann später dank dieses seltenen Vegetationstyps in seinem Pollenprofil als Täter überführt werden."

„Wenn dieser Slowene also keine Hopfenspuren mit sich führt, ist er den Mordverdacht los", folgerte ich.

„So einfach entlassen wir ihn nicht aus der Verantwortung", verbesserte mich der Kommissar. „Erstens haben wir ihn wegen des Bankraubs festgenagelt, dann wegen des Autodiebstahls. Und es kann ja wirklich sein, dass er im Hopfen-Krimi nur Mittäter war, wie Edith vermutet. Dann müsste er kein charakteristisches Pollenprofil von Hopfenblüten aufweisen."

„Jetzt sag uns endlich", wagte ich einen neuen Vorstoß, „woran dieser Franzose wirklich gestorben ist."

„Bitte, dränge mich nicht", reagierte Ricchius abwehrend. „Wir brauchen zuerst einen Verdächtigen, der wirklich bei der Tat dabei war. Er soll nicht vorher in der Zeitung lesen, wie das Opfer umgekommen ist."

„Der Slowene gilt doch als Verdächtiger", erinnerte ich.

„Ja, vorerst aber offiziell nur wegen Bankraubes und Autodiebstahls."

„Du fährst anschließend ins Lagerhaus", sagte ich.

„Aha, war dein Freund hier, der Herr Grill?", kombinierte Ricchius. Ich hatte ihm einmal anvertraut, dass Franz einen Schlüssel zu unserer Hube besitzt, damit er jederzeit nach dem Rechten sehen kann, wenn wir nicht hier sind, und dass der Lagerhauschef im Notfall auch befugt sei, alle unsere Biervorräte im Kühlschrank zu leeren.

„Er hat uns einen Rasentraktor gebracht", ärgerte sich Edith nachträglich. „Aber wir kaufen so ein gefährliches Gerät nicht."

„Also, ich hab im Lagerhausbüro angerufen", erläuterte der Kommissar den Grund seines Besuches, „weil ich eine Liste von allen Kunden möchte, die irgendwann so einen Hubsteiger gekauft haben, den man auch auf einem Traktor montieren kann."

„Das sind zumindest einige Hopfenbauern", gab ich zu bedenken.

„Die Liste dieser Landwirte haben wir schon. Der Vorstand des Hopfenverbandes hat uns sehr geholfen, er ist selber an der Klärung des Verbrechens interessiert. Außerdem haben wir im Internet alle Personen aus dem Rebenland abgerufen, die Agrarsubventionen für den Hopfenanbau bezogen haben. Hast du gewusst, dass auch die EU Fördermittel zahlt? Dreihundert Euro pro Hektar Hopfenfeld. Verpflichtend ist dabei die Begrünung der Fahrzeilen. Und bei einer Hangneigung von 25 Prozent kriegt der Bauer noch einmal 170 Euro pro Hektar für den Erosionsschutz."

„Trotzdem ist das Bier teurer geworden", bemerkte ich bissig. „Hier in der örtlichen Brauerei hab ich einmal für einen Liter zehn Euro gezahlt."

„Jetzt lass das Bier sein und Max seinen Kaffee trinken", mahnte Edith. Als sie ihm eine zweite Schale eingoss, konnte diesmal er seine Neugier nicht länger im Zaum halten: „Du hast erzählt, dass unser Franzose einen Bauernhof gesucht hat. Weißt du schon, welchen?"

„Ja." Die eine Silbe verdarb ihm kurz den Appetit auf seine Butterbrotschnitte, er ließ sie sinken.

„Nein!", sagte er entrüstet. „Und da lässt du mich endlose Listen abklappern!?"

„Na ja", schränkte ich ein. „Ich hab einen Zeugen gefunden, bei dem hat sich Monsieur Gelin nach einem bestimmten Namen erkundigt."

„Den Zeugen musst du mir aber auf der Stelle nennen", verlangte Ricchius.

„Du bist auf dem Weg zu ihm", sagte ich.

„Was? Der Grill vom Lagerhaus?"

„Er hat den Franzosen Samstagmittag auf dem Parkplatz vorm Lagerhaus getroffen."

„Und?!"

„Monsieur Gelin hat ihm einen Zettel gereicht, auf dem ist ein Name gestanden – Gaischitz."

„Und wo wohnt dieser Gaischitz?"

„Max, wenn ich das wüsste, wäre ich schon bei ihm gewesen. Auch Herr Grill, der wirklich fast mit jedem im Rebenland auf du und du ist, weiß mit dem Namen nichts anzufangen. Dabei ist Franz nicht nur durch sein Geschäft ein Kenner der einheimischen Volksarena. Zu ihm kommen Gott und die Welt. Er ist außerdem bis vor einigen Jahren auch als Fußballschiedsrichter herumgekommen. Er kennt seine Pappenheimer."

Der Kommissar holte ein kleines Notizbuch hervor und kritzelte den Namen auf ein Blatt. „Ich lass im Meldecomputer nachforschen", sagte er. „Hat der Franzose einen Taufnamen genannt?"

„Nein, auf dem Zettel war angeblich nur der eine Name vermerkt."

Plötzlich hatte es Ricchius eilig. Er würgte rasch den letzten Bissen Brot hinunter, dankte für das Frühstück, erhob sich und verabschiedete sich von Edith mit der Bemerkung: „Du wirst wahrscheinlich mit deiner Vermutung richtig liegen." Zu mir sagte er mit erhobenem Zeigefinger: „Opodeldok! Besser dich endlich und recherchiere nicht wieder auf eigene Faust! Sonst baumelst vielleicht auch du auf so einer Hopfenstange."

„Ich passe schon auf mich auf", beruhigte ich ihn.

Im Hinausgehen wandte er sich noch einmal um: „Wann kommt die Tochter des Herrn Gelin?"

„Ich hole sie morgen Nachmittag vom Flughafen ab und fahr mit ihr sofort zu dir."

„Wird gut sein, Kumpel!“

Ich zog das Foto Madeleines aus der Tasche: „So sieht sie aus.“

Ricchius war beeindruckt: „Ein rassiges Weib! Edith, gib Acht auf deinen Bernt!“

Nun trat auch meine Frau näher, um das Bild zu sehen: „Sie hat etwas Romanisches an sich“, bemerkte sie, und es klang nicht gerade freundlich.

„Egal, wie sie aussieht“, sagte der Kommissar, „ich brauch sie auch zur amtlichen Agnoszierung der Leiche.“ Und schon war er draußen.

Na, danke schön, dachte ich. Nur um dieses Trauma zu erleben, würde Madeleine sicher nicht anreisen. Warum konnte sie ihren Vater nicht so in Erinnerung behalten, wie er sie verlassen hatte? Wozu sollte sie an einem geliebten Menschen Misshandlungsspuren sehen, die sie nie wieder aus ihrem Gedächtnis würde tilgen können? Wozu war die schmerzvolle Prozedur in der Prosektur notwendig, wenn ohnehin die Identität klar war? Doch als ich Ricchius meine Bedenken mitteilen wollte und ihm winkte, er solle zuwarten, hatte er den Golf schon gestartet und verschwand in der abschüssigen Kurve der *Route Sixty-nine*, dort, wo der Friedhof beginnt.

11. Im Feinschmeckerlokal

Die Ermahnung des Kommissars, meine Recherchen in unserem Kriminalfall einzustellen, stachelten meine diesbezüglichen Ambitionen nur noch mehr an. Bevor wir zum täglichen Einkauf im Spar-Markt aufbrachen, googelte ich im Internet nach dem ominösen Namen Gaischitz. In einer von Leopold Ackerl verfassten oststeirischen Ortschronik wurde ich fündig. Dort war zu lesen, dass Gaischitz auf Steirisch so viel wie „Brotträger" bedeutet. Möglicherweise hatte Monsieur Gelin diesen Namen in einem Brief seines Vaters gefunden, und es handelte sich um einen der alten Vulgonamen, wie sie im Süden des Landes früher sehr verbreitet waren und auch jetzt noch vereinzelt angewendet werden. Die Benennungen wurden oft von der Tätigkeit des Hausbesitzers abgeleitet, manchmal musste der Name eines früheren Eigentümers als Hofbezeichnung herhalten. Die erwähnte Chronik stammt übrigens aus der Marktgemeinde Mettersdorf am Saßbach, Bezirk Südoststeiermark, und bietet Liebhabern von Sagen und geschichtlich Interessierten eine bunte Fundgrube. So ist auf Seite 108 eine mehr als dreihundert Jahre alte „Dorfordnung" angeführt, die 1702 der Graf von Weinburg, Carl Weikhard Breuner, auf Ersuchen der Bevölkerung erlassen hat. Sie enthielt kuriose Bestimmungen, unter anderem den Punkt 13: „*Wenn sich sexuelle Beziehungen ereignen, ob nachher Kinder werden oder nicht, ist von jeder Person 1 Gulden, von verheirateten Leuten 2 Gulden Strafe zu bezahlen.*" Auch eine Art von Kirchensteuer wurde damals schon eingehoben. Bei kirchlichen Prozessionen, so verlangte es der Punkt 14, „*muss von jedem Haus wenigstens 1 Person mitgehen, Strafe 15 Kreuzer für kirchliche Zwecke*", *und* „*wer dem sonn- und feiertäglichen Rosenkranzbeten ohne guten Grund fernbleibt, zahlt Strafe: Keuschler, Tagwerker, Ledige 1 Kreuzer, sonstige 3 Kreuzer.*"

Ich war in das Studium dieser spätmittelalterlichen Gesetze vertieft, als Edith mir aus der Küche zurief: „Wir könnten fahren, ich bin fertig." Bodo, durch die Bemerkung meiner Frau hellhörig geworden, kam ins Arbeitszimmer und sah mich mit großen Augen erwartungsvoll und fragend an. Es ist immer das Gleiche: Wenn man im Internet nach Wissenswertem zu stöbern beginnt, entzieht sich die Zeit der Kontrolle, im Nu sind aus den zehn Minuten, die man für eine Online-Suche vorgesehen hat, dreißig oder vierzig geworden. Ich schaltete den Laptop ab und nahm mir vor, bei der heutigen Gassi-Tour meinen alten

Freund, den Kren-Müller in Schlossberg, aufzusuchen. Der kannte sich mit Vulgonamen in der Gemeinde wahrscheinlich besser aus als die Gemeindesekretäre oder die jungen, hübschen Hostessen im Tourismusbüro. Auch Freund Franz schien mir trotz seinen 58 Jahren zu jung, um so alte Namen noch im Gedächtnis gespeichert zu haben. Er hatte mit dem Namen Gaischitz nichts anzufangen gewusst. Doch in der Mühle verkehrten, wie erwähnt, häufig auch ältere Semester, die mir im Namensrätsel vielleicht weiterhelfen konnten.

Diesmal saß nur ein einziger Biertippler auf der Bank am runden Mühlstein im Hof der Mühle, der Seniorchef war nirgends zu sehen. Elke, seine Tochter, begrüßte mich wie immer mit einem bezaubernden Lächeln und der Einladung, mir ein „Schnapserl" zu genehmigen. Wie immer lehnte ich dankend ab und fragte nach Herrn Muster.

„Er kommt gleich, er ist nur kurz ins Haus gegangen", sagte Elke. Dann wollte sie von mir wissen, ob der Hopfen-Krimi schon geklärt sei. Sie habe gelesen, dass ein Bankräuber im Verdacht stehe.

„Nein", sagte ich überzeugt, „der zuständige Kriminalbeamte war vorhin bei uns, er ist noch immer heiß auf eine heiße Spur."

„Seltsam, wie viele Leute diesen Mann vorher gesehen haben", sagte Elke. „Bei mir waren gestern drei Kunden, die haben alle erzählt, dass sie mit dem Mann gesprochen haben."

„Wann soll das gewesen sein?"

„Samstagmittag. Der eine, Beppo Sertling, ein Maler aus Fötschach, hat ihn auf dem Parkplatz beim Spar-Markt direkt unter dem Klapotetz getroffen. Ihn hat der Mann nach dem Rathaus gefragt. Die Frau eines Baumeisters von Hohenegg glaubt, dass der Mann im Supermarkt neben ihr gestanden ist. Er hat auf die steirischen Semmeln hinter der Vitrine gedeutet und gefragt: Was ist der Name für dieses Brot? Die Frau hat ihm gesagt, dass es sich nicht um Brot, sondern um Semmeln handelt. Und der dritte ist der Kirchenwirt."

„Tom Riederer?", wunderte ich mich. Der fesche Autodidakt betreibt (bald wird es heißen: betrieb) das Lokal am Beginn der Arnfelser Straße von Leutschach, gleich ums Eck vom Hauptplatz. Mit zäher Ausdauer und viel Engagement, Ästhetik und Einfallsreichtum in der Küche (eine *Cuisine avantgarde*) hatten es er und seine Frau Katarina damals schon im *„Gault Millau"* zu Zwei-Hauben-Ehren gebracht. Doch der von der Kritik als „Koch-Revolutionär" gefeierte Riederer strebte nach noch höheren Weihen: 2012 erhielt er die dritte Haube. Ende 2013 verabschiedete sich der sympathische Koch aus Leutschach, um im verwaisten gotischen Pfarrhof von St. Andrä im Sausal ein neues Lokal einzurichten.

„Ja, Tom war gestern Abend hier und hat Mehl geholt", erzählte Elke. „Der Franzose war am Samstag bei ihm und hat sich nach einer alten Mühle erkundigt. Tom hat ihm dann unsere Adresse genannt. Aber bei uns hat sich der Fremde nicht blicken lassen. Dafür hat er bei Tom ein Abendessen bestellt."

„Samstagabend soll der Mann bereits tot gewesen sein, meint der Gerichtsmediziner", sagte ich.

Elke ergänzte: „Tom hat mir erzählt, dass der Gast nur einen Platz für den Abend reservieren ließ. Er ist dann nicht gekommen."

Ich nahm mir vor, den Kirchenwirt auf dem Heimweg aufzusuchen, und resümierte: „Diese drei Personen mitgezählt haben insgesamt sechs Zeugen mit dem Opfer gesprochen. Zuerst war es Franz Grill, ihn hat der Franzose vor dem Lagerhaus nach einem Namen gefragt. Anschließend muss der Mann ein Stück weiter im Supermarkt zwei Schinkensemmeln gekauft haben. Eine Verkäuferin kann sich an ihn erinnern, und jetzt auch die Frau aus Hohenegg. Dann muss der Franzose auf dem Parkplatz vor dem Supermarkt mindestens zwei Leute angesprochen haben – Frau Doktor Dunkl aus Glanz und Beppo, den Maler aus Fötschach, mit dem wir übrigens befreundet sind. Ihn hat er nach dem Rathaus gefragt, bei der Medizinerin hat er sich nach der Gendarmerie erkundigt. Aber bei der Polizei waren die Rollläden unten, es war keiner da. Anschließend ist er vermutlich beim Kirchenwirt eingekehrt. Das Restaurant liegt ja kaum hundert Meter neben der Polizei."

„Das ist schon tragisch", meinte Elke, „vielleicht hätten die Polizisten dem Mann helfen können."

Ihr Vater trat, gestützt auf einen Stock, aus dem Haus und rief mir von Weitem einen Gruß zu. Elke brachte Bodo, der es sich vor dem Eingang zur Mühle gemütlich gemacht hatte, eine Wasserschüssel.

„Gaischitz?", überlegte der Müllermeister kurz, als ich mich nach dem Namen erkundigte. „Ja, das ist so", begann Herr Muster, „früher haben alle Leute einen Vulgonamen gehabt. Unserer lautet zum Beispiel Kren-Müller, weil wir früher auch Krenwurzeln geführt haben und weil die Leute das gerne mitgenommen haben." Kren sei früher als Heilpflanze sehr beliebt gewesen, erzählte der alte Müllermeister. Man habe geriebenen Kren mit Honig vermischt und gegen Husten oder Heiserkeit eingenommen. Umschläge mit Krenbrei seien gegen

Rheumaleiden aufgelegt worden. Manche Leute hätten früher den in Scheiben geschnittenen Kren als Glücksbringer um den Hals gehängt. Herr Muster schmunzelte verschmitzt: „Man hat gesagt, dass die scharfen Krenwurzeln die Manneskraft stärken. Die Leut' haben 's kiloweise gekauft."

Um die Begehrlichkeit nach vermeintlich Potenz hebenden Mitteln hatte ich meine eigenen Erfahrungen gemacht. Vor einigen Jahren hatte mir Thomas Wildbacher, ein Weinbauer vom Eichberg, erzählt, dass ihm nach dem Pressen von Schilchertrauben zentnerweise die Kerne der Beeren übrig geblieben waren und er diese wie die Kürbiskerne pressen wollte. Irgendjemand habe ihm erklärt, das daraus gewonnene Öl habe eine aphrodisische Wirkung. Nachdem Thomas aus seinem kernigen Vorrat rund dreißig Liter Schilcherkernöl gewonnen und dieses in zierliche kleine Fläschchen gefüllt hatte, trat ich auf den Plan und berichtete in der Zeitung von dieser Eichberger Spezialität. Die Sekretärin des Zeitungsressorts „Leben", wo der Bericht erschien, wurde tagelang mit Anrufen von Interessenten bombardiert. Sogar ein Pharmakonzern meldete sich, ein Direktor bat um die Adresse des Weinbauers, er wollte mit Thomas und dessen Potenzöl eine Großfabrikation aufziehen. Leider waren die Fläschchen bald ausverkauft, und ich konnte hinterher, weil ich nie einen Probeschluck erhalten hatte, nicht einmal den Wirkungsgrad des Saftes bestätigen. Daran musste ich denken, als Herr Muster die Krenwurzeln erwähnte.

„Haben Sie noch welche?", fragte ich.

„Heute kriegt man den Kren schon in jedem Supermarkt", sagte er. „Aber ein Schnapserl könnten S' schon trinken", riet er mir. Ich lehnte wieder dankend ab und lauschte dann seinen weiteren Ausführungen über Vulgonamen: „Bei uns hatte also fast jeder Hof einen Zweitnamen. Zum Beispiel fällt mir ein: Gottscheber, Kristeindl, Kruschkerl, Finksimmerl, Trutscherl, Lanzl, Koschutta, Koglnebl, Sawurtl, Stani, Höllerlippi, Hexenhäusl, Schmiedhansl, Flurlweber, Holzgregi, Schmalzpeter, Oberer Zotzel, Wiesenschneider, Hiri, Karsabathi, Hasn, Spitzgodl und sogar Puff." Herr Muster betete die Namen wie eine auswendig gelernte Litanei herunter.

„Und die Leute merken sich die ausgefallenen Bezeichnungen?", fragte ich verwundert.

„Die Jungen weniger, aber wir Alten verwenden sie noch teilweise. Auch Gaischitz ist so ein Name. Gaischitz hat man früher zu jemandem gesagt, der Brot und Gebäck ausgeführt hat. Der ist um fünf Uhr Früh mit dem Radl oder mit dem Wagen losgefahren und hat die bestellten Backwaren in den Wirtsstuben, aber auch bei privaten Leuten, die schon Fremdenzimmer hatten, abgeliefert. So ein Gaischitz war der Hansl vom Remschnigg, geschrieben hat er sich aber Poschnig."

„Mit Gaischitz könnte also der Herr Poschnig gemeint sein?", kombinierte ich.

„Ja, ja. Aber der Hansl ist längst gestorben", erzählte Herr Muster weiter. „Den Hof führt jetzt sein Enkel, der Gerd Poschnig."

„Hat dieser Poschnig auch Hopfenfelder?", fragte ich.

„Soviel ich weiß, nein. Aber sicher bin ich mir nicht. Ich komm ja nimmer aus dem Haus mit meinen kranken Beinen." Es stimmte, Herr Muster tat sich mit fünfundachtzig Jahren schon schwer beim Gehen, ein Bein hatte er immer schon nachgezogen, so als wäre es steif, und manchmal, so verriet mir seine Tochter, spürte er so starke Schmerzen, dass er sich zurück ins Haus schleppte oder es erst gar nicht verließ.

„Mais baut er an", fuhr Herr Muster fort, „außerdem hat er Kürbisfelder. Sein Großvater war ein Großbauer, aber sein Sohn, der lebt auch nicht mehr, hat einen Großteil des Besitzes verkauft und – ", der Müller flüsterte es fast: „versoffen." Nach einer Pause fügte er hinzu: „Der Gerd ist ein braver Kerl. Nur: Das Bravsein ist für einen Verheirateten nicht immer ratsam. Manche Frauen nützen das aus. Seine ist ihm vor ein paar Monaten davongelaufen. Zum Glück haben die zwei keine Kinder."

„Wie alt ist dieser Gerd Poschnig?", wollte ich wissen.

„Fünfundvierzig wird er schon sein", überlegte Herr Muster. „Er ist ein bissl älter als Elke, meine Tochter. Aber er schaut jung aus, weil er sehr sportlich ist. Mindestens einmal in der Woche läuft er bis zum Heiligen Geist hinauf und retour. Und jedes Jahr macht er beim Welschlauf mit." Dieser Name bezeichnet jenen idyllischen Marathon, der zu den landschaftlich reizvollsten in ganz Europa zählt und der, aufmerksame Leser erinnern sich vielleicht, auch am Haus der Zeugin Doktor Dunkl vorbeiführt. Die Strecke verläuft von Ehrenhausen bis Wies mitten durch das südsteirische Rebenland, ständig bergan, bergab. Insgesamt 1 440 Höhenmeter werden überwunden, der Weg führt durch Wälder und Weingärten, vorbei an Buschenschänken, vor denen Labe-Stationen eingerichtet sind und deren Wirte selber je einen Kilometer mit einer Scheibtruhe voll Weinflaschen mitlaufen. Für manche Teilnehmer oder Zuschauer ist das Laufspektakel, das von der früheren steirischen Weinkönigin Claudia Pronegg-Uhl organisiert wird, das längste

Weinfest Mitteleuropas, vielleicht auch, weil die Sieger am Ziel unter anderem mit Wein aufgewogen werden.

„Hatte dieser Gaischitz-Hans während des Krieges Fremdarbeiter am Hof?“, fragte ich weiter.

„Das weiß ich nicht, aber möglich ist es. Auch im Schloss waren Kriegsgefangene als Landarbeiter tätig. Das waren Russen. Ich war manchmal drüben und hab die Tini Germuth besucht, eine Freundin, die im Schloss angestellt war.“ Herr Muster meinte Schloss Trautenburg, einen verwunschen aussehenden Adelssitz mit einem riesigen Park und mitten drinnen einem Teich, um den herum einst ausgelassene Lampionfeste gefeiert wurden, zu denen auch die Ortsbevölkerung eingeladen war.

„Waren auch Franzosen da?“

„In Trautenburg nicht. Aber in Pössnitz, ein Stück weiter, war angeblich ein Barackenlager eingerichtet, wo Franzosen einquartiert waren. Die mussten tagsüber in einigen Bauernhöfen der Umgebung arbeiten. Das waren lauter junge fesche Burschen. Aber wehe, eine einheimische Frau hat sich mit so einem eingelassen.“

„Heute wäre so ein Techtelmechtel völkerverbindend“, sagte ich.

„Oh, Gott!“, seufzte der Müllermeister, „damals hat es genügt, wenn eine Österreicherin einem Ausländer einen Liebesbrief geschickt oder mit einem Kriegsgefangenen getanzt hat. Sie hat sofort ein Jahr Zuchthaus bekommen, und der Gefangene hat auch eine Strafe ausgefasst. Wenn sie von einem Zwangsarbeiter schwanger geworden ist, hat sie wegen ‚Ehrvergessenheit einer deutschen Frau‘ noch länger ins Gefängnis müssen. Solche Urteile sind dann in den Zeitungen und auf Plakaten veröffentlicht worden, sodass die ganze Familie in Schimpf und Schande hat leben müssen.“

„Wegen Ehrvergessenheit hätte man damals die Gesetzgeber anklagen müssen“, kritisierte ich.

„Die wenigsten wollen an diese Zeiten erinnert werden“, meinte Herr Muster.

Ich ließ mir erklären, wie man zum Hof des Gerd Poschnig fährt, und überlegte kurz, ob ich diese vermutlich heiße Spur meinem Freund Max Ricchius preisgeben oder ob ich allein hinfahren und mit dem Mann sprechen sollte. Ich war mir unschlüssig, einerseits wollte ich der Polizei, falls sie gegenüber einem Verdächtigen eine bestimmte Taktik einschlagen wollte, nicht in die Quere kommen und einen Fahndungserfolg gefährden, andererseits war ich neugierig, wie ein mutmaßlicher Mörder sich verhalten würde, noch bevor er entlarvt war. Bodo und ich kehrten vorerst zum Parkplatz vor dem Supermarkt zurück, wo Edith schon wartete.

„Ich möchte noch beim Kirchenwirt vorbeischauen", sagte ich, als ich den Wagen startete.

„Aber ich koch uns doch heute Mittag Eiernockerl mit grünem Salat", protestierte Edith.

„Na, da kann ein Haubenkoch nicht mithalten", scherzte ich.

Katarina empfing mich mit einem erfreuten Ausruf: „Schön Sie zu sehen, Herr Redakteur! Darf ich zwei Plätze reservieren?" Sie wollte mich in den noch leeren Gastsaal führen, doch ich winkte ab und blieb an der Theke stehen: „Ich wollte mit Tom sprechen, wegen dieses Franzosen."

„Ah, natürlich", sagte Katarina. „Ich hab auch mit ihm gesprochen. Eine tragische Geschichte, nicht wahr."

Tom trat aus der Küche und begrüßte mich ebenfalls herzlich. Dann schilderte er die Begegnung mit Monsieur Gelin. Der Franzose war vergangenen Samstag kurz vor 13 Uhr im Lokal aufgekreuzt, und zuerst dachten die Wirtsleute, er wolle zu Mittag speisen. Tom unterhielt sich auf Französisch mit dem Gast und erfuhr von diesem, dass er die Adresse des Kirchenwirtes aus einem französischen Gourmetmagazin erfahren habe. „Er zeigte mir sogar den Zeitungsausschnitt", erzählte Tom, „dort war ich als ein führender Koch in der Alpe-Donau-Adria-Gastronomie angeführt."

Ich musste an Gregor Vracko aus Kungota denken, dessen Adresse der Franzose ebenfalls aus einer Feinschmecker-Zeitschrift bezogen hatte. Offenbar war Monsieur Gelin wirklich ein Gourmet gewesen. An jenem Samstag wollte der Franzose allerdings nicht zu Mittag essen, er bat vielmehr, ihm einen Platz am frühen Abend, so um 17 Uhr, zu reservieren. Dann, so hoffte er, hätte er seine Mission in der Südsteiermark erledigt. „Er hat mich nach einer alten Mühle gefragt, die er fotografieren wollte", berichtete Riederer. „Ich hab ihm die Kren-Mühle genannt. Dann erwähnte er den eigentlichen Grund seiner Reise und zeigte uns einen Zettel mit dem Namen Gaischitz. Aber diesem Namen war ein zweiter angefügt", erinnerte sich Tom, „und den kannten wir: Poschnig Gerd."

„Darf ich Ihnen einen Kaffee aufwarten?", unterbrach Katarina die Schilderung ihres Mannes.

„Danke", sagte ich. „Meine Frau wartet draußen im Auto."

„Sie soll doch herein kommen", schlug Katarina vor. „Wir haben ein leichtes Sommermenü vorbereitet."

„Vielen Dank, aber heute stehen bei uns daheim Eiernockerl auf dem Menüplan."

„Er ist genau wie Sie hier an der Theke stehen geblieben", schilderte Tom. „Und er hat es auch ein bisschen eilig gehabt."

„Und welchen Grund hat er für sein Kommen genannt?", fragte ich.

„Bei diesem Gaischitz, so hat man früher zum Bauernhof der Familie Poschnig gesagt, war sein Vater als Kriegsgefangener zwangsverpflichtet", erzählte Tom weiter. „Aber seit 1944 hat die Familie in Frankreich nichts mehr von ihm gehört. Auch die Nachforschungen des Roten Kreuzes nach dem Krieg haben keinen Aufschluss über den Verbleib seines Vaters ergeben, hat mir der Mann berichtet."

„Ist Monsieur Gelin dann zu diesem Bauernhof gefahren?"

„Ich nehme es an", sagte Tom. „Er hat nur ein *boisson nonalcoolisée*, also ein alkoholfreies Getränk, verlangt und dann ein Mineralwasser konsumiert."

„Und aufs Klo ist er auch noch gegangen", ergänzte Katarina.

„Ja, *où sont les toilettes*, hat er mich nach dem WC gefragt", bestätigte Tom. „Er ist erst nach ungefähr zehn Minuten zurückgekommen und hat mich dann ersucht, ihm für eine Nacht ein Zimmer zu reservieren. Leider war unser Wohlfühlzimmer belegt. Noch in seiner Gegenwart hab ich drüben im Lang-Gasthof von Walter Tscheppe angerufen, und dort hat man für den Mann ein Appartement freigehalten. Da hätte der Franzose von uns nur über die Straße gehen müssen. Aber Monsieur Gelin ist bei uns nicht mehr erschienen."

Ich fragte Tom, wann ihm zum ersten Mal bewusst geworden war, dass der Tote auf dem Hopfenmast sein Besucher gewesen war.

„Leider erst gestern, Mittwoch", sagte Tom. „Am Montag ist bei uns wie immer Ruhetag. Diesmal hatten wir ausnahmsweise auch am Dienstag geschlossen, weil wir beide seit Sonntag im Burgenland waren, um Rotweine zu verkosten und zu ordern. Erst am Mittwoch hab ich aus der Zeitung erfahren, was da passiert ist. Und am Abend hab ich alles der Polizei gemeldet."

„Die Polizei weiß demnach schon, dass mit dem Namen Gaischitz der Bauernhof Poschnig in Remschnigg gemeint war?", fragte ich.

„Ja, das habe ich den Beamten im Posten alles erzählt", nickte Tom.

Ich dankte dem freundlichen Ehepaar und kehrte zum Wagen zurück, den ich auf dem Hauptplatz geparkt hatte. Als ich einstieg, radelte Irmi in ihrem grellgelben Umhang vorbei, sah mich missbilligend an und schüttelte stumm und verständnislos den Kopf. Sie war offenbar noch immer überzeugt, dass ich der Schuldige im Hopfen-Krimi war, und begriff nicht, dass die Polizei mich noch immer nicht verhaftet hatte.

Bodo begrüßte mich freundlich wedelnd, Edith eher griesgrämig: „Was hast du dort so lange geredet?"

Ich berichtete ihr vom samstägigen Besuch des Franzosen im Lokal. „Auf dem Parkplatz vor dem Spar-Markt hat er noch nicht gewusst, wo dieser Gaischitz wohnt", rekapitulierte ich. „Als er zum Kirchenwirt gekommen ist, hatte er bereits den Schreibnamen Poschnig notiert. Irgendjemand muss ihm also den richtigen Hinweis gegeben haben."

„Kennst du diesen Poschnig?", fragte Edith.

„Nein, aber ich habe vor, ihn noch heute kennenzulernen. Die Polizei weiß auch schon Bescheid, Tom hat ihnen alles erzählt."

Edith schüttelte verständnislos den Kopf: „Dass du dich immer in so gefährliche Geschichten einmischen musst! Wenn es stimmt, was der Kirchenwirt sagt, müsste dieser Poschnig der Mörder sein oder zumindest der Organisation angehören."

Die Eiernockerl mundeten vorzüglich, auch der grüne Salat, mit Kernöl angerichtet, war ausgezeichnet. Doch anstatt nach dem Mittagsmahl die gewohnte kurze Siesta einzulegen, kramte ich mein Mini-Tonbandgerät und einen kleinen Schreibblock hervor, prüfte die Batterien meiner Canon und wollte mich auf den Weg in Richtung Remschnigg machen. Ich war kaum aus dem Haus, als Kollege Andy anrief und sich erkundigte, ob ich eine Fortsetzung im Hopfen-Krimi parat habe, der Chefredakteur habe danach gefragt und sich geärgert, weil die Konkurrenz ausführlicher berichtet habe. „Natürlich", sagte ich, „schon gestern hatte ich einen Achtzigzeiler angeboten, aber es bestand ja kein Bedarf." In wenigen Minuten, versprach ich, würde ich Andy siebzig Zeilen mailen. Anschließend würde ich zu dem Verdächtigen fahren und ihm einige Fragen stellen. Andy wünschte mir viel Erfolg und bekam umgehend folgenden Text gemailt:

Hopfen-Krimi: Bereits zwei Verdächtige
Ein Landwirt und ein Bankräuber im Verhör/Suche nach verschollenem Vater
Im Hopfen-Krimi von Schlossberg in der Südsteiermark zieht sich die Schlinge um den oder die Täter immer enger zusammen. Verdächtigt

wird ein Mann, den der pensionierte französische Richter Gaston Gelin vergangenen Samstagnachmittag aufgesucht hat.
Wie berichtet, war der Franzose, der am Sonntag tot auf einem Hopfenmast gefunden wurde, in die Steiermark gereist, um eine Spur seines seit 1944 verschollenen Vaters zu finden. Der Kriegsgefangene war ab 1940 oder 1941 zur Zwangsarbeit in einem südsteirischen Bauerngut eingeteilt gewesen. Bis 1944 korrespondierte der Mann manchmal mit seiner Frau in Burgund. In einem seiner Briefe beschwerte sich der Franzose, dass er von seinem Dienstherrn oft misshandelt werde.
Noch vergangenen Samstagmittag war Gaston Gelin auf der Suche nach jenem Bauernhof, in dem einst sein Vater beschäftigt gewesen war. Der Franzose wusste vorerst nur den Vulgonamen des Gutes, der allerdings den meisten Leuten im Ort nicht mehr geläufig ist. Unser Reporter fand allerdings einen Zeugen, den Kirchenwirt in Leutschach, dem gegenüber Gelin Samstag gegen 13 Uhr bereits den richtigen Namen des gesuchten Landwirtes nannte. Vom Kirchenwirt, wo er noch einen Platz für Samstagabend bestellt hatte, fuhr der Franzose offenbar direkt zu dem gesuchten Bauernhof. Laut Obduktion starb Gelin am Samstag zwischen 16 und 17 Uhr.
Die Einvernahme des Landwirtes war bei Redaktionsschluss dieser Ausgabe noch im Gange. Ungeklärt ist auch noch der Zusammenhang mit dem Bankraub, der, wie gemeldet, am Mittwoch in Gamlitz verübt wurde. Der verhaftete Täter, ein Slowene, der früher auch in der Südsteiermark beschäftigt war, fuhr nämlich jenen Peugeot 206, mit dem Gaston Gelin angereist war. Der Slowene behauptete in einem ersten Verhör, er habe den Wagen vergangenen Montag in Marburg gestohlen. Dort sei der Wagen samt Zündschlüssel verlassen auf einem Parkplatz am Drau-Ufer gestanden. Die Polizei bezweifelt diese Aussage.

Bevor ich losfuhr, flehte Edith mich an, vorsichtig zu sein, sie verzichtete ebenfalls auf die sonst obligate Mittagsruhe und wollte sich mit Bodo in die Botanik begeben, um Brombeeren zu pflücken. Jedes Jahr verarbeitete ich diese Früchte zu einer leckeren und bei unseren Freunden gefragten Marmelade, die ich aber in einer nostalgischen Anwandlung als „Lekvar“ etikettiere. Das ist der ungarische Begriff für Marmelade, den einst meine Mutter verwendet hatte. Vor einigen Monaten hatte ich beim Meinl am Graben, einer der exklusivsten Lebensmittel-Adressen Wiens, erfreut festgestellt, dass auch in diesem Gourmettempel eine Marmelade als „Lekvar“ angepriesen wurde. Sie stammte vom burgenländischen Weingut Mad in Oggau, das nicht nur für seine Rotweine, sondern auch für seine Küche im angrenzenden Gasthof, für seine süßen Backwaren und für seine Fruchtsäfte und Marmeladen berühmt ist.

Der Gaischitz-Hof liegt vom Fundort des Toten etwa einen Kilometer entfernt. Es ist ein ebenerdiges Anwesen, dessen Fassade in einem grellen, offenbar frisch gestrichenen Gelb leuchtet und dessen Stallungen und Scheune quer zum Wohnhaus stehen. Ich parkte meinen Renault rund hundert Meter davor, und erst als ich mich dem Gebäude näherte, entdeckte ich, dass ums Eck vor dem Eingang ein grün lackiertes Herrenfahrrad und zwei Autos standen, ein Toyota und ein Golf, dessen Nummer mir vertraut schien. Kommissar Ricchius war offenbar schon vor mir eingetroffen. Angesichts dieser Konstellation zog ich mich zurück, um zu warten, bis die Polizei wegfahren würde. Zur Sicherheit machte ich meine kleine Kamera schussfertig und fuhr näher an den Hof heran, für den Fall, dass Ricchius Herrn Poschnig in Handschellen abführen würde. Schon nach zehn Minuten verließ Max mit einem seiner Kriminalbeamten das Haus. Sie bestiegen den Golf, und als Max reversierte, um in Richtung Leutschach zurückzufahren, entdeckte er mich und bremste. Er kurbelte per Knopfdruck sein Wagenfenster herunter und bat: „Lass ihn in Ruhe, Bernt, es bringt nichts."

Damit hatte ich nicht gerechnet. „Ist er nicht der Mörder?", fragte ich verdattert.

„Nein." Die Antwort von Max hatte was Endgültiges, und ich hörte Resignation in seiner Stimme.

„Aber Monsieur Gelin war doch hier", plapperte ich.

„Kann sein", sagte Ricchius achselzuckend, ließ das Autofenster hochgleiten und gab Gas.

12. Ein Verdächtiger

Ich versuchte, meine Gedanken zu sammeln und den Sinn der negativen Antwort von Max zu verstehen. Die ganze Zeit hatten wir, ebenso wie die Ermittler, die Lösung des Kriminalrätsels an jener Adresse vermutet, die das Opfer zuletzt kontaktiert hatte. Gaston Gelin hatte nach diesem Anwesen gesucht, dieser Gaischitz-Hof war das eigentliche Ziel seiner Österreichreise. Mit größter Wahrscheinlichkeit war er vergangenen Samstag auch hier gewesen. Aber welcher Umstand ließ den Kommissar so unumstößlich behaupten, der Mann, den der Franzose ausfindig gemacht hatte, habe mit dessen Tod nichts zu tun?

Ich drückte die Türglocke, und es dauerte fast eine Minute, bis geöffnet wurde. Ich hatte einen vierschrötig aussehenden Bauer erwartet, doch Gerd Poschnig war mittelgroß, schien viel jünger als die vom Kren-Müller vermuteten fünfundvierzig Jahre, hatte dunkelblondes Haar und ein offenes, fast gutmütiges, jungenhaftes Gesicht, das mich – meine Assoziationsautomatik machte einen großen Sprung – an den früheren Skiflug-Weltmeister und Olympiasieger Andy Goldberger erinnerte.

Poschnig starrte mich verständnislos an: „Ihre Kollegen waren schon da", sagte er müde. „Ich muss jetzt in den Stall." Tatsächlich trug er eine saubere blaue Arbeitskleidung, vielleicht hatte er sich nach dem Besuch der Polizisten umgezogen, und ich hatte deshalb länger warten müssen.

„Tschuldigung, Herr Poschnig", begann ich. „Ich bin nicht von der Polizei. Ich komme wegen Monsieur Gelin, der vergangenen Samstag bei Ihnen war. Ich habe mit seiner Tochter telefoniert, sie will morgen nach Österreich kommen, und deshalb bin ich hier." Dass ich von der Zeitung war, würde ich ihm später gestehen, denn hätte ich es sofort getan, hätte er mir garantiert die Tür vor der Nase zugeschlagen. Mein winziges Tonbandgerät hatte ich an einer Schlaufe am Hosengürtel befestigt, es war vom Sakko verdeckt, die Kamera verbarg ich in einer Rocktasche, auch den Notizblock hatte ich in einer Innentasche des Sakkos verstaut.

„Was will sie von mir?", fragte er.

„Sie will ihren Vater noch einmal sehen", schwindelte ich.

„Ja, aber der Tote ist in Graz, sagt die Polizei."

„Sie möchte mit Ihnen besprechen, warum der Vater hierher gekommen ist."

„Das kann ich auch Ihnen sagen, kommen Sie herein." Er öffnete die Tür zur Gänze, ich betrat ein blitzsauberes Vorzimmer, auf dessen Boden mehrere Hausschuhe aufgereiht waren, so als wohnten hier zumindest vier oder fünf Personen. Poschnig musterte meine Schuhe, forderte mich aber, weil sie offenbar den Reinlichkeitstest in seinen Augen bestanden, nicht auf, sie auszuziehen.

„Einige Minuten hab ich Zeit", sagte Poschnig, „dann muss ich hinüber in den Stall."

Er schritt energisch, federnd und drahtig voran, wieder kam mir der Skispringer in den Sinn, und führte mich in ein schmuckes Wohnzimmer. Über einer gemütlichen Sitzecke hing ein Kruzifix, auch hier herrschte bewundernswerte Reinlichkeit und keineswegs eine maskuline Atmosphäre, wie es der Umstand, dass der Mann ein Single war, hätte annehmen lassen. Poschnig schob einen Stuhl zur Seite und wies mir den Platz auf der Bank zu. Er selbst setzte sich mir gegenüber, durch das seitliche Fenster flimmerte Sonnenlicht, das mich blendete, umgekehrt saß er mit dem Rücken zum Fenster, sodass sein Gesicht im Halbdunkel und mir sein Mienenspiel in der Folge verborgen blieb.

„Also, was wollen Sie, oder was will die Tochter des Mannes wissen?", begann er erwartungsvoll, die Arme vor der Brust verschränkt.

„Warum hat dieser Franzose Sie überhaupt aufgesucht?", fragte ich.

Poschnig hüstelte kurz: „Er wollte erfahren, wo sein Vater im Krieg gearbeitet hat."

„Die Tochter sagte mir, dass ihr Großvater George Gelin verschollen geblieben ist."

„Ich weiß nichts von dieser Geschichte", antwortete Poschnig. „Aber mein Großvater hat mir einmal erzählt, dass dieser George Gelin nach einem Unfall mit dem Pferdewagen aus Furcht vor Bestrafung geflüchtet ist. Und dass er sich vermutlich den Partisanen im Grenzgebiet angeschlossen hat, weil er sogar das Gewehr des Großvaters mitgenommen hat. Das steht auch im damaligen Gendarmerie-Protokoll." Poschnig erhob sich: „Wollen Sie einen Kaffee? Für einen kleinen Muntermacher nehme ich mir auch noch Zeit."

„Gerne", entgegnete ich. Bei einer Schale Kaffee, dachte ich, würde er das Gespräch nicht so bald beenden können.

Der Bauer verließ den Raum und hantierte in der angrenzenden Küche. Kurz überlegte ich, jetzt, da ich unbeobachtet war, das Tonband einzuschalten, doch dann ließ ich es bleiben. Auch den Schreibblock behielt ich in der Tasche, er hätte meine Profession sofort erahnen lassen. Ich ließ den Blick schweifen und bemerkte einige Familienfotos an der Wand hinter mir. Ein Bild stach mir ins Auge, es zeigte einen schnauzbärtigen älteren Mann mit einem in die Stirn gedrückten kecken Hut, lauernden Augen und scharfem Blick. Eine riesige klobige Hand, es war die rechte, umfasste den schmalen Stoffträger einer bäuerlichen Schürze, die er über dem offenen Hemd trug. Alles in allem erweckte die Gestalt einen wenig vertrauensvollen Eindruck.

„Das ist mein Großvater", hörte ich Poschnig aus der Küche rufen. Er hatte mein Interesse für das Bild beobachtet.

„Ein beeindruckender Mann", sagte ich.

„Er war im Ort sehr bekannt", sagte Poschnig.

„Hat man nicht Gaischitz zu ihm gesagt?", fragte ich.

„Ja, ja. Der Hausname ist uns geblieben."

„Und woher kommt der Name?", stellte ich mich unwissend.

„Mein Großvater hatte einen Nebenerwerb. Er hat mit seinem Pferdewagen, manchmal auch nur mit einem Karren, den er händisch zog, Brot vom Bäcker ausgeführt. Dazu sagt man bei uns Gaischitz."

„Ihr Großvater war ein tüchtiger Mann", versuchte ich das Thema zu halten.

„Und gefürchtet war er!", protzte Poschnig. „Nicht einmal die Partisanen haben sich in unseren Hof gewagt. Einmal hat er drei von denen, die seine Kuh entführen wollten, mit einer Peitsche vertrieben."

„Allerhand!", tat ich erstaunt. „Vielleicht war damals sogar dieser George Gelin dabei."

Poschnig sah verwirrt zu mir herüber: „Ah, nein! Ich denk, der war froh, dass er fort war von hier."

„Die meisten Leute hatten damals Angst vor den Partisanen", erinnerte ich. „Und es soll hier sehr viel Schreckliches passiert sein."

Poschnig verschwand wieder hinter der Küchentür, ein Kaffeeautomat zischte und röchelte und verbreitete ein verführerisches Aroma. „Ich kenne das auch nur von Erzählungen", ließ Poschnig hören. „Unser Hof ist jedenfalls vor den Übergriffen der Tito-Meute verschont geblieben."

„Wann ist Ihr Großvater gestorben?", fragte ich.

„Vor fünfzehn Jahren, er war fünfundachtzig, aber bis zuletzt voll Power. Er war schon verwitwet, aber nie ein Pflegefall. Eines Nachts hat er beschlossen, nicht mehr aufzuwachen in dieser Welt."

„Ihr Vater ist auch schon tot?" Ich musste den Mann mit harmlosen Fragen gesprächig halten, dachte ich.

„Ja, er ist vor einigen Jahren gestorben, wahrscheinlich Lungenkrebs."
„Tut mir leid", log ich. „War er Kettenraucher?"
„Und was für einer! Tschicklotter sagt man bei uns. Wenn irgendein Problem aufgetaucht ist, hat er einen Span angezündet, und schon kurz darauf hat er gewusst, wie 's weitergeht. Ich glaub, er hat am Tag sechzig, siebzig Tschick geraucht."

Der Hausherr schien Nichtraucher zu sein, nirgends konnte ich einen Aschenbecher entdecken. Natürlich, fiel mir ein, wenn er so ein fanatischer Fitnessapostel war, wie der Kren-Müller es geschildert hatte, so passte das qualmende Laster nicht zu ihm. Poschnig kam mit einem Tablett in die Stube und servierte gekonnt Kaffee, Milch und Zucker. Ich nahm nur etwas Milch, sie hatte obenauf eine rahmartige Schicht, die an Schlagobers erinnerte, den Zucker lehnte ich dankend ab. Auch der Hausherr ließ seinen Schwarzen ungesüßt.

„Wollen Sie ein Stück Kuchen?", fragte er zu meiner Verblüffung. So viel Gastfreundschaft hatte ich hier nicht erwartet. „Ich hab einen frischen Gugelhupf", fügte er hinzu.

Gaston Gelin fiel mir ein, seine Henkersmahlzeit war ebenfalls eine Gugelhupfjause gewesen.

„Selber gebacken?", fragte ich noch unschlüssig.

„Nein, so viel Zeit hab ich nicht. Wir haben in der Nähe eine Konditorei, die heißt Gönn-dir-was. Und ich gönne mir jede Woche eine Mehlspeise. Manchmal einen Gugelhupf, manchmal eine Foamnudl, so sagt man bei uns zu einer Schaumrolle. Also, darf 's ein Stück sein?"

„Wenn Sie auch einen Gugelhupf nehmen, gerne." Er verschwand wieder in der Küche.

Ich schickte ihm eine ebenso intime wie gewagte Frage hinterher: „Haben Sie keine Frau oder Haushälterin, die Ihnen einen Kuchen backen könnte?"

Er trat zur Tür und sah mich ernst an: „Nein." Die Silbe hatte einen ähnlichen Endgültigkeitston wie jene des Kommissars, als ich ihn gefragt hatte, ob Poschnig der Mörder sei.

In jeder Hand einen Teller mit einer Schnitte Marmorgugelhupf kam er zum Tisch zurück. „So, das wird uns schmecken", sagte er, nahm wieder seine Schattenposition ein und schob genießerisch einen Bissen in den Mund. „Vorhin waren Kieberer hier, die hätten mir beinahe außer der Laune auch den Appetit verdorben."

„Was wollte die Polizei von Ihnen?" Langsam nahm das Geplauder die von mir erhoffte Richtung.

„Ach, die haben angenommen, dass ich diesem Franzosen etwas angetan hab."

„Sie?!" Theatralisch stellte ich die Kaffeeschale ab.

„Ja, nur weil dieser Herr Gelin mich aufgesucht hat, haben sie mich gleich für einen Mörder gehalten."

„Sie – ein Mörder?" Ich heuchelte Ungläubigkeit.

„Dabei war 's der Harrer, der den Kerl verprügelt hat!" Poschnig wirkte echt entrüstet und kam in Fahrt: „Herr Gelin hat mir alles berichtet. Als er zu mir unterwegs war, sind ihm auf der Straße ein Hendl und ein Gockel ins Auto gelaufen. Natürlich waren die Mistkratzer sofort hin. Der gute Franzos' ist stehen geblieben und wollte den Unfall im Haus melden. Da ist dieser Grobian auf ihn losgegangen. Der Harrer ist ein jähzorniger Streithansl. Er hat tausend Euro Schadenersatz verlangt. Der Franzos' hat so viel Gulden gar nicht bei sich gehabt. Dabei, muss man sich vorstellen, ist so ein Sulmtaler Gockl kaum achtzig Euro wert, und für die Heanna zahlt man keine fünfzig Euro. Außerdem hat der Franzos' mit Recht gemeint, dass die Hendln auf der Straße nichts verloren haben. Aber er hat sich nicht so deutlich ausdrücken können, weil er nur gebrochen deutsch gesprochen hat. Daraufhin hat der Harrer ihn mit Fußtritten und Faustschlägen paniert. Und als der Franzos' endlich wegfahren wollt', hat der Harrer auch noch die Seitentür vom Wagen eingetreten. Der Depscher am Auto ist wahrscheinlich ein viel größerer Schaden als zwei tote Sulmtaler Gelbfüßler."

„Das hat Ihnen Herr Gelin alles erzählt?", wunderte ich mich.

Poschnig nickte: „Ich hab in der Handelsakademie Leibnitz Französisch gelernt, ein bisschen hab ich mir gemerkt. Der Arme hat mir leid getan. Da kommt er eigens nach Österreich, um zu sehen, wo sein Vater gewohnt und gearbeitet hat, und dann wird er von so einem Kotzbrocken zusammengeschlagen! Ein übler Pharisäer ist dieser Harrer. Da rennt er jeden Sonntag in den Murmelschuppen und dann führt er sich wie der schlimmste Klobartl auf. "

„War der Franzose verletzt?", fragte ich.

„Gesehen hat man nichts, aber er hat geklagt, dass ihm alle Rippen wehtun, so brutal hat der Harrer auf ihn eingetreten. Der Franzos' hat sich nachher sogar kurz auf meine Couch legen müssen."

„Das ist ja unglaublich", sagte ich, nunmehr ehrlich empört.

„Ich hab ihm eine Jause aufgewartet, damit er sich ein wenig stärkt", schilderte Poschnig.

„Und hat sich der Franzos' bei Ihnen ein bisschen erholt?"

Poschnig schwieg kurz, vielleicht auch, weil er ein Stück Gugelhupf im Mund hatte. „Ja, er ist fast eine Stunde hier gewesen und erst dann weggefahren", sagte der Bauer. „Er hat gemeint, dass er für den Schaden am Auto vom Harrer Geld verlangen kann. Den Depscher hat er nämlich erst hier bei mir gesehen, als er ausgestiegen ist."

„Sie meinen, er ist zu diesem Rowdy zurückgefahren?", wunderte ich mich.

„Er hatte es vor."

„Haben Sie das auch der Polizei mitgeteilt?"

„Ja, ja. Sie haben mir versprochen, dass sie mit dem Harrer Klartext reden werden. Aber", Poschnig legte wieder eine Gedankenpause ein, „Sie fragen schon sehr viel!" Es klang vorwurfsvoll.

Das ist mein Job, wollte ich ihm antworten, besann mich aber rechtzeitig. Noch wollte ich mich nicht als Journalist deklarieren, noch wollte ich einiges von dem Mann erfahren. „Neugier ist ja was Positives", wich ich aus. „Ohne Neugier gäbe es keinen Fortschritt und keine Klärung von Verbrechen."

„Ich mag Menschen nicht, die zu neugierig sind", sagte er unverblümt.

„Ein paar Antworten würden mich aber schon noch interessieren", fuhr ich fort. „Die Tochter von Herrn Gelin hat mir zum Beispiel erzählt, dass ihr Vater einen Brief mithatte. Hat er Ihnen diesen Brief gezeigt?"

Poschnig trank seinen Schwarzen aus. „Er hat mir ein Schreiben von seinem Vater gezeigt, aber das war eine Schrift, die ich nicht leicht hab entziffern können. Außerdem reichte mein Französisch nicht, um alles zu verstehen, was dort geschrieben stand."

„Angeblich soll George Gelin in dem Brief an seine Frau geklagt haben, dass er vom Herrn Gaischitz geschlagen wurde", versuchte ich seinem Gedächtnis nachzuhelfen.

„Ah, hören Sie auf!" Poschnig schüttelte den Kopf. „Mein Großvater war ein furchtloser Lotter, er hatte Hände so groß wie Teller, Toppaza, sagt man bei uns dazu. Aber er war kein Klotz, kein Grobian."

Ich drehte mich zum Bildnis seines Großvaters um, daneben hing ein Foto, das ich anfangs, weil vom Anblick des Hans Poschnig fasziniert, nicht richtig wahrgenommen hatte. „Das muss Ihr Vater sein", vermutete ich, und Poschnig bejahte. Auch dieser Bauer trug einen Schnurrbart, die Wangen schienen eingefallen, das Haar hing gleich einer Schmachtlocke in die Stirn, der Linksscheitel war klar gezogen, unter der dunklen Trachtenjoppe mit den an Hornknöpfen befestigten Schulterklappen leuchtete ein weißes Hemd, krawattenlos und bis oben zugeknöpft. Das Gesicht war nicht so Respekt einflößend wie jenes des Großvaters, aber ebenfalls ausdrucksstark, mit strengem Blick.

„Ihre Mutter lebt noch?", fragte ich.

„Nein, sie ist auch schon tot. Brustkrebs."

„Eine leidgeprüfte Familie", bemerkte ich.

„Ja, da haben Sie recht. Es gab Zeiten, da wollte mein Vater alles hinschmeißen und die Landwirtschaft verkaufen. Deshalb hat er mich drei Jahre in die Handelsakademie geschickt, damit ich einen anderen Beruf ergreifen kann. Aber ich bin vor der Matura ausgetreten und hab hier weiter geschöpft."

„Geschöpft?", fragte ich ratlos.

„Schöpfen heißt bei uns zupacken, arbeiten", dolmetschte Poschnig.

„Sie betreiben Viehzucht und Hopfenanbau, nehme ich an", startete ich den nächsten Versuchsballon.

„Im Stall hab ich zwanzig Braunvieh-Rinder, davon zwei Kälber." Er blickte auf seine Uhr. „Denen muss ich jetzt aber die Biaschtmilch geben, das ist die Milch der Mutterkuh nach dem Kalben." Er hatte sein Stück Gugelhupf verzehrt und stand auf.

„Darf ich Sie begleiten?", fragte ich, meinen letzten Bissen im Mund.

„Wenn der Stallgeruch Sie nicht stört", sagte er.

Wir marschierten durch eine Hintertür des Hauses in einen Vorraum, der mit einer Dusche ausgestattet und an dessen einer Wand ein Garderobeständer montiert war. An den Haken baumelte allerlei bäuerliches Gewand wie Gummischürzen, blaue Arbeitsmäntel, ein Sakko, ein kariertes Hemd und Jeans. Davor standen fein säuberlich in Reih und Glied Arbeitsschuhe, Gummistiefel, Sicherheitsschuhe, Bergschuhe, Halbschuhe, Sneakers und Holzpantoffel. Hier pflegte der Bauer sich offenbar umzuziehen, bevor er in den Stall trat oder wenn er von dort zurückkam. Hier war Poschnig offenbar von meinem Klingeln an der Haustür überrascht worden.

„Mit dem Hopfen haben wir nie angefangen", knüpfte er an meine Frage von vorhin an. „Dazu haben wir nicht den richtigen Boden und nicht genügend ebene Flächen. Ich hab dafür die Viehzucht, meine Rinder können tagsüber auf dem Wiesenhang vorm Haus weiden. Dann baue ich noch Kürbisse und Kukuruz an, Türkischer Weizen sagen wir dazu. Und auf zwei Joch steht ein Weingarten, aber die Welschriesling-Trauben verkauf ich dem Händler."

„Das heißt, Sie produzieren auch Kernöl", folgerte ich.

„Natürlich. Heuer hatte ich Glück. Eine Hagelfront hat drüben in Eichberg und Glanz viele Felder und Weingärten zerstört, wir sind diesmal verschont geblieben. Und der Preis für die Kürbiskerne und Trauben wird steigen."

„Können Sie mir einen halben Liter Öl verkaufen?" Das war wieder ein vertrauensbildender Trick von mir.

„Wenn ich hier fertig bin, sofort", versprach er. Die Tür zum Rinderstall knarrte, das passte irgendwie nicht zum bisher beobachteten Perfektionismus in diesem Haus. Prompt reagierte der Bauer: „Die Scharniere muss ich heute noch schmieren. So ein Gequietsche vertrag ich nicht und mein Vieh noch weniger."

Auch hier im Stall schien alles vorbildhaft sauber. Der helle Raum war in etliche Boxen unterteilt, in den meisten lagen wiederkäuende Kühe, davor waren Tränken und Tröge installiert, über die, wie Poschnig mir schilderte, automatisch Wasser und Futter zugeführt wurden. „In meinem Stall wird keine Kuh angebunden", betonte er stolz, „das ist ein Laufstall. Die Rinder können sich frei bewegen. Sie sind jetzt schon freiwillig von der Weide hereingekommen. Wenn sie schlafen gehen, sucht jedes Tier seine Box auf. In jedem Abteil gibt es Einstreu und spezielle Kuhmatratzen. Die Tiere fühlen sich viel wohler als in den alten Ställen, wo sie festgebunden waren. Außerdem", er wies auf so eine Art Schiebevorhang, „haben sie durch die Querbelüftung auch nachts immer frische Luft."

Poschnig hob das Melkgeschirr von einer breiten Anrichte und montierte die Melkbecher an den Zitzen mehrerer Kühe. Dann schaltete er eine Vakuumpumpe ein, die Melkmaschine begann leise zu summen, massierte schonend die Euter der Tiere und sog ihre Milch ab. Ich schaute interessiert zu. „Die Milch, die Sie mir zum Kaffee gereicht haben, war Stallmilch, stimmt es?", gab ich mich sachkundig.

„Ja, man merkt es an der dicken Rahmschicht. Ich kauf das ganze Jahr kein Schlagobers, das liefern mir meine Kühe. In den Molkereien reduzieren sie den Fettgehalt der Rohmilch von fünf auf rund dreieinhalb Prozent, und beim Pasteurisieren gehen bis zu zehn Prozent der B-Vitamine verloren." Er berichtete mir ausführlich, wie viel Milch jede Kuh lieferte, die bravste hieß Mizzi und lieferte laut Poschnig rund zehntausend Liter im Jahr. „Jede Kuh hat bei mir einen Namen", sagte er. „Früher hab ich sie mit den Vornamen der jeweiligen weiblichen Bundesminister benannt. Die älteste ist Elisabeth, als Ministerin gibt es sie längst nicht mehr, bei mir darf sie weiter im Stall sein. Daneben stehen die Doris, die Mitzi, die Claudia, Beatrix, Benita, Ursula, Liesl, Karin, Susanne, Heidrun, Monika, Barbara, Eleonora, Helga, Christa und Johanna. Für eine Kuh hab ich einen anderen Namen suchen müssen, weil Bundes- und Vizekanzler zu selten Frauen in ihr Kabinett aufgenommen haben. Die da drüben heißt Anja."

„Anja, Anja!", grübelte ich. „Den Namen hab ich erst vor Kurzem gehört."

Poschnig ging nicht auf meine Bemerkung ein, sondern prüfte, ob die Melkbecher überall richtig saßen. Dann montierte er einen Milcheimer ab und schüttete den Inhalt in einen metallenen Trog, dem sich ein entzückend anzusehendes Kälbchen auf noch wackeligen Beinen näherte. Nachdem auch das zweite Jungtier in seiner Box versorgt war und gierig von der Muttermilch geschlabbert hatte, nach diesem Fütterungsritual, das der Bauer sorgsam und schweigend beaufsichtigte, raffte ich mich zu einer Frage auf, die mich seit Langem beschäftigte: „Waren die Polizisten eigentlich schon vergangenen Sonntag oder Montag mit einem Foto des Franzosen bei Ihnen?"

Der Bauer sah mich irritiert an: „Ja, ja. Sie haben mir ein Foto von einem Menschen gezeigt, den ich aber nicht erkannt habe. Das Gesicht war mir fremd."

„Vielleicht haben die Misshandlungsspuren das Gesicht verfremdet", sagte ich.

„Misshandlungsspuren? Die Misshandlung kann aber nur passiert sein, nachdem der Franzos' mich verlassen hat." Nach einer Nachdenkpause fügte er hinzu: „Ich hab Herrn Gelin sicher nicht misshandelt."

„Nein, nein", beeilte ich ihm zuzustimmen, „das hab ich auch nicht angenommen, Herr Poschnig."

Der Mann wandte den Kälbern ruckartig den Rücken zu, stützte die Arme seitlich in die Hüfte und sah mich missbilligend an: „Sie stellen Fragen, die Ihnen nicht zustehen. Wer sind Sie eigentlich?"

„Herr Poschnig", startete ich mein Rückzugsmanöver, „ich habe Ihnen doch gesagt, dass ich mit der Tochter dieses Franzosen gesprochen habe. Und dass sie morgen nach Österreich kommen wird. Ich selbst bin – wie Sie und wahrscheinlich jeder im Ort – nur daran interessiert, dass die Geschichte so bald wie möglich geklärt wird. Ich bin in Pension und schreib nebenbei noch Artikel für eine Zeitung in Wien."

„Aha, ein Zeitungsfuchs!" Poschnig trat auf mich zu und starrte mich an. Es gelang ihm aber nicht, wütend dreinzublicken, wie er es vermutlich im Sinn hatte. „Das ist eine ganz krumme Tour, die Sie da abziehen“, maulte er. „Sie schwindeln mir vor, von der Tochter des Franzosen zu kommen, dabei wollen Sie mich nur aushorchen wie die Kieberei.“

„Nein, Herr Poschnig. Ich verspreche Ihnen, dass nichts, was wir beide hier gesprochen haben, in der Zeitung stehen wird.“ Jetzt war ich froh, dass ich vorhin nicht mein Tonbandgerät in Betrieb genommen hatte.

Ein Gong rettete mich wie einen Boxer, der dem K. o. nahe ist. Es war die Türglocke, und Poschnig reagierte verärgert: „Nicht schon wieder!“ Ich folgte ihm, als er den Stall verließ, im Vorraum flink das Schuhwerk wechselte und mit resoluten Schritten zur Haustür eilte, während der Gong noch drei Mal ungeduldig durch die Räume schallte.

Vor dem Eingang war eine Gruppe Männer versammelt, zwei davon in weißen Overalls, wie ich sie schon am Hopfenpranger beobachtet hatte. Ein Mann in Zivil trat vor und reichte Poschnig ein Blatt Papier: „Entschuldigen Sie die Störung, wir sind von der Kriminalpolizei“, sagte er freundlich. „Wir haben einen gerichtlichen Haussuchungsbefehl, Herr Poschnig. Aber ich verspreche Ihnen, dass wir bald fertig sind. Sie müssen uns nur Ihre Kleider zeigen und ihre Schränke öffnen. Haben Sie auch einen Tresor im Haus?“

Der Bauer wirkte völlig überrumpelt und stotterte hilflos: „Was, was soll das? Ich, ich hab doch schon mit, mit Ihren, Ihren Leuten gesprochen.“

„Ja“, sagte der Wortführer der Gruppe, „aber jetzt müssen wir mögliche Spuren sichern.“

„Welche Spuren? Ich bin doch kein Mörder!“ Poschnig trat vor das Haus, das Blatt, das der Polizist ihm überlassen hatte, zitterte in seiner Hand. Ich hatte nicht den Eindruck, dass er eine Zeile davon gelesen hatte.

„Dürfen wir hinein?“, fragte der Wortführer, aber es hörte sich nicht wie eine Frage an, sondern eher wie eine rituelle Phrase, was sich auch daran zeigte, dass er eine Antwort erst gar nicht zu erwarten schien. Denn im selben Moment deutete er seinen vier Gefolgsleuten, unter ihnen den beiden Beamten in ihren Overalls, ihm zu folgen. Die Spurenexperten holten zwei silberfarbene Koffer aus einem der beiden Polizeifahrzeuge, mit denen die Kommission angereist war, und hintereinander verschwanden sie im Haus.

Poschnig sah fassungslos und starr vor Schreck zu, wie die Polizeikarawane sein Haus in Besitz nahm, dann wandte er sich zu mir um,

Ratlosigkeit zerfurchte seine Miene. Mir fiel nichts Besseres ein, als ebenso ratlos die Achseln zu zucken und mich mit einem missglückten Versprechen zu verabschieden: „Wegen des Kernöls komm ich später vorbei, Herr Poschnig."

„Bitte, kommen Sie." Es klang fast flehend. „Und dann geben Sie mir, bitte, die Adresse von der Tochter des Herrn Gelin. Ich muss ihr was zusenden."

„Einen Brief? Den können Sie gleich mir mitgeben."

„Nein", bedauerte er mit einem Blick zur frisch getünchten grellen Hausfassade, „das geht nicht."

13. Ein Medium

Vor unserer Hube, die, wie schon erwähnt, direkt an der *Route Sixty-nine* liegt, waren zwei Autos geparkt, ein Peugeot 207 und ein Golf, drinnen im neu gepflasterten Hof stand ein dritter Wagen, ein grauer Citroën Xsaria Picasso. Ich musste, da mir die Einfahrt zur Garage verstellt war, meinen Renault etwa fünfzig Meter weiter auf einer schrägen Wiese parken, an der engen Bundesstraße hätte ich den aus Graz, Leibnitz und vom Bahnhof Ehrenhausen flutenden Feierabend- und Pendlerverkehr behindert. Es war keine Hausdurchsuchung, die in unserem Anwesen stattfand, eher eine Heimsuchung. Franz Grill hatte sein Versprechen gehalten und surrte mit dem eleganten Mini-Traktor auf unserer Wiesenböschung hin und her, jedes Mal rund einen Meter breite Grasflächen niedermähend, deren Halme schon bis zur Wade reichten. Es war eine beeindruckende Vorführung moderner Rasenpflegetechnik, aber ich hatte kaum Zeit, meinen Lagerhaus-Freund zu begrüßen, nur aus der Ferne rief ich ihm ein dankendes Grußwort und die Frage zu, ob er schon Durst auf ein Bier oder einen Rotwein habe. Franz war aber zu sehr mit seinem Rasentraktor beschäftigt, ich glaube, es war auch für ihn eine Premiere, jedenfalls winkte er ab und zog weiter seine Mähstreifen übers Grundstück.

Vom Balkon des Kellerstöckls winkte mir die Peugeot-Fahrerin, unsere Perle Traude, zu, während sie einen schmalen Teppich ausklopfte. Natürlich, ich hatte es beinahe vergessen: Edith hatte sie gebeten, die Wohnung im oberen Haus, das man über einen separaten Zugang erreichen kann, zu säubern. Denn morgen Nachmittag würde Madeleine Dietrich kommen.

Der Golffahrer wiederum saß drinnen in der schattigen Stube und genehmigte sich einen Kaffee und eine Kardinalschnitte, die Edith schon am Vormittag in der Bäckerei von Axel Fagitsch für die Nachmittagsjause besorgt hatte. Max Ricchius ist ein Genussmensch, er ließ sich nicht stören, als ich eintrat.

„Und was hat er dir erzählt?“, fragte er nach einem Schluck Kaffee. Edith leistete ihm Gesellschaft, allerdings nur mit einem Glas Mineralwasser, den Muntermacher genehmigt sie sich nur morgens.

„Er sagt, dass der Franzos' von ihm noch einmal zu diesem Harrer zurückgefahren ist“, antwortete ich.

„Der Harrer beteuert, dass Gelin nicht bei ihm war“, hielt Ricchius entgegen.

„Und wem von beiden glaubst du?“ Ich setzte mich neben den Kommissar.

„Ich glaube grundsätzlich niemandem“, sagte Ricchius, „sondern halte mich an Fakten. Und die werden, so hoffe ich, bald auf dem Tisch liegen.“

„Willst du auch Kaffee?“, fragte mich Edith.

„Danke, der Poschnig hat mir Kaffee und Gugelhupf aufgewartet.“

„Oho“, staunte der Kommissar, „uns hat er nicht so bewirtet.“

„Du solltest mich öfters mit deiner Kundschaft plaudern lassen“, schlug ich vor. „Ich erfahre vielleicht doch mehr als ihr mit eurem amtlichen Getue.“

„Dich kann man aber auch eher belügen als uns“, antwortete Ricchius. „Also, wir werden bald wissen, wer von den beiden, Harrer oder Poschnig, mehr lügt und wer den armen Franzosen gehenkt hat.“

„Und von wem wollt ihr das erfahren?“, fragte Edith.

„Vom palynologischen Labor in Graz, wo die Pollenspuren untersucht werden“, sagte Ricchius.

„Deine Leute sind vorhin beim Poschnig eingefallen“, bestätigte ich. „Sie wollen seine Kleider sehen und auch sonst alles auf den Kopf stellen.“

„Nicht nur beim Poschnig“, berichtigte der Kommissar. „Eine zweite Gruppe hat gleichzeitig Herrn Harrer beehrt. Und anschließend kommen beide Herrschaften zur Einvernahme in den Posten. Dann muss ich zurück.“

„Und wie lange dauert so eine Pollenuntersuchung?“, fragte Edith.

„Im Institut für Pflanzenwissenschaften in Graz geht es sehr schnell, vor allem, wenn die Botaniker wissen, wonach sie suchen müssen“, antwortete Ricchius.

„Übrigens: Der slowenische Bankräuber war nicht der Henker“, sagte Edith, sichtlich stolz, mir einmal eine Neuigkeit vorauszuhaben.

Ricchius ergänzte: „Der Mann hat für die Tatzeit, also Samstag zwischen 16 und 17 Uhr, ein Alibi. Die Kollegen in Marburg haben es überprüft, es stimmt. Er war mit seinem kleinen Sohn als Zuschauer bei einem Fußballspiel, das um fünfzehn Uhr dreißig begonnen hat. Mehrere Zeugen bestätigen, ihn dort gesehen zu haben. Außerdem hat mich vorhin die Palynologin aus der Grazer Uni angerufen: Der Kerl hat zumindest auf der Kleidung, die er beim Bankraub trug, keine Spuren von Hopfenpollen.“

„Aber woher hat er das Auto des Franzosen?“, fragte ich.

„Auch in diesem Punkt dürfte seine Version stimmen", antwortete der Kommissar. „Er sagt bekanntlich, dass er das Auto samt Zündschüssel und Papieren am Drau-Ufer in Marburg gefunden hat. Die beiden Strafzettel am Wagen sind tatsächlich in Marburg ausgestellt worden, der zweite erst am Montag."

„Wie soll das Auto von Schlossberg nach Marburg gelangt sein?", meldete ich Zweifel an.

„Ich hoffe, wir kriegen auch das heraus." Ricchius klang zuversichtlich.

„Und wann rückt ihr mit der Todesursache heraus?", fragte ich.

Diesmal machte der Kommissar sich nicht einmal die Mühe, mir zu erklären, warum er noch nichts sagen könne, sondern schnitt ein anderes Thema an: „Bei uns hat sich übrigens auch ein Zeuge gemeldet, der mit Herrn Gelin gesprochen hat."

„Und ich kenne diesen Zeugen sogar", ergänzte Edith, wieder stolz auf ihren Wissensvorsprung. „Er hat bei unserer Hochzeit aufgespielt."

„Bei unserer Hochzeit?", fragte ich entgeistert. Ich konnte mich nicht entsinnen, dass wir bei diesem Anlass irgendeine musikalische Untermalung bestellt hatten.

„Nicht bei unserer, sondern bei der Trauung mit Manfred", verbesserte sich Edith. Sie hatte einst den Maler Manfred Urch in der Kren-Mühle geheiratet, eine Standesbeamtin aus Schlossberg hatte den Ehebund besiegelt, der alte Müllermeister war Trauzeuge gewesen, und drei Musikanten hatten damals für eine klangvoll-festliche Umrahmung gesorgt: Ewald Grill, der Bruder unseres Freundes Franz, mit der Tuba, Friedrich Krampl mit der Trompete und Felix Fagitsch, der Vater des Bäckermeisters Axel Fagitsch und Onkel des schon früher erwähnten Mario Fagitsch, mit einer steirischen Knopferlharmonika. Herr Fagitsch, so erzählte mir Edith, hatte angesichts der ungewöhnlichen Heiratskulisse und des originellen Trauzeugen, der auf Wunsch Manfreds in der Müllerkluft aufgetreten war, den sinnigen Ausspruch „Sou g'foult mir!" kreiert, der inzwischen, zumindest bei uns, zu einem geflügelten Wort geworden war.

„Sou g'foult mir", sagte nun auch ich.

Edith verstand mich sofort und nickte, nur Max, der die Vorgeschichte nicht kannte, reagierte verdutzt: „Was gefällt dir daran?"

„Es war Felix Fagitsch, der berühmteste Bäcker des Rebenlandes", erklärte ich ihm.

„Hat er sich auch bei dir gemeldet?", wunderte sich der Kommissar.

„Nein, aber Ediths Hinweis hat mir geholfen, deinen Zeugen zu identifizieren."

Herr Fagitsch war ebenso wie der Kirchenwirt am Vorabend im Polizeiposten erschienen und hatte zu Protokoll gegeben, dass vergangenen Samstag auch er von dem Ausländer auf der Straße, und zwar direkt vor dem Bäckerladen in Leutschach, angesprochen wurde. Monsieur Gelin hatte auch ihn – wie vorher Franz Grill – nach einem Bauerngut namens Gaischitz gefragt. Felix Fagitsch wusste als Branchenkenner natürlich, wer damit gemeint war, und notierte dem Fremden den Namen Gerd Poschnig auf jenen Zettel, den der Franzose vorgewiesen hatte. Aber erst nach der Lektüre einer Zeitung, die das geschönte Foto des vorerst unbekannten Opfers veröffentlicht hatte, war Fagitsch sich sicher, dass seine Zeugenschaft von Bedeutung sein konnte.

Edith verabschiedete sich in die Küche, um Franz, der seine Mährunden bald beenden würde, eine Jause zu bereiten, und ich lud Max ein, mich in den Weinkeller zu begleiten. Ich hatte Franz bekanntlich versprochen, eine Flasche Rotwein aus Frankreich zu köpfen, und wollte dem Kommissar für seine Frau einen Chablis mitgeben.

Zunächst wählte ich in der Burgunderbox eine Flasche Gevrey-Chambertin 2004 vom Weingut Serafin et Fils aus, dann lud ich Max ein, einen Chablis für Mimi auszusuchen. „Vielleicht habt ihr heute schon einen Grund zu feiern", drängte ich ihn. Er zierte sich, doch dann schienen ihn die fremden Etiketten zu faszinieren und er griff andächtig nach einer Flasche, dann zur nächsten und übernächsten. „Ich versteh doch nichts von diesen Weinen", sagte er resignierend, aber ich ermunterte ihn: „Aber Mimi kennt sich aus und hat gewiss eine Freude, wenn du ihr am Abend so einen Trunk servierst. Nur musst du ihn vorher kühlen."

Nach verlegenem Zögern entschied er sich für einen Chablis Grand Cru 2003 von der Domäne Jean-Paul Droin und der Riede Vaudésir. „Du hast eine vorzügliche Wahl getroffen", lobte ich. Es war mein kostbarster Chablis im Regal, aber Mimi war ihn mir wert.

„Das ist wahrscheinlich ein sehr teurer Wein", vermutete er, als hätte er meine Gedanken lesen können.

„Ich weiß gar nicht mehr, was er damals gekostet hat", sagte ich wahrheitsgemäß.

Wir hatten den Weinkeller kaum verlassen, da rief die Eurovisionsmelodie den Kommissar zur Pflicht. „Ich komme", antwortete er dem

Anrufer, um dann anzufügen: „Aber achtet bitte darauf, dass die beiden Typen einander nicht zu Gesicht bekommen."

„Harrer und Poschnig – stimmt 's?"

„Jawohl, Bernt. Jetzt heißt es: Auf zum letzten Gefecht. Die beiden müssen Farbe bekennen."

„Du meinst, einer von ihnen muss gestehen?"

„Ich denke, beide haben etwas zu gestehen", schien Ricchius überzeugt. Er hielt den Chablis Grand Cru unsicher in der Hand, ich holte einen Einzelflaschenkarton aus dem Kellervorraum und schob die Bouteille in die schützende Hülle: „Grüß Mimi von mir", bat ich, als ich ihm den Wein zurückgab, „und dir ein geständiges Gelingen beim Verhör!"

Ricchius dankte und beugte sich fast flüsternd zu mir: „Wenn ich den Fall bis übermorgen Samstag nicht geklärt hab, übernimmt ihn das Landeskriminalamt."

„Frechheit!", ärgerte ich mich. „Die Provokation im Rundfunk hat gewirkt."

„Na ja", beruhigte Ricchius, „noch haben wir erst Donnerstagnachmittag."

„Morgen besuche ich dich in Leibnitz", versprach ich.

„Aber nur mit der rassigen Französin", bat er schmunzelnd.

„In dem Zusammenhang hätte ich ohnehin eine Bitte", fiel mir ein. „Kannst du ihr diese Leichenbeschau nicht ersparen?"

Ricchius hielt kurz inne: „Ich werde den Staatsanwalt fragen, aber versprechen kann ich nichts."

Er verabschiedete sich von Edith, startete seinen Golf und fuhr gemächlich in Richtung Polizeiinspektion Leutschach. Franz Grill winkte mir von der Wiese zu, ich hob den Burgunder hoch und deutete unserem Freund zu kommen, worauf er seinen Wundermäher abstellte und ins Haus trat.

Edith lud auch Traude zur Jause, die mit dem Reinigen des Kellerstöckls fertig war. Es ist immer wieder bewundernswert, wie unsere Perle hart schuftet und hinterher frisch und appetitlich wirkt. Traude ist eine sehr aparte Blondine, und so mancher Mann schickt ihr auf der Straße begehrliche Blicke hinterdrein.

Als ich den Gevrey-Chambertin öffnete, um ihm vor dem Genuss ein bisschen Atemluft zu gönnen, hielt ein Wagen mit quietschenden Bremsen vor unserer Einfahrt. Bodo reagierte neugierig kläffend und stellte sich auf den Hinterpfoten ans Fenster, um zu prüfen, ob der

Ankömmling Vertrauen erweckend schien. Eine Frau entstieg hastig einem Touareg, öffnete unser Tor und eilte zum Hauseingang. Es war schon mehrmals vorgekommen, dass wildfremde Personen bei uns Halt gemacht hatten, um sich entweder nach dem Weg zu erkundigen oder – wie im Fall der damaligen Wiener Theaterintendantin und späteren Fernsehdirektorin Kathrin Zechner, die sich in der Nähe angesiedelt hatte – um nach dem Hersteller unserer steirisch-grünen Fensterläden zu fragen, die auch sie in ihrem neuen Domizil montieren lassen wollte. Doch so eine energische Vollbremsung hatte noch kein Lenker, geschweige eine Lenkerin, vor unserer Hube hingelegt.

Ich trat vors Haus und erstarrte: Das war Anja, die Freundin des Hopfenbauern Karl Harrer, die mich an Cindy Crawford erinnert hatte! Jetzt freilich hatte sie mit der Filmschönheit nicht mehr viel gemeinsam, sie schien verärgert, ja wütend und war außer Atem. „Sie müssen mir helfen, das ist eine Sauerei!", rief sie mir grußlos entgegen. Sie erfasste mit beiden Händen meine Sakkoaufschläge, ich spürte, wie sie vor Zorn bebte. „Herr Redakteur, Sie kennen doch diesen Kriminalheini. Sagen Sie ihm, dass mein Charly kein Mörder ist." Sie begann zu schluchzen: „Er ist doch kein Mörder!"

„Beruhigen Sie sich", sagte ich, „und kommen Sie doch herein."

Edith, Franz und Traude hatten sich vom Tisch erhoben und traten uns wie ein Empfangskomitee entgegen. Bodo wedelte nun erfreut, er ist meistens glücklich, wenn jemand das Haus betritt, denn er hofft, einen neuen Spielgefährten gewonnen zu haben. In einer rührenden Geste legte er Anja sein Lieblingsspielzeug, eine Stoffente, zu Füßen, was die Frau in ihrer Erregung aber gar nicht wahrnahm. Enttäuscht wandte er sich von ihr ab, streckte sich auf dem Teppich aus, klopfte mehrmals mit der Rute auf den Boden und begann dann das getrocknete Schweinsohr, das er beim Frühstück verschmäht hatte, anzuknabbern.

„Wer ist das?", fragte mich Edith etwas unwirsch.

„Anja! Was ist los mit dir?", rief Traude. Cindy Crawford, oder was von ihr übrig war, warf sich nun Traude an den Hals und weinte haltlos. Die beiden Frauen kannten einander seit der Jugend, erfuhr ich später. Edith schüttelte verständnislos den Kopf und sah mich vorwurfsvoll an, weil ich diese – in ihren Augen hysterische – Tussi eingelassen hatte. Nun wandte sich auch Franz Grill an Anja, die er offensichtlich ebenfalls gut kannte: „Beruhige dich, Anja. Und erzähl, was passiert ist."

Die Frau brachte vorerst keine Silbe hervor, erst als sie, gestützt von Traude und Franz, ebenfalls am Tisch Platz nahm, legte sich ihre Erregung, sie kramte ein Taschentuch aus ihrer Ledersacktasche und betupfte die feuchten Augen.

„Wollen Sie ein Glas Wein?", fragte ich, um sie auf andere Gedanken zu bringen.

Sie nickte: „Ja, bitte." Dann merkte sie endlich, dass sie in eine Freundesrunde geplatzt war, und machte einen Versuch sich zu entschuldigen: „Verzeiht mir, dass ich mich so hab gehen lassen. Aber ich bin völlig fertig. Sie haben Charly verhaftet."

„Wer ist Charly?", fragte Edith.

„Ihr Freund, der Hopfenbauer Harrer", beeilte ich mich zu erklären. „Aber er ist doch nicht verhaftet", klärte ich Anja auf. „Er ist nur zu einer Einvernahme gebracht worden." Ich goss vier Gläser Rotwein ein, Edith, die keinen Roten trinkt, bekam einen Klevner von Egon Lamprecht aus Glanz.

„Ich bin zur Polizei gefahren und wollte mit dem Kommissar reden", erzählte Anja. „Aber sie haben mich nicht eingelassen."

„Auch Herr Poschnig ist übrigens zum Verhör in den Posten gebracht worden", versuchte ich sie zu trösten.

„Gerd hat uns das alles eingebrockt", klagte Anja. „Er hat Charly verleumdet und behauptet, Charly habe den Franzosen ermordet. Aber das ist erstunken und erlogen." Sie war wieder den Tränen nahe, deshalb hob ich mein Glas und sagte: „Trinken wir darauf, dass die Wahrheit siegt."

Das Glockenspiel der Gläser klang vielversprechend, und obwohl die Situation eigentümlich und keineswegs zum Genießen animierend war, fand Franz, das Bier verschmähend, das er vor sich stehen hatte, nach einem Probeschluck begeisterte Worte für den Gevrey-Chambertin: „Bist du deppert! So einen feinen Roten hab ich seit Jahren nicht mehr getrunken!" Der Wein war überaus erregend (das wiederum passte zu unserer Tischrunde), versprühte trotz seiner Jahre eine springlebendige Frische und Finesse, erinnerte im Bukett an Waldblumen, betörte mit würzigen Noten und war auch für mich ein hinreißendes Genusserlebnis. „Das ist die hübscheste Französin, der ich seit Langem begegnet bin", schwärmte ich.

„Er denkt schon an seine Madeleine", ulkte Edith, aber Franz assistierte mir: „Für so einen Wein würde ich auch sofort nach Frankreich fahren."

Außer uns Männern schien nur Edith an ihrem Wein Gefallen gefunden zu haben, das merkte ich an ihrer genießerischen Miene. Die beiden anderen Frauen hingegen nippten eher achtlos an dem kostbaren Burgunder, so als hätten sie den roten Schankwein vom Beisl nebenan im Glas. Bei Traude wunderte es mich weniger, hielt sie doch seit jeher Distanz zu allen alkoholischen Getränken. Doch Anja stufte ich als Weinkennerin ein, immerhin hatte sie mir bei unserer ersten Begegnung stolz von den Weinschätzen erzählt, die sie und ihr Charly für Pensionsgäste bereithielten. Aber ich sah ein: Den Kummer, der sie nach der Festnahme ihres Freundes plagte, konnte auch ein toller Grand Cru aus der Côte d'Or nicht so schnell hinunterspülen.

„Wie lange bist du von Gerd schon fort?", fragte Traude, und plötzlich ging mir ein Licht auf: Anja war die Ehefrau Poschnigs! Mein Freund August Muster hatte erwähnt, dass dem Gaischitz-Bauer die Frau davongelaufen war. Doch dass es Anja, die nunmehrige Lebenspartnerin Karl Harrers war, hatte ich nicht mitbekommen. Jetzt fiel mir auch ein, dass Poschnig eine seiner Kühe Anja genannt hatte.

„Vier Monate sind es morgen", sagte Anja und nahm teilnahmslos einen Schluck.

„Ich hab es dort nicht mehr ausgehalten", fügte sie dann leise hinzu.

„Hat er dich geschlagen?", fragte Traude.

„Nein, aber er hat mich früher manchmal in Trance versetzt. Ich war dann nicht mehr fähig, eigenständig zu denken und zu handeln."

„Ist Gerd ein Grufti?", wollte Franz Grill wissen.

„Das hat er von seinem Vater", erwiderte Anja. „Wir waren kaum verheiratet, hat sein Vater uns zu Séancen beigezogen. Da waren seltsame Typen dabei, auch Frauen, Slowenen und Ungarn, ganz gemischt. Und ich musste das Medium sein."

„Was hat er mit solchen Sitzungen bezweckt?", fragte ich.

„Er wollte meine Ängste bekämpfen und Botschaften aus dem Jenseits hören. Vor allem von seinem Vater, also von Gerds Großvater. Den hat er verehrt wie einen Heiligen. Und Gerd hat mitgemacht."

„Der Großvater von Gerd war dieser Mann mit dem Schnauzbart", erinnerte ich mich.

Anja nickte: „Hans Poschnig hat er geheißen. Ich hab ihn ein halbes Jahr vor seinem Tod kennengelernt, aber das hat mir genügt."

„Da muss er schon ein alter Tagerer gewesen sein", vermutete Traude.

Anja lachte bitter auf und widersprach: „Tagerer! Der hat mich vergewaltigt!"

„Nein!", riefen Franz Grill und ich ungläubig und fast gleichzeitig aus. Bodo, der nach dem Verzehr des Schweinsohres durstig war, trabte in die Küche, wo ich ihn genuss- und geräuschvoll das Wasser aus seinem Trinknapf schlabbern hörte.

„Er hat mich mit seinen Augen vergewaltigt", verbesserte sich Anja. „Ich hab es körperlich gespürt. Sogar seinen Schnauzer hab ich an meiner Muschi gespürt. Hinterher hatte ich das Gefühl, mit meinem Unterleib sei was nicht in Ordnung. In der Nacht bin ich oft schreiend aufgewacht, weil ich gefürchtet hab, in der Mitte geteilt zu werden. Ich hatte Angst, dass ausgerechnet der Alte mich wieder zusammensetzen muss."

„Aber der Tatl ist ja bald gestorben", wandte Franz Grill ein.

„Ja, anfangs ist es mir dann besser gegangen", erzählte Anja weiter. „Aber wenig später hatte ich wieder Albträume. Wenn ich mit Gerd zusammen im Bett war, hatte ich plötzlich Angst, keinen Körper mehr zu haben. Außerdem hatte ich manchmal den Eindruck, dass im Zimmer ein Geist ist. Ich bin aus dem Bett geflüchtet und hab mich schreiend auf dem Boden gewälzt. Wenn Gerd mich beruhigen wollte, hab ich nur die Stimme von dem Alten gehört."

„Wie hast du das so viele Jahre ausgehalten?", fragte Traude.

Anja atmete tief durch: „Der Arzt hat mir geraten, die Pille abzusetzen. Es ist dann etwas besser geworden, aber beim Sex hab ich immer noch Ekel verspürt."

„Sie hätten einen Psychiater aufsuchen sollen", meinte Edith.

„Das wollte ich doch", sagte Anja. „Aber Gerd hat es verboten. Er hat gemeint: Wenn du zu einem Hirnchecker gehst, kommst du in die Klapsmühle und bringst Schande über die ganze Familie. Er und sein Vater, der hat auch Hans geheißen und damals noch gelebt, haben dann mit diesen spiritistischen Sitzungen angefangen. Angeblich auch, um mir zu helfen."

„Und Sie waren das Medium?", fragte Edith.

„Ja, aber ich hab nichts mitbekommen, ehrlich. Der Vater vom Gerd hat mir gesagt, ich könnte in dieser Rolle meinen Geist läutern und zugleich ins Jenseits hören."

„Und was hast du gehört?", bohrte Franz.

„Ich weiß es nicht. Hinterher haben sie behauptet, ich hätte etwas auf Französisch gesagt. Beim ersten Mal haben sie nichts verstanden, beim zweiten Mal, glaubt Gerd, soll ich gesagt haben: *Je me rapelle.*"

„Was heißt das?", fragte Traude.

„Ich erinnere mich", übersetzte Edith, bevor Anja antworten konnte.

„In der Handelsschule in Leibnitz hab ich zwei Jahre Französisch gelernt", erklärte Anja. „Vielleicht hab ich deshalb etwas in dieser Sprache gesagt."

„Seltsam, dass Sie auf Französisch gesprochen haben", überlegte ich. „Kann es sein, dass man im Hause Poschnig einmal über das Verschwinden eines französischen Kriegsgefangenen geredet hat und dass Sie es mitbekommen haben?"

„Von einem Kriegsgefangenen war nie die Rede", betonte Anja. „Nur später hat mir Gerd einmal berichtet, dass ein Franzose am Bauernhof seines Großvaters gearbeitet hat."

„Und ist es dir nach solchen Sitzungen besser gegangen, ich meine: gesundheitlich?", fragte Traude.

„Nicht wirklich. Erholt hab ich mich, als auch Gerds Vater gestorben ist. Das war echt gespenstisch, wie der sich verabschiedet hat. Schon der Alte, also der Großvater, ist auf merkwürdige Art gestorben. Er war überhaupt nicht krank oder leidend. Auch geistig war er noch völlig da. Eines Abends hat er ein Glas Rotwein verlangt. Das nimmt er auf die Reise mit, hat er gesagt. Auf welche Reise, hat sein Sohn gefragt. Darauf hat der Alte geantwortet: Hait schlof i umi, und da Sensenseppl kaun mir nochikemman. Und wirklich: Kurz vor Mitternacht, Gerd hat auf die Uhr geschaut, hat uns ein markerschütternder Schrei geweckt. Wir sind in die Stube des Alten gelaufen, da war er schon tot. Ich weiß nicht, warum er in seiner Todessekunde so furchtbar aufgeschrien hat. Das Rotweinglas auf seinem Nachttisch war umgekippt, der Wein ist noch auf den Boden getropft, als wir dazu gekommen sind."

„Darum lasst uns den guten Roten trinken, solang wir am Leben sind", mahnte ich, um die bedrückende Atmosphäre zu verscheuchen, und hob das Glas. Aber nur Franz tat es mir gleich, Traude stand noch im Banne der Erzählung Anjas, und diese drehte, gedankenverloren in düsteren Erinnerungen, den Stiel des Riedelkelches.

„Und wie ist Gerds Vater gestorben?", fragte Franz nach einem Schluck Gevrey-Chambertin. Bodo kehrte in die Stube zurück und ließ sich zufrieden auf dem Teppich nieder.

„Das war, wie soll ich sagen: noch schauriger", begann Anja. „Er hat gern getrunken, oft war er schon zu Mittag voll zu, also aung'wassert, und Gerd hat die ganze Arbeit im Stall allein erledigen müssen. Nur wenn am Abend eine Séance angekündigt war, ist er einigermaßen nüchtern geblieben. Seit seine Frau, Gerds Mutter, an Brustkrebs gestorben war, hat er nämlich gehofft, eine Nachricht von ihr aus dem Jenseits zu erhalten. Weil ich als Medium zwei Mal nur französisch geredet hab, hat er ein anderes Medium geholt, eine Frau aus Marburg, die aber Deutsch spricht. Bei seiner letzten Séance war ich dabei, es war gruselig. Er hat schon vorher zwanzig, dreißig Zigaretten geraucht, wahrscheinlich vor lauter Aufregung. Und als dann die Frau aus Marburg in Trance gefallen ist, hat er gefragt: Lilli, seine Frau hat nämlich Liane geheißen, Lilli, hat er gerufen, wie geht es dir? Zuerst hat das Medium nur gestöhnt, so grässlich gestöhnt, dass ich es fast nicht mehr ausgehalten hab. Dann, nach zwei, drei Minuten, hat sie etwas in steirischer Mundart gesagt: Hobergoaß, Hobergoaß! Die Hö is hoaß, die Hö is hoaß!"

Franz lachte belustigt auf: „Die Hobergoaß, das Höllenviech!"

„Ist das eine Ziege?", fragte Edith unschuldig.

„Eine Sagenfigur aus der Südsteiermark", erklärte ich. „Eine zottelige Teufelsziege mit nur drei Beinen, die laut Volksglauben früher ihr Unwesen trieb und Menschen erschreckte. Ihr Erscheinen wurde mit dem nahen Tod verbunden."

„Genau so hat es der Vater von Gerd empfunden", schilderte Anja. „Er hat panische Angst bekommen und die Sitzung abgebrochen. Dann hat er sich wieder eine Zigarette nach der anderen angezündet und ein Glas nach dem anderen gekippt. Und als die Tischrunde fort war, hat er furchtbar zu husten begonnen. Gerd wollte einen Arzt holen, aber sein Vater hat nur den Kopf geschüttelt, reden konnte er nicht mehr. Gerd hat ihn dann zu Bett gebracht, und als wir keinen Huster mehr gehört haben, muss er gestorben sein. Am nächsten Morgen war er schon kalt." Anja ließ einen Seufzer der Erleichterung hören, vielleicht weil sie die Gespenster der Vergangenheit beim Namen genannt und so einen Mythos des Grauens beschädigt hatte.

„Schrecklich, was du in diesem Haus erlebt hast", sagte Traude fröstelnd, so als müsste sie eine Gänsehaut abschütteln.

„Der Gerd ist nachher auch immer merkwürdiger geworden", fuhr Anja fort. „Er hat zwar nicht mehr solche Séancen veranstaltet, vielleicht hat er sich vor den Antworten des Mediums gefürchtet, aber er ist immer mehr zum Sonderling geworden."

„Ist er brutal geworden?", formulierte Traude ihre Frage von vorhin nun anders. Sie plagte offenbar ein Trauma, genährt von Erlebnissen aus ihrer Nachbarschaft: Dass Männer in Ausnahmesituationen gewalttätig werden.

„Nein", versicherte Anja, „gewalttätig war er nie. Er hat nur seltsame Gewohnheiten angenommen. Er ist zum Beispiel nie mehr wie früher mit mir ausgegangen, in kein Restaurant, zu keinem Fest, nicht einmal mehr zu den Schlossspielen von Arnfels, die ich immer gerne gesehen hab. Im Winter haben wir früher oft Bälle oder andere Veranstaltungen im Knielyhaus besucht, auch die hat er plötzlich gemieden. Dafür ist er immer wieder allein fort, um zu laufen. Das war sein neuer Tick: Er ist ein oder zwei Mal die Woche zum Heiligen Geist hinauf gelaufen und retour."

„Beim Welschlauf hat er auch mitgemacht", erinnerte sich Franz.

„Ja, einmal war er sogar Dritter", bestätigte Anja. „Die sportlichen Ambitionen haben mich nicht gestört. Aber was er daheim aufgeführt hat, war nicht mehr erträglich."

Dem Lagerhauschef war nach Scherzen zumute: „Hat er begonnen, das Geschirr abzuwaschen, oder hat er dich auf einmal andersherum geliebt?"

Anja ging nicht auf die Bemerkung ein: „Er ist pedantisch geworden. Ich hab das Besteck nicht mehr irgendwie in die Lade legen dürfen. Nein, die Griffe haben alle gleich gerichtet sein müssen. Die Schuhe mussten blitzblank geputzt und zentimetergenau aufgereiht sein. Die Trinkgläser im Schrank mussten so stehen, dass die Henkel in die gleiche Richtung schauen."

„Ein Pitznigl", stellte Traude fest. „Ich hab 's auch immer gerne sauber, aber so pedantisch bin ich nicht."

„Was mich am meisten gestört hat", fuhr Anja fort, „war sein Tick im Bett."

„Also doch!", fand Franz seine schalkhafte Vermutung bestätigt.

„Mein Ekel vorm Sex hatte sich fast gelegt. Doch dann ist er nach jedem Mal Schnackseln aus dem Bett gehüpft, um sich zu duschen."

„Ein Tick nach dem Fick", reagierte Franz mit seltenem Sinn für Gereimtes. „Duschen statt kuscheln."

„Und wehe, wenn das Bettzeug etwas abbekommen hat", erzählte Anja. „Dann hat er darauf bestanden, dass ich es sofort abziehe und austausche, oft mitten in der Nacht. Da vergeht dir jede Lust am Sex."

„Bevor wir uns in weiteren Einzelheiten ergehen", unterbrach ich, „sollten wir uns der momentanen Situation Anjas widmen. Sie glaubt, dass ihr Charly schuldlos am Tod des Franzosen ist."

„Also, ich kann mir nicht vorstellen, dass Charly den Fremden umgebracht hat", sagte Franz.

„Andererseits soll der Poschnig nie gewalttätig gewesen sein, behauptet Anja selber“, gab ich zu bedenken.

„Vielleicht war 's ein Dritter“, überlegte Edith. Die Mafia-Theorie spukte noch immer durch ihren Kopf.

„Genau das hab ich mir auch gedacht“, sagte Anja mit einem dankbaren Blick auf meine Frau. „Aber der Gerd hätte Charly nicht verleumden dürfen.“

„Der ist vermutlich eifersüchtig auf Charly, weil du zu ihm gezogen bist“, meinte Traude.

Ein Hahnenschrei ließ uns zusammenfahren, das schrille Krähen kam aus dem Lederbeutel Anjas, und mit sicherem Griff fischte sie ihr Handy aus der Tasche. Sie erhob sich und trat zum Fenster, um den Anruf entgegenzunehmen. „Charly!“, rief sie erfreut. „Wo bist du?“

„Entweder will er einen Anwalt“, vermutete ich leise, „oder sie haben ihn schon laufen gelassen.“

„Gott sei Dank!“, frohlockte Anja, „ich bin gleich bei dir. Tschüss.“ Ihr Gesicht strahlte, als sie sich der Tischrunde zuwandte: „Charly ist frei! Ich darf ihn von der Polizei abholen.“

„Der Harrer kann manchmal ein aufbrausender Lotter sein, aber, ich hab 's gewusst, ein Mörder ist er nicht“, versicherte Franz.

14. Burgunder Erinnerungen

Bevor ich am Freitag zum Flughafen Graz startete, um Madeleine Dietrich abzuholen, versuchte ich Kommissar Ricchius im Büro zu erreichen. Am Abend zuvor, nach der Freilassung Harrers, hatte ich mich vergeblich bemüht, ihn ans Telefon zu kriegen. Sein Handy war auf Sprachbox geschaltet, und in der Polizeiinspektion, wo ich zwei Mal mein Glück versuchte, fertigte man mich kurz und bündig ab: Der Chefinspektor, hieß es (die uniformierten Beamten sagten zu Max auch „Chefinspektor"), sei heute nicht mehr zu sprechen.

„Opodeldok", sagte ich erleichtert, als ich ihn endlich erreichte. „Hast du die Nacht durchgearbeitet?"

„So ungefähr", erwiderte er. „Fasse dich kurz, ich hab zu tun."

„Ihr habt gestern den Harrer laufen lassen", begann ich. „Heißt das, dass er nicht der Mörder ist?"

„Auch der Poschnig ist wieder frei", entgegnete Ricchius.

„Und was bedeutet das?"

„Dass wir uns ein Bild von dem Verbrechen gemacht haben", sagte Max kryptisch.

„Ist es scharf genug für eine Anklage?"

„Ich werde euch heute um 15 Uhr in einer Presseinformation Näheres mitteilen. Diesmal aber bei uns in Leibnitz und ohne viel Tamtam und Buffet."

„Fünfzehn Uhr?", wiederholte ich skeptisch. „Das wird knapp für mich. Um zehn nach zwei hole ich nämlich erst die Tochter des Franzosen in Thalerhof ab. Wenn die Maschine Verspätung hat, musst du ohne mich beginnen."

„Dich kann ich verschmerzen, die Französin würde ich aber gerne sehen", sagte Ricchius. „Sie muss übrigens nicht ins Leichenschauhaus. Ich hab mit dem Staatsanwalt gesprochen."

„Danke, Max."

„Apropos, Mimi lässt sich für den tollen Chablis bedanken", antwortete er. „Sie meint, die Flasche sei eine Granate. Ja, Granate hat sie gesagt. Aber sie wird es dir selber sagen, hat sie versprochen."

Während ich anschließend die Redaktion anrief und mich mit dem diensthabenden Redakteur verbinden ließ, diesmal war es Oliver, klingelte mein Handy. Es war tatsächlich Mimi Ricchius, und ich legte, weil Oliver ohnehin noch nicht am Apparat war, rasch den Festnetzhörer auf, um mich der Chablis-Liebhaberin zu widmen.

„Mimi, wunderbares Mädchen, freue mich, dich zu hören."

„Bernt! Der Wein ist ein Wahnsinn."

„Hast du ihn schon probiert?"

„Nein, aber ich hab mich schlau gemacht über Betrieb, Jahrgang und Riede. Der Grand Cru 2003 von Droin und der Riede Vaudésir gilt als einer der besten überhaupt. Der muss ein Vermögen gekostet haben."

„Es gibt teurere Weine in Burgund, Mimi. Und wenn er dir mundet, ist er jeden Preis wert gewesen."

„Danke, danke, Bernt! Ich hoffe, ich darf mich bei dir und Edith bald revanchieren. Mit einem feinen Menü."

„Nein, nein", wehrte ich ab. „Max und ich haben ausgemacht, dass ich euch zum Harkamp einlade, wenn dieser Hopfen-Krimi geklärt ist. Und heute, hab ich gehört, soll es so weit sein. Da könnten wir uns ja morgen Abend in Flamberg treffen. Ich bestelle heute noch einen gemütlichen Tisch, wenn du einverstanden bist."

Mimi Ricchius zögerte, schließlich bedauerte sie: „Ich fürchte, morgen geht es nicht. Max hat mir gesagt, dass er in dem Fall noch was zu erledigen hat. Das könnte den ganzen Tag dauern. Aber frag mich nicht, was es ist."

Mitten in unsere Verabschiedung schrillte der Festnetzapparat. „Du hast mich verlangt", sagte ein gestresst klingender Oliver.

„Der Hopfen-Krimi ist vermutlich geklärt", kündigte ich an. „Aber wir erfahren erst um 15 Uhr Einzelheiten. Wenn du mir für die Steiermark-Ausgabe einen Platz freihältst, bin ich dir dankbar."

„Mach ich. Wann meldest du dich?"

„So gegen 17 Uhr. O. k.?"

„Passt! Bin schon gespannt, wer der Mörder war."

„Ich auch", gab ich zu, aber das hörte Kollege Oliver vermutlich nicht mehr, er hatte schon eingehängt.

Um halb zwei Uhr Nachmittag bog ich von der A 9 in Kalsdorf zum Flughafen Thalerhof ab, parkte meinen Renault in der blauen Zone, wo überraschenderweise noch einige Plätze frei waren, und eilte in die Ankunftshalle. Laut Anzeigetafel war der Airbus A320 aus Paris via Berlin fast planmäßig unterwegs, die Landung wurde für 14.13 Uhr erwartet. Ich kaufte ein Wirtschaftsmagazin, und schon nach einigen Minuten begann die erste der beiden Leuchten neben der Flugnummer und dem Namen des Start-Flughafens grün zu blinken. Für 14.15 Uhr wurde laut Flugplan eine Maschine aus Frankfurt erwartet, bereits um 14.05 Uhr sollte ein Linienflugzeug aus Stuttgart in Graz landen, und in dieser Zeile leuchteten bereits beide Lämpchen grün auf, diese Maschine war also schon im Anflug. Mein Vorhaben, die Zeit mit der Lektüre des „Trend“ zu vertreiben, gab ich bald auf, als ich eine Menschentraube wahrnahm, die auf Verwandte oder Freunde wartete. Schon vor Jahren, als ich fast jede Woche einen meiner Söhne zu später Stunde in Wien-Schwechat abholte, hatte ich mir einen Denksport daraus gemacht, die Wartenden zu beobachten und zu erraten, auf wen sie warteten und aus welchem Winkel der Erde diese Person anreisen würde. Die meisten starrten jedes Mal, wenn ein Gate sich öffnete und neue Ankömmlinge erschienen, erwartungsvoll auf die automatischen Türen, obwohl, wie ich hinterher merkte, ihre Bekannten noch nicht einmal gelandet sein konnten.

Einmal war ich Zeuge, als ein berühmter Kabarettist und Schauspieler zu fortgeschrittener Stunde neben mir in der Ankunftshalle Platz nahm und einem ungefähr achtjährigen Buben, der offensichtlich sein Sohn war, die Bedeutung der vielen Angaben auf der Computertafel erklärte. Da ich wusste, dass der Mann mit einer ehemaligen, ganz liebenswürdigen Kollegin von mir liiert war, hoffte ich, diese bald wiederzusehen. Doch die Dame, die dann, möglicherweise aus Rom kommend, von dem Wartenden begrüßt wurde, war mir völlig unbekannt, und meine Enttäuschung darüber wurde nur gelindert, weil unmittelbar darauf mein Sohn Ronald aus Köln, wie immer strahlend, auf mich zukam.

Jetzt versuchte ich mir auszumalen, welchen Typ zum Beispiel eine Frau mit einem schlafenden Baby im Kinderwagen begrüßen und wie sie ihn empfangen würde, mit flüchtigem Wangenkuss oder herzlicher Umarmung. Die junge Mutter trug ein weißes Kopftuch, wahrscheinlich war sie Türkin oder Jordanierin. Immer wieder presste sie ihr Handy ans Ohr, und ich wunderte mich, dass jemand mit verbundenem Kopf hören konnte, was der Telefonpartner sagte. Bei einer älteren Dame, die wirres Haar und ein altbackenes rot-gelb getupftes Kostüm trug, war ich mir nicht sicher, ob sie ihren gebräunten, von den Malediven heimkehrenden Sohn willkommen heißen würde oder einen Senior, der sich einen Solo-Urlaub in Thailand gegönnt hatte.

Ich versuchte mir auch vorzustellen, wen zum Beispiel eine ältere Nonne in dunklem Ornat mit einer riesigen, eindrucksvollen schwarzen Kapuze erwartete. Die Ordensfrau saß auf der Bank und drehte die Hände, als betete sie einen Rosenkranz, aber eine Perlenschnur konnte ich zwischen ihren Fingern nicht entdecken. Wartete sie ins

Gebet versunken auf eine Ordensschwester, die von einem Missionseinsatz in Übersee heimkehrte und die sie zurück ins heimatliche Kloster begleiten sollte? Gab es hier in Graz überhaupt ein Frauenkloster? Die Nonne unterbrach keinen Moment ihre Andacht, um zur Anzeigetafel hochzublicken oder in die Halle eintretende Passagiere zu mustern. Bei ihrer auffälligen Erscheinung schien es andererseits gar nicht notwendig, dass sie sich der oder dem Ankommenden zusätzlich bemerkbar machte. Der Flugplan wies allerdings keine Maschine aus, die aus Afrika, Asien oder Südamerika kam, wo es sich vom Standpunkt der katholischen Kirche noch lohnte, Menschen zu missionieren. Wobei, wie ich einmal gelesen hatte, die heutigen Missionsschwestern vernünftigerweise vor allem im Schul- und Gesundheitsbereich aktiv sind und sich den Menschen in Entwicklungsländern auf humane und nicht auf bekehren wollende Art nähern. Wahrscheinlich saß eine Ordenskollegin der Betenden im Linienflugzeug aus Frankfurt, dem wichtigsten Drehkreuz im mitteleuropäischen Flugverkehrsraum, wo auch Dutzende Direktflüge aus Übersee enden.

Ich war nervös und ziemlich aufgeregt, merkte ich. Nur um mich abzulenken, hatte ich mich in Fragen vertieft, die mich nichts angingen. Ich zog den zerknitterten DIN-A4-Ausdruck von Madeleine Dietrichs Foto aus der Rocktasche und entfaltete das Blatt, um mir noch einmal das Aussehen der Französin einzuprägen. Diesmal assoziierte ich ihr Bildnis nicht mehr mit Romina Power, aber mir fiel keine andere Person ein, der Madeleine ähnlich sah. Da kam mir die Idee, dass es ganz schicklich wäre, einen ausländischen weiblichen Gast mit Rosen, Lilien oder Gerbera zu empfangen. Auf dem Weg in die Halle hatte ich einen Blumenkiosk entdeckt. Doch dann überlegte ich: So warmherzig die Geste gemeint wäre, so umständlich wäre es für die Französin, die welkenden Blumen, die sie erst in Leutschach einwässern könnte, stundenlang herumzutragen. Immerhin wollte ich Madeleine Dietrich dem Kommissar vorstellen, ich hatte es ihm versprochen, und außerdem wollte ich bei seiner Pressekonferenz nicht fehlen. Und die Französin könnte, wenn sie wollte, dabei sein und aus berufenem Mund erfahren, wie ihr Vater ums Leben gekommen war.

Bis zur geplanten Landung des „Fly-Niki"-Airbusses waren es noch rund zwanzig Minuten. Als ich mich gegenüber der Nonne setzen wollte, klingelte mein Handy, und ich trat zur Seite, um ungestört sprechen zu können. Es war Kollege Oliver: „Bernt, der Chef will schon in der ersten Ausgabe einen Bericht über die Lösung im Hopfen-Krimi.

Mindestens vierzig Zeilen. Damit wir die Führungsrolle in dem Krimi behalten. Schaffst du es bis 14.30 Uhr?"

„Ich steh im Flughafen Graz und warte auf die Tochter des Mordopfers", gab ich zu bedenken. „Sie kommt in etwa zwanzig Minuten, dann muss ich zur Pressekonferenz nach Leibnitz düsen. Wann soll ich das schreiben?"

„Jetzt. Bis die Tochter des Opfers eintrifft, kannst du uns was durchgeben."

„Ich hab keinen Laptop dabei."

„Macht nix. Mach es wie früher: Diktier was telefonisch. Tanja, unsere Sekretärin, hämmert den Text sofort ins System."

„O. k.", brummte ich. „Ich versuche Näheres zu erfahren."

Kommissar Ricchius meldete sich glücklicherweise sofort. Er erkannte meine Handynummer am Display: „Opodeldok, was ist los?"

„Die Redaktion sekkiert mich. Sie wollen ein paar Zeilen schon in der ersten Ausgabe. Ich müsste den Text in einigen Minuten durchgeben. Sag mir nur: Wer war der Täter?"

„So einfach ist das nicht zu beantworten", sagte Ricchius. Mir schien, dass er seine Worte absichtlich dehnte, um mich zu ärgern.

„Wer hat den Franzosen umgebracht?"

„Es war kein Mord, Bernt. Wir haben einen Verdächtigen wegen Körperverletzung mit Todesfolge angezeigt."

„Poschnig oder Harrer?"

„Das sag ich dir erst in der Pressekonferenz. Oder vielmehr: Ich werde überhaupt keine Namen nennen. Nur so viel kann ich vorweg verraten: Insgesamt sind drei Personen angezeigt worden."

„Drei? Drei Personen?", stotterte ich. Edith fiel mir ein. Hatte sie mit ihrer Mafia-Theorie recht gehabt?

„Ja, drei Personen. Und jetzt muss ich aufhören, Bernt. Der Landespolizeikommandant will mich sprechen."

Auf der Anzeigetafel hatten die zwei Leuchten auf der Stuttgart-Linie zu blinken aufgehört, die Maschine war also schon früher als erwartet auf dem Boden. Das Flugzeug aus Paris musste bereits in Sichtweite sein, denn mittlerweile flammten in dieser Zeile beide grüne Lämpchen in nervösem Rhythmus auf. Ich versuchte klaren Kopf zu behalten, nahm Füllhalter und Notizblock aus der Rocktasche und begann aus den dürftigen mir bekannten Informationen einen Text zu formulieren. Zehn Minuten nach zwei rief ich Tanja an und bat um einen Rückruf, schließlich diktierte ich ihr:

Hopfen-Krimi geklärt: Totschlag wegen zweier Sulmtaler Hühner

Das Verbrechen, das seit Tagen die Südsteiermark in Atem hält, ist nach Angaben der Sicherheitsbehörden geklärt. Die Polizei hat drei Verdächtige angezeigt. Die Ermittlungen ergaben allerdings, dass der pensionierte französische Richter Gaston Gelin nicht vorsätzlich ermordet wurde. Er starb an den Folgen von Verletzungen, die ihm vermutlich ein Landwirt aus Schlossberg zugefügt hatte.

Der Attacke war ein Unfall vorausgegangen. Der Franzose hatte mit dem Auto zwei Hühner des Landwirtes, die aus einer Umzäunung entkommen waren, auf der Straße überfahren. Als der Lenker den vom Bauer verlangten Schadenersatz von rund tausend Euro nicht zahlen wollte, reagierte der Steirer mit Fußtritten gegen den herzkranken Mann. Den horrenden Schadensbetrag erklärte er mit dem Umstand, dass es sich bei dem toten Geflügel um einen für die Zucht benötigten hochwertigen Sulmtaler Hahn und eine Henne handelte.

Außer diesem Landwirt hat die Polizei noch zwei andere Männer angezeigt. Über ihre Rollen in dem Hopfen-Krimi wurde vorerst nichts verraten.

Wie berichtet, hatte der Franzose in der Südsteiermark jenen Bauernhof gesucht, in dem sein Großvater als Kriegsgefangener zur Zwangsarbeit eingesetzt gewesen war. 1944 soll der Mann auf ungeklärte Weise verschwunden sein. Der Hofbesitzer behauptete, der Franzose sei damals zu den Partisanen übergelaufen.

Den Zwischenfall mit den Hühnern hatte ich mir aus den Erzählungen von Gerd Poschnig und von Anja zusammengereimt. Ich hatte Poschnig zwar versprochen, nichts, was er mir berichtet hatte, für einen Zeitungsartikel zu verwenden, doch nunmehr war ich gewissermaßen in einem Bericht-Notstand und hatte keine Bedenken mehr, den Unfall mit dem Sulmtaler Geflügel zu erwähnen. Tanja verband mich mit Oliver. „Es sind etwas mehr als vierzig Zeilen“, vermutete ich. Er rief den Text im System auf: „Genau fünfzig sind es. Passt großartig, danke Bernt. In der Steiermark-Ausgabe kriegst du dann mehr Platz.“

Ein Schwall Menschen strömte in die Ankunftshalle, offenbar waren es Passagiere aus dem Linienflugzeug aus Stuttgart. Die Frau mit Kopftuch ließ den Kinderwagen stehen und lief einem jungen Mann entgegen, der ihr, gedresst wie ein Wall-Street-Banker, mit einem Handköfferchen entgegeneilte. So einen Typ hatte ich an der Seite der jungen Muslimin nicht erwartet, es handelte sich jedoch ganz offensichtlich um den Kindesvater, denn nach der Umarmung der Frau überließ er ihr sein Gepäckstück, hob das Baby aus dem Wagen und liebkoste es so innig, dass es zu weinen begann.

Die ältere Frau mit den rot-gelben Tupfen auf dem Sommerkleid herzte unterdessen ein entzückendes schwarzes Mädchen, das etwa zehn Jahre alt und, ausgerüstet nur mit einem Rucksack, offenbar allein unterwegs gewesen war. Vielleicht war die kleine Schwarzafrikanerin ihre Enkelin, jedenfalls, so hörte ich, sprach das Mädchen perfekt Deutsch mit einem liebenswürdigen schwäbischen Tonfall.

Auf die Nonne trat nun ein älterer Mann mit einer Reisetasche zu. Ein Kollar sowie die schwarze Soutane und sein ganzer Habitus verrieten, dass er Geistlicher war. „Schwester Ophelia", sagte er lächelnd, als er vor der Betenden stehen blieb, „danke, dass Sie mich abholen." Die Ordensfrau erschrak förmlich, erhob sich etwas ungelenk, ergriff fast ehrfürchtig die zum Gruß ausgestreckte Hand des Priesters und küsste sie. Jetzt erst merkte ich, dass an der rechten Hand des Geistlichen ein prächtiger goldener Ring mit einem violetten Edelstein prangte und dass der Mann ein Brustkreuz trug. Demnach musste es ein Bischof oder Abt sein, und vielleicht stand dem Kloster der Schwester Ophelia ein bischöflicher Besuch ins Haus, was die katholische Obrigkeit großspurig und Respekt einflößend „apostolische Visitation" bezeichnet.

„Exzellenz", stammelte die Nonne verlegen, „verzeihen Sie, ich war ins Gebet versunken."

„Wenn du betest, so gehe in dein Kämmerlein, sagt schon Matthäus", antwortete der kirchliche Würdenträger schmunzelnd. „Aber in diesem Punkt muss ich dem Evangelisten widersprechen, liebe Schwester. Mit Gott darf man überall sprechen."

„Danke, Exzellenz", sagte die Nonne und versuchte, dem Priester dessen Reisetasche abzunehmen. Der Geistliche verstand es, diese unterwürfige Geste zu verhindern, hakte sich bei der Nonne ein, und gemeinsam schritten die beiden wie eine in die Jahre gekommene Inkarnation der Benetton-Werbung davon.

Immer mehr Passagiere strömten nun in die Halle, doch ein Blick auf die Computeranzeige verriet, dass die Maschine aus Paris noch immer nicht gelandet war. Ich versuchte mich in den Seelenzustand jener Frau zu versetzen, auf die ich hier wartete. Sie war im Anflug auf ein Land, in dem schon ihrem Großvater viel Böses angetan worden war und wo nun auch noch ihr Vater durch Gewalt ums Leben gekommen war. Was konnte Madeleine Dietrich für dieses Land, für seine Menschen, anderes empfinden als dumpfen Groll, wenn nicht sogar Hass? Offenbar hatte sie zu ihrem *Père* eine herzliche, wenn nicht sogar innige Beziehung, sonst hätte sie nicht während seiner Abwesenheit die Wohnung in Avallon betreut und sonst hätte er sie nicht vor seiner Weiterfahrt nach Österreich angerufen und seinem Wirt Gregor Vracko angekündigt, im nächsten Jahr mit der Tochter wiederzukehren.

Ich konnte nachvollziehen, in welcher Verfassung die Tochter Gaston Gelins sein würde. Sie hatte das Ende ihres Vaters völlig unvorbereitet getroffen. Und dass sie damals am Telefon nach einem kurzen Schweigen relativ bald die Fassung gewann, führte ich auf den Schock zurück, den meine Hiobsbotschaft bei ihr ausgelöst hatte.

Sie war die Erste aus dem Pariser Flugzeug, die kaum fünfzehn Minuten nach der Landung die Ankunftshalle betrat. Ich wusste sofort, dass die kaum 160 Zentimeter große Frau, die einen schwarzen Trolley nachzog und, obwohl sie merkbar hinkte, selbstsicher dem Ausgang zustrebte, ohne nach einem Wartenden Ausschau zu halten, dass diese Passagierin Madeleine war. Mit Romina Power, mit der ich sie nach Erhalt ihres Fotos verglichen hatte, schien sie nun wenig gemeinsam zu haben, das lag vielleicht auch an dem Umstand, dass sie ihr langes Haar diesmal zu einem strengen Knoten aufgesteckt hatte. Sie trug eine blauweiße sommerlich-glamouröse Bandage-Robe und schwarzweiße Turnschuhe, die wie Converse-Chucks aussahen, und hatte eine kleine Handtasche umgehängt, die im gleichen blauweißen Farbton wie das Kleid gehalten war. Ehe ich mich entschloss, mich bemerkbar zu machen, beobachtete ich sie einige Sekunden, die schlangenartigen grafischen Muster, die sich um ihren schlanken Körper wanden, faszinierten mich. Ich trat auf sie zu, als sie an mir vorbeigehen wollte: „*Bonjour,* Madame Dietrich." Sie hielt inne, sah mich mit ihren großen grünen Augen kurz und prüfend an, nickte und reichte mir die Hand: „*Bonjour, Monsieur Bernt.*"

„*Avez-vous fait bon voyage?*" Ich merkte sofort, wie gekünstelt meine Frage klang. „Hatten Sie eine gute Reise?"

Madeleine antwortete mit einem Wortschwall auf Französisch, von dem ich keine Silbe verstand. Wollte sie damit signalisieren, dass ich mir meine Gehversuche auf Französisch ersparen sollte? Dabei hatte ich mir die Frage aus purer Höflichkeit zurechtgelegt. Schließlich fügte sie, meine Ratlosigkeit bemerkend, auf Deutsch an: „Ich habe halb Europa durchquert, um hierherzukommen."

„Dass der Weg von Paris nach Graz über Berlin führt, ist offenbar eine geografische Errungenschaft der EU", versuchte ich zu scherzen.

„Die direkte Verbindung wäre natürlich kürzer, aber um ein Vielfaches teurer", sagte sie, wieder in perfektem Deutsch.

„Es scheint eine Eigenart der Luftfahrt zu sein, dass man für die Umwelt Umwege in Kauf nimmt", spottete ich. „Freunde von uns mussten, um von Damaskus nach Wien zu fliegen, ebenfalls vorher in Berlin zwischenlanden."

„*Eh bien*, nun bin ich endlich hier. Es ist nutzlos, über vertane Zeit zu klagen. Damit geht nur wieder Zeit verloren. Jetzt erzählen Sie mir, wie *mon Père* umgekommen ist und wo ich ihn sehen kann." Madeleine klang gefasster, als ich erwartet hatte, mir gefiel ihr selbstbewusstes Auftreten.

„Es ist ein seltsamer Kriminalfall, Madeleine", sagte ich. „Wenn es Ihnen recht ist, fahren wir jetzt gemeinsam zu dem Polizeibeamten, der den Fall bearbeitet. Er wird uns berichten, was die Ermittlungen ergeben haben. Ich bin selbst neugierig. Und anschließend bringe ich Sie zu uns nach Hause." Ich wollte der Französin den Rollkoffer abnehmen, doch sie weigerte sich. Es war ein erstaunlich schmales Gepäckstück für eine Französin, die immerhin einige Tage in Österreich bleiben wollte. Mir fielen alte Zeitungsberichte über eine Frau ein, die im Winter 1928 ebenfalls aus Paris, damals mit dem Zug, in Österreich angekommen war. Sie führte fünfzehn riesige Koffer mit, die vollgestopft waren mit 137 Kleidern und Kostümen, mit 196 Paar Schuhen und 64 Kilo Schminkpuder. Diese Reisende hatte freilich kein Fußleiden, im Gegenteil, sie war weltberühmt für ihre Tanzkünste, in einem Bananenröckchen eroberte die Afro-Amerikanerin im Charleston-Rhythmus die Herzen der Europäer. Und ihre gewagten Nacktszenen, auch *tableaux vivants* genannt, trugen Josephine Baker den Beinamen „schwarze Venus" ein.

Ich führte Madeleine zum Wagen, hob den Trolley in den Kofferraum und öffnete ihr die Beifahrertür. Es war 14.35 Uhr, wenn ich Gas gab, würden wir pünktlich zur Pressekonferenz in Leibnitz eintreffen. Unterwegs, das hatte ich mir vorgenommen, wollte ich Madeleine gestehen, dass ich, obwohl in Pension, nach wie vor für eine Zeitung arbeitete. Das hatte ich der Tochter Monsieur Gelins am Telefon verschwiegen. Immerhin würde sie in Leibnitz einige meiner Kollegen zu sehen bekommen und sich einen Reim darauf machen können, wieso ich dieser Gesellschaft bekannt war. Es muss mit dem oft fürchterlichen Image von Journalisten zusammenhängen, dass ich mich manchmal fast schäme, mich zu meiner Profession zu bekennen, obgleich ich den Job leidenschaftlich gern ausübe. Freilich übertreiben manche, wenn sie den Berufsstand in Bausch und Bogen als unseriöse Journaille verdammen, und der Ministerpräsident eines Nachbarlandes war nicht gut beraten, als er jene Publizisten, die ihm genau auf die Finger schauten (und klopften), als „Halunken" beschimpfte. In einer demokratischen Ordnung sollten kritische Journalisten, die ein Unrecht anprangern und auf Sauberkeit in Politik und Gesellschaft achten, selbstverständlich ihren Platz haben. Das ist auch in der Pressefreiheits-Charta der EU verankert, in Deutschland sogar im Grundgesetz, doch in vielen Staaten (nicht nur im Osten) häufen sich Einschüchterungsversuche und Attacken auf missliebige Medienmenschen. Es ist nachvollziehbar und zugleich ein Paradoxon, dass Journalisten dort, wo sie bedroht werden, vom Volk mehr geachtet sind als in angeblich „medienfreundlichen" Ländern.

„Madeleine", begann ich, als wir auf die A 9 Richtung Spielfeld einbogen, „ich muss Ihnen etwas gestehen."

„Sie sind ein Journalist", stellte sie kurz und trocken fest.

Ich schluckte, so eine blitzartige Erkenntnis hatte ich nicht erwartet. „Ja, ich war Journalist", versuchte ich ihre rasche Diagnose meines schlechten Gewissens abzuschwächen. „Jetzt arbeite ich nur als Teilzeitreporter."

„Journalist ist man ganz oder gar nicht", verkündete Madeleine. „Wer einmal in diesem Beruf Blut geleckt hat – so sagt man doch auf Deutsch, oder? – , der bleibt dieser Sucht, zu recherchieren und zu schreiben, immer verfallen."

„Sie sprechen ausgezeichnet Deutsch, Madeleine", lenkte ich vom Thema ab.

„Dafür gibt es sechs Säulen", antwortete sie. „Soll ich Sie mit der Aufzählung langweilen?"

„Bisher war kein Wort von ihnen langweilig", schmeichelte ich ihr.

„Also Säule Nummer eins: Ich hatte eine *Grand-Mère*, die war Deutsche, hieß Irène und lebte in Mulhouse im Elsass, zu Deutsch Mülhausen, und ich war sehr oft bei ihr. Nummer zwei: Ich bin im Elsass aufgewachsen, weil mein Vater im *Tribunal de Mulhouse* Richter war. Im Elsass hat man in meiner Kindheit auch wieder Deutsch gesprochen. Nummer drei: In Mulhouse habe ich vier Jahre das Gymnasium besucht, in dem einst Albert Schweitzer maturiert hat und wo Deutsch unterrichtet wurde. Nummer vier: Vier Jahre habe ich das Deutsch-Französische Gymnasium in Fribourg, zu Deutsch in Freiburg, jenseits der Grenze besucht. Und anschließend habe ich einige Semester in der Albert-Ludwigs-Universität von Freiburg studiert. Philologie und Germanistik, also auch Sprachen. Ein halbes Jahr habe ich dort sogar ein wenig Russisch gelernt. Die berühmte Dostojewski-Übersetzerin Swetlana Geier hat im Slawischen Institut Seminare veranstaltet. *Wek shiwij wek utschissij*, das war ihr Leitsatz: Lerne, so lang du lebst. Nein, eigentlich heißt es wörtlich übersetzt: Lebe ein Jahrhundert, lerne ein Jahrhundert."

„Und Säule Nummer fünf?", fragte ich vorsichtig.

„Eine brüchige Stütze", fuhr sie fort, „meine Ehe. In der Universität habe ich meinen späteren Ehemann, Herrn Dietrich, kennengelernt, der dann Journalist bei der Badischen Zeitung geworden ist. Ich habe drei Jahre mit ihm in Freiburg gelebt."

„Ach, deshalb ihre Kenntnis über die Befindlichkeit eines Journalisten!", unterbrach ich sie.

„Ich hätte Sie auch ohne mein Vorleben so eingestuft", sagte sie. „Die Art, wie Sie mir den Tod von *Père* mitgeteilt haben, wie Sie informiert waren, wie Sie mich vorsichtig ausgefragt haben und wie Sie mich schließlich zu sich nach Hause eingeladen haben – das macht kein normaler Zeuge, das hat nach einem beruflichem Hintergrund gerochen."

„Nein, Madeleine", widersprach ich. „Ich habe Sie keineswegs aus beruflichem Kalkül eingeladen. Ich schwöre, dass ich kein Wort, das ich von Ihnen über Ihren Vater erfahren habe und erfahren werde, in einem Bericht verwenden werde. Ich habe Sie eingeladen, weil mir das Schicksal Ihres Vaters nahegegangen ist und weil ich Ihnen irgendwie behilflich sein wollte. Auch meine Frau, Edith, denkt so."

„Sie sind verheiratet?"

„Zum zweiten Mal. Meine erste Frau, sie hieß auch Edith, ist an Krebs gestorben. Edith zwei hatte ein Jahr davor ebenfalls ihren Mann verloren. Aus zwei Schicksalsschlägen ist neues Glück gewachsen. *C'est la vie.*"

„Ich bin geschieden", sagte Madeleine. „Nach dem Unfall haben wir uns getrennt."

„War es ein Autounfall?" Ich deutete auf ihren kranken Fuß.

„Mit einem Sportwagen. Mein Mann ist gefahren. Wir wollten von Mulhouse einen Ausflug zur Weinstraße machen. Es hat geregnet.

Nach einigen Kilometern, bei Thann, ist der Wagen ins Schleudern geraten, hat sich mehrmals überschlagen und ist dann gegen eine Brückenrampe gekracht. Dabei hatten wir noch Glück, dass wir nicht in den Fluss gestürzt sind. In der Thur, das ist der Fluss, wären wir vermutlich beide ertrunken. Alfons, mein Mann, blieb fast unverletzt, er war nur bewusstlos. Aber ich bin für Monate im Krankenhaus gelandet – Schädelbruch, Rippenbrüche und mehrere Frakturen beider Beine. Seither ist ein Bein um zwei Zentimeter kürzer. Sie haben es bemerkt."

„Das kann man hinkriegen", wandte ich ein. „Ich hab in einem Wiener Unfallspital erlebt, wie man einem Mädchen ein zu kurzes Bein verlängert hat."

„Indem man den Unterschenkelknochen noch einmal oder mehrmals künstlich bricht, ich weiß. Das habe ich abgelehnt. Aber während ich vier Monate im Krankenhaus war, hat sich Alfons eine Kollegin angelacht. *Oui, c'est la vie.*"

„Sie haben keine Kinder?"

„Zum Glück, nein. Als meine Eltern nach Avallon übersiedelt sind, habe ich eine Stelle als Dolmetscherin in Auxerre angenommen. Das ist Säule Nummer sechs für meine Deutschkenntnisse. Ich habe wissenschaftliche Texte für ein Unternehmen und für eine Universität übersetzt und Bücher für einen Verlag aus dem Deutschen ins Französische übertragen und umgekehrt."

„Sie wohnen außerhalb von Avallon, haben Sie mir erzählt." Die Tempozone hundert, eine Maßnahme zur Senkung der Feinstaubbelastung im Grazer Umland, war vorbei, ich beschleunigte den Wagen.

„In einem winzigen Ort des Naturparks Morvan. Der ist rund 3500 Quadratkilometer groß. Es ist eine pittoreske und gleichzeitig ruhige, verträumte Landschaft mit vielen Seen, mit Jahrhunderte alten Schlössern und Festungen und dichten Wäldern."

„Ich kenne den Morvan", stieß ich überrascht und erfreut hervor. „Wir haben dort mehrmals in einer kleinen Herberge an einem märchenhaften See Urlaub gemacht."

„Am *Lac du Crescent?*"

„Genau!", rief ich. „Im *Relais de Bourgogne.* So hieß die *Auberge,* eine frühere Postkutschen-Schänke. Und der Wirt, das ist ein Zufall, Madeleine, der Wirt hieß Dietrich, genau wie Sie."

„Jean-Pierre hat sich inzwischen anderswo in Burgund niedergelassen. Er stammt aus dem Elsass, ich habe ihn gekannt", antwortete Madeleine. „Ich wohne nur einige Kilometer weiter, in Quarré-les-Tombes."

„Mein Gott!“, stammelte ich, „Das ist der kleine Ort mit einer uralten Kirche und hundert Steinsärgen rundherum. Ich glaube, sie stammen aus der Merowingerzeit.“

„Sie sind gut informiert.“ Das war das erste Kompliment, das ich von Madeleine zu hören bekam. Ich freute mich über die geografischen Gemeinsamkeiten und kramte sofort weiter in meinen Erinnerungen: „Einmal wohnten wir ein Stück außerhalb von Quarré-les-Tombes, in einer *Auberge* namens *Les Brizards*.“

„Ein ausgezeichnetes Restaurant, ich kenne das Lokal.“

„Es war skurril, als wir das erste Mal dort einkehrten“, erzählte ich. „Wir hatten uns in der gemütlichen Stube vor dem offenen Kamin niedergelassen. Kein Mensch war zu sehen und zu hören. Plötzlich eine Stimme: *Je suis Coco, je suis Coco.* Im Halbdunkel erkannten wir zunächst niemanden, dann entdeckten wir den Sprecher in einer Voliere: Es war ein Papagei. Ich näherte mich ihm mit einem kleinen Tonband, um seine Stimme aufzunehmen, doch auf einmal schwieg er beharrlich. Erst als ich mich in eine für ihn scheinbar sichere Entfernung zurückzog, begann er von neuem mit seinem Vorstellungsritual: *Je suis Coco.* Es war köstlich.“

„Coco lebt noch“, sagte Madeleine.

„Ihre Gegenwart weckt schöne Erinnerungen, Madeleine“, gab ich zu. „Wir haben auch eine Benediktinerabtei in der Nähe von Quarré-les-Tombes besucht. Es war faszinierend, was die Mönche an Souvenirartikeln und kulinarischen Köstlichkeiten hergestellt und vermarktet haben, um zu überleben und nicht auf Spenden angewiesen zu sein.“

„Sie sprechen von der *Abbaye de la Pierre qui Vire.* Mein Vater ist jede Woche dort, manchmal geht er sogar zur Messe.“

„War Monsieur Gelin ein gläubiger Mensch?“

„Er ist ein Mensch, der an die Gerechtigkeit glaubt. Vermutlich ist er deshalb Richter geworden.“ Madeleine bemerkte ihren im Präsens verharrenden Irrtum, doch statt die Gegenwartsform zu korrigieren, fügte sie leise, wie entschuldigend, hinzu: „Für mich ist er nach wie vor da.“

„Wahrscheinlich ist er deshalb nach Österreich gekommen“, überlegte ich. „Seinem Vater wurde hier offenbar viel Unrecht und Böses angetan, und Ihr Vater wollte erfahren, wer dafür verantwortlich war.“

„Mein Großvater ist mit der Peitsche geschlagen worden. Ich hab es schwarz auf weiß. Er konnte einen Brief an seine Frau schmuggeln, an meine Großmutter Irène. Ich habe eine Kopie davon mit. Und für das Gericht oder die Polizei habe ich den Text übersetzt und notariell beglaubigen lassen."

„Auch Ihr Vater hatte einen Brief Ihres Großvaters dabei, habe ich gehört", sagte ich.

„Ja, das ist das Original in Französisch", bestätigte Madeleine. „Hat man den Brief bei ihm gefunden?"

„Das kann ich nicht sagen, Madeleine. Vielleicht erfahren wir es heute in Leibnitz. Die Ermittlungen führt ein Freund von mir, er heißt Max Ricchius."

„Kein deutscher Name, oder?"

„Seine Vorfahren stammen aus dem Baltikum, hat er mir einmal erzählt."

„Oh!", rief Madeleine plötzlich aus. *„C'est merveilleux!"* Sie deutete nach links, wo neben der Autobahn auf einem steilen Hang eine prächtige weiße Villa mit Kies bestreuter Auffahrt und ein großer gepflegter, herrschaftlich ummauerter Garten auftauchten. Wir waren in der Höhe der Ortschaft Lebring, und mir war der Anblick vom oftmaligen Vorbeifahren vertraut. Faszinierend finde ich jedes Mal auch den Umstand, dass wir dort bisher nie eine Menschenseele zu Gesicht bekommen hatten, nicht einmal den Gärtner. Dieser, meinten wir immer, wenn wir die Stelle passierten, musste dort doch wochenlang werken, um die Bäume, Sträucher und Hecken in jene perfekte geometrische Form zu schneiden, in der sich die Gartenanlage präsentiert. Die Buchsbäume sind jedenfalls eine barocke botanische Augenweide, und die Wege dazwischen gleichen einem kunstvollen, ornamentartigen Irrgarten.

„Um diesen Besitz ranken sich sogar falsche Gerüchte und Legenden", verriet ich meiner Beifahrerin. „Einmal hieß es in der Bevölkerung, die Villa gehöre einem berühmten Fernseh-Redakteur, der immer auf Reisen und deshalb nie zu sehen sei. Dann wieder hörte man, sie sei Eigentum eines Geschäftsmannes, der die Villa aber nicht bewohnen dürfe, weil sie auf dem Hang einsturzgefährdet sei."

„Wie eine Ruine schaut das Haus aber nicht aus", bemerkte Madeleine, sich nach dem Anwesen umwendend.

„Das sehe ich auch so", stimmte ich ihr zu. „Und ich hab den tatsächlichen Eigentümer befragt, einen Schuhhaus-Besitzer in Leibnitz, wohin wir jetzt fahren. Der Mann hat das angebliche Wohnverbot entschieden dementiert und mir erzählt, dass die insgesamt sechstausend Buchsbäume und zweitausend Buchen von der Familie selber gestutzt und gepflegt werden."

„Sechstausend Buchsbäume?", wiederholte Madeleine verwundert.
„Ja, so sagt er."
„Klein-Versailles in der Steiermark. Das ist ein Garten für Jahrhunderte, denn die Buchsbäume werden bis zu sechshundert Jahre alt", sagte Madeleine.
„Richtige Schlösser gibt es hier in der Südsteiermark übrigens mindestens so viele wie in Burgund", berichtete ich. „Wir werden in jedem Ort, den wir passieren, ein historisches Gebäude finden. In Leibnitz Schloss Seggau, das ist ein Sommersitz des Grazer Bischofs, gewissermaßen das steirische Avignon. In Ehrenhausen, dem nächsten Ort, gibt es gleich zwei Schlösser und ein historisches Mausoleum. In Gamlitz werden wir das Schloss Melcher sehen, heute Sitz eines führenden Weingutes im Land. In Leutschach liegt das Spukschloss Trautenburg. Sogar die britischen Besatzer sind einst aus diesem Gebäude geflüchtet, weil es in den Räumen die ganze Nacht über unheimlich rumort hat. Ein Stück weiter, in Arnfels, steht auf einer Anhöhe ein Schloss aus dem 12. Jahrhundert. Dieser Ort soll übrigens einst von Burgundern bevölkert gewesen sein."
„Sie haben Ihre Lektion gut gelernt, *Monsieur Le Guide*", schmunzelte Madeleine. Es war das erste Mal, dass ich sie lächeln sah.
„Wenn Sie wollen, können wir in den nächsten Tage einige dieser Sehenswürdigkeiten besichtigen", schlug ich vor.
„Vorerst möchte ich mich auf meinen Vater konzentrieren", sagte Madeleine. „Ich möchte ihn nach Frankreich überführen lassen. Er wollte in Avallon, an der Seite von Mutter, beerdigt werden."
„Vielleicht können Sie auch sein Auto mitnehmen", überlegte ich. „Falls das Gericht den Wagen freigibt", fügte ich hinzu.
„Sie haben mich in Ihrem Mail nach dem Kennzeichen von Vaters Wagen gefragt. Ist das Auto gefunden worden?"
„Ja, und es ist leicht beschädigt. Mit dem Wagen wurde ein Banküberfall verübt."
„Mon Dieu!", stieß Madeleine entsetzt hervor und wandte sich so ruckartig mir zu, dass ich irritiert auf die Bremse trat und ein nachfolgender Mercedeslenker mir wütend Hupsalven nachfeuerte. Ich wich auf die erste Fahrspur aus, sodass der Mann, er fuhr mit einem Kennzeichen aus Celje, an uns vorbeiziehen konnte.
„Das ist ein unglaublicher Zufall", versuchte ich Madeleine den Umstand, dass der Wagen ihres Vaters für einen Raub verwendet wurde, zu erklären. „Ein Bankräuber hat das Auto in Slowenien mit

Zündschlüssel und Autopapieren gefunden und ist damit nach Österreich gefahren, um hier eine Bank zu überfallen."

„Ich verstehe nicht", sagte Madeleine verwirrt. „Mein Vater wurde in Österreich getötet, wie ist sein Wagen nach Slowenien gekommen?"

„Ich hoffe, Madeleine, dass wir in einigen Minuten bei der Polizei mehr über dieses Rätsel erfahren."

Wir waren an der Autobahnausfahrt Leibnitz angelangt, und ich drosselte das Tempo. In der Ferne thronte mächtig die Festung Seggau, ich deutete in ihre Richtung: „Dort oben liegt das steirische Avignon, von dem ich Ihnen erzählt habe. Man könnte es auch das steirische Castel Gandolfo nennen."

Madeleine zeigte sich wenig beeindruckt: „Die Kirchenmänner haben schon im Mittelalter den Menschen gerne Armut gepredigt und sie auf das Jenseits vertröstet, während sie selber feudal in Schlössern und Palästen wohnten und das Diesseits genossen."

15. Drei Anzeigen

In dem kleinen Saal des Bezirkspolizeikommandos Leibnitz war bereits eine Schar Journalisten versammelt, als Madeleine und ich den Raum betraten. Einige Kollegen kannte ich von der Pressekonferenz in Graz, einige waren mir fremd. Auch eine ORF-Reporterin war gekommen, sie trug ein T-Shirt mit dem ORF-Symbol, und neben ihr hantierten zwei Techniker, deren Profession am digitalen Kopf- und Ohrschmuck erkennbar war, an schwarzen, kompliziert verkabelten Geräten. Die ORF-Crew besetzte eine halbe Stuhlreihe ganz vorne, die meisten Kollegen hielten sich abwartend im Hintergrund. Ich hatte vorher versucht, Kommissar Ricchius im Büro aufzusuchen, um ihm Madeleine Dietrich vorzustellen, doch die Tür war versperrt.

„Sind das alles Ihre Kollegen?“, frage mich Madeleine im Flüsterton.

„Gewissermaßen ja. Wenn mich jemand fragt, werde ich aber nicht verraten, dass Sie die Tochter des Opfers sind, sonst haben Sie keine Ruhe mehr.“

„Ich werde antworten“, sagte sie, und da war wieder ein Hauch von Schmunzeln in ihren Zügen, „dass ich vom *‚France Soir‘* komme.“

„Gute Idee“, lobte ich. „Das hebt das Selbstwertgefühl der Reporter, wenn Sie hören, dass auch eine Zeitung von Weltformat hier ist.“

Als wäre unser leise geführter Dialog Startsignal für einen Ruck in der versammelten schweigenden Gruppe gewesen, traten nun zwei Kollegen auf uns zu, einer war von der „Kleinen Zeitung“, der andere von der „Kronenzeitung“, und beide schüttelten zunächst Madeleine die Hand, dann mir.

„Hast du heute eine Fotografin mit?“, fragte der Kollege der „Krone“ mit Blick auf meine Begleiterin. Madeleine überraschte mich, als sie aus ihrer blauweißen Handtasche eine handtellerkleine Digitalkamera zog und nickte: „Damit bin ich immer im Bilde.“

„Madame Dietrich kommt aus Paris“, erklärte ich.

„Dietrich, wie Marlene Dietrich“, ergänzte Madeleine.

„Ein deutscher Name“, konstatierte der „Krone“-Kollege. „Und Sie arbeiten als Korrespondentin in Paris?“

„Nein, beim *‚France Soir‘*“, korrigierte ich.

„Toll!“, staunte der Kollege, „Jetzt erhält dieser Hopfen-Krimi endlich eine internationale Dimension.“

„Ich hoffe nur“, warf der zweite Kollege ein, „dass die Polizei uns heute nicht ebenso an der Nase herumführt wie letztes Mal in Graz.“

Er wandte sich an Madeleine: „Sonst wären Sie, Madame, vergeblich nach Österreich gekommen. Denn bei der letzten Pressekonferenz hat man uns fast nur erzählt, was wir eh schon gewusst haben. Wichtige Fragen wurden nicht beantwortet."

„Die Polizei ist überall gleich", antwortete Madeleine. „Sie hat es nicht gerne, wenn man kluge Fragen stellt. Es ist ratsam, bei der Polizei den Dummen zu spielen."

Jene Reporterin, die schon in Graz für die Gratiszeitung „Woche" dabei gewesen war, dürfte unserem Gespräch gelauscht haben, denn nun trat sie neben Madeleine: „Sie arbeiten für den *‚France Soir'*? Ich habe gelesen, dass ein russischer Oligarch die Zeitung gekauft hat. Nimmt er Einfluss auf die Berichterstattung?"

Madeleine reagierte postwendend, als wäre sie auf die Frage vorbereitet gewesen: „Überhaupt nicht. Er hat nur seinen Sohn als Chefredakteur eingesetzt."

„Ein Russe als Chef einer französischen Tageszeitung?", wunderte sich nun ein Redakteur vom Fernsehen, der sich inzwischen unserer Gruppe angeschlossen hatte.

„Kein Problem", sagte Madeleine. „Er spricht ausgezeichnet Französisch und hat unsere Staatsbürgerschaft angenommen. Außerdem hat er rund sechzig Millionen Euro in die Zeitung investiert."

„Aber ich hab irgendwo gelesen", warf der Kollege von der „Kleinen Zeitung" ein, „dass *‚France Soir'* trotzdem in Schwierigkeiten ist."

„Ja, die Auflage ist gesunken", bestätigte Madeleine. „Vielleicht kriegen wir bald wieder einen neuen Eigentümer."

Wie recht der Kollege hatte, erwies sich ein Jahr später: Da wurde die Zeitung eingestellt.

„Die internationale Medienlandschaft wird immer konzentrierter", kritisierte der Reporter der „Kleinen Zeitung". „Das wird für uns Journalisten immer schwieriger. Wenn du bei einer Zeitung kündigst, ist es fraglich, ob du bei der nächsten anfangen kannst, wenn der Eigentümer derselbe ist."

„Die Globalisierung ist ein Fluch", klagte der „Krone"-Mann.

„Wir nennen diese weltweiten Verflechtungen von Firmen *Mondialisation*", erläuterte Madeleine. „Und darauf reimt sich auch auf Deutsch das Wort: Nivellierung. Es ist eine Nivellierung nach unten."

In dem Moment wurde im Saal die Tür geöffnet, und ein Männertrio, bepackt mit einigen Schriftstücken, nahm vorne am Tisch Platz. Zwei der Männer trugen blaue Uniformen und waren von hünenhafter

Gestalt, Kommissar Ricchius wirkte neben ihnen im grauen Zivilanzug fast unscheinbar.

Der eine Uniformierte, wie mir die Kollegin der „Woche" hinterher verriet, war es der Chef des Bezirkspolizeikommandos, Oberst Gerhard Trummer, begrüßte uns freundlich: „Ein herzliches Grüßgott den Damen und Herren von der Presse, vom Rundfunk und vom Fernsehen. Wir haben Sie heute eingeladen, um Ihnen einen Zwischenbericht im Hopfen-Krimi, wie er in den Medien genannt wird, zu geben."

„Wieso Zwischenbericht? Ist der Mord nicht geklärt?" Die Frage der Rundfunk-Reporterin klang verärgert und angriffslustig. Wahrscheinlich war sie es gewesen, die Ricchius auch schon in Graz so provoziert hatte.

„Lassen Sie mich, bitte, erklären", ergänzte der Oberst. „Zwischenbericht heißt, dass der Fall für uns von der Polizei so weit geklärt ist, dass aber das letzte Wort das Gericht zu sprechen hat. Wir verurteilen keine Menschen, sondern wir zeigen sie an. Und über den Stand unserer Ermittlungen wird Ihnen nun Kollege Ricchius berichten."

Der Kommissar ergriff ein Blatt, auf dem er sich offenbar Notizen gemacht hatte, hüstelte kurz und begann ebenfalls mit einem Grußwort: „Auch von mir ein herzliches Grüßgott. Sie kennen die Vorgeschichte des Falles. Ein französischer Staatsbürger namens Gaston Gelin wurde in Schlossberg bei Leutschach auf einem Hopfenmast erhängt aufgefunden. Nach intensiven Ermittlungen haben wir in diesem Kriminalfall drei Personen angezeigt."

„Drei Verdächtige?", wunderte sich der Kollege von der „Steirer-Krone".

„Ja. Zwei Österreicher und einen Slowenen."

„Eine internationale Bande?", tippte der Reporter der „Kleinen Zeitung".

„Nein, das kann man so nicht sagen. Jeder der drei Verdächtigen hat in Eigenregie gehandelt, ohne Zutun der anderen. Und in den wesentlichen Punkten gibt es von allen drei Personen Geständnisse."

„Aber einer allein konnte das Opfer doch nicht in acht Meter Höhe befördern und aufhängen", wandte die Reporterin der „Woche" ein.

„Oh doch", widersprach Ricchius. „Aber lassen Sie mich alles der Reihe nach berichten. Vorweg möchte ich feststellen: Es war kein Mord."

Ein ungläubiges Raunen erhob sich im Zimmer, und ich entsann mich der Worte, die mir der Kommissar schon vor einigen Tagen beim Verlassen des Kommandogebäudes in Graz anvertraut hatte.

„Es war nach unseren bisherigen Erkenntnissen eine schwere Körperverletzung mit Todesfolge“, erklärte Ricchius. „Der Gerichtsmediziner hat festgestellt, dass Monsieur Gaston Gelin, das Opfer, herzkrank war. Und dass die Verletzungen im Hals- und Kehlkopfbereich eindeutig *post mortem* aufgetreten sind.“

Der Kommissar griff zu einem anderen Papierkonvolut auf dem Schreibtisch und zitierte daraus: „Laut Obduktionsbefund hat sich der Mann vor rund dreißig Jahren eine Verletzung der Aortenwand zugezogen. Vermutlich bei einem Sturz. Bei der Heilung entstand eine Narbe, die dem Blutdruck nicht dauerhaft standhalten konnte. Es kam zu einer so genannten Aneurysma-Bildung und einem Herzleiden, das sekundäre Herzbeschwerden auslöste.“

Ich vermied es, Madeleine anzusehen. Wie musste ihr zumute sein, wenn hier das Krankheitsbild ihres toten Vaters in aller Ausführlichkeit publik gemacht wurde?

Ricchius ließ das Papier sinken und sprach nun frei weiter: „Der Mann nahm Herztabletten, aber die Herzschwäche war nicht so schlimm, dass ein operativer Eingriff notwendig gewesen wäre, meint der Arzt. Dann kam es vergangenen Samstag zu dem entscheidenden Ereignis in Schlossberg. Der Franzose fuhr mit seinem Wagen entlang einer schmalen Straße, als ihm plötzlich zwei Hühner vors Auto liefen. Beide Tiere verendeten an der Unfallstelle. Monsieur Gelin wollte den Schaden ordnungsgemäß melden und suchte den angrenzenden Bauernhof auf. Der dortige Bauer war über den Verlust der Hühner wütend, es waren ein angeblich kostbarer Sulmtaler Hahn und eine Henne, die er beide für die Zucht benötigte. Er forderte von dem Autofahrer tausend Euro Schadenersatz, doch der Lenker weigerte sich, so viel zu zahlen oder überhaupt zu zahlen. Es dürften auch sprachliche Missverständnisse aufgetreten sein, Monsieur Gelin sprach nämlich nur gebrochen Deutsch. Es kam zu einem Streit, und der als jähzornig bekannte Bauer versetzte dem Lenker mehrere Fußtritte im Brustkorbbereich.“

Ich hatte also in meinem Bericht für die Abendausgabe der Zeitung mit dem Hühner-Krimi richtig getippt. Madeleine saß neben mir, nach Schilderung der brutalen Attacke griff sie nach meiner Hand, und ich drückte sie als Zeichen meiner Anteilnahme.

Der Kommissar nahm wieder den Obduktionsbericht zur Hand und las vor: „Durch stumpfe Gewalt gegen den Thorax kam es zu Rippenfrakturen und einer tief greifenden Beschädigung des Herzens und teilweise der Lunge. Es entstand eine Stauung bis in die feinsten Venenwurzeln. Infolge der Blutüberfüllung sämtlicher Venenbereiche kam es zur Zerreißung kleinster Gefäßchen. Der Druckstau führte zu Blutungen in diversen Hautbezirken, vornehmlich im Gesicht des Opfers. Das Gesicht erschien deshalb teilweise gedunsen und blaurot. Es sah irrtümlich aus, als sei das Opfer auch im Kopfbereich misshandelt worden. Die Stauung hat sich später auf das Gehirn fortgepflanzt, das führte zunächst zur Bewusstlosigkeit und schließlich zum Tod."

Madeleine senkte den Kopf und sagte halblaut wie zu sich selbst: *„Oh mon Dieu! C'est ma faute."* Erst Tage später sollte ich begreifen, was sie mit diesen Worten gemeint hatte, die auf Deutsch „Oh Gott! Das ist meine Schuld" bedeuteten.

„Wäre der Mann auch gestorben, wenn er nicht herzleidend gewesen wäre?", erkundigte sich der Kollege vom Fernsehen.

„Der Gerichtsarzt vermutet, dass die Herzschwäche des Opfers im Zusammenhang mit der Misshandlung zum Tod geführt hat", antwortete der Kommissar.

„Und wer ist der Totschläger?", fragte ein anderer Reporter.

„Namen nennen wir nicht", entschied Ricchius. „Es muss genügen, wenn ich Ihnen verrate: Der Mann ist siebenundvierzig Jahre alt, bisher unbescholten und ein Landwirt."

„Ist er in Haft?", fragte der Redakteur der „Kleinen Zeitung".

„Nein, der Staatsanwalt hat weder Flucht- noch Verabredungs- oder Wiederholungsgefahr gesehen und deshalb keinen Haftbefehl ausgestellt. Der Verdächtige hat behauptet, dass er in einer allgemein begreiflichen Gemütsbewegung gehandelt und den Tod des Opfers nicht gewollt hat. Laut Strafgesetzbuch ist so ein Verbrechen mit Freiheitsstrafen von einem Jahr bis zu zehn Jahren zu bestrafen."

„Ich nehme an, der Verdächtige ist ein Hopfenbauer", vermutete der „Krone"-Mann.

„Die Hopfenplantage, wo das Opfer gefunden wurde, gehört ihm", bestätigte Ricchius.

„Und war er es, der den Sterbenden oder Toten aufgehängt hat?", fragte die Kollegin von der „Woche".

„Nein. Lassen Sie mich den Fall chronologisch weitererzählen", bat der Kommissar. „Das Opfer wurde nicht sofort bewusstlos. Der Mann ist sogar noch mit dem Auto einige Hundert Meter weitergefahren, um einen anderen Bauernhof aufzusuchen. Dort hat er sich noch zwanzig oder dreißig Minuten mit dem Besitzer unterhalten, und zwar teilweise auf Französisch. Der Bauer dort spricht ein wenig Französisch. Ihm gegenüber hat das Opfer auch die Attacke des anderen Landwirtes erwähnt. Doch plötzlich, so schildert uns der zweite Bauer, ist dem Opfer übel geworden. Monsieur Gelin hat sich auf eine Couch gelegt, das Bewusstsein verloren und nach einigen Minuten war er tot. Angeblich hat der Bauer sogar Wiederbelebungsversuche unternommen, aber vergeblich."

Aha, der Poschnig hat mich also auch belogen, ärgerte ich mich. Monsieur Gelin konnte vom Gaischitz-Hof nicht mehr weggefahren sein. Poschnig wollte auch mich auf eine falsche Fährte führen, indem er erzählte, der Franzose habe nach ihm noch Karl Harrer aufgesucht, um Schadenersatz für die eingetretene Autotür zu fordern.

„Hat der Mann die Rettung oder die Polizei verständigt?", fragte die Journalistin mit dem ORF-T-Shirt.

„Nein", antwortete Ricchius. „Für einen Rettungseinsatz war es seiner Meinung nach zu spät. Und mit der Polizei wollte er nichts zu tun haben. Vielleicht auch deshalb, weil der Verdacht aus bestimmten Gründen auf ihn selber gefallen wäre."

„Und wie gelangte der Tote auf den Hopfenmast?", wollte ein Redakteur der Monatszeitung „Leibnitz aktuell" wissen.

„Das ist das Skurrile an diesem Fall", sagte Ricchius. „Der Landwirt, in dessen Haus das Opfer gestorben ist, hat Gründe, auf den anderen Bauer, der das Opfer verletzt hat, sagen wir: nicht gut zu sprechen zu sein. Seine Frau hat ihn vor einigen Monaten verlassen und ist zu dem Hopfenbauer gezogen."

„Ein Eifersuchtsdrama", rief nun der Kollege der „Kleinen Zeitung" dazwischen, und irgendwie klang er enttäuscht.

„Eifersucht war ein Beweggrund für die Tat, die der andere Landwirt gesetzt hat", stimmte Ricchius zu. „Er hat – richtigerweise – vermutet, dass der Hühnerzüchter am Tod des Opfers schuld ist. Um seinen Rivalen bloßzustellen, hat er den Toten in der darauf folgenden Nacht auf einem Hopfenmast des Nebenbuhlers aufgeknüpft."

„Und das soll er ganz allein gemacht haben?", bezweifelte ich.

Ricchius schien erst jetzt mich und die Dame neben mir, die noch immer meine Hand hielt, in der hintersten Reihe im Saal wahrzunehmen. Er schwieg einige Sekunden, wahrscheinlich hätte er den Obduktionsbefund nicht so ausführlich zitiert, wenn er uns schon vorher bemerkt hätte. „Ja, der Mann ist sehr sportlich und kräftig", antwortete er schließlich auf meine Frage. „Außerdem bediente er sich einer technischen Hilfe. Er hatte zwei Tage vorher von einer Baustelle im Ort eine fahrbare Arbeitsbühne geliehen. Das Gerät, es heißt genau SB110 und stammt von der Firma Maltech in Salzburg, kann die Hebebühne bis elf Meter hoch hieven. Er hat diese Arbeitsplattform benötigt, um die Fassade seines Wohnhauses neu zu streichen. Mit dieser Arbeit war er fertig, am darauf folgenden Montag wollte er die Maschine zur Baustelle zurückfahren. Doch dann kam ihm die Idee, mithilfe dieser Arbeitsbühne das Opfer auf einen Hopfenmast seines Gegners zu hängen."

„Hat das niemand bemerkt?", wunderte sich die Kollegin von der „Woche".

„Offenbar nicht", entgegnete Ricchius. „Dazu muss man sagen, dass der halbe Ort an diesem Abend beim Pfarrfest neben der Kirche versammelt war. Auch sein Rivale war übrigens dort, mit seiner Ehefrau. Nach dieser Aktion hat der Mann die Hebemaschine sofort zurück zur Baustelle gebracht, damit wir sie später nicht bei ihm finden sollten."

„Raffiniert!", fand der Reporter der „Kronenzeitung". „Aber ist das, was der Kerl getan hat, überhaupt ein Verbrechen?"

Jetzt ergriff wieder der Oberst das Wort: „Unsere Juristen haben gemeint, die Tat fällt unter den Paragraf ‚Störung der Totenruhe'. Dort heißt es sinngemäß, dass jemand, der einen Leichnam misshandelt oder auf irgendeine Weise verunehrt, ja, verunehrt heißt es im Gesetz, der muss mit einer Gefängnisstrafe bis zu sechs Monaten rechnen."

„Dann käme er sehr billig davon", bedauerte der Reporter der „Kleinen Zeitung".

„Wir zeigen ihn auch wegen anderer Delikte an, zum Beispiel wegen Diebstahls", sagte Ricchius. „Auch dafür könnte er sechs Monate Haft ausfassen. Aber in diesem Punkt spießt sich die Beweislage. Der Verdächtige hat nämlich dem Toten nicht nur einen Zettel abgenommen, auf dem der Name des Bauern und dessen Hausname notiert waren, sondern auch die Brieftasche mit rund 700 Euro. Er leugnet zwar die Bereicherungsabsicht, und diese ist Voraussetzung für einen Diebstahl, aber wir nehmen ihm das nicht ab. Er sagt zum Beispiel, er wollte das Geld der Familie des Opfers zusenden, habe jedoch keine Adresse in Frankreich gewusst. Allerdings haben wir in der Brieftasche Visitkarten des Opfers gefunden, auf denen die genaue Anschrift steht. Die Brieftasche hatte der Angezeigte in einem Tresor in seinem Haus versteckt, möglicherweise auch ein Hinweis, dass er das Geld behalten wollte."

Madeleine ließ nun meine Hand los, ich bewunderte, wie tapfer sie bisher den Ausführungen zum Tod ihres Vaters gelauscht hatte.

„Und wer ist der dritte Mann in diesem Krimi?“, erkundigte sich der Kollege von der „Kleinen Zeitung“.

„Zu dem komme ich sofort“, sagte Ricchius. „Der Mann, der Monsieur Gelin gehenkt hat, muss noch mit einer dritten Anzeige rechnen. Wegen ‚unbefugten Gebrauchs eines Fahrzeuges‘. Auch auf dieses Delikt stehen bis zu sechs Monaten Gefängnis.“

„Hat er diese Arbeitsbühne gestohlen?“, fragte der Redakteur von „Leibnitz aktuell“.

„Nein, dieses Gerät hat er, wie erwähnt, ganz offiziell von der Baufirma ausgeliehen und dafür auch gezahlt“, erklärte der Kommissar. „Aber er hat das Auto des Franzosen unbefugt in Betrieb genommen. Damit man den Wagen nicht vor seinem Anwesen entdeckt und Rückschlüsse auf ihn ziehen kann, hat er es noch Samstagnacht nach Marburg gefahren. Dort hat er den Wagen, einen Peugeot 206, auf einem Parkplatz neben der Drau abgestellt. Damit er in der Nacht nicht zu Fuß heimkehren muss, hat er sein Fahrrad mitgenommen und ist dann die 25 oder 30 Kilometer von Marburg nach Schlossberg zurück geradelt.“

„Ein gerissener Kerl“, bemerkte der „Krone“-Reporter nicht ohne Bewunderung.

„Mit seiner Handlungsweise“, fuhr Ricchius fort, „hat er ungewollt den Wagen einem Bankräuber in die Hände gespielt. Und damit wären wir beim dritten Mann. Der Bauer aus Schlossberg hat den kleinen Reisekoffer des Opfers, dessen Fahrzeugpapiere, Führerschein und Autoschlüssel im Peugeot gelassen, übrigens auch sieben Paar zum Teil neue Schuhe, die dem Franzosen gehörten. Das Auto hat am Dienstag ein Slowene entdeckt, der seit Monaten arbeitslos ist und einen Bankraub plante. Der Mann nahm den französischen Wagen in Betrieb, am Mittwoch überfiel er die Raiffeisenkasse in Gamlitz. Auf der Flucht mit dem fremden Auto wurde er angeschossen und verletzt. Er ist übrigens der einzige der drei Angezeigten, der in Untersuchungshaft ist.“

„Der Slowene hat also weder den Totschläger noch den Leichenschänder gekannt“, kombinierte der Mann von der „Kleinen Zeitung“.

„Ja“, nickte Ricchius. „Wie ich schon anfangs sagte: Alle drei Personen haben unabhängig voneinander agiert.“

„Und wie haben Sie den Mann, der den Toten gehenkt hat, zu einem Geständnis gebracht?“, fragte der „Krone“-Kollege.

Ricchius räusperte sich, ehe er antwortete: „Erstens haben wir bei einer Hausdurchsuchung belastendes Material gefunden, zum Beispiel die Brieftasche des Opfers. Dann haben wir dem Mann klargemacht, dass wir seine Anwesenheit neben dem Hopfenfeld wissenschaftlich beweisen könnten – durch ein Pollenprofil, das wir von ihm und seiner Kleidung genommen haben. Da der Bauer selber keine Hopfenplantage bewirtschaftet, wäre der Nachweis von Hopfenpollen ein wesentliches Indiz, und zwar der Nachweis von genau jenen Hopfenpollen, die an der Fundstelle des Opfers in der Natur vorkommen."

„Haben Sie nur geblufft oder haben Sie diesen Pollennachweis?" Die Wortmeldung der Radio-Reporterin klang vorwurfsvoll.

Der Kommissar bewahrte die Ruhe: „Wir erwarten ihn stündlich aus der Universität Graz. Aber bei dem Verdächtigen hat schon die Ankündigung eines Nachweises gewirkt. Er ist ja nicht unintelligent."

„Ich erinnere mich", begann nun die Kollegin von der „Woche", „dass Sie bei der Pressekonferenz in Graz erwähnt haben, das Opfer habe irgendwo eine Gugelhupf-Jause eingenommen. Weiß man, wo das gewesen ist?"

„Gut, dass Sie das erwähnen", sagte Ricchius. „Die Jause hat er bei jenem Bauern bekommen, bei dem er später gestorben ist und der ihn dann aufgehängt hat."

„Der Mann hat ihn wirklich bewirtet?", staunte die Kollegin.

„Ja, das Gesprächsklima zwischen den beiden war angeblich sehr freundlich, erzählt uns der Bauer."

Der Redakteur von „Leibnitz aktuell" zeigte auf: „Warum hat der Franzose diesen Bauer überhaupt aufgesucht?"

„Das ist eine alte, sehr alte Geschichte", antwortete Ricchius. Ich merkte an seinem Zögern, dass er ungern über dieses Thema sprach, vielleicht auch, weil er nun wusste, dass die Tochter Gaston Gelins zuhörte. Schließlich entschloss er sich zu folgender Aussage: „Der Franzose war nach Österreich gekommen, um zu erfahren, wo sein Großvater während des Krieges als Gefangener gearbeitet hatte."

„Der Großvater war Zwangsarbeiter?", fragte die Radio-Lady.

„Ja, wie viele andere Franzosen, Russen und Polen in der damaligen Südmark", sagte Ricchius.

Die Rundfunk-Reporterin witterte ein Thema, das auch international von Interesse sein konnte: „Und er hat auf diesem Bauernhof arbeiten müssen, den dann Monsieur Gelin, also sein Sohn, aufgesucht hat?"

„Ja."

„Ist die Familie hinterher für die Zwangsarbeit entschädigt worden?", bohrte die Reporterin weiter.

„Das weiß ich nicht. Der Vater des Opfers ist ab 1944 verschollen geblieben", sagte Ricchius.

„Verschollen?" Die Fragerei der Dame nahm eine unangenehme Wende zum Verhör an. „Heißt das, dass er während der Zwangsarbeit verschwunden ist?"

„Der damalige Hofbesitzer hat ausgesagt, dass er geflüchtet ist, angeblich zu den Partisanen", berichtete der Kommissar.

„Haben Sie in diesem Fall schon Professor Karner vom Ludwig-Boltzmann-Institut für Kriegsfolgenforschung konsultiert?" Die Frage der Radio-Reporterin klang wieder vorwurfsvoll.

„Nein, wir waren bisher mit der Klärung des Kriminalfalls voll ausgelastet", antwortete Ricchius.

„Aber wir werden auch diesen Aspekt in unsere abschließende Ermittlungen einbeziehen", versprach nun der blau uniformierte Oberst, um die Reporterin zu beruhigen.

Den Kollegen vom Fernsehen interessierte ein von Ricchius erwähntes Detail aus dem Wagen des Opfers: „Im Auto des Franzosen, sagten Sie, haben Sie sieben Paar neue Schuhe gefunden. Ist das vielleicht eine Diebs- oder Raubbeute des slowenischen Bankräubers?"

„Nein, mit Gewissheit nicht", entgegnete Ricchius. „Die Schuhe gehören eindeutig dem Opfer. Wir haben im Koffer von Monsieur Gelin noch Rechnungen für drei Paar gefunden. Er hat die Schuhe in der Schweiz gekauft, offenbar auf dem Weg nach Österreich."

„Insgesamt sieben Paar?"

Ricchius zuckte die Achseln: „Vielleicht hatte der Mann eine Schuh-Marotte."

Madeleine raunte mir zu: „*Mon Père* hat Schuhe geliebt, stimmt."

Der zweite Mann in Blau, der bisher geschwiegen hatte, fand die Zeit gekommen, uns ebenfalls etwas mitzuteilen: „Es muss fairerweise erwähnt werden, dass an der Klärung dieses glamourösen Falles nicht nur unsere Dienststelle beteiligt war. Mitgeholfen haben auch unser Profiler vom Landespolizeikommando in Graz, die Kollegen der Tatortgruppe, die Beamten der Polizeiinspektion Leutschach, ferner Interpol, Europol, die Kollegen der Polizei Marburg, die Gerichtsmedizin Graz und die Universität Graz. Ich erwähne das, falls Sie es in Ihrer Berichterstattung würdigen wollen."

„Es war gute Teamarbeit“, fasste Ricchius zusammen.

„Wir stehen natürlich für weitere Fragen gerne zur Verfügung“, sagte der Oberst.

Madeleine zeigte auf: „Mein Name ist Dietrich, ich komme aus Paris.“

„Vom ‚*France Soir*‘“, rief der Kollege von der „Krone“ dazwischen.

„Es freut mich, dass wir auch eine französische Medienvertreterin begrüßen können“, sagte der Oberst. Ricchius musste schmunzeln, korrigierte aber seinen Vorgesetzten nicht.

„Ich möchte wissen, ob der Mann, der meinen – “, Madeleine besann sich rechtzeitig, „der meinen Landsmann so schwer misshandelt hat, ob dieser Mann Reue zeigt.“

Ricchius übernahm es zu antworten: „Er zeigt sich sehr betroffen, Madame. Immer wieder hat er uns gegenüber wiederholt, dass er den Tod Monsieur Gaston Gelins nie gewollt hat, dass er nur im Affekt gehandelt habe.“

„Und wann, schätzen Sie, wird er sich vor Gericht verantworten müssen?“, fragte Madeleine weiter.

„Das kann ein halbes Jahr oder ein ganzes Jahr dauern“, vermutete der Oberst. „Die Gerichte sind überlastet, die Richter klagen über Personalnot.“

„Wir informieren Sie gerne über den Termin, wenn wir ihn erfahren“, sagte Ricchius.

„Werden die beiden Bauern gemeinsam angeklagt?“, wollte die Reporterin der „Woche“ wissen.

„Das entscheidet die Staatsanwaltschaft“, erklärte der Oberst. „Sicher ist nur, dass der Slowene, der den Bankraub verübt hat, unabhängig von den beiden anderen Tatverdächtigen seinen Prozess bekommt.“

„Den Autodiebstahl hat er in Marburg begangen“, überlegte der Redakteur von „Leibnitz aktuell“. „Kann es sein, dass er deshalb in seiner Heimat angeklagt wird?“

Der Herr Oberst schien überfragt: „Das werden die Gerichte entscheiden.“

Da keine Fragen mehr gestellt wurden, erhob sich das Dreierteam, und der Bezirkskommandant verabschiedete sich mit einem Lob für die Ermittler: „Danke für Ihr Interesse. Und danke unseren Kriminalisten, vor allem Herrn Kommissar Max Ricchius. Wieder einmal hat er ein Tötungsdelikt in unserem Bezirk bravourös geklärt. Obwohl sich einige Stimmen in der Öffentlichkeit skeptisch geäußert haben, ob unsere Dienststelle dazu in der Lage sei.“

Die Radio-Lady hatte den Seitenhieb offenbar verstanden und konterte: „Die Skepsis ist nicht auf meinem Mist gewachsen, Herr Oberst. Ich habe mich bei Ihren Kollegen in Graz umgehört, und dort hat man ernsthaft bezweifelt, ob ein Bezirkskriminalist den Hopfen-Krimi wird klären können."

Ricchius erwartete uns in seinem Büro und begrüßte Madeleine, indem er mit beiden Händen ihre Rechte drückte: *„Madame Dietrich, je suis faché! Et je fais mon compliment de condoléance."*

„Du brauchst nicht französisch zu radebrechen, Max", tröstete ich ihn, ehe er sich weiter mit auswendig gelernten fremdsprachigen Redewendungen abmühte. „Madame Dietrich kann perfekt Deutsch."

„Es tut mir leid, was geschehen ist", wiederholte er. „Ihr Vater muss ein rechtschaffener Mann gewesen sein." Ricchius bot uns Stühle an und nahm hinter seinem Schreibtisch Platz, auf dem er nun seine Unterlagen deponierte.

„Ich möchte ihn sehen", bat Madeleine und setzte sich.

Ricchius sah mich verwundert an, ich zuckte die Achseln: „Madame Dietrich will, dass ihr Vater bald nach Frankreich überführt wird."

„Heute ist Freitag, Madame", überlegte Ricchius. „Morgen Samstag bin ich wahrscheinlich den ganzen Tag unterwegs. Aber am kommenden Montag können Sie mit mir nach Graz fahren. Und ich werde bei Gericht vorsprechen, damit der Leichnam bald freigegeben wird."

„Danke, *Monsieur l'Officier de Police*", sagte Madeleine.

„Denkst du, dass auch das Auto Monsieur Gelins bald freigegeben wird?", fragte ich.

Ricchius schüttelte den Kopf: „Nein. Das Auto wurde für einen Bankraub verwendet und ist beschossen worden. Die Seitentür weist ein Einschussloch auf. Ich meine, die Ballistiker werden sich noch einige Zeit mit der Frage auseinandersetzen, aus welcher Distanz und in welcher Absicht der Security-Mann auf den Räuber geschossen hat. Ob er ihn verletzen oder gar töten wollte. Du kennst unsere Medien. Die stellen nach einem Waffengebrauch sofort die Frage, ob die Schießerei notwendig war und ob man den Räuber nicht hätte anders dingfest machen können."

„Ich brauche den Wagen nicht", entschied Madeleine. „Außerdem wäre ein ordentliches Verlassenschafts-Verfahren notwendig, ehe das Gericht mir den Wagen überlässt."

„Richtig", bestätigte Ricchius. „So ein Verfahren dauert meistens mehrere Monate."

Ich hatte einen Vorschlag: „Bei uns in Leutschach besitzt der Bürgermeister Erich Plasch eine große Autoreparaturwerkstätte. Bei ihm werden auch immer wieder gerichtlich beschlagnahmte Unfallfahrzeuge von der Feuerwehr untergebracht. Er könnte die Schäden an der Autotür reparieren und den Wagen nach Abschluss der Verlassenschaft mit Ihrer Zustimmung verkaufen. Er macht Ihnen, Madeleine, sicher einen fairen Preis."

„Eine gute Idee", pflichtete Ricchius mir bei.

„D'accord!", sagte Madeleine. „Das ist die Lösung."

Ricchius schien erleichtert, dass Madeleine von einem nicht erfüllbaren Wunsch Abstand genommen und er somit eine Sorge weniger hatte, und griff zum Telefon: „Darf ich Ihnen Kaffee bringen lassen, Madame Dietrich?"

„Gerne, mit Milch und ohne Zucker, bitte."

„Mir das gleiche, bitte", sagte ich und nahm mir im Stillen vor, Madeleine bei der nächsten passenden Gelegenheit mein Spracherlebnis mit „au lait" und „au lit" zu erzählen, vielleicht, so hoffte ich, würde sie dann wieder lächeln.

Max Ricchius bestellte telefonisch drei Kaffee sowie Milch und Zucker und lehnte sich dann in seinem gepolsterten Drehstuhl zurück: „Sie haben meinen Bericht über das Obduktionsergebnis gehört, Madame Dietrich. Ich hoffe, es war für Sie nicht zu schmerzlich und zu pietätlos. Aber die Medienleute haben mich schon seit Tagen danach gelöchert."

„Ich verkrafte das, *Monsieur l'Officier de Police.*"

„Sie haben vermutlich auch gehört, dass der Gerichtsarzt bei Ihrem Vater ein altes Herzproblem festgestellt hat."

„Ja, und es stimmt, was Sie vorgelesen haben: Vater ist damals im Elsass, wo wir gewohnt haben, von einem Apfelbaum gestürzt. Seit einigen Jahren musste er Herzmedikamente nehmen." Madeleine begann in ihrer Handtasche zu kramen: „Ich habe Vaters letztes ärztliches Attest vom Frühjahr dieses Jahres mitgebracht." Sie reichte Ricchius ein gefaltetes Papier. Während der Kommissar den Befund studierte, holte Madeleine noch einige andere Unterlagen aus ihrer Tasche: „Ich habe auch seine persönlichen Dokumente mitgenommen, Geburtsurkunde, Staatsbürgerschaftsnachweis, Meldedokument. Vielleicht braucht das Gericht diese Papiere."

Der Kommissar nahm auch diese Schriftstücke an sich: „Sehr klug, Madame. Das könnte den Ablauf der Formalitäten beschleunigen."

„Ich habe einen wichtigen Brief dabei", fuhr Madeleine fort, indem sie einen weißen Umschlag hervorzog. „Da drinnen ist ein Schreiben, das mein Großvater George Gelin im März 1944 an seine Frau Irène nach Mulhouse im Elsass geschickt hat und in dem er sich über die Behandlung durch einen Bauern beklagt, bei dem er zur Zwangsarbeit eingeteilt war."

„Ich habe von so einem Schreiben erfahren", bestätigte Ricchius.

„Damit die Polizei oder das Gericht sich leichter tut", ergänzte Madeleine, „habe ich den Brief ins Deutsche übersetzt und den Text notariell bestätigen lassen."

Der Kommissar öffnete das Kuvert und begann stirnrunzelnd und halblaut zu zitieren:

„Liebe Irène, ich hoffe, mein Brief erreicht dich bei guter Gesundheit. Ich habe ihn einer Frau aus dem Dorf mitgegeben, sie findet wieder einen Weg, damit er dich erreicht. Geliebte Irène, ich sehne mich nach dir und dem Kleinen. Du bist meine Sonne, wenn du nicht bei mir bist, ist es rundum dunkel und kalt. Es sind noch einige andere Franzosen im Ort und im Nachbarort im Arbeitseinsatz. Wir wohnen in einem Lager, das in einem großen Gehöft untergebracht ist. Aber wir müssen tagsüber zu anderen Bauern gehen, um dort zu arbeiten. Ich bin bei einem Bauer in Schlossberg eingeteilt, den sie Gaischitz nennen. Er ist ein Tyrann und behandelt mich wie einen Sklaven, nicht wie einen zivilisierten Menschen. Wenn ich bei der Arbeit einen Fehler mache, schlägt er mich mit der Peitsche. Ich bin aber in der Landwirtschaft nicht so bewandert, kenne mich nicht überall aus und mache häufig Fehler. Das Schlimmste ist, dass ich mich nicht wehren darf. Würde ich die Hand gegen den Bauer erheben, käme ich vor das Kriegsgericht, und ich weiß nicht, ob du mich dann noch einmal sehen würdest. Die Landschaft hier ist recht schön, wenn wieder Friede herrscht, möchte ich dir dieses Land zeigen. Dann könnte ich mich vielleicht bei diesem Bauern erkenntlich zeigen für seine Grobheiten.

Liebe Irène, ich hoffe, dass bald Friede einkehrt in Europa und dass ich dich endlich wieder in die Arme schließen darf. Küsse den kleinen Gaston, er wird schon sehr lebhaft sein, vermute ich. Gib acht auf dich und auf ihn, ich umarme dich und küsse dich innig.

Dein George.

PS: Wenn Du mir antworten willst, dann bitte wieder an die bekannte Adresse."

Ricchius ließ das Blatt nachdenklich auf den Schreibtisch sinken. „Ihr Großvater war auf genau jenem Bauernhof tätig, wo zuletzt auch Ihr Vater gestorben ist."

„Als *mon Père* von daheim abreiste", berichtete Madeleine, „meinte er, dass er vermutlich zum Grab seines Vaters unterwegs ist. Er war davon überzeugt, dass sein Vater in diesem Anwesen umgekommen ist, entweder durch fremde Hand oder durch einen Unfall."

„Wir haben in der Gendarmerie-Chronik nachgesehen", sagte Ricchius, „dort ist nur eine kleine Notiz vermerkt. Demnach soll George Gelin nach einem Unfall mit einem Pferdegespann aus Furcht vor Bestrafung geflüchtet sein und sich vermutlich den Partisanen angeschlossen haben. Angeblich hat er den Karabiner des Besitzers mitgenommen."

„Hätte er sich danach nicht bei seiner Frau gemeldet?", überlegte Madeleine.

Ricchius zuckte bedauernd die Achseln: „Es ist alles schon zu lange her, um die ganze Wahrheit zu finden."

Während eine adrette Polizistin in schmucker dunkelblauer Uniform mit einem Tablett eintrat und uns den Kaffee servierte, wagte ich eine Frage an Madeleine: „Haben Sie vielleicht auch ein Foto von Ihrem Großvater?"

„Nein, aber ich denke, *mon Père* hatte eines bei sich, als er nach Österreich fuhr."

„Danke, Gerlinde", sagte Ricchius zur Polizistin und bot Madeleine und mir das Milchkännchen an. „Ich nehme ihn schwarz. Das hält mich munter, und ich hab heute noch viel Arbeit in diesem Fall."

„Habt ihr bei dem Opfer ein Foto seines Vaters gefunden?", fragte ich Ricchius. „Vielleicht brauchen wir eines in der Zeitung."

„In seiner Brieftasche war ein vergilbtes kleines Bild. Aber keiner weiß, um wen es sich dabei handelt. Aber auch wenn wir es wüssten, bekämen die Medien keine Kopie davon. Fotos geben wir nur für Fahndungszwecke her", stellte der Kommissar klar.

„Das ist engstirnig", sagte ich, trank rasch meinen Kaffee aus und entschuldigte mich, weil ich der Redaktion für die nächste Ausgabe der Zeitung einen ergänzenden Absatz durchgeben wollte. Ich ließ Madeleine und den Kommissar allein, rief die Redaktion an und diktierte Tanja im Flur des Polizeigebäudes einen Zusatztext für meinen vorherigen Bericht, den ich aus dem Flughafen Graz durchgegeben hatte:

Die Polizei hat außer diesem 47-jährigen Landwirt und Hühnerzüchter noch zwei andere Männer angezeigt. Einer davon ist ebenfalls ein Bauer aus Schlossberg. Gaston Gelin hatte ihn nach der Attacke durch den Hühnerzüchter aufgesucht, weil sein Vater George Gelin als Kriegsgefangener diesem Bauernhof zur Zwangsarbeit zugeteilt gewesen war. 1944 soll der Franzose auf ungeklärte Weise verschwunden sein. Der damalige Hofbesitzer behauptete, der Gefangene sei nach einem Unfall mit einem Pferdegespann zu den Partisanen übergelaufen.

Dieses Anwesen führt heute der Enkel des damaligen Besitzers. Gaston Gelin wurde von dem nunmehrigen Hofeigentümer freundlich aufgenommen und sogar bewirtet. Doch wenig später erlag Gelin im Haus des Bauern einer Herzattacke, die durch die vorherige Misshandlung des Hühnerzüchters ausgelöst wurde.

Der Mann, auf dessen Anwesen Gelin starb, verfiel auf die unselige Idee, den Toten auf einem Hopfenmast aufzuknüpfen. Er verwendete dazu eine hochfahrbare Arbeitsbühne, die er für Fassadenarbeiten an seinem Haus gemietet hatte. Das Motiv für die ungewöhnliche Tat: Eifersucht. Seine Frau ist nämlich vor einiger Zeit zum Hühnerzüchter gezogen. Das Hopfenfeld, wo das Opfer gefunden wurde, gehört diesem Hühnerzüchter. Der Bauer wollte damit dem Nebenbuhler Schwierigkeiten mit der Polizei bereiten. Jetzt wurde auch er angezeigt – wegen Störung der Totenruhe.

Das Auto des Franzosen brachte der Mann über die Grenze in die Stadt Marburg, damit man das Fahrzeug nicht bei ihm fände. In Marburg entdeckte ein arbeitsloser Slowene das fremde Auto samt Zündschlüssel und fuhr damit nach Gamlitz, um einen Banküberfall zu verüben. Wie berichtet, wurde der Täter auf der Flucht von einem Security-Mann verfolgt und angeschossen. Der Slowene hat mit dem Tötungsdelikt allerdings nichts zu tun.

Ich bat Tanja, die beiden letzten Absätze meiner ersten Textversion zu entfernen und den neuen Text dort anzufügen.

16. Beim größten Klapotetz

Meine Frau überrascht mich von Mal zu Mal. Zur Erinnerung: Edith hatte auf meinen Vorschlag, die Tochter Monsieur Gelins bei uns einzuquartieren, mit Reserviertheit, um nicht zu sagen: mit Unfreundlichkeit reagiert. Als ich mit Madeleine daheim eintraf, empfing Edith sie mit einem Strauß blau-gelber Wiesenblumen und bat sie in die kühle Stube, wo sie ihr eine erfrischende Limonade aufwartete.

„Darf ich Ihnen eine Jause servieren?“, fragte sie.

„Danke, ich habe vorhin Kaffee bekommen, der hat mein Hungergefühl gestillt“, antwortete Madeleine. Auch von Bodo enthusiastisch begrüßt, streichelte sie ihn liebevoll am Kopf und sah sich interessiert um, die Einrichtung gefiel ihr offensichtlich. Wir hatten seinerzeit den uralten Fußboden beibehalten, obwohl uns Fachleute empfohlen hatten, die teilweise unebenen Bohlen zu entfernen und einen neuen Boden legen zu lassen. Aber uns gefielen die abgenutzten Bretter, sie könnten viel erzählen über die Menschen, die in den vergangenen sechzig oder siebzig Jahren sie betreten hatten, und sie schienen als bodenständiges Hausinventar noch lange nicht ausgedient zu haben.

Aus Wien hatten wir eine siebzig Jahre alte Bauernstube aus Zirbenholz mitgebracht, die von Verwandten schon zur Entsorgung in einem Keller ausgelagert gewesen war. Doch hier in der alten Hube verströmten die Kredenz mit ihren bunten Butzenscheiben und der geschnitzten Türfüllung, in der ein Auerhahn balzt, der gemütliche Jogltisch und die bequeme Eckbank mit dem einem Tabernakel ähnlichen Eckkästchen im Herrgottswinkel eine wohnliche Harmonie. Jeder, der den Raum betrat, hatte das Gefühl, dieses Mobiliar wäre aus dem betagten und besagten Bretterboden gewachsen. An eine Wand hatte Edith zwischen zwei Uraltfenstern ein altes Spinnrad montiert, das ich vor Jahrzehnten aus einem zum Abtransport vorbereiteten Gerümpel im Waldviertel gerettet hatte. Nur die Spindel fehlte, und die bastelte unser Freund Albin Hollerer aus Sankt Sebastian bei Mariazell, sodass die bäuerliche Antiquität nun sogar funktionsfähig war.

Madeleine löste sich von Bodo, der nicht von ihrer Seite wich, und strich nachdenklich, fast zärtlich über Spindel und Rad.

„Es ist nur Dekor“, sagte Edith, „ich spinne nicht.“

„Sie spinnt keine Wolle, meint sie“, fügte ich hinzu, und Madeleine lächelte kurz. Dann sagte sie, plötzlich in ihre Muttersprache wechselnd: *„Il n'est rien de si caché qui ne vienne en évidence.“* Als sie unsere ratlosen Mienen sah, erläuterte sie: „*Mon Père* hat dieses französische Sprichwort erwähnt, bevor er nach *Autriche* aufgebrochen ist. Ich glaube, es gibt in Deutsch eine sinngemäße Übersetzung: Es ist nichts so zart gesponnen, es kommt alles an die Sonnen. *Mon Père* war überzeugt, hier das Schicksal seines Vaters aufklären zu können."

Auf der Fahrt zu unserer Hube hatte Madeleine Dietrich schon einmal in einem emotionalen Überschwang ihre zerebrale Sprachbox auf ein bezauberndes Französisch umgeschaltet, und zwar, als wir über die Südsteirische Weinstraße bummelten. „*Ah! Quel beau panorama!*", rief sie bewundernd beim Anblick der geometrisch angeordneten Rebzeilen auf den steilen Weinbergen aus. Ich hatte für den Heimweg nicht die kürzeste Route über die Bundesstraße 69 gewählt, sondern war in Gamlitz bergwärts zur Weinstraße eingebogen.

Als wir das dortige Schloss passierten, das ich vorher schon erwähnt hatte, erzählte ich ihr von zwei französischen Kriegsgefangenen, die wie ihr Großvater hier in der Südsteiermark zum Arbeitseinsatz verpflichtet worden waren. Nur hatten sie sich zum Unterschied von George Gelin bei der Schlossfamilie Melcher recht wohl gefühlt, und einer von ihnen, Auguste Dezalleux, war ein halbes Jahrhundert später sogar hierher zurückgekehrt. Bei diesem Besuch gestand er Siegfried Melcher, der in den Kriegstagen noch ein kleiner Bub gewesen war, wie gut ihm die Weine aus dem Schloss gemundet hatten. Der Jahrgang 1942 hatte es ihm besonders angetan, weshalb er eine Flasche davon im Lehmboden vergrub. Bei Kriegsende vergaß er sie jedoch mitzunehmen. Gerne hätten ihm Siegfried Melcher und sein Sohn, der junge Schlossherr Arnold, die Bouteille nach fünfzig Jahren übergeben, doch inzwischen war der Boden anlässlich eines Kellerumbaus zubetoniert und die Flasche für immer beerdigt worden.

Als wir am höchsten Punkt der Weinstraße vorbeikamen, fielen meiner Beifahrerin die schwarzen Netze auf, die über etliche Weinzeilen gespannt waren. „Ist das ein Vogelschutz?", fragte sie.

„Nein, ein Netz gegen Hagel", erklärte ich. „Der Weinbauer Erwin Tschermonegg hatte im Vorjahr nahezu einen Totalschaden durch Hagel, deshalb hat er sich für diese kostspielige Schutzvariante entschieden. Gegen Vögel, die süße Trauben naschen wollen, helfen die Windräder. Sie werden hier Klapotetz genannt. Ihr Geklapper soll die Vögel verscheuchen."

„Kla-po-tez", wiederholte Madeleine, jede Silbe betonend. „Das klingt aber nicht deutsch."

„Das Wort wird aus dem Slowenischen abgeleitet“, klärte ich sie auf. „Die Slowenen sagen zu so einem Klappergerät *klopótec.* Diese Windräder gibt es in der Steiermark seit mehr als zweihundert Jahren. Sie werden jeweils Ende Juli in Betrieb genommen, wenn die ersten Weinbeeren der Frühsorten zu reifen beginnen.“ In Leutschach, versprach ich Madeleine, würden wir am größten Klapotetz der Welt vorbeikommen.

Auf dem Parkplatz vor dem Supermarkt, wo das ebenso monumental wie klobig wirkende Windrad neunzehn Meter hochragt, herrschte an diesem Freitagnachmittag geschäftige Betriebsamkeit. Die Parkflächen waren restlos besetzt, Frauen, einige zart und schlank, die anderen breithüftig und mit sommerlich nackten, tatoo-geschmückten Oberarmen, schoben prall gefüllte Einkaufswagen zu ihren Fahrzeugen, vermutlich waren auch Buschenschank-Wirtinnen darunter, die sich fürs Wochenende mit Nahrhaftem eindeckten. Auf der Sitzterrasse des „Gönn-dir-was“-Lokals war kein Platz frei, ich entdeckte bekannte Gesichter, zum Beispiel Traude, unsere Perle, oder Beppo, unseren Malerfreund. Supermarktchef Günther Repolusk, vielen als Bärenjäger aus der Fernseh-Sendung „Am Schauplatz“ bekannt, plauderte am von vier Metalltafeln eingefassten Betonfuß des baumhohen Klapotetz mit zwei Kunden, die das Ungetüm offenbar zum ersten Mal bestaunten. Auch Madeleine musterte das Monsterwindrad so interessiert, dass ich anhielt, um ihr Gelegenheit zu geben, das wuchtige Werk genauer zu betrachten.

Als wir aus dem Wagen stiegen, fiel mir ein: Vor wenigen Tagen hatte Madeleines Vater hier, genau an dieser Stelle, die pensionierte Ärztin Irene Dunkl nach dem Weg zur Gendarmerie und jenen Beppo Sertling, der sich jetzt kaum zehn Meter weiter einen Kaffee (oder war es ein Bier?) genehmigte, nach dem Rathaus gefragt. Ich winkte unserem Freund und überlegte kurz, ob ich ihn mit Madeleine bekannt machen sollte, aber ich ließ es bleiben, weil in dem Moment der Supermarktchef auf uns zutrat und uns freundlich begrüßte. Als ich ihn Madeleine als Hausherr und Eigentümer des Riesen-Klapotetz vorstellte, erkundigte sie sich, ob die mächtigen Flügel (sie sind 14 Meter lang) auch in Betrieb genommen werden, doch Günther Repolusk verneinte: „Das Klappern der riesigen Klöppel wäre zu laut und eine Lärmbelästigung für die Anrainer. Außerdem wollen wir nicht riskieren, dass irgendwann ein Sturm den Klapotetz beschädigt.“ Der Kaufmann war sichtlich stolz, sein Bauwerk auch einem Gast aus Frankreich zeigen zu können, und schilderte Madeleine alle Details des Weltrekord-Monstrums: „Der Zimmermeister Johannes Hassmann hat für diesen Klapotetz einundzwanzig Festmeter Holz und drei Tonnen Stahl verarbeitet. Das Fundament reicht neun Meter in die Tiefe.“

Madeleine wunderte sich über die zahlreichen, oft skurril klingenden Namen, die auf den vier Metalltafeln am Fuß des Windrades eingraviert waren. „Das sind die Vulgonamen aus dieser Gegend“, erklärte Repolusk. „Viele Leute hier verwenden diese Bezeichnungen noch immer, um Gehöfte mit gleichem Familiennamen zu unterscheiden.“

„Oberer Zotzel“, buchstabierte Madeleine mit einiger Mühe. „Was heißt das?“

„Das ist der Hausname für das Weingut Roland Repolusk“, erläuterte der Supermarktchef. „Es trägt zum Beispiel den gleichen Namen wie ich, wir sind aber nicht verwandt.“ Repolusk wies auf die nächste Tafel hin: „Hier finden Sie zum Beispiel ganz ausgefallene Vulgonamen: Herischkitz, Holzmichl, Huniseppl, Hoschnjogl, Hunismichl. Insgesamt sind auf den vier Tafeln mehr als vierhundert Hausnamen eingraviert.“

„Das ist also ein Vulgo-Denkmal“, überlegte Madeleine.

„So ist es“, bestätigte Repolusk. „Wir wollten die volkskundliche Identität der Region dokumentieren. Wer weiß, ob diese Namen in fünfzig oder hundert Jahren noch gebräuchlich sein werden?“

Gaston Gelin, fiel mir ein, hatte sich hier oder ein Stück weiter beim Lagerhaus nach dem Namen Gaischitz erkundigt. Ein Blick auf die alphabetisch gereihten Inschriften bewies: Die Bezeichnung für jenen Bauernhof, den Madeleines Vater gesucht hatte, fehlte in dieser Sammlung volkstümlicher Hausbenennungen. Ich behielt jedoch meine Entdeckung für mich, bei Gelegenheit, nahm ich mir vor, würde ich im Gemeindeamt Schlossberg anfragen, warum der Name Gaischitz auf dieser Tafel unterschlagen wurde.

Bei der Begrüßung hatte ich Madeleine als „Madame Dietrich aus Frankreich“ vorgestellt, bei der Verabschiedung rutschte mir eine Bemerkung heraus, die ich sofort bereute, weil ich nicht wusste, ob sie damit einverstanden war. „Madame Dietrich ist die Tochter des Mordopfers“, sagte ich, worauf der Kaufmann die Hand Madeleines innig drückte: „Es tut mir leid, Madame, dass Ihr Vater umgekommen ist, noch dazu bei uns, in einer sonst friedlichen Gegend.“

„Er war an seinem letzten Tag noch in Ihrem Markt einkaufen“, erinnerte ich.

„Ich hab 's in der Zeitung gelesen", sagte Repolusk. „Stunden später war er leider tot. Im Radio hab ich vorhin gehört, dass es kein Mord, sondern ein Totschlag war. Das Ergebnis ist freilich dasselbe. Madame, bitte warten Sie." Er entfernte sich eilig, kam aber wenig später mit einem Kuvert winkend zu uns zurück. „Hier, Madame", sagte er, den Umschlag Madeleine in die Hand drückend. „Bitte, seien Sie unser Gast, wenn Sie unser Geschäft besuchen."

Madeleine öffnete verdutzt das Kuvert, es enthielt mehrere Gutscheine, später erfuhr ich, der Gesamtwert betrug dreihundert Euro. Sie wollte das großzügige Geschenk nicht annehmen, doch Günther Repolusk bat sie: „Bitte, geben Sie uns keinen Korb. Es ist Ihnen so viel Leid zugefügt worden. Da soll Ihnen wenigstens die Reise hierher nicht zum finanziellen Schaden werden."

Auf der Weiterfahrt fragte sich Madeleine: „Was soll ich mit diesen Bons? Ich brauche doch nichts. Und ich werde in diesem Markt vermutlich nie einkaufen."

„Ich löse Ihnen die Gutscheine in bar ab", schlug ich vor. „Meine Frau geht fast jeden Tag zum Repolusk einkaufen."

Wir kamen an der Leutschacher Kirche vorbei, und Madeleine staunte über die Größe des Sakralbaues: „Das ist doch ein kleiner Ort. Die Kirche aber wirkt wie eine Kathedrale."

„Das hat schon viele Besucher verwundert", sagte ich. „Ein Freund von mir, der frühere Pfarrgemeinderat-Vorsitzende Kurt Hemmer, hat sich mit der Geschichte der Kirche befasst. Er meint, ein Grund für den mächtigen Bau sei das weitläufige Hinterland der Pfarre. Vor fast zweihundert Jahren musste das alte Gebäude erweitert werden, weil es für die vielen Kirchgänger zu klein geworden war. Der damalige Dechant Johann Michael Krofitsch ist übrigens nicht wegen des Umbaus berühmt geworden. Er hat eine astronomische Uhr erfunden, die heute im Wiener Uhrenmuseum ausgestellt ist. Die Kirche in der jetzigen Form wurde vor fast genau hundert Jahren eingeweiht."

„Merci, Monsieur Le Guide", scherzte Madeleine mit einem Anflug von Schmunzeln.

„Es ist reiner Zufall, dass ich über die Kirche so gut Bescheid weiß", murmelte ich.

„Und ist die Kathedrale noch immer zu klein?", fragte sie.

„Nein, aber seit ein neuer Pfarrer da ist, der nach jeder Messe am Altar einen Witz erzählt, kommen immer mehr Leute in die Kirche", erwähnte ich wahrheitsgemäß. „Einen der Witze hab ich mir gemerkt.

Wollen Sie ihn hören?" Ich wartete nicht erst Madeleines Zustimmung ab, sondern begann: „Also, ein Urlaubsgast kam eines Tages in ein Wirtshaus und staunte: Am Nebentisch saß ein Mann, der mit seinem Hund Karten spielte. Der Gast bewunderte den Vierbeiner und sagte es dem Mann. Der meinte jedoch: Ja, aber er hat noch nie gegen mich gewonnen. Denn immer, wenn er eine Trumpfkarte hebt, weiß ich das. Er wedelt dann immer mit dem Schwanz."

Madeleine lächelte, dann meinte sie: „Jahrhunderte lang hat man in den Kirchen immer nur ernste und trübsinnige Gesichter gesehen."

„Sogar das Halleluja nach der österlichen Frohbotschaft hat in den Kirchen immer verhalten geklungen, so als wäre es unschicklich, echte Freude zu zeigen", stimmte ich zu.

„Es ist Zeit, dass sich das ändert", meinte Madeleine.

„Jahrhunderte lang", erinnerte ich, „hat man in den Kirchen den Menschen Angst gemacht und ihnen mit Hölle, Fegefeuer und Jüngstem Gericht gedroht. Man hat sogar eigene Todsünden erfunden, um die Leute zu schrecken."

„Sogar kritische Katholiken haben sich einschüchtern lassen", ergänzte Madeleine. „Bei einem von ihnen, bei Graham Greene, hab ich einmal gelesen, dass er zwar nicht an ein Weiterleben nach dem Tod glaube, dass dieses aber, wenn das Jenseits existiert, fürchterlich sein müsse."

„Mittlerweile wird er es schon wissen", sagte ich und bog in unsere Hofeinfahrt ein. „Er ist 1991 gestorben."

Edith begrüßte Madeleine, wie erwähnt, überraschend freundlich und bat sie ins Haus. Ich hob den schwarzen Trolley aus dem Kofferraum und folgte den beiden.

Madeleine trank, mit Bodo an ihrer Seite, der sich genussvoll liebkosen ließ, von der Limonade, die Edith ihr serviert hatte, und kramte dann aus ihrem Gepäck ein kleines, in eine Kühlhaltefolie geschlungenes Paket und eine Flasche Wein hervor. „Ich habe Ihrem Mann von einem Benediktinerkloster in der Nähe meines Wohnortes erzählt", sagte sie, Edith das Päckchen überreichend. „Die Mönche erzeugen dort einen hervorragenden Ziegenkäse. Ich hoffe, er hat den weiten Weg gut überstanden."

„*Fromage de chèvre*, mein Lieblingskäse!", rief Edith. „Danke."

„Und für Sie, Monsieur , hab ich diesen Wein aus Gevrey-Chambertin mitgebracht. Ich hoffe, Sie mögen ihn." Damit drückte mir Madeleine die Bouteille in die Hand, es war ein Gevrey-Chambertin, wie wir ihn einen Tag zuvor am selben Tisch verkostet hatten, nur stammte der neue Wein vom jüngeren Jahrgang 2006 und einem anderen Winzer namens Henri Richard.

„Diese Flasche bekommt einen Ehrenplatz in meiner Vinothek", versprach ich. „Oder, was noch vernünftiger wäre: Wir trinken sie in ein paar Tagen gemeinsam aus."

Edith führte Madeleine anschließend ins Kellerstöckl, wo sie unserem Gast alles Wissenswerte von den Küchengeräten bis zur Dusche erklärte. Für das Frühstück des nächsten Tages hatte sie Kaffee, Tee, Butter, Schinken, unseren Brombeer-Lekvar sowie Brot und Semmeln vorbereitet. Im Eisschrank waren Fruchtsäfte und Mineralwasser und sogar einige Bierdosen eingekühlt. Auf dem Nachtkästchen neben der Schlafcouch hatte Edith eine Schale mit schokoladesüßen Betthupferln bereitgestellt, und auf dem Tisch erblühte nun der blau-gelbe Wiesenblumenstrauß in einer Vase.

In einer Stunde, also kurz vor 18 Uhr, schlug Edith vor, würden wir Madeleine gerne zum Abendessen in ein nahes Restaurant einladen. Die Ruhepause, so meinten wir, würde Madeleine nach der langen Reise guttun. Sollte sie etwas vermissen oder eine Frage haben, könnte sie jederzeit zu uns herunter kommen (das Kellerstöckl liegt oberhalb unserer Hube) oder uns anrufen. Die Telefonnummer hatte ich auf einem Kärtchen am Festnetzapparat vermerkt.

Zurück in unserer Stube, zeigte sich Edith sehr angetan von unserem Gast. „Sie ist ganz anders, als ich mir vorgestellt habe."

„Du meinst, weil sie hinkt?"

„Aber nein, ich meine: Sie hat eine gewinnende Art. Auf dem Foto, das du Max gezeigt hast, hat sie irgendwie arrogant gewirkt."

„So stolz wie eine Roma oder Sinti?"

„Das war mein erster Eindruck damals."

„Sie ist eine waschechte Französin mit Wurzeln im Elsass und sie hat es nicht immer leicht gehabt." Ich erzählte meiner Frau, wie Madeleine zu den perfekten Deutschkenntnissen gelangt war, wie sie sich das Gebrechen zugezogen hatte und wie ihre Ehe mit dem deutschen Journalisten an dem von ihm verschuldeten Unfall zerbrochen war.

17. Bier im Schuh

Madeleine wunderte sich, dass wir die dreihundert Meter bis zum Gasthof Rebenlandhof mit dem Auto zurücklegten.

„Die Bundesstraße ist in diesem Abschnitt extrem gefährlich für Fußgänger", klärte ich sie auf. „Es gibt keinen Fußweg, außerdem krümmt sich die Fahrbahn, und weil das Ortsschild von Leutschach bald nach der Gastwirtschaft steht, geben die meisten Lenker ab diesem Punkt, wo die Straße außerdem leicht bergan führt, Vollgas. Immer wieder geschehen hier Unfälle."

Edith schilderte Madeleine, wie sie in dieser Kurve Zeugin eines schrecklichen Vorfalls geworden war: Zwei deutsche Urlaubsgäste spazierten, von deren Sicht aus auf der rechten, also auf der noch gefährlicheren Fahrbahnhälfte, aus dem Ort, als ihnen ein Böschungsmäher der Gemeinde folgte. Der Lenker dieses Schwerfahrzeuges hatte den Schwenkarm mit der Mähautomatik hochgehievt und war relativ flott unterwegs. Weil im selben Moment aus der Gegenrichtung ein Lastkraftwagen kam, wich der Lenker des Gemeindeautos etwas nach rechts aus. Dabei geriet der Schwenkarm ins Wanken und traf die Fußgängerin von hinten am Kopf. „Das dumpfe Geräusch des Aufpralls hab ich noch hundert Meter weiter oben in unserem Garten gehört", erzählte Edith. Die Frau brach zusammen und wurde von ihrem Begleiter und dem Lenker des Unfallwagens ein Stück weiter auf die Wiese gebettet. Mehr als eine Stunde bemühten sich dann eine Ärztin aus Leutschach und die Besatzung eines Notarztwagens um die Verletzte, schließlich kam das Opfer mit schweren Kopfverletzungen ins Krankenhaus, wo es, wie wir später erfuhren, fast vier Wochen in der Intensivstation behandelt werden musste.

„Seit damals", sagte Edith, „meide ich diese Strecke zu Fuß. Und mit Bodo an der Leine wäre so ein Spaziergang in den Ort noch gefährlicher."

„Das ist aber nur ein Zufall, dass gleich nach dieser Unfallstrecke der Friedhof beginnt", sagte Madeleine mit einem Anflug von Sarkasmus.

Auf dem Parkplatz vor dem Rebenlandhof steuerte Bodo, die kurze Freiheit nutzend, sofort eine passende Stelle an, um das Bein zu heben. Als Begrenzung der Parkfläche hat die Familie Resch eine Weinzeile gepflanzt, und ausgerechnet den jüngsten und kleinsten Rebstock begoss Bodo nun inbrünstig. Ich ermahnte ihn, doch er ließ sich nicht einmal stören, als eine vertraute Stimme erklang: „Jo, tua nur zuwiludln do, loss di net vajaikn. I scher mi a nix." Es war Irmi, die offenbar aus dem benachbarten Uni-Markt kam. Diesmal schob sie ihr rotes Fahrrad, an dessen Lenkerbügel auf beiden Seiten je eine vollbepackte Tasche baumelte. Als sie mich sah, sprudelte sie aufgeregt hervor: „Mej, hiaz was i endli, wer den Franzos ogmurkst hot. I hob gloust im Radio. Der Heana-Zichta wor 's, der Lotta."

„Und Sie haben immer mich verdächtigt, Irmi", sagte ich scheinbar vorwurfsvoll.

„Wal Sej da Erste bei da Leich woan", rechtfertigte sie sich, um dann wieder auf den verdächtigen Hopfenbauer zurückzukommen: „Der Lotta is a Hassporn. Er hot an Rappl kriagt, wal da Franzos seine Mistkrotzer zsaumgfiat hot."

Auf dem Weg in die Gaststätte gestand Madeleine: „Ich hab kein Wort verstanden, was die Frau gesprochen hat. *Elle aboie plutôt qu'elle ne parle.*" Nach einer kurzen Pause, in der sie offenbar die richtigen Worte überlegte, übersetzte sie: „Sie bellt mehr, als dass sie spricht."

„Das ist eine Eigenart mancher Einheimischen", sagte ich. „Aber ich finde den Dialekt sehr lautmalerisch und liebenswert."

Im Gasthaus begrüßte uns Erni Resch, die Seniorchefin, und Bernadette, ihre Tochter, winkte uns aus der offenen Küche zu. Wir hatten uns aus mehreren Gründen für dieses Restaurant entschieden. Erstens hatte ich nicht weit zu fahren, zweitens wollten wir die Familie Resch, unsere Grundstücksnachbarn, wieder einmal besuchen, drittens wussten wir, dass sowohl Erni wie auch Bernadette (die mehrere Jahre auf dem deutschen „Traumschiff" MS Bremen die Küche geleitet hat) grandios aufkochen, und viertens spricht Anneliese Bandur, die damalige Servicekraft, perfekt Französisch. Die gebürtige Leutschacherin war im französischen Teil der Schweiz aufgewachsen, wo ihre Mutter ein Gasthaus führte, und jedes Mal amüsierte ich mich beim Zahlen der Zeche, wenn Anneliese die einzelnen Rechnungsposten gekonnt auf Französisch herunterleierte.

Wir nahmen, weil der Abend lau und angenehm war, im Garten Platz, wo Bodo es sich im kühlen Gras bequem machen konnte, und ließen uns von Anneliese beraten, natürlich auf Deutsch (sie erfuhr erst später, dass unser Gast aus Frankreich kam). Madeleine ließ sich zu einer Weinschaumsuppe mit Zimtbrotwürfeln und hinterher zu einem Zanderfilet im Bierbackteig mit Erdäpfeln überreden, Edith wählte fast traditionsgemäß eine Heiligen-Geist-Forelle (die heißt so, weil sie aus dem Heiligen-Geist-Bach geangelt wird), und ich entschied mich für eine Hühnerlebermousse mit Preiselbeeren als Vorspeise und für eine pikant gefüllte Maishendlbrust im Malzbiersaftl mit Schupfnudeln.

Madeleine kam noch während des Essens von selbst auf ihren Vater zu sprechen. „Ob *mon Père* auch in diesem fabelhaften Lokal gespeist hat?", fragte sie nachdenklich. „Er hatte ein Gourmetmagazin abonniert und war immer auf der Suche nach neuen feinen Adressen."

„Aus einer solchen Zeitschrift hatte er meines Wissens auch den Tipp für ein Gourmetlokal in Slowenien bekommen. Dort gibt es auch Gästezimmer und dort hat er zuletzt gewohnt", sagte ich.

„Dort haben wir ihn auch getroffen", ergänzte Edith. „Er hat sich vom Wirt beraten lassen und fein gespeist. Wir sind nur zwei Tische weiter gesessen. Er hat sich sichtlich wohl gefühlt. Sonst wäre er nicht so leger bekleidet gewesen, mit kurzer Hose und Hemd."

„So ungezwungen ist er nur, wenn er sich in einer familiären Umgebung fühlt", bestätigte Madeleine.

„Wir werden Ihnen das Lokal zeigen", versprach ich. „Dem Wirt hat Ihr Vater zugesagt, im nächsten Jahr mit seiner Tochter wiederzukommen."

„Er hat am Telefon von der ausgezeichneten Küche geschwärmt", erinnerte sich Madeleine.

„In Avallon, wo Ihr Vater gewohnt hat, gibt es aber auch erstklassige Adressen zum Speisen", versuchte ich das Gespräch auf mein geliebtes Burgund zu lenken.

„Auch in Auxerre, wo *mon Père* gearbeitet hat, isst man ausgezeichnet", sagte Madeleine.

„War Ihr Vater Zivil- oder Strafrichter?", fragte Edith.

Madeleine seufzte: „Eigentlich war er Ermittlungsrichter im *Tribunal de Grande Instance d'Auxerre*. Er hätte Gerichtspräsident werden können, aber sein Gerechtigkeitssinn hat ihm den Weg nach oben versperrt."

„Das klingt paradox", fand ich. „Hat er sich mit einer politischen Partei angelegt?"

„So ungefähr", bescheinigte Madeleine. „Wenn er gegen die menschliche Lüge ankämpfte, war er kompromisslos. Einmal sollte er einen Schmuckdiebstahl untersuchen, den eine Abgeordnete des Départements angezeigt hat. Die Frau war Mitglied der *Parti socialiste* und als Mitglied des Generalrates sehr einflussreich. Sie hat ihre eigene Tochter verdächtigt, eine Diamantenbrosche, ein Collier und ein Armband gestohlen zu haben. *Mon Père* hat die Ermittlungen geführt und die Tochter verhört. Sie hat geleugnet, allerdings wurde in ihrer Wohnung ein verdächtiges Schmuckstück gefunden. *Mon Père* hat sie daraufhin in Untersuchungshaft genommen. Als er ihre Mutter daheim unangemeldet aufgesucht hat, um ihr die sichergestellte Brosche zu zeigen, überraschte er die Frau, als sie gerade ausgehen wollte und am Hals das gestohlen gemeldete Collier trug. Die Abgeordnete hat sich in Ausreden geflüchtet: Sie habe den Schmuck verlegt und nur angenommen, die Tochter, die vorher auf Besuch gewesen sei, habe ihn mitgenommen. Von der Tochter wusste *mon Père* allerdings, warum die Mutter sie beschuldigte: Sie war mit dem neuen Freund der Tochter, einem Funktionär der *Front National*, nicht einverstanden und hat versucht, sowohl die Tochter wie den Rechtsradikalen mit der Diebstahlanzeige in ein schiefes Licht zu rücken."

„Eine Gemeinheit", entrüstete sich Edith.

„Das hat auch *mon Père* so gesehen", fuhr Madeleine fort. „Er hat die Tochter sofort freigelassen und dafür die Mutter in Untersuchungshaft genommen. Nach dem Einspruch ihres Anwalts war sie allerdings nach zwei Tagen wieder frei."

„Die Rache folgte auf dem Fuß", vermutete ich.

Madeleine nickte: „Ermittlungsrichter sind in Frankreich unabhängig und nicht wie die Staatsanwälte weisungsgebunden. Damals war Francois Mitterand Staatspräsident, und das Justizministerium war sozialistisch geführt. Als *mon Père* sich ein Jahr danach um einen höheren Posten im *Cour d'appel*, also im Obergericht, beworben hat, ist er ohne Begründung abgewiesen worden. Zwei Jahre später wieder."

„Ich kenne ähnliche Fälle aus Österreich", erwiderte ich.

„Die Frau ist nicht einmal verurteilt worden", schilderte Madeleine weiter. „Sie hat später auch im Prozess erzählt, sie habe die Schmuckstücke verlegt gehabt und nur irrtümlich die Tochter verdächtigt."

Raimund Resch trat an unseren Tisch. Das tat er immer, wenn wir sein Lokal aufsuchten, er plauderte gerne mit uns und wusste viel zu erzählen. Einmal vertraute er uns mit stolzer, nein mit dankbarer Genugtuung an, wie er eine böse Blutkrankheit, die ihm acht oder neun Jahre vorher schwer zu schaffen gemacht hatte, mit eiserner Disziplin in den Griff bekommen hatte. Aus Dankbarkeit für dieses medizinische Wunder, von dem die Ärzte sprachen, pilgerte er nach Mariazell und bestieg, seine gestärkte Kondition testend, einen Zweitausender-Gipfel. Raimund hielt fortan daheim den Gasthausgarten in Schuss und blieb der örtlichen Feuerwehrtruppe, wie schon im ersten

Kapitel erwähnt, als umtriebiger Ehrenhäuptling erhalten. Da er die Einsätze seiner Kameraden jedes Mal penibel mit Digitalkamera dokumentierte und auf der Feuerwehr-Plattform im Internet erläuterte, war er in gewissem Sinn auch ein Medienkollege. An diesem Sommerabend ahnten weder er und seine Familie noch wir, dass die tückische Krankheit Monate später erneut zuschlagen würde.

Ich stellte ihm Madeleine als Französin aus dem Burgund vor, verschwieg aber die Verwandtschaft mit dem Toten und bat ihn, bei uns Platz zu nehmen.

„Gott sei Dank ist diese unselige Geschichte geklärt", sagte er und steckte eine Zigarette in den Mund, dieses Laster hatten ihm die Ärzte genehmigt. „Unser Tourismuschef Rudi Holzer hatte schon Angst, dass die Urlauber ausbleiben könnten."

„Hat es Stornos gegeben?", fragte ich.

„Eine Dame aus Deutschland hat angerufen, sie lebt in unserer Partnergemeinde Feucht und hat sich erkundigt, ob der Mörder schon gefasst ist. Ich hab sie beruhigt. Morgen kommt sie mit ihrem Mann und will einige Tage bei uns wohnen."

„Vor einigen Jahren hat ein Mann in einem Supermarkt zwei Menschen erschossen", erinnerte ich. „Hat sich das damals auf den Tourismus ausgewirkt?"

Resch schüttelte den Kopf und kippte die Zigarettenasche in einen gläsernen Becher, den er vom Nebentisch holte. „Das war ganz was Anderes. Der Täter war in Wahrheit ein armer Kerl, der vorher nie jemandem was angetan hat. Er hat durchgedreht, weil die Frau ihn verlassen hat. Und nachher hat er sich selber in den Kopf geschossen. Damals war die Feuerwehr gar nicht in den Fall involviert."

„Du hast den Einsatz im Hopfenfeld sogar im Internet dokumentiert", bemerkte ich. Tatsächlich hatte Raimund Resch einige Fotos von der damaligen Arbeit auf die Homepage gestellt, allerdings war auf keinem der Bilder die Leiche des Opfers zu sehen – ein Akt der Pietät, fand ich.

„Es hat in dieser Woche schon mehr als fünftausend Zugriffe auf unsere Website gegeben", freute sich Resch. „Das war auch ein ganz ungewöhnlicher Einsatz. Einige Wochen vorher haben wir eine Kuh aus einem Schlammloch befreit. Auch das haben wir dokumentiert. Wir sind also nicht nur zum Löschen da."

Plötzlich erhob er sich, wandte sich um und tat einige Schritte in Richtung Parkplatz. Auch Bodo schien etwas zu wittern, das ihn störte.

Er richtete sich erwartungsvoll auf und tapste in die Wasserschüssel, die ihm Anneliese ins Gras gestellt hatte. Ich hatte dem Motorengeräusch, das sich genähert hatte und nun abstarb, keine Bedeutung beigemessen, immerhin halten und starten vor dem Gasthaus und vor dem angrenzenden Uni-Markt immer wieder Autos. Aber den Wirt hatte offenbar ein spezieller Motorklang stutzig gemacht. Raimund Resch kam zurück zum Tisch, schüttelte ungläubig den Kopf und setzte sich wieder: „Dass der sich in die Öffentlichkeit traut, wundert mich", sagte er.

„Der Harrer?", fragte ich.

Resch nickte: „Er hat uns schon ein paar Mal seine Hühner geliefert. Die sind wirklich exzellent, aber so teuer, dass unsere Gäste nur selten so was bestellen."

Tatsächlich tauchten nun der schnurrbärtige „Charly" und seine Cindy Crawford auf, er finster dreinblickend, als wäre ihm erst jüngst Unrecht angetan worden, sie verlegen lächelnd und brav hinter ihm einhertrippelnd. Beide waren trachtenmäßig gekleidet, Harrer in kurzer Lederhose, mit Hosenträgern über einem blauen Hemd, genagelten Schuhen und Wadenstrümpfen, sie im Dirndl. „Servus", murmelte der Ankömmling dem Wirt zu, und seine Begleiterin, die Heilmasseuse mit dem Schönheitsfleck auf der linken Wange, nickte freundlich in die Richtung unseres Tisches. Ich bezweifelte jedoch, dass sie mich erkannt hatte.

Bodo, das war fast unglaublich, knurrte leise, als das Pärchen bei uns vorbeikam. So eine Reaktion hatten wir bei ihm erst einmal wahrgenommen. Wir saßen damals gemütlich im Gasthof von Manfred Schrei, als zwei einheimische Männer eintraten und an der Theke je ein Bier bestellten. Damals mussten wir unseren Hund direkt besänftigen, so böse brummte er vor sich hin. Hinterher erfuhren wir vom Wirt, dass die beiden Gäste Jäger waren, die kurz vorher ein Wild erlegt und aufgebrochen hatten.

„Ist der Harrer ein Jäger?", fragte ich Raimund.

„Im Gegenteil. Er hat sich einmal mit der Jägerschaft angelegt, weil angeblich eine Wildsau seinen Weizenacker verwüstet hat. Er wollte dafür Schadenersatz."

Der Angeknurrte und seine Begleitung nahmen zwei Tische neben uns Platz und blätterten sofort in den Speisekarten, die Anneliese, ihre Überraschung über den unerwarteten Auftritt diskret verbergend, überreicht hatte.

„Ist das der Mann – ?“ Madeleine hatte offenbar durch Raimunds Erwähnung der Hühner mitbekommen, um wen es sich bei dem neuen Gast handelte.

Ich versuchte die peinliche Begegnung mit dem Kerl, der ihren Vater auf dem Gewissen hatte, mit der Bemerkung zu überspielen: „Unter drei, vier Jahren wird er vor Gericht nicht davonkommen.“

„Dann kann er seine Wirtschaft zusperren“, meinte Resch leise. „Sein Sohn wird kaum zurückkommen. Er ist im Ausland und verdient dort recht ordentlich. Außerdem hatten die beiden ständig Streit.“

„Sie will einen Massagesalon im Haus eröffnen“, erzählte ich. „Und auch die Hühnerzucht liegt ihr am Herzen, hat sie mir verraten.“

Resch schüttelte ungläubig den Kopf: „Allein schafft sie das nie.“

„Vielleicht geht sie zu ihrem Mann zurück“, scherzte ich.

„Der wird doch auch vom Gericht sein Schmalz abbekommen“, konterte der Wirt.

Edith entsann sich ihrer einstigen Lieblingstheorie, die sie nun zumindest visuell bestätigt fand: „Der schaut wirklich wie ein Mafioso aus, allerdings wie einer in einem steirischen Tarnanzug.“

Madeleine, die mit dem Rücken zu dem Pärchen saß, zischte halblaut: „Diesem Kerl möchte ich in die Augen sehen.“ Sie wandte sich freilich nicht um, und dort, jenseits der Straße, flammte nun blutrot die Lichtsäule am Turm des neuen Feuerwehrhauses auf. Raimund Resch blickte auf die Uhr und entschuldigte sich: „Ich muss heute früher ins Bett. Morgen zeitig in der Früh haben wir einen Assistenzeinsatz für die Polizei.“

Ich wurde hellhörig und fragte nach dem Wie und Wo und Warum, doch der Wirt wehrte ab: „Ich weiß selber nicht, um was es geht. Genaues erfahren wir erst morgen.“

Madeleine nahm noch einen Kaffee, dann bat ich Anneliese, zur Verblüffung unseres Gastes auf Französisch: *„L'addition, s'il te plait.“*

Madeleine stellte der Kellnerin eine Frage, und im Nu parlierten die beiden Frauen in mir unverständlichsten Französisch. Offenbar erzählte Anneliese über ihren Aufenthalt in der französischen Schweiz, und Madeleine quittierte fast jeden Satz dieser Schilderung mit einem Kopfnicken und einem *„Ah oui!“*

Nachdem ich gezahlt hatte, raunte mir Madeleine zu: „Ich möchte ihm nur kurz in die Augen schauen“, dann trat sie auf den Tisch des Paares zu. Ich folgte ihr ein paar Schritte, weil ich wegen der aufbrausenden Art Harrers ein Ärgernis befürchtete, wenn Madeleine ihm zu nahe kam. Doch dann lief alles blitzartig ab, so schnell, dass ich nicht eingreifen konnte, um es zu verhindern, und ehrlich gesagt, eigentlich hätte ich das, was dann geschah, gar nicht verhindern wollen. Madeleine trat vor Harrer hin und sagte: „Ich bin die Tochter von Gaston Gelin und möchte Sie fragen, mit welchem Fuß Sie meinen Vater getötet haben. Mit dem rechten oder mit dem linken?"

Harrer sah sie mit einer Miene an, die Überraschung, Schock, ja sogar Panik ausdrückte, blieb aber ebenso wie seine Begleiterin wie gelähmt sitzen und stumm. Der Zwischenfall hätte einem Psychologen als Lehrbeispiel für den Umstand dienen können, dass Schrecksekunden sprachlos machen. Ich hätte Madeleine die Wendigkeit, die sie dann bewies, nie zugetraut, jedenfalls ergriff sie Harrers rechten Fuß, streifte den klobig aussehenden Schuh ab, es war ein Haferlschuh mit Nägeln an der Sohle, schüttete aus dem vollen Glas, das der Mann vor sich stehen hatte, Bier hinein, schleuderte den Schuh über die steinerne Mauer auf die Straße und den Rest des Bieres dem Mann ins Gesicht. „Die Leute sollen sehen, wie ein Mörderfuß aussieht", sagte sie, „und sie sollen sehen, wie eine Mördervisage aussieht." Dann wandte sich Madeleine um, ergriff meinen Arm und zog mich zum Ausgang des Gastgartens. Dort wartete bereits Edith mit Bodo an der Leine. „Bravo!", rief sie Madeleine zu. „Das gebührt ihm."

Ich blickte mich noch einmal um, Harrer saß, in seinem Schreckzustand noch immer sprachlos, ja nunmehr auch wehrlos und völlig verdattert auf seinem Platz. Anja, seine Freundin, war aufgesprungen und eilte aus dem Garten, offenbar um den Schuh von der Straße zu holen. Anneliese hatte die Szene von der Stiege, die zum Gasthaus führt, beobachtet, schüttelte den Kopf und betrat dann die Schankstube, vielleicht, um dem öffentlich Erniedrigten, der mit einer Serviette Gesicht und Bart zu trocknen versuchte, ein neues Glas Bier zu bringen.

Daheim verloren wir über den Zwischenfall kein Wort und signalisierten damit Madeleine, wie nachvollziehbar für uns ihre Tat war. Zur Feier des Abends holte ich eine Flasche Beaujolais Grand Cru. Auf dem Etikett prangte der Name eines Winzers namens Gaston Gelin aus Jullié bei Juliénas. Ich hatte die Flasche schon Tags zuvor aus meinem Weinarchiv geholt und auf Temperatur gebracht und freute mich, unseren Gast mit diesem Wein überraschen zu können. Als Madeleine die Aufschrift las, musste sie mit dem linken Handrücken über die Augen wischen: „*Mon Dieu! Père* hätte sich riesig gefreut über diesen Wein. Er war ein Genießer. Wenn er eingeladen war oder essen ging und einen guten Wein serviert bekam, zitierte er immer diesen Trinkspruch: *Dans tout festin c'est le bon vin, qui fait dire le mot pour rire.* – Im Fest noch so fein, ist es nur der gute Wein, der Lachenswertes entdeckt und das Leben weckt."

Der Rotwein hatte immerhin schon vierunddreißig Jahre überdauert, jeder Kenner französischer Gewächse hätte skeptisch die Nase gerümpft. Im Beaujolais wächst hauptsächlich die Gamay-Traube, und sie leidet unter dem Ruf, nur in jungen Jahren eine ansprechende Qualität zu liefern und nicht für Jahrzehnte lange Reifeprozesse geeignet zu sein. Doch ich hatte einst in Jullié selber einen damals zweiundzwanzig Jahre alten Gamay verkosten dürfen, und der hatte noch großartig gemundet. Sogar Edith überwand ihren aus gesundheitlichen Erwägungen motivierten Vorbehalt gegen Rotwein und nahm einen Schluck vom Beaujolais Grand Cru.

„*A votre santé!*", sagte ich und ließ das Glas klingen.

„Gesundheit!", entgegnete Madeleine, um gleich hinzuzufügen: „*Ici je me sens chez moi.* Ich fühle mich bei Ihnen wie zuhause."

Der Wein präsentierte sich grandios, wirkte überhaupt nicht altersschwach, sondern lebendig, elegant und geschmeidig, schmeckte noch immer nach saftigen Kirschen und Weichseln mit einem zarten Mon-Cheri-Aroma. Das Alter konnte man, abgesehen vom Etikett und dem vor dem Einschenken sichtbaren, um etwa zwei Zentimeter gesunkenen Füllniveau, höchstens am hellen, gereiften Rand im Glas erahnen.

„*Savoureux et voluptueux!*", schwärmte Madeleine, um sich gleich eines deutschen Lobes zu besinnen: „Köstlich und sinnlich!" Sie stellte das Glas ab und knüpfte an ihre vorherige Bemerkung an: „*Mon Père* hatte nie eine Aversion gegen Deutsche. Vielleicht, weil seine Mutter Irène eine gebürtige Deutsche war."

„Dabei hätte er nach dem, was seinem Vater im Nazi-Deutschland angetan wurde, allen Grund gehabt, alles Deutsche abzulehnen", wandte ich ein.

„Er selber hat nur wenig Deutsch gesprochen, weil er erstens beruflich nie mit der Sprache zu tun hatte", erklärte Madeleine, „und weil er außerdem mit einer Französin aus dem Burgund verheiratet war, die kein Wort Deutsch verstand. *Ma Mère* Yvonne kam aus Avallon, wohin wir später auch aus dem Elsass übersiedelt sind. Aber *mon Père* hat darauf bestanden, dass ich nach der Unterstufe im französischen Gymnasium in eine deutsche Schule wechsle."

„Ihre Mutter ist vor einigen Monaten gestorben“, erinnerte ich mich an eine Aussage von Gregor Vracko in Kungota.

„Sie musste viel leiden“, seufzte Madeleine. „Dreimal wurde sie operiert, jedes Mal schöpften wir Hoffnung, doch am Ende hat der Krebs gesiegt. *Mon Père* hat *Maman* in ihren letzten Monaten aufopfernd gepflegt.“

„Ihre Großmutter lebt vermutlich auch nicht mehr?“, fragte ich.

„Sie ist vor zehn Jahren gestorben“, sagte Madeleine. „Sie war in Mulhouse geblieben und wollte nicht mit uns nach Avallon ziehen. Im Elsass hatte sie ihre sozialen Kontakte, bis zum Schluss. Die Nachbarn haben sich zuletzt, als sie nicht mehr ausgehen und einkaufen gehen konnte, rührend um sie gekümmert.“

Madeleine nahm abermals einen Schluck vom Beaujolais Grand Cru und blickte dann nachdenklich ins Glas, das sie mit der Rechten kreisen ließ. „Das war nicht immer so. Vor allem nach dem Krieg ist es ihr schlimm ergangen. Die Franzosen haben sie, weil sie Deutsche war, gemieden. Auf der Straße ist sie einmal sogar angespuckt worden, hat sie mir erzählt. Aber sie wollte in Frankreich bleiben. Jahrelang hat sie mit ihrem kleinen Kind in Armut gelebt, ohne Mann, ohne jede Nachricht von ihm. Sie war gelernte Schneiderin, aber einige Jahre musste sie als Putzfrau in Schulen arbeiten, um zu überleben. Erst viel später hat sie eine Anstellung in einem Modegeschäft bekommen. Als *mon Père* zur *première communion* gehen musste –, wie sagt man auf Deutsch?“

„Erstkommunion?“, schlug Edith vor.

„Ja, als er zur Erstkommunion gehen musste, hatte er nur ein Paar Schuhe, und die waren rot. Seine Mutter hat sie mit schwarzer Schuhpasta umgefärbt. Während der Kommunion in der Kirche hatte *mon Père*, wie er mir selber erzählt hat, nur einen Gedanken: Dass die Farbe verblasst oder ganz schwindet und dass er bloßgestellt wird. Ständig hat er ängstlich auf seine Füße gestarrt. Von damals rührt sein Schuh-Tick her. Er hat nie genug Schuhe haben können. Daheim in seiner Wohnung in Avallon sind zwei Schränke voll gestapelt mit Schuhen, die er zum Großteil nie getragen hat.“

„Auch in seinem Wagen sind sieben Paar gefunden worden, zum Teil ungetragen“, erinnerte ich mich.

Madeleine zuckte die Achseln: „Ich habe ihm diese Marotte nicht ausreden können. Einen Großteil seiner Pension hat er für Schuhwerk ausgegeben.“

Und letztlich, so dachte ich, ohne es auszusprechen, hat ihn eine Attacke mit einem Schuh das Leben gekostet. Als hätte Madeleine meine Gedanken erraten, murmelte sie: „Schuhe waren sein Schicksal."

18. Die Suche

Seit langem war ich nicht so zeitig aufgestanden wie an diesem Samstag. Früher, in meiner aktiven Zeit, erforderte es oft ein aktueller Fall, ganz früh aus den Federn zu steigen. Ich erinnere mich zum Beispiel an die Entführung eines prominenten Industriellen, der tagelang von RAF-Sympathisanten in Wien gefangen gehalten wurde (später erfuhren wir, dass sein Verlies kaum fünfhundert Meter von unserer Redaktion entfernt war). Nächtelang lauerten wir Reporter vor dem Wohnhaus und dem Firmeneingang des Opfers. Jeden Morgen um fünf Uhr wurde das Nacht-Team, das ab Mitternacht die Stellung hielt, von der Morgen-Schicht abgelöst. Um elf Uhr Vormittag war die nächste Partie an der Reihe. Ich hatte das Glück, an jenem Morgen eingeteilt zu sein, an dem der Entführte nach der Übergabe von Lösegeld tatsächlich in seine Villa zurückgebracht wurde. Wir hatten dann als Erste ein Interview mit dem bedauernswerten, damals 74-jährigen Firmenchef auf Band und ein Foto im Kasten. Legendär wurde seine Rechtfertigung für die baldige Beendigung des Interviews: Er müsse nun endlich zu seiner Frau, um sich bei ihr zu entschuldigen, dass er um hundert Stunden verspätet zum Essen komme.

Damals war ich gegen vier Uhr Früh aufgestanden, um genügend Zeit für einen Kaffee zu haben, für ein ausgiebiges Frühstück fehlten mir ohnedies Geduld und Appetit. Diesmal war ich etwas später dran. Meine Frau bereitete mir kopfschüttelnd zwei Schalen Kaffee und murrte: „Hast du das notwendig? Du weißt nicht einmal, warum die Feuerwehr ausrückt."

„Deshalb möchte ich ja rechtzeitig vor dem Rüsthaus sein. Ich folge einfach dem Einsatzfahrzeug."

„Das kann ein ganz harmloser Einsatz sein", sagte sie.

„So zeitig in der Früh?", gab ich zu bedenken. „Die wollen offenbar, dass niemand bei diesem Einsatz zuschaut."

„Du vermutest wahrscheinlich, dass es sich noch immer um den Hopfen-Krimi handelt", rügte sie. „Der ist doch längst geklärt."

„Der Kommissar hat uns gestern erzählt, dass er heute, Samstag, den ganzen Tag unterwegs sein wird. Vielleicht ist eine neue Hausdurchsuchung angeordnet worden", überlegte ich. „Vielleicht sucht man noch Beweise gegen einen der beiden Bauern."

In Wahrheit glaubte ich nicht an diese These, denn warum sollte die Feuerwehr bei einer Durchsuchung in einem Bauernhof assistieren?

Wollte man hinter Strohballen, die mühsam zu entfernen waren, oder in einem Misthaufen nach verräterischen Indizien stöbern?

„Hast du deinen Fotoapparat mit und dein Handy?“ Dass Edith trotz ihrem Unmut über die in ihren Augen nächtliche Ruhestörung so viel Fürsorge aufbrachte, fand ich rührend, und ich verabschiedete mich mit einem Kuss.

„Ich geh jedenfalls wieder schlafen“, gähnte sie und befahl Bodo, der angesichts des bereits angezogenen Herrchens eine zögerliche Erwartungshaltung für einen Morgenspaziergang zeigte, wieder „Platz“ zu machen. „Und Madeleine wird auch noch schlafen“, fügte sie hinzu.

Da irrte sie sich freilich. Denn als ich aus dem Haus trat und das Gartentor öffnete, kam unser Gast bereits über die Stiege, die zum Kellerstöckl hinaufführt. Madeleine hatte wieder ihre blauweiße Handtasche umgehängt und trug diesmal Jeans und ein strohgelbes T-Shirt mit der Aufschrift *La place est libre* über dem Busen. Ein wenig schlaftrunken sah sie freilich noch aus.

„*Bon matin!*“, rief ich erstaunt.

„Guten Morgen“, erwiderte Madeleine. „Ich möchte bei diesem Feuerwehreinsatz dabei sein“, verkündete sie.

„Aber woher wussten Sie, dass ich – ?“

Madeleine antwortete gähnend: „Ihre Reaktion gestern Abend. Wenn ein Journalist so neugierig fragt und keine Antwort erhält, will er es *exactement* wissen. Und wenn *les pompiers*, wie sagt man? Feuerwehrmänner? Wenn Feuerwehrmänner der Polizei helfen sollen, muss das wichtige Gründe haben, nicht wahr?“

Um halb sechs Uhr Früh parkte ich unseren Renault vor dem Uni-Markt, gegenüber der Feuerwehrzentrale von Leutschach. Dort hatten wir die Ausfahrt der Helfer, aber nicht das Gebäude direkt im Auge. Es dämmerte bereits, und kurz nach sechs Uhr, ich hatte nachgeschaut, sollte die Sonne aufgehen.

„Haben Sie gefrühstückt?“, fragte ich meine Begleiterin.

Sie schüttelte den Kopf.

„Wenn Sie Hunger verspüren, fahr ich Sie zurück ins Haus“, schlug ich vor.

„Dieser Einsatz“, sagte sie, ohne auf mein Angebot einzugehen, „hat etwas mit *Père* zu tun. Das vermuten auch Sie, nicht wahr?“

„Ich bin auf alles gefasst“, antwortete ich.

Ein roter Traktor mit leerem Anhänger ratterte in Richtung Ortsmitte vorbei. Den Lenker kannte ich nicht, ich notierte die Fahrzeugnummer, vielleicht gehörte auch er zum heutigen Einsatzteam. An einem normalen Wochentag wären hier um diese Stunde ganze Kolonnen Richtung Leibnitz unterwegs gewesen, lauter Pendler, die sich entweder in der *Park-and-Ride*-Station in Ehrenhausen einparken und dort in die Bahn umsteigen oder direkt weiter nach Leibnitz, Wildon oder Graz gondeln. Jetzt herrschte fast sonntägliche Stille auf der Straße. Im nahen Rebenlandhof, wo wir gestern Abend gewesen waren, flammten die ersten Lichter auf. Und auch die Fenster der Wohnung von Raimund und Erni Resch im ersten Stock des Nebengebäudes waren bereits beleuchtet. Für Samstagabend hatte Bernadette, die junge Wirtin, auf Plakaten ein Grillfest angekündigt, auch ein Spanferkel sollte auf Holzkohlenglut geschmort werden. Da galt es, rechtzeitig mit den Vorbereitungen zu beginnen.

Ein Wagen der Steirischen Molkerei bog auf den Parkplatz vor dem Uni-Markt ein, wo wir im Auto warteten. Der Fahrer beachtete uns nicht, sondern lud kistenweise Stainzer Milchprodukte aus, laut einem Werbeslogan die „vermutlich beste Milch der Welt".

Mich wunderte, dass Raimund Resch noch nicht zu sehen war. „Der Wirt müsste bald kommen", vermutete ich.

„Vielleicht ist er schon im Feuerwehrhaus", meinte Madeleine. Bis dahin war sie mit scheinbar stoischer Geduld und müden Augen auf dem Beifahrersitz gekauert, jetzt stieg sie aus, marschierte über die Straße, schaute zum Rüsthaus hinüber und kehrte sogleich um. „Alles ist beleuchtet im Feuerwehrhaus", sagte sie, als sie wieder Platz nahm. „Zwei Garagentore stehen offen."

„Also wird 's bald losgehen", hoffte ich.

Vom Ortskern kommend, bog ein Pkw zur Feuerwehr ein. Der Fahrer, bereits in Montur, verließ den Wagen und eilte Richtung Rüsthaus. Ich erkannte ihn am Profil, es war der Hauptfeuerwehrmann Ernst Miutz, der uns noch von seinen früheren Aktivitäten als Faktotum für den jungen Gamlitzer Schlossherrn Arnold Melcher vertraut war und dessen nunmehrige Haupttätigkeit im Feuerwehrverband der Ausrichtung von Begräbnissen galt.

Stand vielleicht ein Einsatz im Friedhof bevor?, schoss es mir durch den Kopf. Aber die Leiche von Gaston Gelin ruhte noch in der Grazer Pathologie, und für eine Beerdigung hier in Leutschach hätte man doch das Einverständnis der Tochter einholen müssen.

Aus der Richtung vom Karnerberg näherte sich nun gemächlich ein grauer Citroën, drinnen saß mein Freund Franz Grill. Er, so war ich überzeugt, hatte mit dem Polizei- und Feuerwehreinsatz nichts zu tun, offenbar war er unterwegs zum Lagerhaus, das heute bereits um sechs Uhr Früh aufgesperrt wurde.

Der Milchlieferant war mit seiner Abladetätigkeit fertig, die vollen Warenkisten hatte er vor dem Supermarkteingang gestapelt. Er schwang sich auf den Fahrersitz, reversierte und verließ den Parkplatz. Als er an uns vorbeirollte, riskierte er einen erstaunten und neugierigen Blick auf unser Auto, vielleicht hielt er uns für ein Pärchen, das im Wagen unter dem Motto „Morgenstund' hat Gold im Mund" Zärtlichkeiten austauschen wollte. Doch dann gab er resolut Gas und bog auf die Bundesstraße Richtung Karnerberg und Gamlitz ein, wo er offenbar noch andere Supermärkte zu beliefern hatte.

Es dauerte rund fünf Minuten, bis endlich Bewegung in die Szene vor dem Rüsthaus kam. Ein roter Mannschaftswagen mit der Aufschrift „Einsatzleitung" verließ die Garage und stoppte auf dem weitläufigen Feuerwehrparkplatz, aber an einer Stelle, die auch wir einsehen konnten. Vier oder fünf Uniformierte verstauten mehrere Geräte im Fahrzeug, ich glaubte den Kommandant Kurt Zangl zu erkennen, auch der Begräbnis-Referent war dabei. Madeleine, die einen günstigeren Blickwinkel als ich hatte, vermutete, dass es sich um Schaufeln handelte, die eingeladen wurden. Schließlich stiegen die Männer ein, und der Einsatzwagen fuhr los. Ich wartete, welche Richtung er einschlagen würde, und startete ebenfalls, als der Wagen sich langsam in Richtung Ortsmitte entfernte. Kaum hatten wir unseren Beobachtungsposten verlassen, um auf die Straße einzuschwenken, sahen wir, wie das Einsatzauto vor der Leutschacher Kirche rechts abbog. Natürlich, dachte ich, dort ist die Polizeiinspektion, und dort könnten die Feuerwehrleute Instruktionen für ihren Hilfseinsatz erhalten. Aber als auch wir diese Straße, die in der Folge nach Arnfels führt, erreichten, war der Mannschaftswagen, ohne einen Zwischenstopp eingelegt zu haben, schon ein Stück weiter unterwegs. Auf dem kleinen Parkplatz neben dem Polizeigebäude stand nur ein Streifenwagen, normalerweise sind dort drei solcher Blaulicht-Fahrzeuge abgestellt, und außer einem beleuchteten Fenster im ersten Stockwerk war kein Anzeichen einer besonderen polizeilichen Aktivität wahrzunehmen.

Das Feuerwehrauto hingegen nahm an der nächsten Kreuzung auf einer schmalen Straße, die links abbiegt, Kurs in Richtung Hauptschule und Freibad. Die Helfer, von denen uns noch immer völlig unklar war, wo und wie und was sie helfen sollten, ließen die Schule rechts und das im Morgenschlaf versunkene Bad links liegen, querten eine Brücke über den Heiligen-Geist-Bach und wandten sich entlang von Hopfenplantagen dem angrenzenden Wald zu. Wir folgten im Abstand von rund zweihundert Metern. Ich hatte die Seitenfenster mit der Automatik heruntergelassen, die frische Morgenluft wirkte belebend. Aus einiger Entfernung hörten wir das Geschnatter einer Gans. Das ist ein eher ungewöhnliches Geflügel in dieser Gegend, wo die Bauern und Gartenbesitzer meistens Laufenten halten, weil diese die alljährliche Schneckeninvasion dezimieren helfen. Mir fiel jedoch ein, dass der Pfarrherr Werner Marterer in seinem rund zweihundert Meter entfernten Gehege tatsächlich allerlei Getier hielt, neben Hühnern und Enten auch ein Zwergschwein namens Susi und eine Gans. Sie hieß Jakob und war wie alle anderen Kreaturen im kirchlichen Gehege keineswegs für die Bratpfanne oder den Kochtopf bestimmt. Dennoch endete Jakob als Leibspeise für einen hungrigen Magen. Ein Fuchs zeigte keine Ehrfurcht vor dem geistlichen Geflügel, drang eines Nachts in die Umzäunung ein und machte dem Federvieh den Garaus. Wer uns jetzt mit einem morgendlichen Gesang überraschte, musste demnach der Nachfolger des armen Gänserichs sein. In das aufgeregte Geschnatter mischte sich alsbald das heisere Trompeten-Duett zweier Hähne, die zum Gehöft eines Hopfenbauern gehörten, das an der rechten Straßenseite liegt.

„Une idylle rustique“, sagte Madeleine, und ich war froh über diese Bemerkung. Sie löste ein wenig die Anspannung, die mich bei der Verfolgung des Feuerwehrautos erfasst hatte. Um die Atmosphäre weiter zu lockern, versuchte ich Madeleine unterwegs zu erklären, was wir rechts und links der Fahrbahn zu sehen bekamen.

„Diese Pflanzen wachsen an einem Sommertag bis zu dreißig Zentimeter und werden bis zu acht Meter hoch“, sagte ich, als wir an den ersten Hopfenfeldern vorbeikamen. „Und in rund zwei Wochen werden sie geerntet.“

„Ist *mon Père* hier – ?“ Die Frage, nicht zu Ende geführt, nur gedacht, kam zögerlich aus ihrem Mund.

Ich räusperte mich: „Nein, die Stelle ist einige Hundert Meter von hier entfernt.“ Rasch versuchte ich ein anderes Thema anzusprechen: „Dort links, sehen Sie diese Früchte?“ Im Morgengrauen lagen die kinderkopfgroßen, grünschwarzen Plutzer wie auf einem Servierbrett in einem Kürbisacker, und zwischendurch leuchteten noch goldgelb kelchförmige Blüten.

„*Ah oui, de potiron*", nickte Madeleine. „*La graine de potiron*, heißt es, ist gut für Männer, nicht wahr?"

„Die Steiermark ist auch für ihr echtes und gesundes Kürbiskernöl bekannt", fügte ich hinzu. „Sie müssen unbedingt eine Flasche oder zwei mitnehmen, wenn Sie nach Frankreich zurückkehren. Und", ich wagte einen Blick auf Madeleine, die, vom Sicherheitsgurt eingeschnürt, auf dem Beifahrersitz noch kleiner wirkte, als sie war, „Sie müssen unbedingt wiederkommen."

„Ja, gewiss. *Mon Père* wollte ja auch wiederkommen, nicht wahr?" Es klang wie ein Versprechen, und ich nehme an, es war eine Verlegenheitsgeste nach meiner Quasi-Einladung, als sie den Gurt lüpfte und sich im Sitz aufzurichten versuchte. Der breite Sicherheitsriemen bedeckte, wie ich nun bemerkte, das Wörtchen *est*, sodass auf Madeleines T-Shirt auf einmal nur der Aufdruck *La place libre* sichtbar war. „Und Sie müssen nach Burgund kommen", entgegnete sie, um dann hinzuzufügen: „Mit Ihrer Frau und mit Bodo."

Die Sonne begann über den Horizont zu blinzeln, der Tag hellte auf, und die Sicht wurde klarer. Ich drosselte das Tempo, um nicht im Rückspiegel der Feuerwehrtruppe vor uns aufzufallen. Aus früheren Zeiten weiß ich, dass die Polizei, zu der die Helfer offenbar unterwegs waren, bei manchen Einsätzen keine Zuschauer duldet. Der Wagen vor uns hatte, wie mir schien, den Waldrand erreicht und verlangsamte nun ebenfalls die Fahrt.

„Dort, sehen Sie!" Madeleine bemerkte die geheimnisvolle Versammlung als Erste. Auf einer Anhöhe, von der sich eine mit Gestrüpp überwucherte Böschung zu einem flachen Wiesenstück neigt, hinter dem Mais angebaut war, reihte sich ein Fahrzeug nach dem anderen, als letztes stoppte das Feuerwehrauto. Wohin der beschotterte Weg, auf dem die Einsatzkolonne parkte, führt, wusste ich nicht, noch nie hatte ich diese Gegend erkundet. Jenseits des Weges erhebt sich ein mit Buchen, Fichten und Föhren bewaldeter Berghang.

Zu erkennen waren nun auch etliche Gestalten, die, großteils in Uniformen, geschäftig zwischen den Autos umhereilten. Ich hielt an und holte mein Fernglas aus dem Handschuhfach. Jetzt war auch Max Ricchius inmitten der emsigen Schar zu erkennen, er gestikulierte hektisch, wie es sonst nicht seine Art ist, und einer, der ihm lauschte, schien die unverkennbar mächtige Gestalt des heimischen Erdbewegers Roland Goriup. Nun nahm ich auch einen gelben Minibagger aus, der von einem Lastkraftwagen abgeladen wurde. Neben einem blauroten VW-Bus mit der Aufschrift „Polizei“ entdeckte ich einen Streifenwagen, ferner den Golf des Kommissars und zwei andere Personenautos. Auch die Feuerwehrmänner näherten sich nun der Gruppe, Raimund, der größte unter ihnen, gesellte sich zum Kommissar und dessen Zuhörer. Ich reichte Madeleine das Glas, aber bevor sie es zu den Augen führte, stellte sie trocken fest: „Die suchen meinen Großvater.“

„Ich hab es auch vermutet“, gab ich zur Antwort. „Aber ich frag mich: Wie ist der Kommissar auf diese gottverlassene Stelle am Waldrand verfallen?“

„Vielleicht hat einer der Verdächtigen geredet“, überlegte Madeleine.

„Wir sollten uns nicht blicken lassen“, warnte ich. „Der Kommissar ist nervös, er würde uns wegjagen.“

Ich reversierte, fuhr zurück und schlug hundert Meter weiter in einen Feldweg ein, der entlang eines Hopfenackers ebenfalls zum Wald führt. Im Sichtschutz der acht Meter hohen Blätterwand stoppte ich: „Hier können sie unseren Wagen nicht sehen. Wir verdrücken uns im Wald und schlagen uns zu einer Stelle durch, von wo wir unbemerkt die Szene von oben beobachten können“, schlug ich vor.

„D'accord“, sagte Madeleine. „Das Fernglas nehme ich mit.“

Zum Glück trugen wir beide Schuhwerk, das dem schwierigen Waldgelände angepasst war, Madeleine hatte Sneakers an, diesmal in Blauweiß wie ihre Handtasche, und ich war in meine alten, knöchelhohen und gummibesohlten Treter geschlüpft, die ich, weil ich sie bei diversen Arbeiten verwende, „Strapazstiefel“ nenne. Während wir bergan stapften und uns mit vorgehaltenen Armen durch widerborstige Haselnussstauden und unnachgiebiges Fichtengeäst den Weg bahnten, sprachen wir kein Wort. Erst nachdem wir etwa fünfzig Meter oberhalb der Kolonne angelangt waren, an einer Stelle, die uns Tarnung bot, gleichzeitig aber einen Ausblick auf die Szenerie unterhalb erlaubte, wandte ich mich besorgt an meine Begleiterin: „Ich fürchte, Madeleine, das kann Stunden dauern.“

„Wenn der Einsatz dazu dient, meinen Großvater zu finden, warte ich hier tagelang.“ Sie hob das Fernglas, das über ihrem Busen baumelte und die Aufschrift *La place est libre* Lügen strafte, wieder in Augenhöhe. Auch ohne Feldstecher konnte ich nun Einzelheiten des ungewöhnlichen Meetings erkennen. Ein Polizist holte einen Rottweiler aus dem Kleinbus und führte ihn an der Leine über den Hang in Richtung Maisfeld. Roland Goriup schwang sich behände in die

Fahrerkabine seines Raupenfahrzeuges. Schließlich folgte Ricchius, mit einer länglichen Dose bewaffnet, dem Hundeführer. Der Vierbeiner, nun von der Leine gelassen, lief auf dem flachen, mit Farnkraut, Heidekraut, Goldruten und langbüscheligem Gras bewachsenem Geländestück vor dem Maisacker schnüffelnd hin und her. Der Polizist ließ ihn gewähren, nur ab und zu schien er ihm einen Befehl zuzurufen, den wir aber nicht hören konnten.

„Wozu ist der Hund da?“, wunderte sich Madeleine.

„Vielleicht wollen sie mit dem Kampfhund neugierige Zaungäste wie uns abschrecken“, scherzte ich.

„Ein Fährtenhund hat hier doch keinen Sinn“, überlegte Madeleine.

„Wer weiß, wonach sie wirklich suchen“, sagte ich.

„Wenn sie nach Großvater suchen“, gab Madeleine zu bedenken, „wäre es doch unsinnig, nach so langer Zeit einen Fährtenhund einzusetzen.“

„Vielleicht ist es ein Leichensuchhund“, wandte ich ein. „Ich hab in einem Polizeimagazin gelesen, dass die Nasenschleimhaut eines Hundes bis zu 250 Millionen Riechzellen hat, der Mensch hat nur fünf Millionen. Und dass ausgebildete Hunde sogar Leichen finden, die unter Wasser liegen.“

„Dieser Hund lässt die Toten in Frieden ruhen“, bemerkte Madeleine mit einem Blick durchs Fernglas. Tatsächlich hatte der Rottweiler seine Schnuppertour unterbrochen, ein Bein gehoben, eine Goldrute begossen und sich dann hingelegt. Nun wälzte er sich wohlig auf dem Rücken und streckte genussvoll die Beine in die Luft. Der Polizist gab wieder irgendein Kommando, doch der Kommissar deutete ihm, den Hund bleiben zu lassen. Dann nahm Ricchius ein Blatt zur Hand, betrachtete es kurz und durchmaß dann das Gelände vor dem Maisfeld mit weit ausholenden Schritten, so als wollte er die Länge der Wiese bestimmen. Schließlich drehte er um und begann mit der Sprühdose ein grellrotes Viereck im Ausmaß von geschätzten vier mal sechs Metern zu markieren. Der Sprühlack behagte dem Vierbeiner wenig, er erhob sich, schüttelte sein kurzes Fell und trabte an der Seite des Hundeführers zurück zum Einsatzwagen. Max Ricchius war mit seiner Bodenzeichnung noch nicht fertig, als er, offenbar infolge einer Unebenheit im Gelände, rücklings umfiel. Einer der Feuerwehrmänner, ich vermute, es war Ernst, der Bestattungs-Spezialist, eilte hinzu, um dem Kommissar aufzuhelfen, doch dieser rappelte sich selber hoch, beendete sein Markierungswerk und stapfte die Böschung hinauf. Er gab dem Raupenfahrer Roland Goriup eine kurze Anweisung, schließlich startete dieser seine Erdbewegungsmaschine und ratterte in weitem Bogen hinunter zu dem Geviert, das der Kommissar gezeichnet hatte. Wie von einer Roboterhand gesteuert, fing der stählerne Grablöffel an, eine Bodenschicht nach der anderen abzuheben und auf die Seite zu kippen. Das monotone Tuckern des Dieselantriebs, der regelmäßig hin und her pendelnde Ausleger und der anschließende rumpelnde Abwurf des Aushubes erinnerten mich an ein Erlebnis, das ich im Jahr vorher bei Baggerarbeiten gehabt hatte.

Damals musste der Platz vor unserem Haus für eine Drainage ausgehoben werden, weil die Nässe im Mauerwerk immer mehr um sich griff. Da auch im angrenzenden Keller das Wasser nach intensiven Regengüssen oft zwei, drei Zentimeter hoch stand, ließen wir zusätzlich die Böschung an der Kellermauer abtragen, um das Erdreich trockenlegen zu können. Mitten in der Arbeit hielt der Baggerfahrer mit dem Aushub inne. In einer Mulde, die der Schaufelgriff freigelegt hatte, lag ein Brustkorbskelett. Die Rippenbögen hatten kindliche Ausmaße.

„Da hat jemand ein Kind vergraben", entrüstete sich der Baggerfahrer.

Ich verständigte Ricchius: „Wir haben eine Kinderleiche gefunden."

Der Kommissar schickte zunächst Tatortspezialisten. Sie fotografierten die Fundstelle, schoben die gefundenen Gebeine behutsam in eine Plastikhülle und begannen weiter zu graben. Ricchius, inzwischen ebenfalls eingetroffen, kontaktierte die örtliche Polizeistation und erfuhr, dass seit Menschengedenken kein Kind im Ort verschwunden war.

Als einer der Polizisten einen Oberschenkelknochen freilegte, regten sich Zweifel beim Kommissar: „Der scheint mir für ein Kind zu groß. Das passt nicht zusammen."

„Vielleicht wurden zwei Tote verscharrt", meinte einer der Tatort-Männer. „Eine Mutter mit ihrem Kind."

„Ein Doppelmord in unserer Hube!", stöhnte ich. „Das hätte uns noch gefehlt!"

Das Rätsel klärte sich, als ein Polizist auch einen Schädel freilegte. Der Kommissar war erleichtert: „Das ist kein Mensch. Solche Eckzähne hat nur ein Tier."

Der von mir ausgelöste Mordalarm wurde abgeblasen. Die Kommission einigte sich darauf, dass vor etlichen Jahrzehnten ein Hund in der Böschung verscharrt worden war, vermutlich vom einstigen Hausbesitzer.

Als flüssige Entschädigung für ihren überflüssigen, weil auf den Hund gekommenen Einsatz, musste ich die ganze Truppe anschließend in eine Buschenschank einladen.

Ob sich Ricchius angesichts der nunmehrigen Grabungsstätte an den damaligen Mordalarm-Flop erinnerte? Jedenfalls hatte er seither nie mehr davon gesprochen. Jetzt beobachtete er, immer wieder einen Blick auch auf ein Blatt Papier richtend, mit anscheinend konzentrierter Ernsthaftigkeit die Aushubarbeiten.

Von unserem gut getarnten Ausguck bemerkten wir, wie sich in hohem Tempo ein zusätzliches Polizeiauto näherte, diesmal sogar mit rotierendem Blaulicht. An der Kreuzung, wo der Feldweg zum Hopfenfeld abzweigt, an dessen Rand wir unseren Wagen abgestellt hatten, verlangsamte der Fahrer das Tempo, um gleich darauf noch flotter auf die Anhöhe zuzusteuern, wo auch die übrigen Einsatzautos versammelt waren.

„Dem ist unser Wagen verdächtig erschienen", vermutete ich. Vier Männer verließen das Fahrzeug und traten auf Max Ricchius zu, offenbar machten sie ihm eine Mitteilung, denn er zuckte nur mit den Schultern und deutete dann auf den Minibagger, der unermüdlich das Erdreich pflügte.

Nach einigen Minuten klingelte mein Handy, und schon beim ersten Signalton ging ich hinter einer Brombeerstaude in Deckung und drückte die grüne Taste, damit die Melodie verstummte, und auch Madeleine zog sich reflexartig zurück. Ich hatte vergessen, das Mobiltelefon auf lautlos zu schalten, und ärgerte mich darüber, denn die Klangfolge hätte unseren Beobachtungsposten verraten können, und Madeleines gelbleuchtendes T-Shirt wäre den Leuten sofort aufgefallen, wenn sie in unsere Richtung geschaut hätten.

Am Apparat war der Kommissar: „Opodeldok! Wo steckst du? Was treibst du?"

Nach einer Schrecksekunde stammelte ich: „Wir stören euch nicht, wir bleiben total im Hintergrund."

„Aha, ihr seid also mehrere."

„Nein, nur zu zweit."

„Wer hat dir verraten, dass wir hier sind?"

„Niemand, Max. Ich hab nur vermutet, dass du heute im Hopfen-Krimi weiter ermittelst. Du hast uns erzählt, dass du den ganzen Samstag unterwegs sein wirst. Und als die Feuerwehr ausgefahren ist, sind wir ihr gefolgt."

Zwei Sekunden dauerte offenbar seine stumme Gewissenserforschung, dann drohte er: „Wo du auch steckst, lass dich hier nicht blicken!“

„Wenn dein Einsatz vorüber ist“, sagte ich schnell, „komm bei uns vorbei. Edith kocht heute ein Salonbeuschel mit Rahmsauce und Semmelknödeln.“ Die Speise, wusste ich, war das Lieblingsgericht des Kommissars, aber Mimi, seine Frau, mochte Innereien nicht, weshalb er Beuschel immer auswärts zu essen pflegte.

Ricchius brummte etwas, ich verstand nur die Worte „vielleicht“ und „lange dauern“, dann war das Gespräch beendet. Mich beruhigte, dass er kein einziges Mal, das hatte ich durch das Geäst beobachtet, zu uns heraufgeschaut hatte. Der Einfall mit dem Beuschel war mir spontan gekommen, und ich war stolz auf meine List. Vielleicht hatte ich den Kommissar damit wirklich animiert, uns anschließend aufzusuchen. Dann könnten wir, so hoffte ich, auch mehr über diesen mysteriösen Einsatz am Waldrand erfahren. Aber um Ricchius nicht zu enttäuschen, musste ich Edith verständigen und bitten, ihre eigene Lieblingsspeise zu kochen.

„Beuschel?“, flüsterte Madeleine, während ich unsere Festnetznummer tippte. „Was ist das?“

„Ein Ragout aus Kalbslunge und Kalbsherz“, antwortete ich, „eine feine österreichische Hausmannskost.“

Edith wirkte überrascht: „Du willst heute ein Beuschel essen?“ Tatsächlich war ich bisher nie durch allzu großen Appetit auf diese Spezialität aufgefallen.

„Der Kommissar wird uns am Abend besuchen“, sagte ich mit gedämpfter Stimme. „Und das ist sein Lieblingsgericht.“ Edith mag bekanntlich unseren Freund von der Polizei und willigte ein: „Aber ich hab nur eine Rinderlunge und ein Rinderherz eingefroren, keine Kalbslunge.“

„Das macht bei deinen Kochkünsten keinen Unterschied“, schmeichelte ich. „Und Madeleine ist auch schon neugierig auf ein Beuschel.“

„Zuerst dreh ich meine Morgenrunde mit Bodo“, entschied Edith, „dann wird gekocht. Du hast Glück, dass du mich noch im Haus erreicht hast. In zwei Minuten wäre ich schon draußen gewesen. Übrigens, wo seid ihr?“

„Wir beobachten hier am Remschnigg Grabungsarbeiten am Waldrand. Möglicherweise suchen sie eine zweite Leiche.“

„Hat der Lederhosen-Mafioso noch wen umgebracht?“

„Wenn es ein Mord war, hat der Kerl, den du meinst, ein todsicheres Alibi", entgegnete ich. „Die Tat wäre nämlich mehr als zwei Jahrzehnte vor seiner Geburt geschehen."

Edith klang interessiert: „Meinst du Madeleines Großvater? Der Mann, der während des Krieges verschwunden ist und angeblich zu den Partisanen übergelaufen sein soll?" Aber neue Zweifel regten sich bei ihr: „Woher will man nach so langer Zeit wissen, wo der Mann begraben liegt?"

„Das werden wir von Max erfahren, hoffe ich."

19. Luftangriffe

Ich schaltete mein Mobiltelefon auf Vibration, und einige Minuten rührten Madeleine und ich uns nicht aus der Deckung, sondern beobachteten die Baggerarbeiten durchs Baum- und Brombeergestrüpp. Die Feuerwehrmänner hatten sich nun, da sie offenbar noch nicht gebraucht wurden, in ihren Mannschaftswagen zurückgezogen, nur eine mächtige Gestalt postierte sich in der Nähe des Raupenfahrzeuges, es war Raimund Resch mit seiner Kamera. Der Bagger rumorte gleichmäßig auf dem vorgezeichneten Areal hin und her, das eintönige Motorengeräusch wirkte einschläfernd. Madeleine gab ihren Beobachtungsposten auf, überließ mir das Fernglas, nahm ihre Handtasche ab und legte sich rücklings auf den Waldboden. Ich zog mein Sakko aus und überließ es ihr als Kopfkissen. „Sie hätten daheimbleiben sollen", sagte ich. „Sie müssen noch von den gestrigen Reisestrapazen müde sein."

„*J'y suis, et j'y reste.* Hier bin ich. Hier bleibe ich", murmelte Madeleine und schloss müde die Augen.

Ich versuchte munter zu bleiben, schließlich war ich so zeitig aufgestanden, um den Erfolg dieses geheimnisvollen Unternehmens zu sehen und nicht, um ihn zu versäumen. Etwa eine Stunde hielt ich tapfer durch, indem ich mir ausmalte, was für ein Drama sich vor Jahrzehnten möglicherweise an dieser Stelle ereignet hatte. Dann wieder hielt mich der Anblick Madeleines wach. Sie schlief tief und fest, ich merkte es an dem „freien Platz" an ihrem Busen, der sich regelmäßig hob und senkte. Sie war, wie es treffend heißt, im Schlaf versunken, und das tat auch mir wohl. Schon immer wurde der Beschützerinstinkt in mir geweckt, wenn zum Beispiel jemand in einem von mir gelenkten Wagen eingenickt war, ich konnte dann auf Überlandfahrten hunderte Kilometer weit am Steuer hellwach bleiben. Vielleicht war es ohnehin besser, redete ich mir ein, wenn Madeleine jene Szenen verschlief, die uns bevorstanden. Solche Bedenken regten sich, obwohl sie eine unglaublich starke Persönlichkeit war, was ich schon bei unserem ersten Gespräch gemerkt hatte. Ich beobachtete sie mit einer Mischung aus Zärtlichkeit, Mitleid und Wehmut. Mir wurde auf einmal bewusst, dass ich mich in Gegenwart eines anderen fremden Menschen schon lange nicht so ungezwungen gefühlt hatte wie bei ihr. Vor zwanzig oder mehr Jahren, als ich selber verwitwet war, hätte ich mich möglicherweise in diese Französin verliebt. Allerdings: Damals wäre Madeleine ein junges Mädchen gewesen, und wir hätten vermutlich gar nicht zusammengepasst. Nein, nein! Ich verscheuchte derartig amouröse Gedanken, es war schon gut, wie es gekommen war, Edith ist eine ideale Partnerin für so einen kauzigen Eigenbrötler wie mich.

Nach rund einer Stunde legte auch der Baggerfahrer eine Pause ein, verließ die Lenkerkabine und begann an einem Frühstücksbrot zu kauen. Herr Goriup hatte auf einer Seite der Grube einen bereits mehr als einen Meter hohen Erdwall angehäuft. Schließlich packten auch die Feuerwehrmänner ihre mitgebrachte Jause aus, sie waren aus dem Mannschaftswagen gestiegen, offenbar, um ihn nicht mit Bröseln und anderen Speiseresten zu verunreinigen. Nur der Kommissar und Raimund Resch verzichteten auf eine Stärkung und stiegen in die ausgebaggerte Vertiefung, in der beide bis in Hüfthöhe verschwanden. Wieder nahm Ricchius einen Zettel zur Hand, studierte ihn, schüttelte missbilligend den Kopf, wechselte mit Resch einige Worte und kletterte wieder aus der Grube. Gerne hätte ich ihn gefragt, was sein Unverständnis ausgelöst habe. Doch ich durfte nicht nur keinen Kontakt zu ihm aufnehmen, ich durfte mich auch nicht blicken lassen, wollte ich nicht von meinem Beobachtungsposten verscheucht werden. So verharrte ich in einer eher unbequemen Sitzposition, nur ab und zu streckte ich, wenn das Kribbeln eines eingeschlafenen Beines allmählich unerträglich wurde, gewissermaßen im Zeitlupentempo die Gliedmaßen von mir. Schon Madeleines wegen vermied ich jede spontane und ruckartige Bewegung, ich wollte nicht ihren Schlummer stören. Wohl bemerkte ich ab und zu an ihrem linken, bloßen und auf dem Waldboden ausgestreckten Unterarm neugierige Ameisen, die hochkrochen und im Tunnel des kurzen T-Shirt-Ärmels zu verschwinden drohten. Dann versuchte ich, stets erfolgreich, die lästigen Krabbler sanft wegzupusten.

Auf dem Gelände unter uns kam wieder Bewegung in die Szene. Roland Goriup bestieg seinen Bagger, ohne diesen aber sogleich zu starten, und einer der Feuerwehrmänner, ich vermutete, es war der Kommandant selber, holte ein längliches Gerät aus dem Mannschaftswagen und zeigte es dem Kommissar. Aber erst als der Uniformierte damit zu hantieren anfing und kreisende Bewegungen am Rande der Böschung vollführte, erkannte ich, was es war, eine Metallsonde. Aber welchen Sinn hatte es, überlegte ich, hier nach Metall zu suchen, wo allem Anschein nach eine Leiche vergraben sein sollte? Dachte Ricchius vielleicht, dass man den Gesuchten in einem Metallsarg beerdigt hatte? Oder dass man dem Toten metallische Gegenstände ins Grab gelegt hatte? Oder galt der morgendliche Einsatz gar nicht einer Leichensuche? Vermutete man hier einen vergrabenen Schatz oder sonst welche Beweisstücke im Zusammenhang mit dem Totschlag an Gaston Gelin?

Der Mann mit dem Metalldetektor stieg nun ebenfalls in die Grube und setzte die Suche im Erdloch fort. Ich erahnte seine Tätigkeit an der hin- und herschwenkenden Schulterpartie, es sah aus, als wäre ein Sensenmann am Werk. Am Böschungssaum der ausgebaggerten Mulde bildete sich im Nu eine Kette aus offenbar gespannt wartenden Feuerwehrleuten und Polizeibeamten, sogar der Uniformierte mit dem Fährtenhund an der Leine stand dabei, nur der Baggerfahrer verfolgte den Einsatz der ringförmigen Suchspule von seiner Kabine aus. Es dauerte einige Minuten, dann deuteten ein befreiter, kollektiver Aufschrei der Zaungäste und ihr Händeklatschen auf einen Erfolg oder Teilerfolg der Aktion hin. Ich rappelte mich hoch, trat näher und führte den Feldstecher zum Auge. Dabei geriet ich mit meinem rechten Oberarm ins Geäst der Brombeeren, und winzige Dornen krallten sich in meine Haut. Ich versuchte, den spitzen Nadeln zu entkommen, aber bei diesem Vorhaben bohrten sie sich nur noch tiefer in den Arm. Es tat weh, und nachdem ich mich endlich aus dem Dornennetz der tückischen Hecke befreit hatte, blutete ich an mehreren Stellen. Ich trocknete das Blut mit einem Papiertaschentuch, warf einen besorgten Blick auf Madeleine und war beruhigt, dass weder die Beifallskundgebung der Zuschauer noch meine Ungeschicklichkeit sie geweckt hatten.

Durchs Fernglas konnte ich nun erkennen, wie der Mann mit dem Suchgerät noch einmal kurz einen Punkt umkreiste und dann wieder aus der Grube trat. Offenbar hatte die Sonde dort ein akustisches Dauersignal gegeben, denn in der Folge holten die anderen Feuerwehrmänner die Schaufeln aus ihrem Wagen und begannen an der bezeichneten Stelle händisch zu graben. Auch Raimund Resch, der bisher mit einer umgehängten Kamera unterwegs gewesen war, ergriff einen Spaten. Die gesamte Helferriege ging mit erstaunlichem Eifer an die Arbeit, die ausgehobenen Brocken wurden in raschem, fast rasantem Rhythmus und in hohem Bogen auf den bereits angehäuften Erdwall geschleudert. Und angesichts dieses schwungvollen Tatendrangs konnte ich mir noch immer nicht erklären, wonach hier wirklich gesucht wurde.

Ein aufdringliches Schwirren ließ die Gruppe in ihrer Arbeit kurz innehalten und nach oben blicken. Am Himmel näherte sich ein seltsames Fluggerät, das wie ein Hubschrauber aussah, aber viel kleiner war. Das Objekt schwebte kaum hundert Meter über dem Boden und zog eine Schleife über dem Einsatzort. Jetzt erinnerte ich mich: Für morgen, Sonntag zehn Uhr, war der Start einer Flugschau angekündigt worden. Auf der Wiese vor dem Schloss Trautenburg sollten Doppeldecker-Piloten, Modellflieger, Ultralight-Schweber, Tragschrauber, Paragleiter und Segelflieger spektakuläre Kunststücke zeigen. Der aus Leibnitz stammende Segelkunstflug-Weltmeister Dietmar Poll würde mit dem von ihm konstruierten „Pinocchio" atemberaubende „Tänze" in der Luft vollführen, hieß es in der Vorschau auf Plakaten. Aus einem „Zuckerlbomber" würde Pilot Herbert Kos Süßigkeiten für Kinder regnen lassen. Heißluftballons würden zu Rundfahrten mit Passagieren starten, und Fallschirmspringer würden aus schwindelnder Höhe punktgenau auf der Schlosswiese landen. Das Luftspektakel wurde jedes Jahr von begeisterten Fliegern und ihren Anhängern organisiert, unter anderem vom Obmann des Südsteirischen Grenzland-Flieger-Clubs Harald Zangl, dem Bruder des Leutschacher Feuerwehrkommandanten.

Mir war nun klar: Das eigentümliche Fluggerät über uns war ein Tragschrauber, auch Gyrocopter genannt. Der Pilot absolvierte offenbar einen Übungsflug für das morgige Himmel-Schauspiel, und kaum hatte sich der Mini-Helikopter nach einer abermaligen Runde über uns in Richtung Schlosswiese entfernt, rauschte ein bunter, drachenförmiger Hängegleiter heran. So ein leicht motorisiertes Fluggerät, fiel mir ein, pflegte auch unser steirischer Nachbar Heribert Kohlberger zu steuern. Dem kühnen Drachenflieger war einmal, als die Benzinleitung gerissen war, eine zielsichere Notlandung auf dem Flachdach des Krankenhauses von Deutschlandsberg geglückt. Natürlich, hier am Rand des Höhenzuges vom Remschnigg nutzten die Piloten die Thermik für ihr Training und beim Anblick der ungewöhnlichen Ansammlung von Einsatzfahrzeugen am Boden steuerten sie neugierig auf diese zu. Sehr zum Ärger des Kommissars, der grimmig hochblickte und, mit den Händen fuchtelnd, die Beobachter aus der Luft zu verscheuchen trachtete. Max Ricchius wollte während seiner geheimnisvollen Mission keine Zuseher. Vielleicht missverstanden die Piloten seine Gestik und deuteten seine Handbewegungen als Gruß, denn sowohl der Hängegleiter wie auch ein nachfolgender Segelflieger erwiderten die vermeintliche Freundlichkeit, indem der eine den Männern am Boden zuwinkte und der andere mit einem Flügel wackelte.

Immer mehr Flugobjekte tauchten nun am Horizont auf und näherten sich, einmal flott und brummend wie eine Riesenhummel, einmal gemächlich gleitend, dann wieder surrend wie eine zornige Fliege in der Falle. Der Magnetismus der Neugier wirkt manchmal so unwiderstehlich wie die Schwerkraft. Ein Motorflieger steuerte direkt auf den Berghang zu, auf dem wir uns versteckt hielten, drehte kurz davor abrupt ab, gab Vollgas und riss die Maschine hoch, um sich dann in einem kreisrunden perfekten Looping zu überschlagen. Das Getümmel am Himmel fesselte meine ganze Aufmerksamkeit, ein Pilot machte eine Rolle, ein anderer drehte seine Maschine auf den Rücken, ein dritter probierte einen Achter in der Luft und setzte anschließend, einem Falken gleich, zu einem beutefrohen Sturzflug an. Angesichts solcher fantastischen Kunststücke in der Luft übersah ich, dass die Suchmannschaft auf dem Boden offenbar fündig geworden war. Ich merkte es erst, als die Feuerwehrmänner mit ihren Spaten und Schaufeln aus der Grube kletterten und Kommissar Ricchius einem nach dem anderen anerkennend auf die Schulter klopfte. Ob die Einsatzkräfte etwas ausgebuddelt hatten, konnte ich nicht erkennen. Ich schloss es aber aus dem Umstand, dass zwei Polizeibeamte einen in einen Plastiksack gehüllten Gegenstand in den Kombiwagen verfrachteten. Danach begann auch wieder Roland Goriup mit seinem kleinen Bagger den Boden aufzuwühlen, und zwar, so hatte es ihm Max Ricchius gedeutet, am Ende der bereits ausgehobenen Grube. Eine Scholle nach der anderen wurde wieder am Rande aufgehäuft, und während der gleichmäßigen Bewegungen des hydraulischen Grablöffels schwirrte abermals ein Tragschrauber vorbei, dessen Pilot einen Schwung Flugblätter zu Boden flattern ließ. Einige Feuerwehrmänner und Polizisten griffen danach, warfen die Zettel aber gleich darauf in die Grube. Offenbar waren es Einladungen für die morgige Flugschau, und so fand ich es sinnvoll, dass manche Helfer die Reklameblätter zu Papierflieger falteten, um sie dann in die Vertiefung segeln zu lassen.

Es vibrierte in der Brusttasche meines Hemdes, am Apparat war meine Frau. „Ist Madeleine eine Warmduscherin?", fragte sie, und es klang nicht, als sei sie zum Scherzen aufgelegt.

Ich war so überrascht, dass ich stotterte: „Wie, wie soll ich das wissen? Ich hab nicht mit ihr geduscht."

„Du kannst sie ja fragen", schlug Edith vor.

Ich dämpfte meine Stimme: „Kann ich nicht. Sie schläft."

„Aha." Nun war meine Frau an der Reihe, überrascht zu sein. „Wo seid ihr?"

„Noch immer im Wald. Aber Madeleine war müde und ist eingenickt. Warum fragst du nach ihren Badegewohnheiten?"

„Lass sie schlafen", entschied Edith. Jetzt erst rückte sie mit ihrem Problem heraus: „Die Ölheizung ist wieder ausgefallen. Wir haben kein warmes Wasser. Als ich mit Bodo zurückgekommen bin, hab ich das Frühstücksgeschirr abwaschen wollen. Aber es gibt nur kaltes Wasser."

Ich unterdrückte einen Fluch. Im vergangenen Winter, mitten in der Heizperiode, waren die Installateure Dauergäste in unserem Haus. Immer wieder hatte die Heizung aus rätselhaften Gründen gestreikt. Ständig hatten sich Luftblasen in das Rohrsystem geschwindelt, kein Mensch wusste, woher die Sauerstoffattacke kam. Sobald die Luftpölster nach dem Rundlauf durch alle Radiatoren und Kupferleitungen zur Pumpe gelangten, reagierte diese verstimmt und pausierte. Das geschah meistens gegen fünf Uhr Früh, und wenn wir dann munter wurden, waren die Räume, es war wie erwähnt Winterzeit, bitterkalt. Nach ungefähr zwanzig Besuchen sachkundiger Handwerker, die jeweils den Luftdruck im sogenannten Ausgleichsgefäß prüften, alle Heizkörper im Haus kontrollierten, die Leitung mit Wasser nachfüllten und zweimal sogar den Ölofen zerlegten, hatte ich den Profis eine Notlösung für derartige Heizpannen abgeschaut. Ich drehte einfach am Schraubventil der Pumpe, die ungehörige Luft zischte heraus, heißes Wasser ebenfalls, und dann nahm das Heizsystem wieder seine Tätigkeit auf. Wenn wir Glück hatten, dauerte es zwei Tage, bis abermals ein Luftgebilde die Pumpe lahm legte, meistens war uns freilich eine viel kürzere Schonfrist vergönnt. Jetzt im Sommer hatte die Heizung Ruhepause, und daher gab es auch keine luftigen Betriebsstörungen. Zudem hatte Gottfried Kumpitsch, ein findiger Mitarbeiter der örtlichen Installationsfirma Held, möglicherweise die Ursache der mysteriösen Luftangriffe auf die Heizung gefunden: Im Ausgleichsgefäß, das mithilfe einer Membran und eines Luftpolsters die temperaturbedingte Wärmedehnung des Wassers regulieren soll, konnte die gummiähnliche Membran durchlässig geworden sein, sodass von diesem Gerät immer wieder Luftblasen auf Umwegen in die Heizrohre entwichen. Herr Kumpitsch tauschte das relativ neue Gefäß aus, und immerhin für ein paar Wochen erlebten wir in der Heizperiode keine frostigen Überraschungen mehr. Später gelang es unserem Bekannten, dem Technikfreak Karl Krainer, die Schrullen der Heizung endgültig abzustellen. Nun aber war laut Edith die Warmwasser-Aufbereitung im Eimer. Mit dieser hatten wir während aller vorherigen Heizpannen kein Problem gehabt. Das Warmwasser zirkuliert nämlich in einem eigenen Umlaufsystem und kommt mit dem Heizungssystem nicht in Berührung. So hatten es uns zumindest die Fachleute erklärt, und ich war dankbar gewesen für diese beruhigende Interpretation. Sie bedeutete immerhin, dass wir uns in Krisenzeiten wenn schon nicht auf eine warme Stube, so wenigstens auf warmes Wasser freuen konnten.

„Hast du schon Herrn Kumpitsch angerufen?", fragte ich Edith.

„Es ist wieder einmal Wochenende", erinnerte mich meine Frau. „Natürlich hab ich ihn zu erreichen versucht. Aber sein Handy ist auf Mailbox geschaltet."

„Wenn ich daheim bin, werde ich wieder am Pumpenventil drehen", versprach ich. „Aber ich kann jetzt nicht weg von hier."

„Weil Madeleine schläft?" Ich glaubte eine Spur Sarkasmus in den paar Silben zu hören.

„Nein, aber sie graben immer noch mit einem Bagger. Ich möchte wissen, wonach."

„Frag Max. Er ist doch dabei."

„Nein, er will nicht, dass wir ihn stören. Deshalb haben wir uns hier oben im Wald versteckt."

„Du hast doch mit ihm gesprochen", hielt mir Edith vor. „Von wegen Beuschel am Abend."

„Ja, aber nur telefonisch. Er hat uns nicht gesehen und er will auch nicht, dass wir bei dieser Aktion zuschauen."

„Deshalb habt ihr euch einen Schlafplatz gesucht", stichelte Edith.

„N-nein", ich dehnte die Silbe, weil es zu lange gedauert hätte, unsere Situation einem Außenstehenden darzulegen. Außerdem merkte ich, dass Madeleine im Schlaf murmelte, vielleicht hatte ich zu laut geredet. Schließlich versuchte ich meine Frau zu beruhigen: „Wir kommen ohnehin bald, Edith. Dann versuch ich den Trick mit dem Schraubventil."

„Für die Warmduscherin?"

„Für uns alle", ergänzte ich. „Weil ich dich lieb hab."

Ich hatte kaum die rote Handytaste gedrückt, als Madeleine munter wurde. Sie hob den Kopf und stützte sich mit den Ellbogen auf. *„Où est-ce que je suis?"*, fragte sie erstaunt. Nicht nur der Schlaf, auch zwei

Motorflugzeuge, die nun in knappem Abstand über uns kreisten und dröhnten, hatten offensichtlich ihren Orientierungssinn etwas irritiert.

Ich hielt statt einer Antwort den Finger an den Mund.

Jetzt richtete sie auch den Oberkörper auf. *„J'endormais. Je dormais comme une souche"*, sagte sie nun etwas leiser. Ich verstand die Bemerkung nicht, und weil sie das offenbar meinem Gesicht ablas, fügte sie auf Deutsch hinzu: „Wie ein Murmeltier habe ich geschlafen." Nach einer Nachdenkpause fragte sie: „Wie lang habe ich geschlafen?"

Ich blickte auf die Uhr: „Zwei Stunden."

„Und sie graben immer noch?"

Ich berichtete ihr von dem zwischenzeitlichen Schaufeleinsatz der Feuerwehrleute: „Irgendwas haben sie geborgen, aber ich konnte nicht erkennen, was es ist."

„Meinen Großvater haben sie nicht gefunden?"

Ich schüttelte den Kopf: „Langsam bezweifle ich, dass sie hier nach ihm suchen."

Madeleine hängte wieder ihre Handtasche um und zeigte zum Himmel: „Sucht man uns jetzt aus der Luft?"

„Nein, die Flugzeuge trainieren für eine Flugschau, die morgen stattfindet."

„Eine Flugschau, hier?", wunderte sich Madeleine. „Ich habe einmal in Paris eine Flugschau gesehen. Die Kunststücke der Piloten waren beeindruckend. Aber am meisten haben mich in Le Bourget die riesigen Transportmaschinen der Aeroflot fasziniert und das *Musée de l'Air et de l'Espace*."

„Kunstflüge wird es auch hier zu sehen geben", ergänzte ich. „Und mit einem Ballon wird man auch fahren können."

„Mit einem Heißluftballon?" Madeleine klang interessiert. „In Freiburg war ich einmal mit meinem Mann in so einem Ballon unterwegs. Bis zum Kaiserstuhl sind wir gefahren. Es war ein wunderbares Erlebnis."

„Ich war erst einmal in so einem Korb unterwegs", erzählte ich. „Anfangs war es tatsächlich beeindruckend. Die Hühner unter uns sind ängstlich gackernd hin- und hergelaufen. Sie haben uns für einen Raubvogel gehalten."

Madeleine rückte mit einer spontanen Idee heraus: „Ich lade Sie morgen ein: Machen wir eine Ballonfahrt und schrecken wir die Hühner."

Ebenso spontan lehnte ich dankend ab: „Mein Ballonabenteuer hat damals mit Abschürfungen am ganzen Körper geendet. Die Landung bei Augsburg war hart und heftig. Der Pilot und ich wurden wild durcheinander gebeutelt. Immer wieder ist der Korb nach der Bodenberührung in die Höhe gerissen worden, bis endlich Feldarbeiter herbeigeeilt sind und uns am Landeseil festgehalten haben. Und einige Jahre später hab ich erlebt, wie ein Kollege mit zwei anderen Balloninsassen vom Wind zum Sicherheitsgitter des Wiener Donauturms getrieben wurden, wie die Ballonhaut aufgerissen wurde und wie die drei Menschen hundertfünfzig Meter abgestürzt sind."

„Ein sicherer Tod", bemerkte Madeleine.

„Ein Fernsehmann hat das Unglück zufällig von der Aussichtsplattform des Turmes gefilmt", berichtete ich weiter. „In den Gesichtern der Opfer hat man die Todespanik gesehen. Zwei von ihnen streckten vergeblich die Arme aus, um sich an den Stahlzinken festzuklammern. Es war entsetzlich. Nein", entschied ich, „ich steige nie mehr in einen Ballonkorb."

Madeleine schien die Schilderung dieses Unglücks und das Gefahrenpotenzial einer Ballonfahrt wenig zu beeindrucken. Sie erhob sich, holte einen winzigen Spiegel aus ihrer Tasche und prüfte ihr Make up, dann blickte sie nach unten, wo sich die Baggerklauen Zentimeter für Zentimeter ins Erdreich bohrten. „Dann fahre ich morgen alleine mit dem Ballon", entschied sie.

Die Feuerwehrmänner schauten dem Bagger zu, einige stützten sich dabei auf ihre Schaufeln. Raimund Resch hatte wieder seine Kamera umgehängt, und der Hundeführer spazierte mit dem Rottweiler an der Leine zum Maisfeld, wo der Fährtenhund diesmal intensiver herumschnupperte als vorher auf der Wiese. Vielleicht war vor Kurzem ein Reh durchmarschiert, auch Füchse, Dachse und sogar Wildschweine verirren sich manchmal in solche Kukuruz-Pflanzungen.

Madeleine begann einige reife Früchte vom Brombeerstrauch zu pflücken.

„Sie Arme sind hungrig", stellte ich bedauernd fest.

„Mir schmecken diese Früchte", erwiderte sie und bot mir auf einer Handfläche zwei beinahe schwarze, große Beeren an: „Wollen Sie kosten?"

Ich griff nicht danach, sondern nahm die Beeren mit den Lippen auf. Was mich dazu bewog, weiß ich nicht mehr. Jedenfalls erinnerte mich die Geste an frühere Tage, als junge Leute ihren Paarungswillen signalisierten, indem sie während eines Händedrucks den Mittelfinger zart über den Handteller des (oder der) anderen kreisen ließen.

Als ich diesen erotischen Fingerzeig das erste Mal erhielt, war ich zu verblüfft, um zu reagieren. Denn kurz vorher hatte ich die Schöne, nennen wir sie Michaela, ziemlich verärgert. Wir waren zu viert an einem Tisch gesessen und tranken Wein. Sie war in Begleitung eines Bekannten gekommen, der sich als Rennfahrer einen Namen gemacht hatte. Als sie kurz die Toilette aufsuchte, rieb ich im Einverständnis mit ihrem Begleiter den Rand ihres Trinkglases mit einem Pfefferoni ein. Der boshafte Streich war uns eingefallen, weil sie als einzige in der Runde nur Fruchtsaft trank und den Wein verschmähte. Als sie, zurück am Tisch, zum Glas griff und wieder einen Schluck nahm, setzte sie das Glas panikartig ab, rang um Luft und hieb, wahrscheinlich weil ich blöd grinste, mit den Fäusten auf mich ein. Erst als ich ihr ein Stück trockenes Brot gab und sie einige Sekunden daran kaute, linderte sich ihre Gaumenpein. Als ich ihr ein zweites Stück anbot, nahm sie meine Hand das Brot ablehnend in die ihre und es kam – völlig unerwartet und widersprüchlich – zu der bedeutungsvollen Geste. Hinterher vermutete ich, Michaela wollte mich mit dieser Aufforderung, mit ihr zu schlafen, nur provozieren, aus Rache für meinen albernen Unfug.

Doch einige Tage später, es war Abend und ich war noch in der Redaktion, meldete mir der Portier telefonisch, dass eine junge Dame mich zu besuchen wünsche. „Eine hübsche Blondine", fügte er in seiner neckischen Art hinzu. Ich dachte zunächst an Angelika M., eine mir vertraute Informantin, die in der Unterwelt verkehrte. Sie berichtete mir immer wieder, was sich zum Beispiel im illegalen Glücksspielbereich, in der Bordellszene oder im Rauschgiftmilieu abspielte. Bis in intimste Details war sie über die Akteure informiert. Einmal erzählte sie mir lachend, dass ein damals bekannter Boxer bei einschlägigen Damen als Bettgefährte sehr gefragt war. Seinen kleinen Mann, so schilderte Angelika, zierte eine imposante Warze, doch diesen vermeintlichen Makel empfanden seine Gespielinnen als höchst stimulierend.

Die Gefahr, dass Angelika mir oder ich ihr zu nahe kommen könnte, bestand nicht. Sie war eine bekennende Lesbe. Da sie stets unangemeldet in der Redaktion aufkreuzte, war ich überzeugt, dass es sich bei der vom Portier angekündigten Besucherin auch diesmal um meine Informantin handelte. Doch in der Tür stand frivol lächelnd – Michaela. „Hallo", sagte sie, „du wolltest mich scharf machen. Ich komm mein Versprechen einlösen." Mit einem schamlosen Grinsen schob sie mir einen aus der Packung befreiten Pariser zu.

Nun war ich erstens nicht in Stimmung für ein Liebesabenteuer und zweitens sehr beschäftigt. „Ich hab heute Nachtdienst, Michaela", sagte ich.

„Das trifft sich gut", meinte sie und lüftete, als wäre ihr heiß, ihr T-Shirt, unter dem ihre nackten Brüste sichtbar wurden.

„Ich bin bis elf Uhr Nacht hier", machte ich ihr klar. „Und wenn ich mit der Arbeit fertig bin, fahr ich hundemüde nach Hause."

„Sei kein Spaßverderber", rügte sie mich umarmend und küsste mich feucht auf den Mund.

„Ich bin im Stress", versuchte ich sie abzuwehren.

„Ich bleib hier", entschied sie und ließ sich mir gegenüber auf den Besucherstuhl vor meinem Schreibtisch fallen.

Wenig später betrat unser Bote das Zimmer, um mir einen Stoß neuer Agenturmeldungen auf den Tisch zu legen. Die Präsenz der liebestollen Michaela war mir jetzt nicht nur unangenehm, sondern peinlich. Der Bote beäugte meine Besucherin nur flüchtig, und wahrscheinlich bekam er gar nicht mit, dass Michaela, während ich die Agenturnachrichten überflog, mit ihren ausgestreckten Zehenspitzen unter der Schreibtischplatte an meinem Schritt umherfummelte. Endgültig war ich ihr ausgeliefert, als sich der Bote gegen halb elf Uhr verabschiedete und auch der Spätdienst-Reporter kam und fragte, ob seine Anwesenheit noch vonnöten sei. Ich verneinte, und als ich meinen letzten Artikel durch die Rohrpost (ja, die gab 's damals noch) in die Setzerei schickte, fiel meine Besucherin über mich her. Im Nu hatte sie sich in kesser Lässigkeit ihres T-Shirts, ihres Minirocks und ihres Höschens entledigt und schmiegte sich hüllenlos an mich. Sie ließ mich von ihren erigierten Brüsten kosten, schließlich fummelte sie an meiner Hose umher, und als sie ihr Ziel erreicht hatte, hopste sie, flink und federleicht wie eine Kunstturnerin auf meinen Schreibtisch, ließ sich mitten auf frischen Agenturmeldungen und aussortierten Fotos nieder, spreizte die Beine und ließ mich kommen.

Als sie dann einen gespielten oder echt empfundenen Schrei ausstieß, kam ich gar nicht in Versuchung, ihr den Mund zuzuhalten, denn außer dem Portier fünf Stockwerke tiefer war kein Mensch mehr in der Firma, der uns hören und in Verkennung des Gehörten jemandem zu Hilfe eilen hätte können.

Ich muss gestehen, so unangenehm war mir dieses Abenteuer nach dem stressigen Arbeitstag gar nicht. Als ich später das Chaos auf meinem Schreibtisch zu ordnen versuchte, musste ich sogar hellauf lachen. In unserem Bewegungsdrang hatten wir nicht nur etliche Agenturmeldungen zerknittert, sondern auch aktuelle Funkbilder zerknüllt. Ich glättete sie, und auf einem Foto war die Queen zu erkennen, als sie während einer Australienreise ihren Untertanen freundlich lächelnd von einer Flugzeug-Gangway zuwinkte. „Ob sie noch immer so *amused* wäre", scherzte ich, als ich meiner Besucherin das Bild zeigte, „wenn sie wüsste, wofür sie uns als Unterlage gedient hat?" Da musste auch Michaela lachen.

Jedenfalls dürfte ihr die amouröse Episode gefallen haben, denn sie fragte mich, wann sie meinen nächsten Nachtdienst verschärfen könne. Tatsächlich suchte sie mich noch zwei Mal zu fortgeschrittener Stunde im fünften Stockwerk unseres Verlagshauses auf, doch mit der Zeit verlor Michaela offenbar die Lust am Nachtdienst-Sex, und ich habe nie mehr von ihr gehört. Auch mein Bekannter, der Rennfahrer, wusste Monate später nichts über ihren Verbleib.

Du meine Güte, was für alte Torheiten mir einfallen, weil ich Madeleines Handteller berührte und mich dabei ein erotischer Blitz durchfuhr. Auch sie dürfte ähnlich empfunden haben, denn als meine Lippen sich nach einer seligen Weile von ihrer Haut lösten, strich sie mit der anderen, freien Hand wie liebkosend über mein Haar. Ich stand ihr gegenüber, spürte den angenehmen Schauer von Vertraulichkeit und war versucht, sie zu umarmen. Ihre Augen glänzten vor Wärme und vielleicht auch vor Zuneigung, und ich drückte sie an mich. Madeleines Körper, spürte ich, leistete nicht Widerstand, sondern zuckte dabei wie elektrisiert zusammen, und wahrscheinlich wären wir uns auf dem Waldboden noch viel näher gekommen, wenn in diesem Moment nicht ein Tragschrauber, der dreißig oder vierzig Meter höher schnurrend Kurs auf unser Versteck nahm, unsere aufkeimende Intimität gestört hätte.

Rasch ließ ich von Madeleine ab, deutete auf meinen Gaumen und sagte, um die ärgerliche Situation zu überspielen: „Ich spüre Kindheitsaromen." Das war nicht einmal geschwindelt, denn tatsächlich weckte der Geschmack der Beeren Erinnerungen an die Zeit, als wir als Sieben- oder Achtjährige unseren Hunger mit solchen saftigen Früchten stillten. Noch lieber waren uns Buben die Himbeeren. Überhaupt hatte Obst damals für uns einen höheren Stellenwert als später, und sowohl bei Kirschen wie auch bei Marillen, Äpfeln, Hasel- oder Walnüssen bedienten wir uns in Nachbargärten. Der Reiz des Verbotenen war aber am unwiderstehlichsten, als wir jenseits unseres

Gartenzaunes auf einem unbewohnten Grundstück durch Zufall in einer kniehohen Wiese auf flüssige Schätze stießen. Auf einem dahinter liegenden nachbarlichen Areal war eine kleine Bierbrauerei untergebracht, und deren Arbeiter kühlten ihr Deputatbier, möglicherweise in Ermangelung von Kühlschränken, im Gras des Nachbargrundes. Wir Buben hatten keine Mühe, den Aufreißverschluss der braunen Halbliterflaschen zu öffnen. Das „Flopp“ beim Lüpfen der Kapseln war Musik in unseren Ohren, und auch unsere Kinderkehlen erfreuten sich an dem verbotenen Trunk. War eine Flasche, nachdem sie von Mund zu Mund gewandert war, etwa zu einem Drittel geleert, stülpten wir den Verschluss wieder sorgfältig über die Flaschenöffnung, damit der verbliebene Inhalt nicht Gefahr lief, weiter dezimiert zu werden. Gerne hätten wir die Gesichter des Braupersonals gesehen, als es in der Mittagspause verwundert oder entrüstet feststellen musste, dass sich stille, aber genügsame Genießer an seinem Bier vergriffen hatten. Doch dieser boshafte Ausblick war uns nie vergönnt, vielleicht auch, weil wir uns zur Mittagszeit gar nicht in die Nähe des grasigen Bierdepots wagten.

„Seltsam“, sagte ich zu Madeleine, „wie ein einziges Geschmackserlebnis vergessen geglaubte Kindheitsereignisse wachrufen kann.“

Madeleine nickte: „Mir geht es ebenso. Ich denke, als Kinder wären wir ideale Spielgefährten geworden.“

„Nur als Kinder?“, fragte ich.

Madeleine zeigte sich mit weiblichem Instinkt der Frage gewachsen: „Das wäre vom Spiel abhängig gewesen.“ Sie pflückte einige Beeren und schob sie nun selber in den Mund.

„Eigentlich hab ich jetzt Appetit auf eine Kaffeejause“, sagte ich, weil ich mich für das Hungergefühl unseres Gastes verantwortlich fühlte. „Ich lade Sie zum Bäcker im Ort ein. Wir könnten hier ruhig eine halbe Stunde schwänzen, denke ich.“

„D'accord“, sagte Madeleine, und ich nahm mein Sakko, schüttelte die Spuren des Waldbodens ab, und dann machten wir uns durch das Dickicht von Bäumen und Buschwerk auf den Weg zum Wagen.

In der Konditorei Fagitsch unmittelbar hinter der Kirche war Madeleine überrascht, auch echte Croissants vorzufinden. Ich entschied mich für eine delikate Kardinalschnitte, und beide bestellten wir einen Cappuccino. Mit Genugtuung beobachtete ich, wie Madeleine ihr verspätetes Frühstück genoss. Noch während wir je eine zweite Schale Kaffee tranken, betrat jener Mann das Geschäft, der unsere Heizung repariert hatte und nach dem Edith vorhin dringend gerufen hatte. Gottfried Kumpitsch, der bis dahin seine Mailbox noch nicht abgehört hatte, holte eine Mehlspeisjause, und ich bat ihn, bei uns wieder den Retter in Not zu spielen, weil diesmal die Warmwasseranlage streikte. Er versprach, gegen Mittag zu kommen, und ich schwankte kurz, ob ich Edith informieren sollte, was ich schließlich tat. Denn es schien mir klüger, wenn sie von mir erfuhr, wo und mit wem ich Herrn Kumpitsch getroffen hatte, als von ihm selber.

Nach fünfundzwanzig Minuten brachen wir auf. Im Ort herrschte jetzt am Vormittag reges Treiben, etliche Feriengäste hatten sich im Tourismusbüro am Hauptplatz die praktischen Elektro-Fahrräder besorgt, mit denen man mit einem aufgeladenen Akku vierzig oder mehr Kilometer über die bergigen Strecken zurücklegen kann. Zehn bis zwölf Urlauber starteten mit den E-Bikes Richtung in Arnfels, und ich dachte amüsiert daran, wie Kommissar Ricchius reagieren würde, wenn sich dieser Pulk seinem Einsatzort näherte. Ein Stück fuhren wir den Radlern hinterher, dann überholten wir sie und bogen links in Richtung Freibad ab. Im Rückspiegel bemerkte ich, dass auch die Urlauber in unsere Richtung strampelten. Das zusätzliche Pedaltreten wird den Gästen empfohlen, es schont den Akku, und man erreicht so längere Fahrtstrecken. Nachdem wir die Brücke über den Heiligen-Geist-Bach gequert hatten, kam uns ein großes graues Automobil entgegen. Die Fahrbahn ist auf diesem Abschnitt schmal, ich musste nach rechts auf das Bankett ausweichen, und da sah ich, dass es ein Bestattungswagen der Firma Preßnitz-Haindl aus Maltschach war. Ich wollte dem Fahrer ein Zeichen geben, anzuhalten, doch er war schon an uns vorbei, und nachfahren wollte ich ihm doch nicht. Dem Tod hinterher zu eilen, schien mir unpassend. Er ist es nämlich, der uns einmal, meistens viel zu früh, einholt.

„Sie haben Großvater doch gefunden“, sagte Madeleine tonlos.

„Verdammt!“, entfuhr es mir. „Wir waren nicht einmal eine halbe Stunde fort.“

„Das Frühstück hat mir wahrscheinlich einen schrecklichen Anblick erspart“, tröstete sich Madeleine.

Ich gab Gas, jetzt hatte ich keine Hemmungen mehr, mich dem Kommissar zu zeigen, und stoppte unseren Wagen hinter der Einsatzkolonne auf dem beschotterten Güterweg. Die Helfer bliesen dort bereits zum Aufbruch, ein zusätzliches Indiz, dass ihre Arbeit beendet war. Die Feuerwehrmänner verstauten ihr Gerät im Mannschaftstransporter,

Roland Goriup sperrte die Fahrerkabine seines Raupenfahrzeuges ab, ließ es jedoch an der Böschung stehen und bestieg seinen Tieflader, mit dem er davon ratterte. Die Polizisten, einschließlich des Hundeführers und seines Vierbeiners, hatten sich bereits in ihren Kleinbus und in zwei Streifenautos zurückgezogen und wollten ebenfalls wegfahren, aber mein Scénic stand im Weg. Auch zwei anderen Uniformierten, die in ihren Zivilfahrzeugen saßen, versperrte ich die Fahrt. Nur Max Ricchius und Raimund Resch standen noch herum, der Ehrenhäuptling der Feuerwehr fotografierte einmal in die Grube und dann in die Luft, wo nun zwei Paragleiter wie in einem Tandemflug einherschwebten, und der Kommissar schaute nachdenklich in das Erdloch und ließ die Flieger diesmal unbeachtet. Als er mich kommen sah, grinste er vielsagend.

„Opodeldok", grüßte ich, „habt ihr den Toten gefunden?" Auch Madeleine war ausgestiegen und mir gefolgt. Jetzt protestierten einige Fahrer, weil ich sie am Wegfahren hinderte.

„Mach Platz", forderte Ricchius mich auf. „Dann reden wir weiter."

Widerwillig lenkte ich meinen Wagen retour, so dass alle vorbei fahren konnten.

Auch Madeleine schien den Kommissar eine Frage gestellt zu haben, denn als ich mein Auto wieder verließ, sah ich, wie er scheinbar bedauernd die Achseln zuckte.

„Wie es aussieht, war euer Einsatz erfolgreich", versuchte ich es anders herum.

„Erfolg ist ein weiter Begriff", entgegnete er. „Was für manche ein Erfolg, ist anderen ein erwartetes Ergebnis, also eine Selbstverständlichkeit."

„Erfolg oder Ergebnis, ist mir egal", grollte ich. „Ich will nur wissen, wonach ihr gesucht habt. Und ob ihr was gefunden habt."

Ricchius wandte sich kurz ab, verabschiedete sich von Raimund Resch, der als Letzter das Mannschaftsauto der Feuerwehr bestieg, das nun ebenfalls startete, dann sah Max mich mit einem entwaffnenden Lächeln an: „Du hast mich heute auf ein Salonbeuschel eingeladen. Ich freue mich drauf. Und nach dem Essen kannst du mich ausfragen."

„Um 19 Uhr ist Redaktionsschluss für unsere steirische Ausgabe", wandte ich ein. „Wann kommst du?"

„Also dann bis 19 Uhr", sagte er, gab Madeleine die Hand und stieg in seinen Golf. Mit ihm verließen auch die beiden Uniformierten, die im Privat-Pkw gekommen waren, den Einsatzort.

Verärgert über seine abweisende Haltung sah ich mich nun auf dem verlassenen Einsatzgelände um. Mein Unmut war umso größer, als ich feststellen musste, dass ich nicht einmal die Feuerwehr bei ihren Grabungen fotografiert hatte. Alles, was sich vor dem Objektiv meiner Digitalkamera auftat, war eine leere, etwa einen Meter tiefe und sieben Meter lange Erdgrube. Um halbwegs Leben ins Bild zu bringen, stieg ich auf den Bagger und nahm von dort aus, mit der halben Silhouette des Baggers im Vordergrund, den freigelegten Schacht auf.

„Das soll das Grab meines Großvaters gewesen sein?", fragte sich Madeleine und kletterte in die Tiefe.

„Wir werden es schon vor 19 Uhr wissen", versprach ich. Jetzt näherte sich tatsächlich der Radfahrer-Pulk, aber die sportlichen Urlauber bogen auf jenen Weg ein, wo ich vorhin meinen Wagen hinter Hopfensäulen geparkt hatte. Noch am Einsatzort rief ich am Handy zuerst Raimund Resch, dann den Feuerwehrchef Kurt Zangl und anschließend die Bestattungsfirma an. Alle drei bedauerten, dass sie mir keine Auskunft geben dürften. Schließlich versuchte ich es bei Roland Goriup, der noch mit seinem Tieflader unterwegs war. Er verwies mich an die Polizei. Das Gleiche bekam ich vom Bestattungs-Referenten der Feuerwehr, Ernst Miutz, zu hören. Zuletzt rief ich die Polizeiinspektion Leutschach an, doch auch dort holte ich mir eine Abfuhr. Der Kommissar hatte seine gesamte Helferriege zu einem schweigenden Trappisten-Tross verschworen.

20. Eine zweite Leiche

Ehrlich, die Idee dazu kam mir erst auf dem Rückweg. Hätte ich dieses Ziel vorher ins Auge gefasst, die Bedenken Madeleines wegen hätten mich letztlich davon abgehalten. Nun aber, als ich bei der Wegkreuzung vorbeikam, wo die Fahrbahn zum Anwesen von Gerd Poschnig führt, ritt mich der Teufel, und ich bog ab. Dreihundert Meter weiter stoppte ich direkt vor dem Anwesen, das in einem aufdringlichen, frischen Gelb erstrahlte. Das grüne Fahrrad und der Toyota standen davor, der Besitzer war also daheim.

„Das ist der Gaischitz-Hof", klärte ich Madeleine auf.

„Ich habe es mir gedacht", sagte sie und stieg sofort aus. Ich wollte sie ersuchen, im Wagen zu warten, doch angesichts der Entschlossenheit, mit der sie, mir vorauseilend, zum Hauseingang trat, verwarf ich meine aus Vorsicht begründete Absicht.

„Hier ist also mein Großvater ermordet worden", stellte sie fest.

„Der Bauer, bei dem Ihr Großvater damals arbeiten musste, ist seit fünfzehn Jahren tot", erklärte ich.

„Der Mann ist nie zur Verantwortung gezogen worden", kritisierte Madeleine.

„Offenbar haben ihm die Behörden geglaubt, dass Ihr Großvater damals zu den Partisanen geflüchtet sei." Ich klingelte, und diesmal öffnete Poschnig nach wenigen Augenblicken. In sein sonst gutmütiges Gesicht schlich sich bei unserem Anblick ein Ausdruck von Misstrauen.

„Guten Tag, Herr Poschnig", begann ich. „Ich komme wegen des Kernöls."

„Ja, ja, wegen des Kernöls", wiederholte er unsicher.

„Und", fügte ich hinzu, „beim letzten Mal haben Sie mich nach der Adresse der Tochter von Herrn Gelin gefragt. Sie wollten ihr etwas zusenden. Hier ist sie."

„Oh!" Poschnig trat erschrocken einen Schritt zurück, dann fasste er sich und stammelte auf Französisch: *„Mon compliment de condoléance, Madame."* Madeleine die Hand zu reichen, wagte er freilich nicht.

„Merci", antwortete Madeleine kühl. „Ich bekomme auch eine Flasche Kernöl."

„Ja, ja, natürlich. Ich hole sofort zwei Flaschen", sagte Poschnig und trat ins Haus, dann fiel ihm meine Bemerkung wegen der Adresse ein, und er wandte sich um: „Übrigens – was ich Madame Gelin zusenden wollte, hat bereits die Polizei mitgenommen. Es war die Brieftasche von Herrn Gelin. Er hat sie ausgestreut, als er sich bei mir kurz auf die Couch gelegt hat, weil ihm so übel war. Es tut mir leid, Madame." Dann verschwand er fluchtartig im Haus.

„Er hat meinen Vater gehenkt", murmelte Madeleine.

„Ihr Vater war bereits tot, sagt die Polizei", versuchte ich Madeleines verständlichen Zorn zu besänftigen und eine Eskalation der Situation zu verhindern. Und ich erinnerte sie: „Er hat es getan, um seinem Nachbarn in der Öffentlichkeit Schwierigkeiten zu bereiten."

Gerd Poschnig kam nun mit zwei in Seidenpapier gewickelten Flaschen zurück. „Je ein Liter Kernöl", sagte er.

„Was zahlen wir?", fragte ich.

„Siebzehn Euro pro Liter. Ihnen, Madame, möchte ich die Flasche kostenlos überlassen."

„Nein, kommt nicht in Frage, Herr – ". Sie kramte aus ihrer Handtasche die Geldbörse hervor, nahm einen Zwanzig-Euro-Schein und reichte ihn Poschnig. Ich zahlte ihm den exakten Betrag, worauf er Madeleine die Zwei-Euro-Münze von mir und einen Euro aus seiner Tasche zurückgab. Als sie das Retourgeld verstaute, hielt sie kurz inne, als suchte sie etwas in der Handtasche, schließlich zog sie, mit dem Kopf nickend, den Verschluss zu.

„Das Kernöl wird Ihnen schmecken", plapperte Poschnig. „Außerdem ist es kerngesund."

„D'accord", sagte Madeleine und wandte sich mit der Flasche zum Gehen.

„Au revoir, Madame", rief Poschnig ihr erleichtert nach.

Rasch nahm ich die Gelegenheit wahr, um eine Frage abzufeuern: „Wissen Sie zufällig, Herr Poschnig, wonach die Polizei heute oben am Waldrand neben Ihrem Maisfeld gegraben hat?"

Der Bauer schaute mich verständnislos an. „N-nein", sagte er schließlich. „Mich hat keiner informiert. Entschuldigung, ich muss jetzt zu meinen Kühen, auf Wiedersehen." Damit verschwand er in seinem sauberen und penibel aufgeräumten Refugium.

Madeleine trat um die Ecke, bat mich, ihr zu folgen und lehnte das grüne Fahrrad an die Mauer. Trotz ihrem Fußgebrechen stieg sie flink und wendig auf den Rahmen und von dort auf den Sattel. Ich eilte hinzu, um das wackelige Gefährt festzuhalten, dann öffnete Madeleine den Schraubverschluss der Ölflasche, tauchte einen Pinsel hinein und malte in raschen Zügen mit dem grünschwarzen Saft etwas auf die Mauer. Hinterher zeigte sie mir ihr Werkzeug, einen Puderpinsel, den sie vorhin aus ihrer Handtasche geholt hatte.

„*Eh bien*", seufzte sie, nachdem sie ihr Werk beendet hatte, und ich hob sie vom Fahrrad. Ich hielt sie dabei etwas länger umarmt, als es meine Hilfestellung erfordert hätte, und abermals fühlte ich, was für ein zartes Geschöpf sie war, wahrscheinlich wog sie nicht einmal fünfundvierzig Kilo, und da war auch wieder dieses Gefühl der wohligen Vertrautheit mit einem Menschen. Zufrieden betrachtete Madeleine ihre Wandmalerei. Auf dem grellen Signalgelb des Gemäuers prangte in zwei Meter Höhe ein mächtiger, gruseliger Totenschädel mit gekreuzten Oberschenkelknochen, darunter hatte Madeleine die Initialen M und D gemalt. „Das steht für meinen Namen", sagte sie, „aber auch für *merde* und für das deutsche Wort Mord." Keine Frage: So ein hochgradiger Pedant wie Poschnig würde die Verunzierung seiner frisch getünchten Fassade vermutlich als emotionalen Supergau empfinden, noch dazu, wo er erkennen musste, dass der mit seinem Öl aufgemalte Totenkopf sein eigenes Verbrechen gegen die Würde des Todes anprangerte. Mir war klar, Madeleine wollte mit ihrem Graffiti jenen Mann an den Pranger stellen, der Ähnliches mit ihrem Vater getan hatte. Und mir war auch klar, dass sie damit ein Vergehen begangen hatte, eine sogenannte Sachbeschädigung, die mit einer Freiheitsstrafe von bis zu sechs Monaten geahndet werden kann. Eigentlich hätte man mich der Mittäterschaft bezichtigen können, immerhin hatte ich Madeleine bei dem Delikt gestützt, also auch unterstützt. Doch ich war überzeugt, dass Gerd Poschnig es nicht wagen würde, Strafanzeige zu erstatten. Denn dann würde seine Untat noch mehr öffentliches Interesse erregen. Ich fotografierte sicherheitshalber die Wandbemalung, und Madeleine bat mich um einen Ausdruck von dem Bild: „Ich bin überzeugt, dass in diesem Bauernhof mein Großvater ermordet wurde."

Daheim äußerte Edith Verständnis für Madeleines Handlungsweise, ich hatte das Gefühl, dass sie unseren französischen Gast wegen dessen Mut, Tatkraft und Forschheit sogar bewunderte. Jedenfalls war die Frage, ob Madeleine eine Warm- oder Kaltduscherin sei, kein Thema mehr, zumal in der Zwischenzeit auch unser guter Geist Gottfried Kumpitsch hier gewesen war und die Warmwasserheizung repariert hatte. Der Installateur war früher als zugesagt aufgekreuzt und hatte den Fehler im Ölbrenner bald geortet. Die beiden Elektroden waren so abgenutzt, dass kein Funke mehr überspringen konnte. Kumpitsch bog die Kontakte zueinander, sodass die Zündung notdürftig funktionierte. Neue Elektroden, so sagte er, müssten erst telefonisch bestellt werden, und das könnte bis zu drei Tage dauern.

Am Nachmittag unternahm ich noch einen Versuch, Näheres über die Aktion am Waldrand zu erfahren, und rief in der Grazer Gerichtsmedizin an, darauf hoffend, dass der Professor nicht persönlich abheben würde, weil ich von ihm erfahrungsgemäß keine Auskunft erwarten konnte. Tatsächlich meldete sich eine junge männliche Stimme, offenbar war es ein Assistent Doktor Wolfgang Stendals oder auch nur der Portier. Ich stellte mich mit meinem Namen vor, verschwieg aber meine Reportertätigkeit und erkundigte mich nach dem Totenwagen: „Ich wollte nur wissen, ob der Bestattungstransport mit der Leiche aus Leutschach beziehungsweise Remschnigg schon bei Ihnen eingetroffen ist."

„Ja, ja", bestätigte der Mann am Telefon. „Der Herr Professor untersucht bereits das Skelett und die Waffe."

„Sie meinen das Messer?" Ich hatte keine Ahnung, welche Waffe gemeint war, deshalb ließ ich einen Versuchsballon los.

„Messer? Ich denke, es ist ein Gewehr", verbesserte mich das unbekannte Gegenüber.

„Ja, natürlich", beeilte ich mich zu sagen, um sogleich nachhaken zu können: „Lässt sich erkennen, ob das Opfer erschossen wurde?"

„Warten Sie", bat der junge Mann, „ich verbinde Sie mit dem Herrn Professor. Vielleicht kann er Ihnen schon mehr sagen."

Es knackte in der Leitung, dann ertönte ein unwirsches: „Was ist los?" Ich hatte Doktor Stendal mitten in der Untersuchung gestört.

„Entschuldigung, Herr Professor", sagte ich einigermaßen verdattert, weil ich diesen Gesprächskontakt eigentlich hatte vermeiden wollen, und nannte meinen Namen. „Ich wollte Sie nicht aufhalten."

„Sie tun es aber. Was wollen Sie?"

„Ich wollte fragen, ob sich das Alter des Toten und die Todesursache feststellen lassen."

„Das Alter eines Menschen", sagte er auf einmal erstaunlich geduldig, „ist eine Krankheit, an der früher oder später jeder sterben muss."

„Heißt das", wagte ich nachzusetzen, „dass der Mensch an Altersschwäche gestorben ist?"

„So ist die Journaille", reagierte er diesmal schroffer, „kaum hört sie eine Wortspende, neigt sie zu falschen Interpretationen. Aber warten Sie, hier will Sie jemand sprechen, der Ihnen was zu sagen hat."

„Opodeldok!", brummte ein mies gelaunter Kommissar ins Telefon. „Lass den Herrn Professor arbeiten."

„Hallo Max!" Ich wusste nicht, ob ich mich über den unerwarteten Gesprächspartner freuen sollte.

„Ab 19 Uhr kannst du Fragen stellen", bestimmte er. „Vorher nicht."

„Vielleicht kannst du Mimi mitnehmen, wenn du zu uns kommst", schlug ich vor.

„Du weißt, sie verabscheut jedes Innereiengericht. Also dann bis zum Abend."

Viel hatte ich also nicht erfahren, immerhin wusste ich nun aber, dass ein Toter, offenbar ein skelettierter Toter, obduziert wurde. Und zwar ein Toter, den man am Remschnigg neben einem Maisfeld ausgegraben hatte. Offenbar hatte man dort auch ein Gewehr gefunden. Noch im Nachhinein ärgerte ich mich, dass mir sowohl die Freilegung des Toten wie jene der Waffe entgangen war, obwohl ich stundenlang in Sichtweite ausgeharrt hatte. Ich empfand das als Schmach, zumal mir in meiner aktiven Laufbahn so ein glückloses Reporterdasein meistens erspart geblieben war. Für einen Journalisten gilt unter anderem jene Maxime, die ein geflügeltes Wort umschreibt: Sooft wie möglich zum richtigen Zeitpunkt am richtigen Ort zu sein.

Den Zufall, ausgerechnet in jene Morgenschicht eingeteilt gewesen zu sein, als ein berühmtes Entführungsopfer heimkehrte, habe ich bereits erwähnt. Ein anderes Mal suchte ich am Morgen eine Polizeikaserne auf, um in einem Betrugsfall zu recherchieren, da detonierte im selben Gebäude eine Bombe, die ein heimischer Terrorist gelegt hatte. Ich war als Erster am Tatort und konnte einen Exklusivbericht liefern. Und als ich eines Abends bei Freunden eingeladen war, sollte auch der damalige Innenminister Karl Schlögl zu Gast sein. Er tauchte mit dreistündiger Verspätung auf, weil er dienstlich unterwegs gewesen war – wegen der Verhaftung des seit Langem gejagten Briefbomben-Attentäters. Und ich hatte dadurch einen kleinen Informationsvorsprung gegenüber der Konkurrenz. Es gab auch einen für mich persönlich traurigen Anlass, bei dem ich hinterher froh war, präsent gewesen zu sein. So alle zehn Tage waren wir Redakteure einmal zum Nachtdienst eingeteilt. An einem Septemberabend landete gegen 20 Uhr eine Agenturmeldung über einen Bergunfall auf meinem Schreibtisch. Ein 27-jähriger Bergwanderer, so hieß es, sei am Nachmittag im Gesäuse über eine Geröllhalde gestürzt und nur noch tot geborgen worden. Sein Name wurde mit Michael A. angegeben. Mir schwante

Böses, denn es war ein Dienstag, und das war der freie Tag unseres damaligen Kaplans Michael Adel. Noch am Sonntag davor hatte er uns erzählt, wie er sich auf die Wanderung ins Gesäuse freute. Ich rief seine Eltern in Wien an, und sie bestätigten meine Befürchtung – der tödlich verunglückte Bergsteiger war ihr Sohn. Jedem anderen Kollegen in unserer Redaktion wäre die wahre Identität des Opfers verborgen geblieben, und in der Morgenausgabe unserer Zeitung wäre eine lapidare Kurzmeldung erschienen: *Der 27-jährige Bergtourist Michael A. aus Wien ist gestern Nachmittag im Gesäuse tödlich abgestürzt.* Mir blieb es vorbehalten, diesem großartigen Priester, der auch der Kirche fernstehende Menschen begeistern konnte, einen würdigen Nachruf samt Foto zu widmen. Einen meiner Sätze („Er fühlte sich seinem Herrgott in den Bergen so nah wie am Altar.“) zitierte später beim Begräbnis auch Kardinal Franz König.

Diese Beispiele fielen mir ein, als ich mich an den Computer setzte. Auch wenn Max Ricchius mit seiner bis zu unserem Redaktionsschluss ausgedehnten Schweigefrist erreichen wollte, dass ich nicht wieder mit einem Bericht vorpreschte – diesen Gefallen konnte ich ihm nicht tun. Während meine Frau und Madeleine sich in der Botanik aufhielten (Edith hatte Madeleine Gummistiefel geliehen, wegen der Giftschlangen), während also die beiden zu Neptun spazierten, die Rebzeilen durchwanderten, Bodo den Ball warfen und während unser Hund umhertollte und dabei eine Fasanenfamilie aufscheuchte, rief ich die Redaktion an. Wochenenddienst hatte diesmal Freund Andy und er versprach, für meinen Exklusivbericht achtzig Zeilen freizuhalten. Nach einigen Minuten mailte ich ihm folgenden Text:

Hopfen-Krimi: Eine zweite Leiche war vergraben
Im Hopfen-Krimi tauchte am Samstag eine zweite Leiche auf. In Remschnigg bei Leutschach wurde am Rand eines Waldes ein skelettierter Toter ausgegraben. Bei diesem Opfer dürfte es sich um den ehemaligen französischen Kriegsgefangenen George Gelin handeln. Der Mann war im Krieg als Zwangsarbeiter in einem Bauernhof in Schlossberg tätig und galt, wie berichtet, seit 1944 als verschollen.

Sein damaliger Dienstherr hatte nach dem Verschwinden des Franzosen der örtlichen Gendarmerie erklärt, George Gelin sei nach einem von ihm verschuldeten Unfall mit einer Pferdekutsche aus Furcht vor Bestrafung zu den Partisanen übergelaufen. Er habe auf seiner Flucht sogar ein Gewehr aus dem Hof mitgenommen, erzählte der Landwirt.

Tatsächlich war die Grenzregion zwischen der Steiermark und Slowenien damals bereits ein Aktionsgebiet jugoslawischer Tito-Partisanen. Die Familie des Franzosen wunderte sich freilich, dass der angeblich Geflüchtete nie wieder von sich hatte hören lassen. George Gelin stand vorher in ständigem Briefkontakt mit seiner Frau in Frankreich.

Samstag zeitig in der Früh organisierte die Kriminalpolizei Leibnitz ein Grabungsteam. Ein Baggerfahrer und eine Feuerwehreinheit gruben auf einer Wiese zwischen Waldrand und einem Maisfeld nach dem Vermissten. Neben dem Skelett wurde auch ein Gewehr sichergestellt. Wie die Ermittler auf diese Stelle gekommen waren, wurde vorerst nicht bekannt gegeben.

Derzeit untersucht Professor Wolfgang Stendal von der Gerichtsmedizin Graz, ob es sich bei dem Toten tatsächlich um George Gelin handelt und wie das Opfer ums Leben gekommen ist.

Der Sohn des ehemaligen Kriegsgefangenen, Gaston Gelin, war, wie berichtet, vor acht Tagen auf der Suche nach seinem Vater bei einem Streit um zwei tote Hühner von einem 47-jährigen Landwirt so heftig attackiert worden, dass er wenig später an den Folgen der Verletzungen starb. Ein anderer Landwirt knüpfte den Toten dann auf einem Hopfenmast auf, um dem eigentlichen Täter Schwierigkeiten zu bereiten. Motiv: Eifersucht.

21. Das Marienbild

Er kam pünktlich und wirkte aufgekratzt und locker. Unter einem Arm hatte er eine Mappe eingeklemmt, in der anderen Hand trug er zwei Blumensträuße. Edith überreichte er ein gelbes Rosenarrangement, Madeleine bekam ein rosafarbenes. „Mimi lässt euch grüßen", sagte der Kommissar und zu mir gewandt fügte er hinzu: „Und sie freut sich auf deine Einladung zum Harkamp."

Meine Frau hatte kurz überlegt, den Tisch draußen im Garten zu decken, doch mir war es lieber, wenn wir drinnen in der Bauernstube blieben. Der Abend war zwar angenehm lau, doch von der Straße her war unser Sitzplatz einzusehen, und ich wollte bei diesem Treffen mit dem Kommissar nicht in der „Auslage" sitzen. Als Edith die Vorspeise reichte, knusprige Verhackert-Croutons, und ich einen dazu passenden Schilcher-Frizzante vom Weingut Hugo und Peter Kapun öffnete und einschenkte, wunderte sich Ricchius: „Was ist mir dir los? Du löcherst mich gar nicht mit deinen Fragen?"

Ich blickte auf die Uhr: „Neunzehn Uhr fünfzehn, für heute ist Dienstschluss." Dann hob ich das Glas: „*Santé* und auf die Klärung des Hopfen-Krimis."

„Ich freue mich, dass man dir den Fall gelassen hat und dass es dir gelungen ist, ihn zu lösen", ergänzte Edith, übrigens ganz in meinem Sinn. Noch vor einigen Tagen hatte man Ricchius bekanntlich gedroht, dass die Mordkommission des Landespolizeikommandos den Fall übernehmen würde, sollte er nicht bald einen Erfolg verbuchen.

„Haben sich auch französische Medien dafür interessiert?", wollte Madeleine wissen.

„Natürlich", erwiderte Ricchius. „Erst vorhin bekam ich im Büro zwei Anrufe aus Paris. ‚*Le Monde*' und ‚*Figaro*' haben sich erkundigt. Ein Redakteur hat gut Deutsch gesprochen, mit dem anderen musste ich mich auf Englisch unterhalten. Und gestern Abend hat sich sogar eine Radiostation aus Avallon bei uns gemeldet, aus dem Heimatort von Monsieur Gaston Gelin."

„*Ah oui*, Radio Avallon", sagte Madeleine, „ein Lokalsender, den ich oft höre."

„Madeleine ist eine mutige Frau, sie imponiert mir", schwärmte Edith plötzlich. „Beiden Tätern hat sie Saures gegeben." Begeistert schilderte sie dem Kommissar die Bier- und Schuhattacke auf den Mafioso im Garten des Gasthofes Resch. „Und heute", fuhr sie fort, „hat sie dem anderen Täter mit seinem eigenen Kürbiskernöl einen Totenschädel auf die Wand gemalt."

Max Ricchius schmunzelte zufrieden: „Bravo, Madame! Ich vergönne beiden jedes Ungemach. Wir mussten sie leider laufen lassen. Nur der Bankräuber kam in Untersuchungshaft."

„Früher", erinnerte ich, „bedeutete es für Verbrecher die härteste Strafe, wenn sie in den Medien namentlich erwähnt wurden. Heute müssen wir sie alle anonymisieren, außer sie sind wegen Mordes rechtskräftig zu lebenslanger Haft oder zumindest zu fünfzehn Jahren verurteilt worden."

„Die oft zitierte Unschuldsvermutung", gab Ricchius zu bedenken und nahm sein letztes Stück vom gebähten Schwarzbrot, „ist eine Errungenschaft der Menschenrechtskonvention. Da dürfen wir nicht daran rütteln."

„Wenn nur auch die Verbrechensopfer ähnlich weitreichende Rechte hätten", kritisierte Edith. Sie entschwand in die Küche, und in Bodo, der sich bisher geduldig auf dem Teppich zusammen gekauert hatte, erwachte nun sein angeborener Spieltrieb. Er ließ listig und mit treuherzigem Blick einen seiner vielen Tennisbälle neben Ricchius auf die Bank rollen. Der Kommissar warf den Ball hoch, und Bodo fing ihn gekonnt mit dem Maul auf, brachte ihn zurück zur Bank und wartete gespannt, bis er erneut zu einem Ballkunststück ermuntert wurde.

Erst nach dem Hauptgang – das Salonbeuschel war sämig, pikant säuerlich und schmeckte auch mir – kam Ricchius auf die morgendliche Aktion mit der Feuerwehr zu sprechen. Ich hatte zum Ragout meinen eigenen leichten kirschfruchtigen Blauburger gereicht, der seinerzeit sogar mit Gold prämiert worden war, und nach einem genießerischen Schluck meinte der Kommissar: „Ich bin es Ihnen, Madame Dietrich, schuldig, über das Ergebnis unserer heutigen Maßnahmen zu berichten." Er sah mich an: „Diesem Herrn allein würde ich nicht in diesem Umfang Auskunft geben."

„Opodeldok", knurrte ich, „hab ich auch nicht erwartet."

„Also, Madame", begann Ricchius, und die Gewichtigkeit seiner Worte war nicht zu überhören, „wir haben heute mit größter Wahrscheinlichkeit den Leichnam Ihres Großvaters George Gelin gefunden."

Er machte eine Pause, Madeleine blieb ruhig, sie hatte eine ähnliche Aussage erwartet, nur Edith zeigte sich überrascht und schlug betroffen die Hände vors Gesicht. Ich verhielt mich absichtlich still und nahm mir vor, keine Fragen zu stellen. Ricchius nahm abermals einen Schluck vom Rotwein und öffnete seine Mappe. „Wir haben ihn in Remschnigg zwischen dem Waldrand und einem Maisacker in 1,2 Meter Tiefe ausgegraben. Wahrscheinlich haben Sie uns ohnehin dabei zugesehen."

Edith schlüpfte rasch in die Interview-Rolle, die eigentlich mir zugestanden wäre: „Wie seid ihr auf diese Stelle gekommen?"

Ricchius antwortete nicht sofort, sondern setzte seinen Bericht über das Opfer fort: „Die Agnoszierung des Skelettes gelang auf ungewöhnliche Weise. Erstens halfen uns die Kleiderreste, die Leiche als ehemals französischen Zwangsarbeiter einzuordnen. Die noch vorhandenen Stoffreste weisen die gleichen bräunlichen Farbtöne auf, wie sie damals die Uniformen der französischen Kriegsgefangenen hatten. Außerdem fanden wir in einer zugenähten Innentasche des Rockes einen Brief, der mit Tinte geschrieben war. Die Schriftzüge sind durch die Erdnässe verschwommen, aber der Adressat war mit einiger Mühe lesbar: das Pfarramt Leutschach. Und auch den Aufgabeort, das Datum und die Anrede in dem Brief konnte man noch entziffern: *Mülhausen, 10. April 1944, Mon cher George.* Den Brief hat vermutlich Ihre Großmutter an ihren Ehemann geschickt, bemerkenswerterweise über den Umweg an die Kirche. Offenbar war es damals unverdächtiger, wenn die Korrespondenz zwischen Zwangsarbeitern und ihren Familien über Drittadressen abgewickelt wurde."

„Mein Großvater soll ein gläubiger Katholik gewesen sein", sagte Madeleine.

„Das würde diesen Briefweg erklären", meinte Ricchius. „Und nun zu deiner Frage, Edith. Wie sind wir auf diese Stelle verfallen?"

„Hat der Gaischitz-Bauer geplaudert?", vermutete meine Frau.

„Nein, dieser Mann war von Anfang an recht zugeknöpft. Er hat bestritten, dass er über den Verbleib von Monsieur George Gelin Bescheid weiß. Und er hat immer auf die Aussage seines Großvaters verwiesen. Der hatte vor der Gendarmerie angegeben, der Franzose sei nach einem Unfall mit dem Pferdewagen auf und davon, vermutlich habe er sich den Tito-Partisanen angeschlossen."

„Mein Vater hat das nie geglaubt", sagte Madeleine. „Deshalb ist er auch nach Österreich gereist."

„Ihr Vater war Richter, nicht wahr?", bemerkte Ricchius. „Da hat er schon allein durch seine Berufs- und Lebenserfahrung einen sechsten Sinn entwickelt."

Madeleine nickte: „Bevor er abgereist ist, hat er sich von mir mit einem Sprichwort verabschiedet: *Il n'est rien de si caché qui ne vienne en évidence.*“

„Was heißt das?“, fragte der Kommissar.

Ich hatte mir die Übersetzung gemerkt und dolmetschte: „Es ist nichts so zart gesponnen, es kommt alles an die Sonnen.“

„Opodeldok“, reagierte Ricchius auf meine Wortmeldung, „ich wusste gar nicht, dass du ein Sprachgenie bist.“

„Es ist mein Schicksal, ein verkanntes Genie zu sein“, erwiderte ich scherzhaft und prostete dem Kommissar zu.

„Zugegeben, dein Wein schmeckt verführerisch“, sagte er, „aber ich darf nichts mehr trinken. Ich fahr noch zurück nach Leibnitz. Das wäre ein gefundenes Fressen für die Presse, wenn der Mordermittler der Polizei von den eigenen Kollegen wegen Trunkenheit am Steuer aus dem Verkehr gezogen würde.“

„Der Bauer hat euch also nichts verraten“, kam Edith auf ihre vorhin gestellte Frage zurück.

„Nein. Aber indirekt sind wir durch ihn weitergekommen“, schilderte Ricchius. Er blätterte in seiner Mappe und fuhr dann fort: „Wir haben in seinem Haus einen Tresor gefunden. Den haben wir geöffnet, und dort haben wir allerlei Dokumente und die Brieftasche von Gaston Gelin entdeckt. Die Schriftstücke bezogen sich alle auf Familienmitglieder des Hauses. Es waren Geburts- und Taufurkunden, Heiratsscheine, Staatsbürgerschafts-Nachweise, Schulzeugnisse, Berufsdiplome, Kfz-Papiere und Versicherungsverträge, aber über Monsieur George Gelin war kein Beleg vorhanden. Nun ist einer meiner Beamten Spezialist für Hausdurchsuchungen. Ihm ist aufgefallen, dass unter dem Papierstoß im Wandsafe ein alter Kalender lag, ein so genannter Reimmichl-Kalender. Die sind in bäuerlichen Anwesen oft anzutreffen. Aber dieser Kalender stammt aus dem Jahr 1946. Wir haben uns im Verlag erkundigt: Es war die erste Ausgabe nach dem Zweiten Weltkrieg. Mein Kollege hat es merkwürdig gefunden, dass so ein alter Kram im Safe aufgehoben wurde. Er hat Seite für Seite durchgeblättert, auf der Suche nach einem Anhaltspunkt, was den Kalender für die Familie so wertvoll oder aufbewahrungswürdig gemacht hat. Aber er hat auf keinem Blatt eine verräterische Notiz entdeckt. Dann freilich hat er zwischen den Seiten dieses Andachtsbild gefunden.“

Der Kommissar zog ein kleines Bildnis aus seiner Mappe. Es zeigte die Muttergottes mit dem vom Kreuz abgenommenen Leichnam Jesu

Christi auf dem Schoß. „Solche Bilder hat man früher als Einlagen in Gebet- und Gesangbücher verwendet", erklärte Ricchius. Unter der Pietá war in verschnörkelten Lettern die Bitte zu lesen: „Heilige Muttergottes, erbarme dich unser."

„Auf der Rückseite dieses Heiligenbildes", fuhr Ricchius fort, „ist meinem Mitarbeiter dann eine Notiz aufgefallen. Sie war in ungelenker, kleiner Handschrift verfasst und lautete –".

Der Kommissar machte wieder eine Pause, offenbar wollte er unsere Spannung steigern, dann zitierte er endlich: *„Zwischn Goaßrigl und Fiahap gegeniba vom Kästnbam net ockern oda umstechn! Den Ocka jo net verkafn. Fix!"*

„Jetzt muss ich Sie fragen", warf Madeleine ein, „was heißt das?"

Ricchius räusperte sich: „Wir haben den Text dem Sprach- und Dialektforscher Peter Stelzl aus Arnfels vorgelegt. Der Mann ist Maler und Schriftsteller und hat auch mehrere Bücher über den steirischen Dialekt verfasst. Er hat gemeint, Goaßrigl sei eine Bezeichnung für einen bestimmten Hang, und Fiahap bedeute den Rand eines Ackers. Dass ein Kästnbam ein Maroni-Baum sein soll, war uns klar."

„Waren das Aufzeichnungen von dem Gaischitz-Bauer?", erkundigte sich Edith.

„Ja", bestätigte Ricchius. „Es ist die Handschrift des Herrn Johann P., den vollen Namen möchte ich nicht sagen. Wir haben Vergleichstexte von ihm im Tresor sichergestellt. Unterhalb dieser Zeilen hat der Mann eine ungelenke Skizze angefertigt, mit einem Kreuz und einem X drauf." Der Kommissar zeigte uns die Zeichnung, ohne allerdings das Andachtsbild aus der Hand zu geben.

„Was wollte er damit bewirken?", rätselte Edith.

„Das haben wir uns anfangs auch gefragt", sagte Ricchius. „Wir haben lange mit dem Staatsanwalt diskutiert. Bis wir ihn überzeugt hatten, dass hier die Lösung eines Jahrzehnte zurückliegenden Vermisstenfalles liegen könnte. Dieser Johann P. hat seinen Nachfahren befohlen, das von ihm bezeichnete Grundstück nicht zu verkaufen und dort keine Erdarbeiten durchzuführen. Die beiden Markierungen haben unsere These bestärkt, dass der Bauer an dieser Stelle den toten Franzosen vergraben hat. Der Staatsanwalt hat dann grünes Licht für unsere Suche gegeben."

„Ich hab dort keinen Kastanienbaum gesehen", wandte ich ein.

„Stimmt", sagte der Kommissar. „Wir mussten zunächst klären, welchen Hang und welchen Acker der Mann gemeint hat. Deshalb haben wir vom Grundstück-Kataster die Besitzungen der Familie P. ausgedruckt. Es hat praktisch nur einen Platz gegeben, der dieser Beschreibung entsprochen hat. Der Kastanienbaum, der früher am Waldrand gestanden ist, wurde vor zwei Jahrzehnten gefällt. Das hat uns der Enkel des damaligen Besitzers bestätigt."

Ich konnte meine Neugier nicht unterdrücken: „Und der Enkel hat von diesem Vermächtnis nichts gewusst?"

„Er behauptet es und will auch nie die Rückseite des Marienbildes angesehen haben. Ich glaub es ihm nicht", sagte Ricchius. „Er wusste angeblich nur mündlich von dem großväterlichen Verkaufsverbot für dieses Grundstück. Aber im Grunde ist es völlig egal, ob er eingeweiht war oder nicht. Er hat mit der damaligen Tat nichts zu tun, und unser Gesetz kennt keine Sippenhaftung. Auch sein Vater muss damals noch ein Kleinkind gewesen sein. Und der mutmaßliche Täter ist leider vor einigen Jahren gestorben."

„War es ein Mord?", fragte Edith.

„Mit größter Wahrscheinlichkeit", sagte der Kommissar. „Der Gerichtsmediziner hat die Gebeine heute nur oberflächlich untersucht, eine genaue Obduktion ist erst nächste Woche geplant. Der Schädel des Opfers weist einen sogenannten Terrassen- und Lochbruch auf, und die Angriffsfläche deutet auf eine stumpfe Gewalteinwirkung hin. Wir haben auch die mutmaßliche Tatwaffe dazu."

„Ein Gewehr", verkündete ich.

„Ja", nickte der Kommissar, „eine Repetierbüchse Mauser, Modell 98. Man hat zu diesem Schießprügel auch Karabiner gesagt."

„Ist mein Großvater damit erschlagen worden?", fragte Madeleine.

„Zum Glück haben wir schon gegessen", fand Edith. „Sonst hätte euch bei diesen Details das Beuschel nicht geschmeckt."

„Es war vorzüglich", bescheinigte Ricchius. „Aber ich bin ohnehin gleich am Ende. Dieser Karabiner war mit größter Wahrscheinlichkeit die Tatwaffe. Wir haben das Gewehr nur zwei Meter neben der Stelle gefunden, an der das Opfer vergraben worden war. Das eine Zeichen auf der Skizze sollte offenbar den Liegeplatz des Toten markieren, das andere jenen der Waffe. Der Kolben des Gewehrs ist gesprungen und passt genau zur Verletzung am Schädel. George Gelin muss mit ungeheurer Wucht von vorne erschlagen worden sein. Dafür spricht auch, dass der rechte Unterarm des Opfers eine Bruchstelle aufweist. Ihr Großvater hat den Hieb offenbar noch mit einem Arm abzuwehren versucht."

„*Mon Père* hat es geahnt", murmelte Madeleine. Edith legte einen Arm um ihre Schulter: „Der Krieg hat Ihrer Familie nur Unglück gebracht."

„*Mon Dieu!* Das war eine höllische Zeit", räumte Madeleine ein.

„Und der Mörder Ihres Großvaters hat sich hinter einem Heiligenbild versteckt", entrüstete sich Edith.

„Auch der Reimmichl-Kalender, in dem er seine Anordnungen hinterlassen hat, ist kirchlich angehaucht", erinnerte ich mich. „Der Herausgeber und Namensstifter war ein Pfarrer, und 1946 hat er noch selber den Kalender redigiert."

„Typisch für scheinheilige Katholen", maulte Edith. „Wahrscheinlich ist der Typ jeden Sonntag zur Messe gegangen."

„Wenn Ihr Vater ein Gewaltverbrechen vermutet hat", überlegte Ricchius, „hatte er da nicht Angst, diesen Ort aufzusuchen und unter Umständen eine Täterfamilie zur Rechenschaft zu ziehen?"

„*Non, non, non*", widersprach Madeleine. „Als Richter kannte er keine Furcht. Und außerdem sagte er sich: *Chaque instant de la vie est un pas vers la mort.* – Jeder Augenblick im Leben ist ein Schritt zum Tod. Er war seit Jahrzehnten von der Idee besessen, das Verschwinden seines Vaters aufzuklären. Aber erst in der Pension, und da erst nach dem Tod meiner Mutter, konnte er sich dazu aufraffen. Unter dem Motto: *Mieux vaut tard que jamais.*"

„Besser spät als nie", übersetzte ich. Im vorherigen Satz, den Madeleine auf Französisch zitiert hatte, war mir nur *la mort,* also der Tod, als Begriff geläufig gewesen.

„Opodeldok, lerne nur brav weiter Französisch", riet Ricchius. „Beim Tod bist du offenbar schon angelangt."

„Apropos tot", fiel mir ein, „wenn ihr schon den toten George Gelin gefunden habt, könntest du mir auch das Foto von ihm zur Verfügung stellen."

„*Non, non*", wehrte Ricchius ab, „die Fahndung nach diesem Opfer hat sich erübrigt. Daher bekommst du auch kein Foto von ihm."

Das Dessert, Nougatknöderl aus Topfenteig, gefüllt mit Mozartkugeln und in gemahlenen Kürbiskernen und Haselnüssen gewälzt, hatte traditionsgemäß ich zubereitet. Als ich dazu einen Riesling-Eiswein von Fritz Lackner-Tinnacher aus Steinbach reichte, ließ sich auch Ricchius zu einem letzten Schluck überreden. Die Harmonie von Speis und Trank faszinierte auch ihn sichtlich, jedenfalls drückte sein Mienenspiel puren Genuss aus. Das wiederum erinnerte mich an seinen grimmigen Gesichtsausdruck von heute Früh: „Warum warst du so wütend, als die Flieger auftauchten?“

„Ich hatte nicht damit gerechnet, dass diese Luftakrobaten direkt über uns trainieren würden“, erklärte er. „Und dann hab ich gesehen, wie einer der Piloten, die uns mehrmals überflogen haben, unsere Leute auch noch fotografiert hat.“

„So ein Foto aus der Vogelperspektive könnte ich für die Zeitung gebrauchen“, sagte ich.

„Da hast du keine Chance“, enttäuschte mich unser Gast. „Der Pilot ist ein Fotograf eures Konkurrenzblattes. Der Kommandant der Feuerwehr hat ihn erkannt.“

„Was?“ Ich ließ meinen Nougatknödel wieder auf den Teller sinken. „Der Kollege wusste schon vorher von eurer Aktion?“

„Nein, nein“, versuchte Ricchius mich zu beruhigen. „Er ist ein Kunstflieger, Fallschirmspringer oder so was Ähnliches und startet morgen bei dieser Flugschau. Als er uns bei der Arbeit gesehen hat, dürfte er Lunte gerochen haben und hat drauflos geknipst.“

Der Appetit auf die Nachspeise war mir vergangen. „Und hat er erfahren, dass ihr fündig geworden seid?“, bangte ich.

„Von mir gewiss nicht“, beteuerte der Kommissar. „Aber ausschließen kann ich nicht, dass jemand anderer geplaudert hat. Wir werden es morgen Früh sehen, wenn wir die Zeitung aufschlagen.“

Edith schüttelte ärgerlich den Kopf: „Dieser Konkurrenzwahn hat sich in keinem anderen Beruf so negativ eingenistet wie in der Journaille. Jeder will der Erste sein. Diese Unsitte nimmt krankhafte Züge an.“

„Aber die Leserschaft profitiert davon“, konterte ich.

„Das bildet ihr Schreiberlinge euch nur ein“, entgegnete meine Frau.

„Wettbewerb wirkt sich doch positiv auf die journalistische Arbeit aus“, argumentierte ich.

„Auch auf die Qualität?“, fragte Ricchius zweifelnd.

„Natürlich“, versicherte ich. „Jeder von uns bemüht sich, tolle Stories zu erfahren und darüber zu berichten.“

„Aber was man journalistische Ethik nennt, kommt dabei unter die Räder“, kritisierte Edith.

„Parfaitement“, attestierte nun Madeleine meiner Frau. „Ich war drei Jahre mit einem Journalisten verheiratet. Wer von diesem Bazillus befallen ist, wird ihn ein ganzes Leben nicht mehr los. Wir nennen diese Krankheit im Französischen *inclination à la curiosité*. Im Deutschen sagt man, wenn ich nicht irre: Neugier, und in diesem Wort steckt doch

der Begriff Gier. Und wer gierig ist, auch nur nach Neuigkeiten, neigt doch zur – ". Sie zögerte und suchte nach der richtigen Bezeichnung, schließlich sagte sie: „*Insatiabilité* heißt es auf Französisch."

Als Erstem fiel dem Kommissar der entsprechende Ausdruck im Deutschen ein: „Unersättlichkeit."

„Genau", pflichtete Edith ihm bei, „unersättlich und unmäßig, so agieren viele Schreiberlinge."

„Und die Lücken ihres Wissens füllen sie oft mit Legenden oder Märchen", grollte Ricchius. „Ich weiß das aus eigener Erfahrung."

„Ja, Wissen ist nicht immer das Gleiche wie Publizieren", stimmte Madeleine in den Chor der Kritiker ein und nahm das letzte Stück vom Nougatknöderl. Ich musste nach dieser Bemerkung an den Bericht denken, den ich heute an Andy gemailt hatte. Tatsächlich hatte ich darin einige Behauptungen oder zumindest Theorien aufgestellt, die erst jetzt am Abend von Max Ricchius bestätigt wurden. Dennoch protestierte ich gegen Madeleines Aussage: „Wir Journalisten können nur schreiben, was wir von Informanten erfahren. Oft ist es auch der Fall, dass wir viel weniger publizieren als wir wissen – aus Rücksichtnahme gegen bestimmte Menschen oder aus Gründen des guten Geschmacks." Ich hätte sofort einige Beispiele für meinen Einwand aufzählen können, verschwieg sie aber wohlweislich, um meine ethischen Bedenken nicht *ad absurdum* zu führen. Auch jetzt möchte ich nur vier Fälle andeuten, in denen die gesamte Journaille, um bei Ediths Lieblingsbegriff zu bleiben, trotz Insiderwissen eisern geschwiegen hat. Da gab es vor Jahrzehnten den Sohn einer viel geachteten Frau, der aus Eifersucht zwei Menschen ermordet hat. Den jungen Mann hat später ein hoher kirchlicher Würdenträger im Gefängnis besucht, er war angeblich sein Vater. Einem früheren Minister wurde nachgesagt, dass er in einem Bordell getobt habe, weil ihm angeblich die erhofften Freuden vorenthalten wurden. Und einem einstigen Regierungschef wurde in der Presse nie publizistisch angekreidet, dass er, obwohl verheiratet, eine lange Affäre mit einer Schauspielerin hatte. Ähnliche Zurückhaltung übten die Medienleute bei einem früheren Bundespräsidenten, der, ebenfalls ehelich gebunden, mit einer Pädagogin liiert war.

„Guter Geschmack ist das richtige Stichwort", lenkte nun Ricchius ein und nahm noch einen Schluck vom honigsüßen, eleganten Eiswein. „Mir waren immer schon die Produkte aus der Weinpresse lieber als jene der anderen Presse."

Bevor er sich verabschiedete, wandte er sich noch einmal an Madeleine, die gedankenverloren Bodo kraulte: „Ich nehme an, Madame Dietrich, dass Sie auch die Gebeine Ihres Großvaters nach Frankreich überführen lassen wollen."

Madeleine nickte: „Wir haben im *Cimetière communal* von Avallon ein Familiengrab. Dort wurden meine Mutter und meine *Grand-Mère* Irène aus Mulhouse beerdigt. Ja, dort sollen auch *mon Père* und *mon Grand-Père* ihre Ruhestätte finden. Und vielleicht ist auch für mich noch Platz."

„Madeleine", protestierte ich, „in Ihrem Alter darf man doch nicht an einen Platz im Friedhof denken."

Madeleine lächelte kryptisch: „*Chaque instant de la vie est un pas vers la mort*. Ich zitiere nur wieder *mon Père*. Das Schicksal hat ihm rechtgegeben."

„Ich werde mich bemühen", kam Ricchius auf sein Anliegen zurück, „dass wir auch für Ihren Großvater einen internationalen Leichenpass erhalten. Und dass seine Gebeine zusammen mit Ihrem Vater nach Frankreich transportiert werden."

„Das kann sehr teuer werden", warf Edith ein. „Der Mann von Christine, einer Freundin von uns, ist vor einigen Jahren in Paris gestorben. Für die Überführung nach Österreich musste Christine damals umgerechnet 3300 Euro zahlen. Und zwar im Voraus, wie eine Botschaftsangehörige forderte."

„Wahrscheinlich kostet es heute das Doppelte", vermutete Ricchius. „Aber ich hoffe, dass Mordopfer gratis transportiert werden. Wenn nicht, werde ich den Weißen Ring ersuchen, die Kosten zu übernehmen."

„Der Weiße Ring ist eine Opferschutz-Organisation", klärte ich Madeleine auf.

„Wollen Sie die sieben Paar Schuhe, die wir im Auto Ihres Vaters gefunden haben, und sein Reisegepäck nach Frankreich mitnehmen?", fragte Ricchius. „Die Schuhe sind großteils neu und ungetragen."

„Nein, nein", wehrte Madeleine ab. „Sie können alles einem karitativen Verein überlassen. Daheim in Avallon hat *Père* zwei Schränke voll mit Schuhen." Dann kam ihr eine Idee: „Ich unterzeichne Ihnen eine Erklärung, damit Sie über die Schuhe und über alles verfügen können."

„Im Koffer Ihres Vaters haben wir außer Wäsche, Kleidern, Rasierzeug und sonstigen Accessoires nur eine kleine Digitalkamera gefunden, die von einigem Wert ist."

„Wenn Sie mir den Fotoapparat überlassen, bin ich Ihnen dankbar", entschied Madeleine. Nach einer kurzen Gedankenpause fuhr sie fort: „Die siebenhundert Euro, die man in seiner Brieftasche gefunden hat, brauche ich auch nicht. Das Geld können Sie ebenfalls an Arme verschenken."

„Das ist sehr großzügig, von Ihnen, Madame", sagte der Kommissar etwas verwundert, um dann zögerlich eine Frage anzufügen: „Und wollen Sie Ihren toten Vater wirklich noch einmal sehen?"

„Nein." Mich erstaunte diese Antwort, hatte Madeleine doch beim ersten Zusammentreffen mit Ricchius spontan den gegenteiligen Wunsch geäußert.

Der Kommissar erhob sich: „Dann würde ich vorschlagen, Madame Dietrich, dass Sie mich wegen dieser Ermächtigung nächste Woche in meinem Büro aufsuchen. Vielleicht weiß ich dann schon, wann das Gericht die beiden Toten zur Bestattung freigibt."

Ricchius bedankte sich noch bei Edith für das Beuschel, dann, bereits am Gartentor stehend, raunte er mir zu: „Opodeldok! Pass auf deine Französin auf. Ganz geheuer scheint sie mir nicht."

„Immerhin tritt sie die Heimreise mit zwei toten Familienmitgliedern an", gab ich zu bedenken.

„Hoffentlich verkraftet sie das", sagte der Kommissar und startete seinen Golf. „Ich hab das Gefühl, sie überspielt ihren Kummer und ihre Trauer."

Zurück in der Stube, fand ich eine in Tränen aufgelöste Madeleine und Edith, die sie umarmt hielt. Später, nachdem sich Madeleine in das Kellerstöckl zurückgezogen hatte, erzählte mir Edith, wie es zu dem Gefühlsausbruch gekommen war. Meine Frau ist, das muss ich jetzt einfügen, ein Gedächtnisgenie. Schon als Kind konnte sie nach zweimaligem Durchlesen seitenlange Balladen auswendig aufsagen, sogar die Rede Ciceros gegen Catilina rezitierte sie in einem Zug ebenso wie Shakespeares Antonius-Rede, und später prägte sie sich, sobald sie ein Lied einmal gehört hatte, jeden Songtext ein, auch englische oder italienische. Wenn sie mit jemandem ein Gespräch führt, bleibt der gesamte Dialog in ihrem Hirn haften, und sie kann das Gespräch fast Wort für Wort wiederholen. An diesem Abend hatte sie Madeleine darauf hingewiesen, dass ihr daheim in Frankreich durch das Begräbnis ohnehin hohe Kosten erwachsen würden und dass sie zumindest auf die beträchtliche Geldsumme von siebenhundert Euro nicht verzichten sollte.

Ihr sei alles egal, antwortete Madeleine. Sie habe in kurzer Zeit ihre gesamte Familie verloren. Edith versuchte ihr Mut zuzusprechen: Das Leben gehe weiter, sagte sie. Madeleine wohne in einem wunderschönen Land, außerdem habe sie mit uns neue Freunde gefunden. Worauf Madeleine erst recht in ein seelisches Tief kippte. Plötzlich gab sie auch Existenzsorgen zu. Ihr Job als Übersetzerin sei nur eine Teilzeitaufgabe gewesen, klagte sie. Schon seit zwei Monaten habe sie, nebenbei *une femme estropié*, eine Verkrüppelte, keine neuen Aufträge aus Auxerre, wo sie für einen Verlag gearbeitet hatte, erhalten. Umso mehr, meinte Edith, stünde ihr das Geld ihres Vaters zu.

„*Mon Père* hat Sparbücher daheim", wandte Madeleine ein. „Er hat mir das Codewort dafür verraten."

„Ihr Vater war sehr fürsorglich", fand Edith.

„Ja", entgegnete Madeleine. „Das Codewort ist sein Kosename für mich – *ma prunelle*, mein Augenstern." Daraufhin brach sie in Tränen aus, vergrub das Gesicht in ihre auf die Tischplatte gesunkenen und verschränkten Arme und begann bitterlich zu schluchzen.

Ich bat Madeleine über das Haustelefon, den weiteren Abend mit uns zu verbringen, aber sie wollte allein sein und meinte, der Schlaf würde ihr gut tun. Edith und ich saßen lange schweigend beisammen, rührten nicht einmal die Weingläser mehr an, und sogar das monotone Geflüster der Pendeluhr war uns in diesen Momenten zu laut. Mir war auch nicht zu Mute, einen ergänzenden Bericht über die Auffindung von George Gelin an die Redaktion zu mailen, wie ich es geplant hatte. Sogar Bodo, dessen Sensoren für menschliche Gefühlsschwankungen und seelische Erschütterungen immer verlässlich funktionieren, spürte die Aura der Verzweiflung, die Madeleine hinterlassen hatte, kauerte sich auf den Teppich und vermied es sogar zu seufzen, als hielte er den Atem an.

22. Gottes Mühlen

Edith erschrak, als sie am nächsten Tag, es war Sonntag, zu ihrem Morgenrundgang mit Bodo aufbrach. Vom Balkon des Kellerstöckls rief ihr eine scheinbar frohgelaunte und muntere Madeleine einen Gutenmorgengruß zu und bat, mitgehen zu dürfen. Meine Frau hatte unseren Gast nach dessen Seelentief am Vorabend noch im Bett vermutet. Bodo war hocherfreut über die neue und zusätzliche Begleitung, die ihm nun öfter als Edith den geliebten Schnurball warf. Unterwegs, so erzählte mir meine Frau hinterher, kam Madeleine mit keiner einzigen Silbe auf ihre gestrige depressive, uns Sorgen bereitende Phase zu sprechen, sondern berichtete von ihren häufigen Wanderungen durch den Naturpark Morvan in Burgund. Ich erinnere mich nur allzu gern an diese Landschaft, die ein wenig dem österreichischen Waldviertel gleicht, von dichten Mischwäldern geprägt ist und die auch wir oft durchstreift hatten.

Bei einer ihrer Touren, die sie stets allein und im Morgengrauen gestartet hatte, war sie attackiert worden, erzählte Madeleine. Sie spazierte damals zum höchsten Berg dieser Region, zum 901 Meter hohen Mont Haut-Folin, als sie ein fremdartiges Geklapper hörte. Gleich danach setzten ein merkwürdiges Trillern und anschließend ein Pfeifen ein. Als sie hochblickte, bemerkte sie den Verursacher der seltsamen Geräusche. Ein prächtiger Auerhahn sandte, den bunten Schwanz stolz aufgefächert und den Kopf mit den grellroten Augenbrauen hochgereckt, seine Lockrufe an paarungswillige Hennen. Madeleine lauschte fasziniert dem Gesang des mächtigen Vogels und betrachtete ihn voll Bewunderung. Sie wusste, nur selten ist es Menschen vergönnt, Auerhähne bei solchen Balzarien zu sehen. Doch plötzlich verstummte der majestätische Vogel und stürzte sich, seine Lufthoheit verteidigend, angriffslustig auf die Wanderin. Madeleine suchte geistesgegenwärtig hinter einem Kieferstamm Deckung, doch der kampfbereite Auerhahn attackierte sie mit aufgerissenem Schnabel weiter, sodass sie um ihr Leben zu rennen begann. Wegen ihrer Behinderung kam sie nicht rasch genug voran, der Vogel holte sie ein und verletzte sie, ihre Jeans durchstoßend, mit Schnabelhieben an einem Bein. Erst nach etwa fünfzig Metern ließ der in seinem Balzritual gestörte hoheitsvolle Hahn von der unerwünschten Zuseherin ab und hüpfte auf dem Waldboden zurück zu seiner ursprünglichen Gesangsbühne.

Als die beiden Frauen mit Bodo nach rund einer Stunde zur Hube zurückkehrten, schielte die Sonne bereits am östlichen Horizont über den Karnerberg und kündigte einen prächtigen Sommertag an. Der heitere Morgen wirkte nach dem trübseligen Abend wohltuend aufs Gemüt, die Sonne übernahm wie so oft die Rolle einer überdimensionalen therapeutischen Bestrahlungslampe. Auch die Zurückkehrenden empfanden es so, zumindest drückten ihre Gesichter Fröhlichkeit und Lebensfreude aus, und nichts deutete in dieser Stunde auf die depressive Stimmung vom Vorabend hin, aber auch nicht auf die Katastrophe, die uns an diesem Tag ereilen sollte. Ich lud Madeleine zum Frühstück in unsere Stube, es schien mir wichtig, dass sie nicht oben im Kellerstöckl mutterseelenallein beim Kaffee saß und sich ihrem Kummer hingab. Schon vorher hatte ich mit Edith vereinbart, dass wir mit ihr zu Mittag über die Weinstraße zockeln und danach bei Gregor Vracko in Kungota einkehren sollten, wie ich es unserem Gast versprochen hatte. Madeleine war mit dem Plan sofort einverstanden, bat aber, vorher auch einen Blick auf die Flugschau werfen zu dürfen, von der sie tags zuvor nur ein paar Probeloopings mitbekommen hatte.

Mein anschließender Spaziergang mit Bodo führte mich auch an jene Stelle, wo ich exakt eine Woche vorher Gaston Gelin am Hopfenpranger entdeckt hatte. Als ich mich dem dreizehnten Mast dieses Hopfenfeldes näherte, beschlich mich ein Schauder, und das tragische Geschehen spulte plötzlich wie ein düsterer, gruseliger Schwarzweißfilm durch mein Gedächtnis. Ich sah die elegant gekleidete Gestalt mit den buschigen Augenbrauen, die sich im Ort nach dem Gaischitz-Hof erkundigte, hatte zwei flatterhafte Hühner vor Augen, die einem Peugeot 206 vor die Räder liefen, den zornigen schnurrbärtigen Karl Harrer, der von dem Lenker Schadenersatz forderte und ihn schließlich brutal attackierte, sowie das Opfer, das zum Gaischitz-Bauern weiterfuhr, um das Verschwinden seines Großvaters zu klären, und dort bei Kuchen und Kaffee zusammenbrach. Dann, nach Einbruch der Dunkelheit, ratterte der Bauer mit einer fahrbaren Hebebühne zum Hopfenfeld des Karl Harrer, während aus der Ferne die Musik vom Pfarrfest herüberschallte. Die Plattform fuhr hoch, und mit zwei, drei Griffen beförderte der Lenker den Toten auf einen mächtigen Kastanienbaumpfosten.

Ein Gedankengewirr geisterte durch meinen Kopf: Warum mussten ausgerechnet in dem Augenblick, als Gaston Gelin zum Gaischitz-Hof unterwegs war, zwei dumme Hühner auf die Fahrbahn flattern?

Wäre das Geflügel in seiner Umzäunung geblieben, könnte der Vater Madeleines noch leben, und vielleicht hätten wir einander sogar näher kennengelernt, entweder bei Gregor Vracko oder beim Kirchenwirt in Leutschach, wo Edith und ich uns ebenfalls ab und zu kulinarisch verwöhnen lassen. Mit seiner burgundischen Herkunft hätten Gaston Gelin und ich eine ideale Gesprächsbasis vorgefunden. Aber wer kann schon dem Schicksal entrinnen, dachte ich resignierend, und mir fiel ein französisches Sprichwort ein, das diesen defätistischen Gemeinplatz ähnlich umschreibt: *Va où tu peux, meurs où tu dois.*

Die Kirchenglocken riefen auch diesmal vielstimmig zur Sonntagsmesse, und wieder vermittelte das Geläut die Illusion einer friedvollen, ländlichen Idylle. Bei einem Zeitungsstand griff ich nach jenem Grazer Kleinformat, dessen Fotograf am Samstag die Suchaktion am Remschnigg aus der Luft dokumentiert hatte.

Tatsächlich fand ich auf einer hinteren Seite des Blattes ein Foto mit der Überschrift *„Hopfen-Krimi: Zweite Leiche gefunden“*. Der kurze Bildtext ließ jedoch offen, um wen es sich bei dem Toten handeln könnte: *Die Mordkommission ging am Samstag unter die Totengräber. Mit Hilfe der Feuerwehr gruben die Beamten in der Nähe von Leutschach eine Leiche frei. Möglicherweise handelt es sich um den Vater des Franzosen Gaston Gelin. Wie berichtet, war der pensionierte Richter Gelin auf der Suche nach seinem seit Jahrzehnten verschollenen Vater von einem Bauern erschlagen worden. Bei Redaktionsschluss stand die Identität des Toten noch nicht eindeutig fest.*

Zufrieden faltete ich die Zeitung zusammen und setzte meine Runde fort. Die Kollegen waren bei ihren Recherchen offenbar ebenso wenig fündig geworden wie ich. Immerhin hatten sie uns ein aktuelles Foto voraus, das, noch dazu aus der Vogelperspektive, eindrucksvoll den Fundort von Madeleines Großvater zeigte.

Während ich mit Bodo an der Leine zu unserem Wagen zurückspazierte, hob ähnlich wie am Vortag ein Himmelspektakel an. Etliche Leichtflugzeuge, Motorsegler und Ultralight-Maschinen zogen im Formationsflug über uns hinweg, aus der Ferne näherte sich knatternd ein Hubschrauber, die Flugschau hatte begonnen. Daheim stand Madeleine, ausgerüstet mit einem Fernglas, das Edith ihr geliehen hatte, auf dem Balkon des Kellerstöckls und betrachtete fasziniert den Trubel am Firmament. „Fliegen war immer mein Traum“, rief sie mir zu, als ich ihr zuwinkte. Madeleine hatte sich umgezogen und trug nun jene blauweiße, jugendlich frisch aussehende Bandage-Robe, die ich schon bei ihrer Ankunft im Grazer Flughafen bewundert hatte, sowie ihre schwarzweißen Turnschuhe. Ihr brünettes Haar war nun nicht mehr streng verknotet, sondern umrahmte wallend ihr hübsches Gesicht, Romina Power war wieder präsent.

Wie wir unserem Gast versprochen hatten, brachen wir bald darauf zu einer Rundfahrt durchs Rebenland auf, auch Bodo war mit von der Partie und freute sich rührend, dass mit Madeleine noch eine ihm wohlgesinnte und zum Spielen aufgelegte Begleiterin mitfuhr. Über eine Waldstraße erreichten wir zunächst das höchstliegende Weingut Österreichs in Großwalz, wo uns Hausherr Hugo Kapun mit einem Glas Schilchersekt begrüßte. Madeleine war beeindruckt, was hier in siebenhundert Meter Seehöhe den Gästen alles geboten wird, und ließ sich von mir neben der riesigen steinernen Hand fotografieren. Nach einem Rundgang durch den Wellnesspark des Weingutes gondelten wir über die Panoramastraße talwärts, vorbei an der ehemals kleinsten Schule der Region und an etlichen Aussichtspunkten, von denen aus sich ein herrlicher Blick auf den gegenüber liegenden Eichberg bietet. Wieder im Tal, steuerte ich auf jene weitflächige Wiese zu, die der Schlossherr Herbert Rauch-Hoephffner von Brendt alljährlich der Flugschau kostenlos überlässt und wo das Luftspektakel mittlerweile etliche hundert Zaungäste angelockt hatte. Madeleine wollte unbedingt die Flugzeuge und Heißluftballons aus der Nähe sehen, und als sie an einem Tisch vorbeikam, wo man sich für eine Ballonfahrt anmelden konnte, wartete sie geduldig, bis auch sie registriert wurde. Wir hielten rund hundert Meter Abstand, weil Bodo, irritiert durch die zahlreichen Modellflieger, die über die Köpfe der Zuschauer surrten, fluchtbereit an der Leine zerrte.

Wegen der Thermik in der warmen Jahreszeit, so berichtete uns Madeleine, waren die ersten Ballonstarts erst ab 17 Uhr vorgesehen. Sie fragte, ob uns dieser Termin recht sei, offenbar rechnete sie damit, dass ich sie mit dem Wagen zum Startplatz bringen würde, und ich war natürlich einverstanden.

„Wollen Sie nicht auch mitfahren?“, wiederholte sie ihren Vorschlag vom Vortag. „Ich lade Sie ein und zahle auch für Sie die zweihundertfünfzig Euro. Aus der Luft könnten Sie mir die Landschaft erklären.“

„Danke, Madeleine“, winkte ich ab. „Ich hab mein Ballonabenteuer bereits hinter mir und Gott sei Dank überlebt.“

„Da oben“, meinte sie zum Himmel blickend, „wären Sie dem lieben Gott, wenn Sie ihm danken wollen, sicher näher.“

„So kann man es auch sehen", gab ich zu.

„Ich werde mit diesem blauweißen Ballon fahren", sagte sie, auf eine noch leere, auf der Wiese ausgebreitete Hülle weisend. „Der Pilot ist ein Deutscher, er hat mich nur ersucht, keine Stöckelschuhe anzuziehen."

„Wie viele Passagiere fasst der Korb?", fragte ich.

„Drei", wusste Madeleine. „Ein Platz ist noch frei."

„Und wie kommen Sie zurück nach Leutschach?", sorgte sich Edith.

„Ein Geländewagen fährt dem Ballon auf dem Boden hinterher", klärte ich meine Frau auf. „Nach der Landung wird die Ballonhülle zusammengelegt und aufgeladen, und auch die Balloninsassen werden zum Startplatz zurückgebracht."

Nach einigen Kilometern auf der Alten Weinstraße passierten wir, unterwegs nach Kungota, die slowenische Grenze. Dort, wo früher zunächst die österreichischen, gleich danach die slowenischen Zöllner jede Person, jedes Fahrzeug penibel kontrollierten, herrscht nunmehr untätige Stille. Die Grenzgebäude waren, inzwischen nutzlos und bedeutungslos, verwaist und wurden bald nach der Öffnung der Grenzen dem Boden gleichgemacht, und der ehemalige Duty-Free-Laden daneben, einst scharenweise von österreichischen Kunden heimgesucht und geplündert, wirkte gähnend menschenleer. Das Abkommen im luxemburgischen Weindorf Schengen hat, wenn schon nicht nationale und menschliche Schranken, so doch wenigstens zollamtliche Barrieren beseitigt.

Das Restaurant von Gregor Vracko war an diesem Sonntagmittag gut besucht. Die meisten Gäste kamen, wie die Autonummern verrieten, aus der nahen Stadt Marburg, aber auch etliche steirische Kennzeichen fielen mir auf dem Parkplatz auf. Wir hatten Glück, noch einen freien Tisch im luftigen, überdachten Bereich zu ergattern. Edith und ich sahen einander vielsagend an, behielten aber unsere Gedanken für uns: Der Tisch, den uns der Kellner zuwies und unter dem Bodo es sich sofort gemütlich machte, war jener, an dem wir etwa eineinhalb Wochen zuvor den sympathischen kahlköpfigen Gourmet Gaston Gelin beobachtet hatten, wie er, mit kurzer Hose und kurzärmeligem Hemd bekleidet, ein Feinschmecker-Menü zelebriert und mit dem Patron des Hauses einige Gläser Rotwein geleert hatte. Jetzt saß seine Tochter hier und bestellte, als der Kellner nach dem Getränkewunsch fragte – Rotwein. Ich erinnerte den Ober an die Flasche Pinot blanc, die wir einige Tage vorher bestellt, aber nicht ausgetrunken hatten, und tatsächlich war die mehr als halbvolle Bouteille noch vorhanden und obendrein richtig gekühlt.

„Hier hat *mon Père* also gewohnt?", konstatierte Madeleine.

„Er hatte die Adresse von dieser Gostice Denk aus einer französischen Gourmetzeitschrift", erinnerte ich sie.

„Ob ich sein Appartement sehen kann?", überlegte Madeleine.

„Ich werde den Chef fragen", versprach ich. „Hoffentlich findet er bei so vielen Gästen Zeit für uns."

„Zuerst stärken wir uns", schlug Edith vor. Sie entschied sich, weil Gregor immer frischen Fisch parat hat, für eine Goldbrasse, über die sie hier schon einmal ins Schwärmen geraten war, Madeleine für ein verlockend aussehendes Beefsteak, wie es am Nachbartisch serviert wurde, und ich blieb meinen Kalamari auf Pariser Art treu. Madeleine staunte über die üppigen Portionen, die sie in einem Gourmettempel nicht erwartet hatte, und der Kellner klärte sie auf: „Unser Chef sagt immer, wir sind keine Apotheker." Das Glas Rotwein, das er Madeleine servierte, stammte zu meiner Überraschung von unserem Freund Hannes Zweytick aus Ratsch an der Weinstraße. Schon vor Monaten hatte der junge slowenische Wirt mich gebeten, im Weingut Zweytick den besten Rotwein auszuwählen und ihm eine Probeflasche zu organisieren. Offenbar hatte sich Gregor Vracko damals von der Qualität des Roten überzeugen lassen. Es war auch wirklich ein außergewöhnlicher Tropfen, den der ehemalige VP-Nationalratsabgeordnete und Ratscher Bürgermeister Zweytick abgefüllt hatte. Als ich Hannes, den „schwarzen" Mandatar, einmal darauf ansprach, warum er in der vom Weißwein dominierten Südsteiermark auch Rotweine keltere, antwortete er mit einem ebenso banalen wie einleuchtenden Bonmot: „Die besten Roten haben immer einen schwarzen Kern."

Nach dem Hauptgang konnte ich Madeleine zu einem der delikaten Desserts, für die das Haus Denk berühmt ist, überreden. Sie entschied sich für eine *Tarta iz Kisle Smetane s Parfejem iz Bucnega Olja*, zu Deutsch für eine Topfentorte mit Kernöl-Parfait.

Als ich danach die Küche aufsuchte, herrschte dort noch hektische Betriebsamkeit. Neben Gregor werkten seine Mutter und zwei Jungköche an den Herden, und die beiden Servierkräfte kamen mit dem Abholen der fertigen Speisen und Getränke kaum nach. Gregor wollte mir, als er mich sah, nur freundlich zuwinken, doch dann merkte er, dass ich etwas auf dem Herzen hatte, und er trat auf mich zu und schüttelte mir die Hand.

„Die Tochter von Monsieur Gelin ist hier“, sagte ich. „Und sie fragt, ob sie das Appartement sehen darf, in dem ihr Vater logiert hat.“

Gregor nickte, rief seinen Assistenten noch drei, vier Anweisungen zu und eilte mit mir in den überdachten Gastgarten. Als ich ihm Madeleine vorstellte, erfasste er sie, umarmte sie und hielt sie eine ganze Zeit innig umklammert. „*Moje saucesce*“, sagte er schließlich, um auf Deutsch anzufügen: „Es tut mir so leid, Madame. Ihr Vater war ein großartiger Mensch. Und er wollte mit Ihnen wiederkommen.“

Ich begleitete die beiden absichtlich nicht, als sie zu den Pensionsräumen des Gasthofes hochstiegen. Wie Madeleine uns danach berichtete, war das Appartement Nummer drei jetzt unbewohnt, so dass sie sich in den beiden Räumen ungestört bewegen konnte. Auch der Wirt ließ sie in diesen Momenten allein und bat sie nur, ihm hinterher den Schlüssel zu bringen. „Ich habe gespürt, dass *mon Père* zugegen ist“, erzählte sie. „Es war, als hätte ich ihn atmen gehört. Er hat mich erwartet. Und jetzt weiß ich auch, warum er sich hier so wohl gefühlt hat. Es war nicht nur die ausgezeichnete Küche. Es war das ganze Ambiente. Im großen Zimmer hängen zum Beispiel Bilder von alten Mühlen. Die hat er geliebt, weil seine Geburtsstadt Mulhouse nach einer Mühle benannt wurde. Immer wieder hat er in Burgund romantische Restaurants aufgesucht, die in ehemaligen Mühlen untergebracht sind.“

„Natürlich“, erinnerte ich mich. „Ihr Vater wollte in Schlossberg eine Mühle fotografieren. Das hat er Herrn Vracko angekündigt und in Leutschach hat er sich nach der Adresse einer alten Mühle erkundigt. Wahrscheinlich ist er nicht mehr dazugekommen, sie aufzusuchen.“

„Wenigstens hat er posthum erreicht, dass sich ein Sprichwort erfüllt: Gottes Mühlen mahlen langsam, aber trefflich klein“, meinte Edith. „Aber sie haben zu langsam gemahlen“, bedauerte Madeleine. „Der Mörder meines Großvaters ist nie zur Rechenschaft gezogen worden. Die Gerechtigkeit, für die *mon Père* immer gekämpft hat, ist ausgeblieben. Im Gegenteil: Jetzt ist auch *mon Père* umgebracht worden.“

Als wir aufbrachen, kam der Wirt noch einmal auf uns zu. Er lud Madeleine ein, einige Tage sein Gast zu sein, wann immer sie wolle, und reichte ihr seine Visitenkarte.

„Auch uns würde es freuen, wenn Sie wiederkämen“, sagte Edith, als wir unseren Wagen bestiegen.

„Gerne möchte ich wieder hier sein“, antwortete Madeleine, *„mais l'homme propose et Dieu dispose.* Der Mensch denkt, Gott lenkt.“

Die Einladung zu einer Schale aufmunternden Kaffees daheim lehnte Madeleine dankend ab, sie wolle vor dem Ballonabenteuer noch ein Mittagsschläfchen machen, sagte sie, und mir war ihre Entscheidung sehr recht, denn gegen eine erholsame Siesta war nichts einzuwenden. Um halb fünf Uhr, so schlug ich vor, würde ich Madeleine zum Startplatz fahren. Ich bat sie, ihre Gutscheine aus dem Supermarkt mitzubringen, ich würde sie bar einlösen, und mit den dreihundert Euro könnte sie ihre Ballonfahrt zahlen. Bevor ich es mir auf der Couch bequem machte, mailte ich der Redaktion noch sechzig Druckzeilen zum gestrigen Skelettfund:

Kalendernotiz führte zum Grab eines Mordopfers
Der Tote, der wie berichtet, am Samstag in Remschnigg, Südsteiermark, aus 1,20 Meter Tiefe am Waldrand geborgen wurde, ist eindeutig identifiziert: Es handelt sich tatsächlich um den Franzosen George Gelin, der 1944 als Zwangsarbeiter auf einem Bauernhof ums Leben gekommen ist. Auch die Todesursache scheint nach einer ersten Obduktion klar. Der Mann wurde mit einem Gewehrkolben erschlagen. Die ebenfalls vergrabene Tatwaffe wurde neben dem Skelett sichergestellt.

Gaston Gelin, der Sohn von George Gelin, war, wie gemeldet, auf der Suche nach seinem vermissten Vater in Schlossberg nach dem tätlichen Angriff eines Hühnerzüchters an den Folgen der Verletzungen gestorben.

Die Agnoszierung von George Gelin war möglich, weil in Kleiderresten des Toten noch ein an ihn adressierter Brief seiner Ehefrau gefunden wurde.

Als Täter kommt nach Ansicht der Kriminalpolizei Leibnitz der frühere Hofbesitzer in Frage, bei dem Gelin als Kriegsgefangener zur Arbeit eingeteilt gewesen war. Der mutmaßliche Mörder ist vor einigen Jahren gestorben. Sein Enkel, der nunmehr das Bauerngut führt, behauptet, von dem Mord nichts gewusst oder geahnt zu haben. Ihm sei erzählt worden, George Gelin sei damals nach einem Unfall mit einem Pferdegespann aus Furcht vor Bestrafung zu den Tito-Partisanen geflüchtet.

Die Polizei fand in dem Anwesen einen Kalender aus 1946 und darin eine Notiz des mutmaßlichen Täters. In dem Schreiben fordert er seine Nachkommen auf, ein bestimmtes Grundstück nie zu verkaufen und dort auch nie zu ackern. Durch diese Notiz war die Polizei auf das Grab des Ermordeten gestoßen.

Damit, so teilte ich dem Sonntagsdienst-Redakteur Oliver telefonisch mit, wäre die Berichterstattung über den Hopfen-Krimi aus meiner Sicht beendet. Er versprach, den Text in voller Länge unterzubringen, erkundigte sich allerdings nach einem Foto von den Grabungsarbeiten. „Eine Grazer Zeitung hatte so ein Bild schon heute im Blatt", kritisierte er. „Das war ein purer Glücksfall", erklärte ich. „Der Fotograf ist Kunstpilot und hat zufällig direkt über uns für eine heute stattfindende Flugschau trainiert."

„Hast du wenigstens irgendein Bild von diesem George Gelin?", fragte Oliver.

„Leider nein. Die Polizei hat angeblich ein altes, vergilbtes Foto, rückt es aber nicht heraus, weil kein Fahndungsgrund besteht. Aber wenn du ein Porträt brauchst, füg doch einfach eines von diesem Doktor Stendal ein. Von dem Gerichtsarzt gibt 's eine Menge im Online-Archiv."

23. „C' est mon tour"

Stunden später, auf der Fahrt zur Wiese vor dem Schloss Trautenburg, erzählte ich Madeleine, dass ich einst bei meiner ersten und einzigen Ballonfahrt auf den Namen Baron Bernt von Augsburg geadelt wurde. Das sei ein beliebtes Ritual mit Ballonanfängern, und meistens würden die Passagiere an Bord mit Sekt getauft.

„Ich weiß", nickte Madeleine. „Der Brauch geht auf einen französischen König, auf Ludwig XVI., zurück. Als die Brüder Montgolfier damals die Ballonfahrt erfunden haben, erließ er ein Gesetz, wonach nur Adelige das neumodische Luftfahrzeug benützen durften. Mich haben sie vor Jahren zur Comtesse Madeleine von Freiburg ernannt."

„In der Luft sind wir beide Hoheiten, Comtesse Madeleine", resümierte ich, mich im Scherz vor ihr verneigend.

„Wenigstens der Himmel meint es gut mit uns", sagte Madeleine. Dann drehte sie sich ganz zu mir, und jetzt erst bemerkte ich, dass sie diesmal ein weißes T-Shirt mit dem Aufdruck *„C'est mon tour"* trug. Das Haar hatte sie wieder verknotet, am Schoß lag ihre Jeansjacke, und zwischen den Fingern ihrer linken Hand drehte sie einen vierblättrigen Klee, den ihr Edith vorhin geschenkt hatte. „Damit Sie wieder gesund zurückkommen", hatte Edith gemeint. Meine Frau war daheimgeblieben, weil Bodo nach der ausgedehnten Mittagspause auf seinen Spaziergang bestand und weil sie sich mit dem Wirbel bei der Flugschau nicht anfreunden konnte. „Ich glaube", sagte Madeleine, als sie sich mir zuwandte, „Sie sind ein glücklicher Mensch. Sie scheinen gesund zu sein, haben eine liebe Frau, vermutlich auch nette Kinder und Enkelkinder und einen guten Job. Und Sie leben hier in einem schönen Land."

„Ich beklage mich nicht", sagte ich etwas verwundert über ihre Bemerkung, und spontan wollte ich Madeleine fragen, ob denn sie unglücklich sei. Im letzten Moment unterließ ich es, weil so eine Frage nach dem gewaltsamen Tod eines geliebten Vaters und nach Auffindung eines ermordeten Großvaters nicht nur überflüssig, sondern auch geschmacklos gewesen wäre. Dabei hätte ich die Frage gar nicht auf das Drama um ihre beiden Verwandten beziehen wollen, sondern auf Madeleines offensichtliche Einsamkeit. Meiner Ansicht nach hatte sie weder einen ständigen Lebenspartner noch einen vertrauten Freundeskreis, sonst hätte sie irgendwann schon eine Andeutung in diese Richtung gemacht.

Sie sah mich an und lächelte: „Sie wollten noch etwas sagen."

„Ja", entgegnete ich, die Silbe dehnend, um eine taktvolle und nicht verletzende Antwort zu überlegen. Diese Frau war mit unheimlich gefühlvollen Sensoren gewappnet, das hatte sie schon bei unserer ersten gemeinsamen Autofahrt bewiesen, als sie mein Geständnis, Journalist zu sein, vorweggenommen hatte. „Ja, Madeleine", sagte ich, „ich möchte und wünsche Ihnen, dass sie wieder glücklich werden."

„Wieder?"

„Natürlich, Madeleine. Sie sind jung und schön – ".

„Ach", unterbrach sie mich, „Sie meinen, ich sollte wieder eine Beziehung eingehen. Nein, ich habe es erlebt: Eine Partnerschaft ist keine Garantie für Glück. Irgendwann werden Sie bitter enttäuscht. Wissen Sie, wo ich heute einen Glücksmoment erlebt habe? Als ich mit Ihrer Frau am Morgen durch den Garten spaziert bin. Ihre Frau hat an einem kleinen Tümpel mit einem Fisch gesprochen. Ich glaube, sie hat ihn Neptun genannt. Ganz lieb hat sie mit ihm geplaudert. Und der Fisch, ich habe es nicht für möglich gehalten, er hat zugehört. Er hat sogar das Köpfchen gehoben, so als wollte er auch noch gestreichelt werden. Es war entzückend. Es war beglückend."

„Edith empfindet das ebenso", bestätigte ich. „Die Natur, sagt sie, macht glücklich. Und die kleinen Glücksmomente sind es, die das Leben lebenswert machen."

„So ein kleines Glück", sagte Madeleine „möchte ich heute noch einmal erleben und zum Himmel fahren."

Jemand hupte uns zu, es war unser Freund Hermann Herbst, der, von seiner Tischlerwerkstatt kommend, vor uns zu seinem Wohnhaus neben der Kren-Mühle einbog. Er schaute etwas verwundert, als er eine fremde Frau neben mir im Auto sah, winkte halb zögerlich, halb befremdet, und gab dann Gas. Hundert Meter weiter hatten wir die Schlosswiese erreicht, und ein Ordner der Feuerwehr wies mir einen Parkplatz zu. Ich hatte allerdings nicht die Absicht, hier länger zu verweilen, und wollte nur den Start des Ballons abwarten und dann zurück zur Hube fahren. Die blauweiße Hülle ragte schon mächtig und birnenförmig hoch, der Brenner feuerte ununterbrochen Heißluft in die Öffnung. Madeleine wurde von dem deutschen Piloten begrüßt, zahlte ihre Mitfahrgebühr (ich hatte ihr schon vorher die Supermarkt-Gutscheine abgekauft) und kam dann zu mir zurück.

„Wir starten in zehn Minuten", sagte sie. „Wollen Sie so lange warten?"

„Freilich", sagte ich. „Ich möchte doch Ihre Himmelfahrt bestaunen."

Dann fiel mir ein, dass Madeleine erst nach einigen Stunden zurückkehren würde und ich sie dann von der Schlosswiese abholen müsste. „Ich selbst habe kein Handy mit", antwortete sie auf meine Frage nach dem Rückkehrtermin, „aber der Pilot hat eines. Wenn wir wieder hier sind, wird er Sie anrufen. Ihre Nummer habe ich."

Etliche Zuschauer scharten sich um den Ballonkorb und verfolgten die Startvorbereitungen. Die riesige Hülle blähte sich immer mehr auf. Neben Madeleine war nur ein zweiter Fahrgast für diese Ballonfahrt angemeldet, eine attraktive, in ihrer Rundlichkeit sympathische Blondine, die sich zwar vorstellte, deren Namen mir jedoch entfallen ist. Sie überraschte mich, als sie sich als Poetin deklarierte, die nun mit einem ehemaligen Mönch verheiratet sei und die das Ballonabenteuer suche, um neue Inspirationen aus der Luft zu holen. Sie habe schon etliche Gedichtbände publiziert, erklärte sie nicht ohne Stolz, und zu ihren Lesern zählten angeblich vor allem intellektuelle Personen aus Politik und Prominenz.

„Wovon handeln Ihre Gedichte?", interessierte ich mich.

„Nun ja", sagte sie, „ich fühle mich als südsteirischer Bohemien und als Erbin der shakespeareschen Narren. Das schlägt sich auch in meinen Texten zu Buche. Zu meinen dichterischen Elementen zählen daher schalkhafte Satiren über die zeitgenössische Gesellschaft, ich wettere gegen den um sich greifenden Konformismus, aber ich scheue auch vor intimen Ergüssen nicht zurück, wenn Sie verstehen, was ich meine. Für meine Leser schaffe ich eine Alchemie von wollüstiger Akzeptanz. Sie sollen bei der Lektüre in Ekstase geraten." Zur Untermauerung ihrer ernsthaften Beschäftigung mit der Poesie zog sie ein grünes Notizbüchlein aus der Handtasche: „Hier werden meine dichterischen Ideen aufgeschrieben."

„Werden Sie an Bord, gewissermaßen auf einer abgehobenen Bühne, aus Ihrem Werk rezitieren?", fragte ich.

„Natürlich." Sie öffnete das Büchlein: „Diesen Achtzeiler hab ich für meine Ballonfahrertaufe gedichtet." Dann hob sie mit ausgestrecktem Zeigefinger den rechten Arm, als mahne sie bei einem Auditorium andächtige Aufmerksamkeit ein, und las vor:

„Ich schwebe nun zum Himmel./
Die Muse steht mir bei./
Vom irdischen Getümmel/
mach ich mich heute frei./

Ich hebe meinen Schampus /
und dank der Fantasie, /
die mit kokettem Kuss /
stimuliert die Poesie."

Sapperlot, fuhr es mir durch den Kopf, wenn man mit solchen Versen und auch mit intimen Ergüssen, wie die schreibende Kollegin sie erwähnt hat, wenn man damit Erfolg hat, dann habe ich mit meinen Kinderbüchern und Krimis auf das falsche Pegasus-Pferd gesetzt. Madeleine schien von den lyrischen Darbietungen ihrer Ballongefährtin genug zu haben. Sie wandte sich an den Pilot und fragte, mit welchen Windverhältnissen zu rechnen sei. „Leichter Westwind mit fünf bis zehn Stundenkilometern", erklärte der Deutsche. „Wir werden daher ostwärts fahren. Vielleicht landen wir in Slowenien oder sogar in Ungarn."

„Welche Sehenswürdigkeiten werden wir auf dieser Route überfliegen?", wollte Madeleine von mir wissen. „Ich habe meine Digitalkamera mit und möchte fotografieren."

Die Poetin hatte sich inzwischen einem anderen, scheinbar dankbareren Gesprächspartner zugewandt, ich glaube, es war Redakteur Anton Barbic von einer Lokalzeitung, der selber bereits ein Buch mit köstlichen Karikaturen veröffentlicht hatte.

Ich überlegte, welche Tipps ich Madeleine geben könnte, mir fiel aber nur die mächtige Wallfahrtskirche in Sankt Veit am Vogau ein, die mit ihren beiden Türmen ein lohnendes Fotomotiv aus der Vogelperspektive abgeben könnte, oder das hügelige Vulkanland bei Klöch mit einer 35 Meter hohen Burgruine, die früher der Familie des Grafen Stürgkh gehört hat. Im Weingut dieser Familie, schilderte ich Madeleine, „hat der Schauspieler Curd Jürgens in einer Weingartenhütte als Deserteur das Kriegsende überlebt. Und 1947 hat er dort mit einer seiner Ehefrauen, der Schauspielerin Judith Holzmeister, denkwürdige Flitterwochen verbracht."

„Der Schachspieler?", fragte Madeleine.

Zuerst wusste ich nicht, was sie meinte, dann erinnerte ich mich an den Film „Schachnovelle", der 1960 nach der Erzählung von Stefan Zweig gedreht wurde. So unterschiedlich werden oft prominente Schauspieler vom Publikum wahrgenommen und in Schubladen gesteckt. Mir war Curd Jürgens in erster Linie als „Des Teufels General" zum Begriff geworden.

„Es geht los!", rief der Pilot und stieg in den Ballonkorb. Seine Helfer, die jetzt die Halteseile umklammert hielten, hatten einen Schemel davor gestellt, über den die beiden weiblichen Fahrgäste die Bordwand leichter überwinden konnten. Als Erste kletterte etwas umständlich die Poetin in den Fahrkorb, Madeleine schlüpfte in ihre Jeansjacke, umarmte mich fast innig und hauchte mir ein zartes *„Au revoir!"* ins Ohr. Dann erklomm auch sie die Korbkante und ließ sich vom Piloten in den Korb heben. Im Gegensatz zur Poetin, die ständig mit den Armen gestikulierte, als wollte sie sich von ihren zahlreichen Fans verabschieden, blieb Madeleine unbeweglich, fast wie erstarrt. Erst als die Halteseile in den Korb gezogen wurden und das Luftgefährt rasch und immer rascher emporschwebte, begann Madeleine, mir mit einem weißen Sacktuch zuzuwinken, und es war wie ein Abschiedsgruß.

„Glück ab, gut Land und bis bald!", rief ich ihr zu, doch ich bezweifle, ob sie mich verstanden hat, denn in dem Moment war der Ballon bereits zwanzig, dreißig Meter hoch gestiegen. Nach einigen Sekunden waren die Gesichter der Insassen nur noch klein wie Stecknadelköpfe wahrnehmbar, und mit einer Luftströmung in rund hundert Meter Höhe nahm der Ballon tatsächlich Kurs in Richtung Osten. Die Dichterin winkte noch immer den Menschen auf dem Boden, und Madeleine schwenkte weit ausholend ihr Tuch, bis beide Passagiere offenbar erkannten, dass die Zuseher ihre Aufmerksamkeit mittlerweile anderen Objekten zuwandten. Da war bereits ein zweiter, noch größerer Ballon startklar, in seinem Korb drängten sich fünf oder sechs Menschen, und auch die Motoren der Leichtflugzeuge, die während des ersten Ballonstarts geschwiegen hatten, wurden wieder angeworfen. Gleichzeitig landete in einiger Entfernung ein Helikopter, dem einige Rundflugpassagiere entstiegen. Der Platzsprecher, am Mikrofon erkannte ich Johann Reiter, den Tausendsassa vom Lagerhaus, rief bereits die nächste Gruppe für ein Hubschrauber-Abenteuer zum Startplatz. Die blauweiße Himmelsgondel mit Madeleine an Bord entschwand immer weiter und hatte meiner Schätzung nach bereits eine Höhe von zwei- bis dreihundert Meter erreicht.

24. Schuldgefühle

Auf dem Rückweg zu unserer Hube fiel mir direkt gegenüber dem Friedhofstor ein Polizeiwagen mit rotierendem Blaulicht auf, der zur Hälfte in meine Fahrbahnseite ragte. Ich bremste und steuerte, neugierig geworden, meinen Scénic an den Straßenrand. Ein Polizeieinsatz im Friedhof – das schien mir doch einigermaßen ungewöhnlich. Ich band meine Digitalkamera an den Hosengürtel und betrat den Friedhof. In einiger Entfernung, an einer abschüssigen Stelle (der Friedhof liegt auf einem steilen Hang) standen drei Personen, zwei davon waren Uniformierte, ein Mann und eine Frau. Der Zivilist, ich erkannte ihn sofort, war der damalige Friedhofsaufseher Anton Kermann, hauptberuflich ein begnadeter Schlossermeister, der seinen Betrieb vor Jahren seinem innovativen Sohn Oswald übergeben hatte. Als Kermann mich erkannte, kam er auf mich zu. „Gut, dass ich Sie sehe“, sagte er. „Die Polizei würde gerne mit der Frau sprechen, die bei Ihnen wohnt.“

„Mit Madame Dietrich?“, wunderte ich mich, während ich näher trat.

Nun wandte sich auch die Polizistin an mich. Es war jene Beamtin, der ich schon eine Woche vorher am Hopfenpranger begegnet war und die ich seit ihren Kindheitstagen kenne. „Ist diese Frau bei Ihnen zuhause erreichbar?“

„Nein, nein“, stammelte ich verstört wegen des polizeilichen Interesses an Madeleine. „Sie ist in der Luft.“

„Was heißt: in der Luft?“

„Sie macht eine Ballonfahrt. Warum wollen Sie mit ihr reden?“

Die Polizistin nahm meinen Arm und führte mich auf dem engen Steig zu einem Grabstein. Auf der weißgrauen Marmorplatte prangte in schwarzen, großen und krakeligen Lettern die Aufschrift *„meurtrier!“*. Daneben waren in barocker, verblasster Goldschrift der Name Hans Poschnig und zwei Jahreszahlen zu lesen. Darunter, etwas heller, waren noch zwei Namen eingraviert – ein zweiter Hans Poschnig und eine Liane Poschnig, die Eltern von Gerd Poschnig.

„Wissen Sie, was das heißt?“, fragte die Polizistin. Ich wusste es nicht, aber ihr Kollege gab mir sofort Nachhilfe in Französisch: „Das heißt Mörder. Wir haben bei Google nachgeschaut. Ihre Bekannte hat eine Sachbeschädigung begangen.“

Oh Gott, das waren tatsächlich die Pinselstriche Madeleines, aber ich versuchte einen Einwand: „Wer sagt, dass Madame Dietrich dafür verantwortlich ist?“

Anton Kermann meldete sich zu Wort: „Sie war vor etwa einer Stunde hier und hat mich nach dem Grab des Gaischitz-Bauern gefragt."

„Und haben Sie gesehen, dass sie den Grabstein beschmiert hat?", fragte ich.

„Nein", sagte Herr Kermann. „Aber als ich später hier im unteren Friedhofsteil zu tun hatte, hab ich die Kritzelei bemerkt."

„Das ist Grabschändung", meinte die Polizistin. „Darauf steht eine Freiheitsstrafe bis zu sechs Monaten."

„Das kann man doch wegwischen", wandte ich ein. „Vielleicht ist es nur eine Wimperntusche."

„Herr Kermann hat es versucht, es lässt sich nicht so leicht entfernen", sagte der Polizist.

„Vielleicht nicht mit kaltem Wasser, weil Wimperntusche ja wasserfest sein soll. Aber mit irgendeinem Putzmittel müsste es gelingen", schlug ich vor. Zum Glück, fiel mir ein, hatte Gerd Poschnig die Bemalung seiner neuen Fassade bisher nicht angezeigt. Wäre den Verdachtsschöpfern in Uniform auch dieser Tatbestand bekannt, liefe die arme Madeleine womöglich als Wiederholungstäterin Gefahr, verhaftet zu werden.

„Für den Schaden wird diese Frau aufkommen müssen", drohte die Polizistin. „Und wir werden sie zumindest wegen Sachbeschädigung anzeigen. Wann wird die Frau zurück sein?"

„Das hängt vom Wind ab", sagte ich, dann ergriff ich noch einmal Partei für Madeleine: „Selbst wenn sie das wirklich geschrieben hat, war sie im Recht: Der Mann im Grab ist ein Mörder. Er hat ihren Großvater erschlagen. Fragen Sie nur Kommissar Ricchius."

„Wir kennen die Geschichte", sagte der Polizist. „Aber das berechtigt die Französin nicht, ein Grabmal zu beschmieren."

„Das ist wie Selbstjustiz", ereiferte sich seine Kollegin. „Das mag in Ihren Krimis erlaubt sein, aber in der Realität ist es verboten."

„Ich versuch es mit heißen Wasser wegzuwaschen", lenkte Anton Kermann ein.

„Nein, nein", wehrte ich ab. „Das mach ich schon selber, Herr Kermann. Ich bin gleich zurück. Und hinterher, werden Sie sehen", versprach ich den beiden Uniformierten, „ist der Grabstein sauberer, als er vorher war."

„Wir werden es kontrollieren", versprach die Beamtin.

Als ich daheim Edith von Madeleines neuem Streich erzählte, klatschte sie in die Hände: „Die Frau hat Zivilcourage, bravo!" Sie überlegte, wann Madeleine zu ihrer Mörder-Tour aufgebrochen sein konnte: „Sie muss während unserer Siesta in den Friedhof spaziert sein." Mit Seifenlauge und heißem Wasser, riet meine Frau, müsste die Schmähschrift entfernt werden können. „Aber es wäre schade drum."

Ich füllte heißes Wasser in eine Thermoskanne, Edith goss zusätzlich Seifenlauge in eine Plastikflasche und gab mir auch einen Putzfetzen mit. Sicherheitshalber fotografierte ich den Grabstein vor der Säuberung und danach. Tatsächlich ließ sich das Wort *meurtrier* spurlos beseitigen, der Marmor wirkte hinterher sogar heller. Anton Kermann, der noch immer im Friedhof beschäftigt war, nickte zufrieden, als er mein Werk prüfte. „Wenn ich gewusst hätte, dass der alte Gaischitz-Bauer ein Mörder war, hätte ich die Polizei nicht verständigt", sagte er, und es klang fast entschuldigend. „Ich hab den alten Hans noch gekannt", erzählte er. „Aber dass er seinerzeit einen Zwangsarbeiter erschlagen hat, wie die Polizei mir gesagt hat, das hätte ich ihm nie zugetraut."

„Den meisten Mördern sieht man ihre Tat nicht an", sagte ich. „Sie können ihr destruktives Potenzial geschickt kaschieren. Ich möchte nicht wissen", fuhr ich fort, „wie viele Menschen, die einen anderen umgebracht haben, als Mörder unerkannt mit dem Segen der Kirche beerdigt wurden."

„In der Kirche hab ich den alten Gaischitz-Bauer nie gesehen", erinnerte sich Kermann. „Auch sein Sohn und sein Enkel, der Gerd, sind nie zur Messe gekommen."

„Wobei", räumte ich ein, „das Fernbleiben von der Sonntagsmesse oft ehrlicher ist, als wenn jemand sie nur aus Tradition und Gewohnheit besucht oder weil er der gesellschaftlichen Erwartung entsprechen will."

„Ja", sagte Kermann, „man kann halt, wie beim alten Gaischitz-Bauer, in keinen Menschen hineinschauen."

„Gott sei Dank kann man das nicht", fand ich. „Sonst würde man bei so manchen Leuten seelische Abgründe entdecken, gegen die Dantes Höllenspektakel eine Kinderjause ist."

„Es tut mir leid, dass ich dieser Frau Schwierigkeiten gemacht hab", bedauerte Kermann. „Aber als Friedhofsaufseher muss ich darauf achten, dass hier nichts Unrechtes geschieht."

„Das ist schon in Ordnung", beruhigte ich ihn. „Der Vorfall zeigt doch nur, dass Sie wirklich im Friedhof nach dem Rechten sehen. Außerdem, Herr Kermann, bin ich überzeugt, dass gegen Madame Dietrich keine Anzeige erstattet wird." Sollte die örtliche Exekutive tatsächlich auf ein Verfahren gegen Madeleine bestehen, überlegte ich, würde Kommissar Ricchius die Sache rasch in Ordnung bringen.

Der Abend war spätsommerlich mild, Edith zog sich mit Bodo für eine weitere *Happy Hour* in die Botanik zurück, während ich mehrfach aufgeschobene Schreibarbeiten erledigte. Vor 21 Uhr, so hatte ich meiner Frau gegenüber vermutet, würde Madeleine von ihrem Ballonausflug nicht zurück sein. Gegen 20 Uhr stellte ich einen zweiten in steirischem Grün lackierten Klapptisch, ein ehemaliges Buschenschank-Mobiliar, das wir günstig erstanden hatten, sowie mehrere Stühle vors Haus. Ich beabsichtigte, unsere Abendjause mit der heimgekehrten und vermutlich hungrigen Madeleine draußen einzunehmen. Da es am Wochenende immer wieder vorkam, dass Freunde im Vorbeifahren innehielten, wenn sie uns vor dem Haus sitzen sahen, und auf ein Glas Wein und ein Speckbrot einkehrten, bereitete ich gleich mehrere Sitzgelegenheiten vor. Auch Wanderer, die den Weg durch unser Grundstück wählten, waren übrigens stets willkommen. Meistens waren es Gäste aus Oberösterreich oder Deutschland, die diese Marschroute einschlugen, um weiter oben am Karnerberg entweder in Richtung Eichberg oder Glanz weiterzuspazieren. Sie waren dankbar für eine Labung, einige entschieden sich, wenn wir nach ihren Wünschen fragten, schüchtern für eine Gratismischung, andere begnügten sich mit einem Glas Mineralwasser. Zu dieser Stunde freilich war kein Wanderer mehr zu erwarten. Nur gute Freunde, das war mir klar, würden jetzt noch vorbeikommen.

Die Beine auf einem der leeren Stühle lagernd, gönnte ich mir ein Glas vom eigenen Riesling und blätterte in der Zeitung, die ich am Morgen beim Spaziergang mit Bodo mitgenommen hatte. Den ganzen Tag war ich nicht dazugekommen, das Blatt zu lesen. Während Edith in der Küche eine kalte Platte mit Köstlichkeiten wie Schinken, in Verhackert eingelegten Würsten, Bauernsulz, hart gekochten Eiern, Käse, Paradeisern und grünen Paprika vorbereitete (sogar eine französische Entenpastete aus Amiens hatte sie zu Ehren Madeleines besorgt), betrachtete ich noch einmal den Bericht und das Foto vom Feuerwehreinsatz am Remschnigg. Dabei fiel mir ein kleiner gelber Fleck am Waldrand auf, den ich anfangs nicht beachtet hatte. Möglicherweise hatte ich ihn auch nur für eine Laubverfärbung gehalten, doch nun, bei näherem Hinsehen, wurde mir klar: Das musste das gelbe T-Shirt Madeleines gewesen sein, als sie sich für ein Nickerchen auf dem Waldboden entschieden hatte. Der Fotograf hatte beim Knipsen der Szene aus der Vogelperspektive unbewusst auch unser Versteck ins Visier seiner Kamera genommen. Ich war zum Glück nicht zu erkennen, vermutlich weil ich bei unserer Beobachtungsmission mit einem pastellgrünen Hemd und einer ebenso grünlichen Hose bekleidet gewesen war und mein Äußeres sich daher nicht sonderlich vom Kolorit der Sträucher und Bäume abgehoben hatte. Ich riss die Zeitungsseite heraus und hob sie auf, um sie später, so nahm ich mir vor, Madeleine mit den Worten „*La place n'est pas libre*" zu zeigen.

Edith stellte zwei Windlichter auf die Tische und breitete drei Sets aus. Das Besteck schob sie ebenso wie die aufgefächerten Papierservietten in einen Krug. Es dunkelte bereits, aber mit dem Entzünden der Kerzen ließ ich mir noch Zeit. Ich rüstete den Weinkühler mit zwei Patronen auf, trug ihn aus dem Haus und versenkte unseren Riesling in der gekühlten Vertiefung. Auch den Gevrey-Chambertin, den Madeleine aus Burgund mitgebracht hatte, stellte ich vorsorglich auf den Tisch, damit er, wenn unser Gast zurück wäre, die richtige Genusstemperatur erreicht haben würde. Ich umgürtete den Flaschenhals mit einer weißen Papierserviette, und es sah aus, als stünde die Bouteille, geschmückt mit einer Fliege, für ein festliches Souper bereit. Daneben lagen mein Handy und unser tragbares Festnetztelefon, damit ich sofort, wenn der deutsche Ballonpilot von der Schlosswiese her anrufen sollte, abheben und Madeleine heimholen könnte.

Auf unserer Wiese geigten nun in immer kürzeren Intervallen die Grillen zum abendlichen Konzert auf, eine Singdrossel trällerte, wie immer am höchsten Punkt des Hausgiebels thronend, ihr Nachtgebet zum Himmel. Idylle pur, pflegt Edith zu sagen, wenn sie so einen Feierabend genießen darf. Wenig später war sie mit ihren Vorbereitungen in der Küche fertig und gesellte sich mit zwei leeren Weingläsern zu mir. Eines war für Madeleine gedacht, Edith stellte es mit der Öffnung nach unten auf ein Set, damit kein Nachtinsekt sich ins Glas verirren konnte. Während sie die Kerzen auf dem Tisch entzündete, goss ich vom Riesling in Ediths Glas ein. Aus dem offenen Fenster war zu hören, wie die Pendeluhr in der Stube rasselnd zu neun Schlägen ausholte.

„Jetzt müsste sie schon auf dem Rückweg sein", sagte ich, mich selbst beruhigend.

„Der Ballon wird doch hoffentlich vor Einbruch der Dunkelheit gelandet sein", grübelte Edith, und es schwang Sorge in ihrer Stimme mit.

„Auf Madeleine!“ Wir hoben unsere Weingläser, und sie klirrten diesmal unharmonisch wie eine warnende Klingel. Beide sehnten wir uns nach unserem Gast.

„Es tut gut, mit ihr unterwegs zu sein“, gestand Edith. „Sie ist eine Bereicherung und hat Herzensbildung“, fügte sie hinzu. „Als ich heute mit ihr die Gartenrunde machte, hat sie mir ein bisschen aus ihrem Leben erzählt.“

„Ich hab das Gefühl, sie ist sehr einsam“, vermutete ich und erzählte meiner Frau von Madeleines Äußerung, dass sie keine Partnerschaft mehr eingehen wolle.

„Nach ihrer gescheiterten Ehe dürfte sie noch eine zweite Enttäuschung in einer Beziehung erlebt haben“, bestätigte Edith. „Das hat sie heute Früh angedeutet. Aber was sie am meisten belastet, sind Schuldgefühle.“

„Schuldgefühle?“, wunderte ich mich.

„Sie spricht von einer Unterlassungsschuld. Sie klagt sich selbst an, weil sie ihren Vater nicht nach Österreich begleitet hat. Er hatte sie dazu eingeladen und wollte ihr ein paar Tage Urlaub schenken. Aber sie wollte noch einen Verlagsauftrag, den sie Monate vorher übernommen hatte, erledigen. Dabei, so hat sie heute gemeint, hätte sie diese Übersetzungsarbeit am Laptop auch hier beenden und dem Verlag mailen können.“ Jetzt fiel mir Madeleines Selbstgespräch während der polizeilichen Pressekonferenz vergangenen Freitag ein. Schon damals hatte sie von Schuldgefühlen geredet.

Ein Nachtfalter stieß von schräg oben auf eine der beiden Kerzenflammen herab und zappelte dann hilflos im Glasgefängnis des Windlichtes. Edith lüftete den Glassturz, sodass der Nachtschwärmer dem Hitzetod entfliehen konnte. Ich überlegte: „Wäre Madeleine mit ihrem Vater gereist, wäre es vermutlich wirklich nicht zu diesem fatalen Vorfall mit dem Harrer gekommen. Mit ihren Sprachkenntnissen hätte sie die Attacke dieses Kerls verhindern können. Und Gaston Gelin wäre noch am Leben.“

„Genau so empfindet sie es“, bekräftigte Edith. „Andererseits es ist gut, dass sie ihr Gefühl nicht verdrängt. Was verdrängt wird, drängt umso mehr, sagt ein alter Spruch.“

„Wir sollten ihr helfen“, riet ich. „Ihr Zusammenbruch gestern hat gezeigt, dass sie seelisch schwer angeschlagen ist.“

„Vielleicht sollten wir ihr klarmachen“, schlug Edith vor, „dass jeder von uns im Leben einen Rucksack voller Schuld angehäuft hat.“

„Und dass jede Schuldsituation ein Lernprozess ist", stimmte ich zu.

Bodo, der sich auf dem Steinboden neben mir ausgebreitet hatte, sprang plötzlich auf und lief schwanzwedelnd zum Tor. Im nächsten Moment bog ein Wagen zu unserer Einfahrt ein. Der Hund schlug an, aber sein Empfangsgekläff klang nicht so, als hieße er einen alten Freund willkommen. Wenn zum Beispiel unser Tischler Hermann, unser Nachbar Wolfgang oder unser Winzerfreund Karl vorfahren, hört sich Bodos Bellen erwartungsfroh und freudig an. Er liebt diese Kumpel, weil sie den Tennisball, den er ihnen vor die Beine legt, am weitesten werfen können. Diesmal drückte seine lautstarke Begrüßung eher Neugier aus: Wer kommt diesmal vorbei, um mit mir zu spielen?

Als die Wagentüren geöffnet wurden, flammte unser Bewegungslicht auf, und jetzt erkannten wir, dass es nicht das Automobil eines unserer Freunde war, sondern ein Streifenwagen der Polizei. Wir traten zum Gartentor, Ediths Gesicht, sah ich, trug den Ausdruck böser Vorahnungen, meine Miene hingegen dürfte zunächst Ärger ausgedrückt haben. Die kommen, um unseren Gast wegen der läppischen Mörder-Malerei zu befragen, dachte ich zuerst. „Madame Dietrich ist nicht da", sagte ich den beiden Uniformierten, es waren dieselben, denen ich schon im Friedhof begegnet war.

Die Polizistin sah mich lange an, ohne etwas zu sagen. Dann bat ihr Kollege: „Dürfen wir reinkommen?"

„Was ist los? Was ist passiert?" Ediths Stimme klang panisch.

Der Beamte schloss das Tor hinter sich, Bodo brachte ihm, freudig erregt, eines seiner Lieblingsspielzeuge, Lilli, die gelbe Stoffente.

„Setzen wir uns lieber", sagte die Polizistin, als sie die leeren bereitstehenden Stühle bemerkte. Ich befolgte ihren Rat, auch der Polizist nahm, verfolgt von Bodo, Platz, nur Edith blieb, die Hände an den Mund gepresst, stehen.

„Ist was mit dem Ballon passiert?", fragte ich mit tonloser Stimme.

„Nein", antwortete der Polizist. „Nicht mit dem Ballon. Aber Ihre Bekannte, Frau Dietrich, ist tot."

Edith schrie entsetzt „Nein!", mir wurde heiß und kalt, meine Knie begannen zu zittern. So einen emotionalen Tiefschlag hatte ich schon einmal erlebt, als mich vor etlichen Jahren der bekannte Chirurg Rudolf Rauhs in der Redaktion angerufen und mir nach der dritten Darmoperation an meiner ersten Frau resignierend mitgeteilt hatte: „Es gibt keine Rettung. Ihre Frau ist voller Metastasen."

Die Polizistin verkündete leise: „Frau Dietrich ist in dreihundert Meter Höhe aus dem Ballonkorb gestürzt. Es gab keine Rettung."

Oh Gott, war mein erster Gedanke, warum hab ich Madeleine nicht abgeraten, mitzufahren? Nach den Erfahrungen, die ich mit der Ballonfahrt gemacht hatte, wäre es meine Pflicht gewesen, unseren Gast von diesem Abenteuer fernzuhalten.

„Wie, wann, warum ist es passiert?", stammelte ich.

Der Polizist streichelte Bodos Kopf und erwiderte: „Der Flug, oder sagt man: die Fahrt? – also der Ballonflug hat einwandfrei funktioniert, hat eine Frau aus dem Begleitfahrzeug berichtet. Der Ballon ist fast anderthalb Stunden unterwegs gewesen. Dann, über Straden in der Oststeiermark, wollte Frau Dietrich angeblich die drei Kirchtürme des Ortes aus der Luft fotografieren. Dabei hat sie sich angeblich zu weit aus dem Korb gebeugt, hat den Halt verloren und ist abgestürzt."

„Und die anderen Insassen – konnten die nicht helfen?", fragte ich.

„Die Einvernahmen sind noch nicht abgeschlossen", antwortete die Polizistin.

„Der Pilot steht unter Schock", schilderte ihr Kollege. „Er ist nach dem Unglück auf einem Sportplatz zwei bis drei Kilometer weiter gelandet. Er war kaum ansprechbar, haben uns die Kollegen gemeldet."

„Es war noch eine Frau an Bord", erinnerte ich.

Der Beamte nickte: „Ja, sie war es, die unseren Kollegen erzählt hat, dass Madame Dietrich beim Fotografieren aus dem Ballonkorb gefallen ist."

Edith zog sich ins Haus zurück, sie wollte offenbar mit ihrer Trauer allein sein und sie nicht vor zwei Polizeibeamten zur Schau stellen, zumal sie Uniformierten grundsätzlich mit Misstrauen begegnet (unser Freund Max ist da eine Ausnahme, er trägt fast nie seine Polizeikluft). Was ich dann daherplapperte, war wenig pietätvoll, vielleicht sogar dumm, aber um irgendwas zu sagen, fragte ich die beiden Polizisten, ob sie ein Glas Wein wollten. Die Beamtin schüttelte den Kopf, ihr Kollege bejahte, offenbar um seine menschliche Solidarität zu beweisen: „Im Dienst trink ich nie, aber jetzt, nach dieser Hiobsbotschaft, wird mir ein Schluck gut tun." Ich schenkte ihm zwei Finger breit ein, in jenes Glas, das für Madeleine bestimmt gewesen wäre.

„Mein Beileid", sagte er, bevor er es zum Mund führte. „Wir hätten die Dame ohnehin nie angezeigt", fügte er dann wohlmeinend hinzu.

„Wir haben gesehen, der Schriftzug am Grabstein ist entfernt", sagte seine Kollegin.

„Wo, wo ist Madeleine Dietrich jetzt?", fragte ich nach einiger Zeit.

„In der Grazer Prosektur", antwortete der Polizist.

„Im Institut für Pathologie der medizinischen Universität", ergänzte die Uniformierte.

„Jetzt liegt die ganze Familie dort", dachte ich laut, „Madeleine, ihr Vater und ihr Großvater."

„Ein tragisches Schicksal", bemerkte der Beamte.

„So eine Häufung von Tragödien kommt nicht einmal in Krimis vor", meinte seine Kollegin, offenbar in Anspielung auf meine schreiberische Tätigkeit. Ich reagierte nicht darauf, sondern ergriff mein Handy und erhob mich. „Verzeihen Sie", bat ich, „ich muss meinen Freund Ricchius von der Kripo verständigen."

Die beiden Polizisten standen ebenfalls auf, der Mann leerte sein Glas in einem Zug, schüttelte mir kräftig die Hand und empfahl sich dann mit einem nochmaligen „Beileid", die Beamtin verabschiedete sich mit einem flüchtigen „Tut mir leid".

Max Ricchius meldete sich erst nach einigen Sekunden.

„Opodeldok", sagte ich. „Max, hilf mir, Madeleine ist tot."

„Was redest du da?" Er klang mehr unwirsch als ungläubig.

„Frau Dietrich ist heute Abend aus einem Ballon gestürzt, dreihundert Meter tief", sagte ich. „Wir sitzen da vor unserem Haus und haben eine Jause für sie vorbereitet. Da kommen plötzlich zwei Streifenbeamte und bringen uns die Todesnachricht."

Der Kommissar war einige Augenblicke sprachlos. „Wo ist das passiert?", fragte er dann.

„Angeblich über Straden in der Oststeiermark. Ich weiß nur, dass die beiden anderen Balloninsassen nachher irgendwo gelandet sind, offenbar unverletzt. Der Pilot hat einen Schock, die andere Passagierin vermutlich auch. Sie hat erzählt, dass Madeleine sich beim Fotografieren aus dem Korb gebeugt und das Gleichgewicht verloren hat."

„Das hört sich seltsam an", fand Ricchius. „Wo ist die Tote jetzt? Sie muss unbedingt obduziert werden."

„Madeleine ist angeblich schon in die Prosektur nach Graz gebracht worden."

„Ich erkundige mich sofort, Bernt. Vielleicht ruf ich dich noch heute an. Wenn nicht heute, dann verlässlich morgen."

Nachdem das Polizeiauto weggefahren war, kam Edith wieder aus dem Haus. Wortlos setzte sie sich an den Tisch, und auch ich nahm wieder Platz. „Ich hab Max verständigt", sagte ich.

Edith beendete ihr Schweigen: „Ich glaub nicht an einen Unfall."
„Max hat auch seine Zweifel", murmelte ich nachdenklich.
Am Nachthimmel blinkten immer mehr Gestirne auf, auch die milchige Sichel des Mondes leuchtete nun kräftiger. Die Drossel war verstummt und zu ihrem Schlafplatz geflogen, doch die Grillen intonierten intensiver denn je ihre vielstimmige Hymne – lauter trügerische Anzeichen für eine beschauliche, friedliche, laue Augustnacht. Nie zuvor habe ich den Gegensatz zwischen meinem seelischen und dem mich umgebenden Ambiente so schmerzhaft empfunden.
„Vielleicht hat sie es so gewollt", sagte Edith.
„Du meinst, es könnte Selbstmord gewesen sein?"
Edith zählte einige Indizien dafür auf: „Ihr gestriger Zusammenbruch, ihre Existenzsorgen, ihre Entscheidung, auf Geld und Wertsachen ihres Vaters zu verzichten, ihre Schuldgefühle oder ihre Bemerkung, dass im Familiengrab in Avallon auch für sie hoffentlich noch Platz sein werde."
„Ein Rückflugticket hat sie auch nicht gebucht", fiel mir ein.
„Ist dir die Aufschrift auf ihrem T-Shirt aufgefallen?", fragte Edith.
„C'est mon tour", erinnerte ich mich.
„Damit hat sie ihre Himmelfahrt gemeint", vermutete Edith.
„Vielleicht hat sie im Kellerstöckl einen Abschiedsbrief hinterlassen", überlegte ich.
„Schau nach", schlug Edith vor. „Der Reserveschlüssel hängt im Vorzimmer."
„Nein", entschied ich. „Ich rühr nichts an. Das überlasse ich Max oder seinen Leuten. Sie sollen das Rätsel klären. Und sie sollen auch alle Habseligkeiten von Madeleine mitnehmen."
Edith pflichtete mir bei: „Du hast recht."
Ein fallender Meteoroid brannte eine Schweißnaht in den nun sternenübersäten Nachthimmel, beide sahen wir die aufglühende Leuchtspur, und ich bekam eine Gänsehaut. „Hast du dir was gewünscht?", fragte ich.
„Ja, dass sie mit ihrem Vater vereint und glücklich ist", sagte Edith spontan. „Sie hat ihn sehr geliebt."
Fast zwei Stunden hockten wir draußen, im Schock nach der Todesbotschaft nahezu starr und sprachlos. Sogar Bodo schien zu spüren, dass ein elementares Ereignis geschehen war, und er verhielt sich still und sittsam, den Kopf auf die gelbe Stoffente gebettet, die er beim Auftauchen der beiden Polizisten herbeigeholt hatte.

Keiner von uns beiden dachte ans Essen, an die Jause, die wir mit Madeleine hatten verzehren wollen, auch nicht an den Burgunder, den ich vorbereitet hatte, um ihr eine Freude zu machen. Ich nahm mir vor, die Bouteille als Andenken an Madeleine aufzubewahren und ihren Namen mit Goldschrift neben dem Etikett zu verewigen. Immer wieder würde ich die Flasche, die Madeleine mir geschenkt hatte, zur Hand nehmen, aber wahrscheinlich nie öffnen. Vielleicht würde der Burgunder erst von meinen Nachkommen geleert werden, vielleicht sogar zu meinem Begräbnis, und keiner würde dann ahnen, welche Erinnerungen daran geknüpft waren.

Nur ab und zu nippten wir von unserem Riesling, aber auch das war mehr Bewegungstherapie als das übliche Genießerritual. Zeitweise ertappte ich mich bei Gedanken, die wahrscheinlich jedem durch den Kopf spuken, der von so einem Drama betroffen ist. Ich hoffte inständig, dass alles nur ein böser Traum wäre, dass Madeleine oder der Ballonpilot jederzeit anrufen würde, damit ich sie abholte, oder dass unser Gast im nächsten Moment mit einem Wagen heimgebracht würde. Am Nachthimmel zogen nun immer häufiger südwärts fliegende Passagiermaschinen ihre blinkenden Spuren, aber es dauerte Minuten, bis ihr Gebrumme sich bis zu uns auf die Erde fortpflanzte.

Das Flackern der Windlichter wurde unruhiger, ein Nachtinsekt nach dem anderen verirrte sich in den Lichtkreis der Kerzen, und diesmal hinderte niemand sie daran zu verbrennen. Edith, eine sonst immer hilfsbereite Tierfreundin, die einmal sogar eine Maus, die sich in ein Kellerlokal verirrt hatte, mit hohlen Händen ins Freie gerettet und zuletzt, da war ich selber Zeuge, eine Fledermaus, die zu ertrinken drohte, händisch aus der Regentonne befreit hatte, sah dem serienweisen Feuertod der Nachtfalter mit apathischer Ungerührtheit zu.

Die Spätsommernacht war lau und mild, erst gegen 23 Uhr erhob sich eine kräftige und kühle Brise, die die Wipfel unserer Fichten zunächst wispern und schließlich seufzen ließ. Vor etlichen Jahren hatten wir diese Nadelbäume am Grundstücksrand als Lärmschutzwand gegen das Verkehrsgetöse auf der Bundesstraße 69 gepflanzt, doch gegen die endlosen Kolonnen von Bikern, die vor allem an sonnigen Wochenenden wie zornige Hornissen-Schwärme an unserer Hube vorbei dröhnten, bot auch der inzwischen acht Meter hohe Naturzaun keinen Schallschutz. Jetzt freilich herrschte auf der beliebten, weil kurvenreichen Zweiradstrecke Totenstille, und nur der Wind, die Fichten und die unermüdlich aufgeigenden Grillen bildeten eine nächtliche

Geräuschkulisse. Es waren Momente, in denen die Zeit von keiner Uhr gemessen wurde, die vielmehr in eine Ewigkeit zu weisen schienen. Erst als mir kalt wurde, schlug Edith vor, ins Haus zu gehen: „Max wird jetzt nicht mehr anrufen", vermutete sie.

Aber als wir den Tisch abräumten und ich mit dem Gevrey-Chambertin ins Haus treten wollte, klingelte mein Handy. Ich stellte die Weinflasche reflexartig zurück auf den Tisch, um zum Mobiltelefon zu greifen, dabei geriet die Bouteille ins Wanken und kippte zu Boden. Es klirrte, im Nu bildete sich auf der neu gepflasterten Fläche vor dem Hauseingang ein roter See. Bodo, der gleichzeitig mit mir ins Haus wollte, sprang schreckhaft zur Seite und verzog sich auf die Wiese. Ich stand mit einem Schuh inmitten der Weinpfütze, und es sah aus, als wäre ich in eine Blutlache getreten. Edith begann stumm die Scherben und die wie blutgetränkt aussehende Papierserviette aufzukehren, während ich endlich das Handy zum Ohr nahm.

„Opodeldok", sagte Ricchius. „Es stimmt leider, Bernt. Madame Dietrich ist tot. Wenn es dir recht ist, komme ich morgen Mittag vorbei und erzähl euch alles. Am Telefon über so was Schreckliches zu sprechen, widerstrebt mir."

In dieser Nacht erfuhr ich, was es heißt, sich nach Schlaf zu sehnen, ohne diesen Wunsch umsetzen zu können. Die Einschlafbarriere hieß Madeleine. Im Halbschlaf drängten sich Szenen in meinen Kopf, die mir, nachträglich und folgerichtig betrachtet, wie ein Halbtraum erschienen, und es ist purer Zufall, dass dieser Begriff auch das Wort Albtraum enthält. Ich sah, wie Madeleine aus dem Ballonkorb sprang, nein, nicht wie sie aus dem Ballonkorb stürzte, sondern wie sie sich aus dem Ballonkorb stürzte, mit ausgebreiteten Armen, mit einem überdimensionalen vierblättrigen Kleeblatt in der Rechten, wie sie tiefer und tiefer fiel, ohne an Höhe zu verlieren, wie sie mir, der ich ihr offenbar folgte, im Flug zuwinkte, wie ihr verknotetes Haar sich zu einer prachtvoll wallenden Mähne löste, wie ich ihr immer näher und näher kam, bis wir beide wie ein Fallschirmspringer-Tandempaar auf gleicher Höhe waren, wie sie mir die linke Hand zustreckte, wie ich sie ergriff und wie wir nun gemeinsam durch die Sphäre segelten. Als sie glücklich lächelnd die Lippen bewegte, ich aber kein Wort verstehen konnte, weil der Luftzug jede Silbe forttrug, entsann ich mich ihres Ausspruchs vor dem Ballonstart „Fliegen war immer schon mein Traum". Irgendwann, dachte ich, müssten wir auf dem Boden landen. Seltsamerweise hatte ich keine Angst vor einem Aufprall, doch es kam gar nicht dazu, wir schwebten weiter, abwärts oder aufwärts, ich merkte es nicht. Uns leuchtete kein Himmel, uns drohte keine Erde, uns umgab nur mondmilchiges, schattenloses Licht, und es schien mir, als bewegten wir uns in einem zeitlosen Raum und in einer raumlosen Zeit. Ein fantastisches Paradoxon, denn Bewegung ohne Raum und Zeit ist nicht Bewegung, sondern ewiger Stillstand. Vielleicht bekam ich in dieser Nacht eine Ahnung vom Ewigkeitsempfinden, das möglicherweise die Seele erwartet, wenn sie das Diesseits verlässt.

Als ich mich von diesem Zustand der beflügelnden Angstlosigkeit löste, entdeckte ich mit Blick auf die matt beleuchtete Wanduhr, wie weit sich die Nacht fortgeschleppt hatte, und ich wunderte mich, dass ich zwischendurch sehr wohl gedöst oder halb geschlafen haben musste, denn die erlebten Szenen waren erträumte Szenen gewesen, und ich bedauerte, dass ich nicht weiter Hand in Hand mit Madeleine fortschweben konnte.

25. Die Protokolle

Der Schlüssel zur Tür des Kellerstöckls steckte im Schloss, so als hätte Madeleine die Wohnung nur auf einen Sprung verlassen. Es heißt ja wirklich: auf einen Sprung, wenn man ausdrücken möchte, dass man nicht lange fortbleiben wird. Edith, die mit Max Ricchius und mir vor dem Eingang unseres Gästehauses stand, dachte das Gleiche und sprach es sogar aus: „Sie hat den Schlüssel stecken gelassen, als wollte sie nur für einen Sprung weggehen." Der Kommissar hatte uns ersucht, ihn zu begleiten, wenn er die letzte Bleibe von Madeleine Dietrich durchsuchen würde.

Er war um elf Uhr vorgefahren und hatte Protokolle mitgebracht, die seine Kollegen aus der Polizeiinspektion Halbenrain-Oberpurkla mit den überlebenden Balloninsassen und mit Zeugen aufgenommen hatten. Die Unterlagen waren ihm per Fax in sein Leibnitzer Büro gesandt worden. Als Edith ihm Kaffee und eine Kardinalschnitte servierte (eine Mahlzeit lehnte er ab, weil er seiner Frau versprochen hatte, bis ein Uhr zum Mittagessen daheim zu sein), fragte sie, wer Madeleine gefunden habe.

„Das war eine 81-jährige Frau in Straden", erzählte Ricchius. Sie war Sonntag gegen 19 Uhr vor das Haus getreten, um die Wäsche von der Leine zu holen." Der Kommissar zitierte aus der Niederschrift: „Ich wohne in der Nähe des Hansladam-Weges und war damit beschäftigt, die bereits trockene Bettwäsche von der Spinne zu nehmen. Da sehe ich einen Ballon, der langsam in Richtung Hof geflogen ist. Auf einmal bemerke ich, dass irgendwas aus dem Ballon stürzt. Ich hab zuerst nicht erkennen können, was es ist. Dann erst hab ich gesehen, dass es ein Mensch ist. Ich schätze, der Ballon war in einer Höhe von dreihundert Meter. Aber da kann ich mich irren. Der Mensch ist dann einige Hundert Meter von unserem Haus entfernt aufgeschlagen und zwar auf einer abschüssigen Wiese, direkt vor dem so genannten Hansladam-Kreuz. Ich bin ins Haus geeilt und hab meinen Sohn verständigt. Gemeinsam sind wir dann zur Absturzstelle gelaufen. Die Frau ist auf der Wiese gelegen, sie hat nur aus dem Mund leicht geblutet, sonst habe ich keine Verletzungen an ihr gesehen. Ihre Augen waren geöffnet, aber sie war schon tot, und ihre Beine waren ganz komisch verrenkt. Ich habe so ein Unfallopfer vorher noch nie gesehen. Der Anblick hat mich allerdings an die letzten Kriegstage erinnert. Damals ist in der Nähe von unserem Ort die Front verlaufen. Und oft haben wir tote Soldaten gesehen, die wie Stoffpuppen mit verbogenen Gliedern umhergelegen sind. Ihre Kameraden hatten keine Zeit, die Toten wegzubringen. Auch diesmal war es ein ganz schrecklicher Anblick. Mein Sohn hat mit seinem Handy die Rettung und die Polizei alarmiert. Der Arzt hat dann bestätigt, dass die Frau tot ist. Sie hat eine Handtasche umgehängt gehabt. Einen Fotoapparat hab ich bei ihr nicht gesehen."

„Ihre Digitalkamera wird irgendwo im Gelände liegen", vermutete ich.

„Das ist unsere geringste Sorge", meinte Ricchius.

„Da war noch eine Frau an Bord", erinnerte ich mich. „Was hat sie ausgesagt?"

Ricchius zitierte von einem anderen Blatt: „Ich habe den Ballonkorb gegen 17.20 Uhr in Leutschach in der Erwartung bestiegen, beim Schweben am Himmel neue Inspirationen für meine Dichtkunst zu erlangen. Dass diese Fahrt mit einem Drama enden würde, habe ich nicht gewollt. Schon bald nach dem Start ist mir aufgefallen, dass die zweite Passagierin Deutsch mit einem leichten Akzent gesprochen hat. Später, als wir über Gamlitz gefahren sind und sie das Schloss fotografiert hat, hat sie mir erzählt, dass sie aus Frankreich kommt. Madeleine, so heißt die Passagierin, den Familiennamen hat sie mir nicht genannt, hat sich während der Fahrt eher schweigend verhalten. Nur einige Male hat sie mich nach einigen Bauwerken gefragt, die wir überflogen haben. In der Höhe von Sankt Veit am Vogau bin ich mit einem Glas Sekt auf den Namen Baronesse Anneliese von Vogau getauft worden. Ich habe Madeleine gebeten, von mir eine Aufnahme zu machen, was sie auch befolgt hat. In diesem Zusammenhang möchte ich ersuchen, dass ich, falls die Digitalkamera von Madeleine heil geblieben ist, mein Foto auf meinen Computer speichern darf. Madeleine ist an Bord nicht getauft worden, weil sie schon früher mit einem Ballon gefahren war, ich glaube, es war in Deutschland. Als ich in einer Höhe von rund fünfhundert Meter eines meiner Gedichte vorgetragen habe, hat auch sie mir Applaus gespendet. Es hat eine angenehme Atmosphäre an Bord geherrscht. Der Pilot, ein Deutscher, dessen Name ich nicht kenne, war sehr freundlich und hat uns erzählt, dass er schon zwei Mal vorher an der jährlichen Flugschau in Leutschach teilgenommen hat und dass er in Deutschland regelmäßig bei Ballonbewerben startet. Ich hatte das Gefühl, dass der Pilot im Umgang mit dem Luftfahrzeug Routine besitzt. Wir sind meistens in einer Höhe von vier- bis fünfhundert Meter ostwärts gefahren, weil der Wind vom Westen gekommen ist.

Die Sichtverhältnisse waren ideal, in der Ferne haben wir die Grenzberge zu Slowenien und Ungarn erkennen können. Nach eineinhalb Stunden haben wir uns der Ortschaft Straden in der Oststeiermark genähert. Madeleine war fasziniert von den drei Türmen, die auf dem Kirchenberg im Ort eng beieinander stehen. Sie hat den Pilot ersucht, die Höhe ein wenig zu reduzieren, damit sie die Kirchen deutlicher sehen und fotografieren könne. Auf die Frage, ob Madeleine zu diesem Zeitpunkt depressiv gewirkt habe, antworte ich: Sie hat wenig gesprochen, nur dann, als der Pilot tatsächlich etwas tiefer gegangen ist, hat sie einen französischen Ausspruch getan, der vermutlich so gelautet hat: *Dieu me soit en aide*. Ich hatte in der Schule drei Jahre Französisch-Unterricht und glaube, das heißt: Gott steh mir bei oder so was Ähnliches. Ich schränke ein, dass ich nicht sicher bin, ob sie genau diese Worte gesprochen hat. Jedenfalls habe ich das Wort *Dieu* verstanden. Ich schließe aber aus, dass Madeleine nur ‚*Mon Dieu*' gesagt hat.

Sie hat dann begonnen, die Ortschaft Straden zu fotografieren. Dabei hat sie ein Kleeblatt in den Mund genommen, das ich vorher nicht bei ihr bemerkt hatte. Wie ich schon vorher erwähnt habe, hat Madeleine während der Fahrt einige Male fotografiert, ohne dass ich das Kleeblatt an ihr gesehen habe. Diesmal nahm sie es zwischen die Lippen, und ich habe schmunzeln müssen, weil ich an ein Glücksschweinchen gedacht habe. Madeleine hat mit beiden Händen ihre kleine Digitalkamera umfasst und sich anfangs nicht aus dem Korb gebeugt. Doch als wir uns dem Kirchenensemble genähert haben, hat sie begonnen, sich aus dem Korb zu lehnen. Ich habe zu ihr gesagt: ‚Vorsicht, Madeleine', und sie hat mit dem Kopf genickt. Aber sie hat sich immer weiter aus dem Ballonkorb gebeugt. Ich habe sie daher an einem Oberarm gefasst und festgehalten. Ich hatte nicht den Eindruck, dass sie sich von mir losreißen wollte. Sie hat dann das Fotografieren kurz eingestellt und ist in den Korb zurückgetreten. Wenig später, wir waren am Zentrum der Ortschaft schon vorbei, hat sie den kleinen Schemel, der an Bord war, zum Korbrand gestellt, ist daraufgestiegen und hat wieder zu fotografieren begonnen. Ich habe sie wieder festgehalten, doch auf einmal habe ich einen Ruck gespürt, und Madeleine ist mit dem Kopf voran über die Brüstung gestürzt.

Auf die Frage, was der Pilot zu diesem Zeitpunkt gemacht hat, fällt mir ein: Der Pilot hat in dem Moment, als Madeleine auf den Schemel gestiegen ist, gerade den Brenner betätigt, damit wir wieder an Höhe gewinnen. Er hat aber Madeleine etwas zugerufen, ich glaube, er hat ‚runter, runter!' geschrien. Ich verbessere mich: Er hat richtig gebrüllt. Aber da war es schon zu spät. Madeleine ist, mit dem Fotoapparat in der Hand und mit dem Kleeblatt im Mund, in die Tiefe gestürzt. Ich habe ‚Hilfe!' gerufen, aber das war sinnlos. Der Pilot hat sofort zur Landung angesetzt, und einige hundert Meter weiter sind wir auf einem Fußballfeld neben einer Straße gelandet. Mir ist ganz übel geworden, ich musste erbrechen. Aber ich bin unverletzt geblieben und wurde von Helfern aus einem Gasthaus neben dem Sportplatz gelabt. Ich habe es abgelehnt, zur Untersuchung in ein Spital gebracht zu werden. Erwähnen möchte ich noch, dass ich den tragischen Zwischenfall in meinen nächsten Gedichtband einfließen lassen werde und zwar mit diesen Versen:

Friedlich schweben wir dahin /
am Himmel hoch mit frohem Sinn. /
Wir streben langsam Straden zu, /
unter uns: sakrale Ruh. /
Vier Kirchen scharen sich im Ort, /
drei Türme sehen wir an Bord. /
Madeleine neigt sich zu weit hinaus, /
ich halt sie fest, doch dann, o Graus, /
flieht sie ganz stumm aus dem Ballon /
in eine and're Welt davon.“

„Sie flüchtete aus dem Ballon", wiederholte Edith. „Das klingt nach Freitod, oder?"

Ricchius zuckte die Achseln: „Der Ausdruck kann dichterische Freiheit sein. Aber wir müssen auch in diese Richtung ermitteln. Aus Auxerre haben wir nämlich heute Früh vom französischen Versicherungsverband FFSA erfahren, dass Frau Dietrich vor ihrer Reise nach Österreich eine Lebensversicherung abgeschlossen hat." Der Kommissar blätterte in seinen Unterlagen: „Und zwar bei der *Axa Assurances* direkt in Auxerre."

„Und wer sollte im Fall ihres Todes der Begünstigte sein?", fragte ich.

Der Kommissar kramte einen Zettel aus seinem Sakko und buchstabierte: *„Protection Animaux Centre in 4 Rue du Jeu de Paume, 89200 Avallon.“*

„Ein Tierheim", sagte ich. „Das passt zu Madeleine."

„Und was hat der Pilot zu Protokoll gegeben?", fragte Edith.

Ricchius nahm ein anderes Schriftstück zur Hand und begann: „Ich bin in Köln wohnhaft und seit neunzehn Jahren Ballonführer. Meine theoretische Ausbildung habe ich in Köln absolviert, die praktische in Bayern, weil dort die Föhneffekte der Alpen die Ballonfahrt begünstigen. Bevor ich meine Ausbildung zum Ballonführer machen konnte, habe ich ein polizeiliches Führungszeugnis vorlegen und im Verkehrszentralregister meine Unbescholtenheit nachweisen müssen. Die Ausbildung hat sieben Monate gedauert. In der Theorie wurde ich im Luftrecht, in der Navigation und in der Meteorologie geschult, ebenso im Sprechfunkverkehr, allerdings nur auf Deutsch. Ich besitze das Sprechfunkzeugnis BZF 2. Bevor ich zur Prüfung antreten durfte, habe ich bei dreißig Ballon-Aufrüstungen und bei rund fünfzig Starts und Landungen mitgewirkt. Auch einen Erste-Hilfe-Kurs und einen Lehrgang für den Umgang mit Handfeuerlöschern habe ich absolviert. Den gewerblichen Freiballonführerschein habe ich vor fünf Jahren erworben. Damit ich diese Genehmigung nicht verliere, muss ich mich jedes Jahr einer Prüfungsfahrt stellen. Mehrmals bin ich auch bei den deutschen Ballonmeisterschaften gestartet. An der Flugschau von Leutschach habe ich heuer zum dritten Mal teilgenommen. Mein Ballon vom Typ KUB BB30 wird von einer Spirituosenfirma gesponsert, aber ich möchte betonen, dass ich außer einem Schluck Sekt bei der Taufe einer Passagierin vor und während der gegenständlichen Fahrt keinen Alkohol zu mir genommen habe. Ich habe daher ohne Bedenken einer Blutabnahme durch die Polizei zugestimmt.

Die später verunglückte Passagierin hat die Ballonfahrt bei mir persönlich in Leutschach gebucht. Ich habe sie darauf aufmerksam gemacht, dass sie nur in einer gesunden Verfassung und mit sportlichem Schuhwerk an Bord kommen darf. Vor dem Start habe ich sie und die zweite Frau an Bord über mögliche Gefahrenquellen während der Fahrt und vor allem bei einer Landung instruiert. In diesem Zusammenhang möchte ich einfügen, dass ich selber noch nie einen Ballonunfall hatte. An diesem Sonntagabend herrschte ruhiges Wetter mit leichtem Westwind von fünf bis zehn Stundenkilometer. Eine Gewitter- oder Regenfront war nicht angesagt. Während der Fahrt ist mir die später verunglückte Passagierin bis kurz vor dem Unglück nie unangenehm aufgefallen. Sie verhielt sich im Gegensatz zur anderen Frau an Bord sehr ruhig. Auf die Frage, wie die andere Frau sich verhalten hat, fällt mir ein: Sie hat der später verunglückten Französin immer wieder sehr weit ausholend die Landschaft erklärt, über die wir geschwebt sind. Dann hat sie begonnen, aus einem kleinen Buch oder Notizbuch Gedichte vorzutragen.

Wir sind bei schwachem Wind ostwärts gefahren, und ursprünglich hatte ich vor, erst in Slowenien zu landen. Meine Frau ist uns auf dem Boden mit dem Geländewagen gefolgt. Sie steht während der Fahrt in ständigem Sprechfunkkontakt mit mir. Ihre Aufgabe ist es, uns auf dem Straßenweg zu folgen und nach einer Landung beim Abrüsten des Ballons zu helfen. Die Ballonhülle wird nach der Landung zusammengelegt und im Wagen verfrachtet. Die Passagiere werden dann ebenso wie ich im Auto zum Startplatz zurückgefahren.

Nach etwa 80 Minuten Fahrt haben wir uns dem Ort Straden genähert. Ich kenne diese Marktgemeinde von einer früheren Ballonfahrt und vom Besuch eines dortigen Restaurants. Es stimmt, dass die Fahrgäste gerne die vielen Kirchtürme des Ortes fotografieren. Auch die Französin hat mich ersucht, wegen eines Fotos die Höhe zu reduzieren. Ich hatte den Ballon zunächst in einer Höhe von rund fünfhundert Meter gesteuert. Danach habe ich unsere Fahrthöhe auf rund vierhundert Meter gesenkt. Ich gebe zu, dass ich bemerkt habe, wie die Französin sich einmal mit dem Kopf aus dem Korb gebeugt hat, um ein besseres Foto vom Ort machen zu können. Ich hatte keine Bedenken, weil erstens die Person so klein war, dass sie bei der Höhe des Korbes nie das Übergewicht bekommen konnte und weil zweitens die andere Frau sie mit beiden Armen festgehalten hat."

Ricchius bat um ein neues Glas Wasser, er hatte jenes, das Edith ihm mit Kaffee und Kuchen serviert hatte, bereits geleert.

„Glaubst du, dass der Pilot sich mitschuldig gemacht hat?", fragte ich.

Der Kommissar zuckte die Achseln: „Ich weiß es nicht. Ich bin nie mit so einem Gefährt geflogen und habe es auch in Zukunft nicht vor. Jedenfalls meine ich, dass einem Ballonpiloten eher ein Missgeschick passieren kann als einem Hubschrauber- oder Flugzeugpiloten. Er bewegt sich meistens in niedrigeren Höhen, die von Stromleitungen gequert werden. Außerdem ist er in höchstem Maß von den Witterungsverhältnissen abhängig."

„Deshalb muss er sich vor jedem Start genau über die Wettersituation erkundigen", sagte ich.

„Ja, aber in diesem konkreten Fall", erwiderte Ricchius, „waren die Wetterverhältnisse nicht schuld an dem Unglück."

„Wem gibt der Pilot die Schuld?", fragte Edith.

Ricchius zitierte weiter aus der Niederschrift: „Auf die Frage, warum ich die Französin nicht gehindert habe, auf den Schemel zu steigen, antworte ich: Der Schemel dient dazu, Passagieren das Besteigen des Korbes vor dem Start zu erleichtern. Und während der Fahrt können Fahrgäste ihn als Sitzgelegenheit verwenden. Als die Französin den Schemel genommen hat, war ich damit beschäftigt, den Brenner zu aktivieren, damit wir wieder die normale Fahrthöhe erreichen konnten. Zuerst habe ich angenommen, die Frau sei müde geworden und wollte sich setzen. Als ich gesehen habe, dass sie auf den Schemel steigt, habe ich ihr sofort zugerufen, wieder herunterzukommen. Inzwischen hatte die andere Passagierin die Französin schon wieder erfasst, damit sie nicht das Übergewicht erlangt. Aber dann dürfte die Französin sich losgerissen haben. Ich habe keine andere Erklärung für das Unglück und meine, die Frau ist absichtlich aus dem Ballon gestürzt. Die Frage, ob ich von ihr irgendwelche lebensmüde Äußerungen gehört habe, muss ich allerdings verneinen.

Ich habe sofort nach dem Unglück die Landung eingeleitet und nach einem geeigneten Landeplatz Ausschau gehalten. Wir sind rund drei Kilometer weiter auf dem Sportplatz eines kleinen Ortes neben der Bundesstraße B 66, ich glaube der Ort heißt Hof, problemlos gelandet.

Auf die Frage, ob meine Passagiere versichert waren, gebe ich zu Protokoll: Ich lasse jeden Fahrgast vor dem Start einen Fahrschein ausfüllen, der gleichzeitig eine Versicherungspolizze ist. Mein Ballon ist haftpflichtversichert, zum Beispiel für den Fall, dass bei der Landung Schäden entstehen. Und im Fahrpreis, den die Kunden zahlen, ist auch eine Versicherung für Verletzungen, Invalidität oder Tod enthalten."

„Davon hat Madeleine aber wirklich nichts mehr", ärgerte ich mich. Der Kommissar begann die Kardinalschnitte zu verspeisen und machte einen Schluck vom Kaffee.

„Der Mann glaubt also auch an Selbstmord", stellte Edith fest.

„Die Versicherungsgesellschaft ist misstrauisch geworden", berichtete Ricchius. „Den Vertrag für die Lebensversicherung hat Frau Dietrich nämlich zwei Tage vor der Abreise nach Österreich unterschrieben. Die erste Prämie hat sie eingezahlt. Und bei einem Unfall mit Todesfolgen müsste die Versicherung immerhin 150 000 Euro an den Begünstigten auszahlen. Doch mit solchen Aussagen, wie sie der Pilot gemacht hat, ist die Versicherung aus dem Schneider."

„Vermutet außer dem Piloten noch jemand einen Selbstmord?", fragte ich.

Ricchius nahm wieder seine Unterlagen zur Hand und begann vorzulesen: „Ich begleite meinen Mann bei jeder Ballonfahrt mit dem Auto."

„Aha, die Frau des Piloten", unterbrach Edith.

Der Kommissar nickte und zitierte weiter: „Ich befand mich auf der Landesstraße L 229, als das Unglück passiert ist. Unseren Ballon hatte ich praktisch während der gesamten Fahrt im Auge. Und mit meinem Mann stand ich die ganze Zeit in Funkverbindung. Allerdings hatten wir bis dahin während dieser Fahrt nur einmal Sprechkontakt. Mein Mann kündigte mir in der Höhe von der Ortschaft Weinburg an, dass er wegen der ruhigen Windverhältnisse die Vulkanberge an der Grenze überqueren und erst in Slowenien landen wolle. Ich quittierte seinen Funkspruch und schlug vor, dass ich bei Bad Radkersburg die Grenze passieren könnte. Aber dazu kam es nicht mehr. Als ich auf der L 229 in die Ortschaft Straden einbog, wurde ich durch ein Schild abgelenkt, das auf ein Restaurant namens Saziani-Stub'n hinwies. Ich kenne das Restaurant von einem vorherigen Besuch und dachte mir, hier könnten mein Mann und ich während unseres Österreich-Aufenthaltes wieder einkehren. Ich war nur einen Moment abgelenkt. Als ich wieder zum Himmel schaute, sah ich, dass unser Ballon, der vorher an Höhe verloren hatte, wieder höher gestiegen war. Und ich bemerkte, dass etwas aus dem Ballonkorb flatterte. Ich habe den Gegenstand zuerst für einen Regenschutz gehalten. Mein Mann führt nämlich immer zwei oder drei Regenmäntel mit. Aber dann habe ich gesehen, dass der Gegenstand immer rascher zur Erde stürzt. Ich bin furchtbar erschrocken, denn es war eine menschliche Gestalt. Ich habe abrupt gebremst, ein Wagenlenker hinter mir hat mich wütend angehupt, er wäre mir fast aufgefahren. Der Sturz dieser Frau hat nach meiner Einschätzung mehrere Sekunden gedauert. Wo der Körper aufgeschlagen ist, habe ich nicht gesehen. Ich habe meinen Mann sofort über Funk angerufen, er war total außer sich. ‚Sie ist rausgesprungen, sie ist rausgesprungen!' hat er gerufen. Und dann hat er mir angekündigt, dass er sofort landen werde und ein geeignetes Areal dafür suche. Über Funk hat er mir einige Minuten später seinen Landeplatz mitgeteilt – ein Fußballfeld neben der Bundesstraße 66, direkt hinter einem Landgasthaus, das ‚Zur Puxa-Mühle' heißt. Die Wirtsleute Richard und Julia Pock haben uns geholfen, die eine schwer geschockte Passagierin zu betreuen und den Ballon einzuholen. Den Ballon mussten wir aber zur gerichtlichen Untersuchung in dem Ort belassen. Ich glaube, die dortige Kommune heißt Hof bei Straden. Auf die Frage, ob ich bestätigen kann, dass die Frau aus Frankreich aus dem Ballonkorb gesprungen ist, antworte ich: Nein, ich habe von meinem Standpunkt aus nur den stürzenden Körper der Frau wahrgenommen und nicht, was vorher geschehen ist."

Edith seufzte: „Hoffentlich hat Madeleine bei diesem Sturz das Bewusstsein verloren und nicht lange Todesangst leiden müssen."

„Der Gerichtsmediziner nimmt es an", bestätigte Ricchius. „Bei einem Sturz aus vier- oder fünfhundert Metern erreicht ein menschlicher Körper ein Falltempo von rund hundertfünfzig bis zweihundert Stundenkilometer. Da kann das Bewusstsein aussetzen."

„Und sie war sofort tot", ergänzte ich, an die Aussage einer Augenzeugin erinnernd.

„Was ist die genaue Todesursache?", wollte Edith wissen.

„Bei Stürzen aus solchen Höhen sind meistens die inneren Verletzungen tödlich", sagte Ricchius.

„Muss Madeleine obduziert werden?", fragte Edith.

„Ja, wir müssen Fremdverschulden ausschließen können", erwiderte Ricchius. Es gibt nämlich einen Zeugen, der ebenfalls eine interessante Beobachtung gemeldet hat." Der Kommissar griff zu einem neuen Blatt. „Er ist sechzig Jahre alt und war zum Zeitpunkt des Unglücks auf dem Balkon seines Hauses, um Vögel zu beobachten. Er ist Hobby-Ornithologe und war mit einem Fernglas ausgerüstet. Als er den Ballon entdeckt hat, hat er die Vögel bleiben lassen." Ricchius zitierte wieder: „Ich wohne in der sogenannten Hobachersiedlung von Straden. Seit meiner Pensionierung, ich war bei der Post, beobachte ich die Vogelwelt in unseren Breiten. An diesem Sonntagabend hab ich den typischen Ruf eines Wiedehopfs gehört, ein ständiges ‚Upupup', und Ausschau nach ihm gehalten. Das sind prächtige bunte Vögel, die oft Einzelgänger sind und nicht nur auf Bäumen, sondern auch auf dem Boden nach Futter stochern. Ich hab den Rand eines nahen Waldes mit dem Fernglas abgesucht, aber den Vogel hab ich nicht entdeckt. Dafür hab ich einen blauweißen Ballon gesehen. Er ist von Westen gekommen und von einem zarten Lüfterl ganz langsam ostwärts getrieben worden. Bei uns sind solche Freiluftballone relativ selten. Daher habe ich näher hingeschaut. Im Korb habe ich drei Personen bemerkt. Einer war vermutlich der Ballonführer, die beiden anderen waren Frauen. Plötzlich habe ich hektische Bewegungen im Korb wahrgenommen. Zuerst habe ich gemeint, die Leute winkten herab, aber das war ein Irrtum. Ich bin mir fast sicher, dass ich Zeuge eines Handgemenges geworden bin. Wer daran beteiligt war, kann ich nicht sagen. Jedenfalls ist plötzlich eine Gestalt kopfüber aus dem Ballonkorb gefallen. Ich bin sofort ins Haus und habe den Polizeinotruf betätigt. Es hat sich die Polizeistation Bad Radkersburg gemeldet, und ich habe dem Beamten mitgeteilt, dass bei uns in Straden jemand aus einem Ballon gestürzt ist. Wer an dem Handgemenge beteiligt gewesen ist, kann ich nicht sagen."

„Das klingt böse", fand Edith.

„Ja, und deshalb ermitteln wir auch in Richtung Fremdverschulden", nickte Ricchius.

„Hat man an Madeleine irgendwelche Verletzungen gefunden, die auf Handgreiflichkeiten deuten?", fragte ich.

„Nein", sagte der Kommissar. „Sicherheitshalber hab ich heute Vormittag den Pilot und die zweite Passagierin noch einmal vernommen. Den Deutschen hab ich noch im Lang-Gasthof Walter Tscheppe erreicht, der Mann will heute abreisen. Und die Dichterin hab ich bei einem Verwandten in Glanz angetroffen. Sie steht heute mehr unter Schock als gestern."

„Was sagen die beiden zu dem Vorwurf des Zeugen?", fragte Edith.

„Beide sind bei ihren Aussagen geblieben", entgegnete Ricchius. „Ich bin fast überzeugt, dass der Vogelheini nur gesehen hat, wie die zweite Passagierin Frau Dietrich fest- oder zurückhalten wollte. Aber die Zeugenaussage vom Handgemenge ist nun einmal im Akt, deshalb ist auch das Landespolizeikommando eingeschaltet worden. Und die Grazer Kollegen haben mich – ebenso wie du – um Unterstützung ersucht."

„Es geht letztlich auch um sehr viel Geld", erinnerte ich.

„Natürlich", nickte Ricchius. „Wenn es eindeutig Selbstmord war, zahlt die Versicherung keinen Cent. Auch die Versicherung des Ballonführers wäre dann nicht haftbar zu machen. Ich bin gespannt, ob wir in eurem Kellerstöckl irgendwelche Anhaltspunkte finden." Ricchius trank seinen Kaffee aus und erhob sich. „Ihr habt doch einen Reserveschlüssel für oben, oder?"

Ich war besorgt: „Ja schon, aber hat man bei Madeleine keinen Schlüssel gefunden?"

„In ihrer Handtasche waren keine Schlüssel", verriet Ricchius. „Nur die üblichen Sachen, die eine Frau mit sich führt. Ja, und ein Zettel mit eurer Adresse und euren Telefonnummern war dabei."

Den Schlüssel zum Kellerstöckl fanden wir schließlich, wie erwähnt, an der Tür. Bevor der Kommissar aufsperrte, murmelte er wie zu sich selbst: „Ich hab sie gemocht. Sie war eine starke Frau. Schade um sie."

Wir traten ein, und nie zuvor hatten meine Augen jede Einzelheit im Inneren unseres Gästehauses so intensiv aufgenommen: die peinlich gesäuberte Küche, wo kein schmutziger Teller, kein gebrauchtes Glas in der Abwasch lag und nur die Flasche Kernöl von Gerd Poschnig auf der Anrichte stand, die Schlafcouch im großen Zimmer, die Madeleine ordentlich zu einer Sitzbank zusammengeschoben hatte, die Bettwäsche, die gefaltet auf einem Lehnstuhl gestapelt war, der kleine Tisch mit der Vase drauf, wo der noch immer blühende Wiesenblumenstrauß eingewässert war, den Edith Madeleine bei deren Ankunft überreicht hatte, oder das Telefon auf der Ablage neben der Couch, von wo Madeleine einmal, als sie unter Depressionen litt, mit mir telefoniert hatte. Ich fühlte mich wie ein Eindringling, der unerlaubt in einer fremden Privatsphäre schnüffelt. Gleichsam um Vergebung bittend, streichelte ich den Hörer, den Madeleine berührt hatte. Neben dem Telefonapparat lag Madeleines Einschlaflektüre, ein Buch mit dem Titel „Verbrechen und Strafe". Es war der berühmte Dostojewski-Roman „Schuld und Sühne", den ihre einstige Russisch-Lehrerin in Freiburg, Swetlana Geier, übersetzt und umbenannt hatte. Als ich das Buch zur Hand nahm, kam darunter ein Blatt zum Vorschein. Mit großen Lettern hatte Madeleine „Vermächtnis" darüber geschrieben. Ricchius ergriff den Zettel und flüsterte: „Ich hab 's befürchtet."

„Ist das ein Abschiedsbrief?", bangte Edith.

Erneut übernahm Max die Rolle eines Vortragenden: *„Ich, Madeleine Dietrich, geboren als Madeleine Gelin, wohnhaft in Quarré-les-Tombes in Frankreich, bin die einzige Tochter und Verwandte von Monsieur Gaston Gelin, geboren am 9. September 1939 und zuletzt wohnhaft in 89200 Avallon, 8 Avenue Victor Hugo, Departement Yonne, Frankreich. Als rechtmäßige Erbin meines Vaters ermächtige die österreichischen Behörden zu folgenden Schritten: Alle Gegenstände aus dem Eigentum meines Vaters überlasse ich, wie mit Herrn Ricius vereinbart (den Namen hatte sie falsch geschrieben), der Sicherheitsbehörde von Österreich zur Weiterleitung an jene Organisation, die sich um Verbrechensopfer kümmert. Dazu zählen das Automobil, Marke Peugeot 206, Kennzeichen 3130 AN 89, ferner Vaters mitgeführte Barschaft von 700 Euro, seine Schuh-Kollektion und sonstigen Kleider. Mein Wunsch ist es, dass mein Vater und die Gebeine meines*

Großvaters George Gelin gemeinsam nach Frankreich überführt und im Cimetière communal von Avallon beerdigt werden. Im Familiengrab liegt bereits meine Mutter Yvonne Gelin, und auch ich möchte einmal in diesem Grab meine letzte Ruhestätte haben.“

Der Kommissar legte das Blatt zur Seite: „Ein Abschiedsbrief klingt anders. Sie hat nur zu Papier gebracht, was sie mir angekündigt hat und was sie mir ins Büro bringen wollte. Ihr erinnert euch.“

„Ein Testament ist es auch nicht“, sagte ich, allerdings ohne Überzeugung.

„Und der Hinweis auf ihr eigenes Grab?“, gab Edith zu bedenken.

„Wenn sie einen Freitod geplant hätte“, überlegte Ricchius, „hätte sie in diesem Vermächtnis ausdrücklich erwähnt, dass auch sie nach Frankreich überführt werden möchte.“

„Und was ist das?“ Edith holte unter der Vase einen rosa Zettel hervor, der von dem Blumengefäß fast zur Gänze verdeckt gewesen war. Madeleine hatte ein rotes Herz darauf gemalt und mit *„Grand Merci, Madeleine“* unterfertigt.

Der Kommissar schüttelte den Kopf: „Nein, ein Indiz für einen Selbstmord sehe ich nicht. Sie wollte euch ein schriftliches Dankeschön zurücklassen, wenn sie abreiste.“ Ricchius öffnete den Schrank, Madeleine hatte vier oder fünf Klamotten aufgehängt, im obersten Fach lagen einige offenbar unbenützte T-Shirts, im unteren reihten sich drei Paar Schuhe. Ihren schwarzen Trolley hatte sie an den Kleiderkasten gelehnt, der fahrbare Koffer war geöffnet, aber leer. Ich wunderte mich angesichts der vielen Kleidungsstücke, wie viel Madeleine in dem Gepäckstück untergebracht hatte. Im Duschraum fanden wir ihre Schminksachen, ein Parfum de Lancome, eine Cremedose von Cyclax mit Aloe Vera, eine Haarbürste, zwei Kämme, einen Nagelknipser, einen blauen Armreifen, eine hölzerne gelbblaue Ansteckbrosche, und in einem Becher staken ihre Zahnbürste und eine Zahnpastatube von Email Diamant. Alle diese Gegenstände vermittelten den trügerischen Anschein, als sei nichts Schreckliches geschehen.

„Was geschieht mit Madeleines Sachen?“, fragte ich.

„Wenn es euch nicht stört, möchte ich sie vorerst hier belassen“, bat Ricchius. „In ein, zwei Tagen wird alles abgeholt.“

Als wir das Kellerstöckl verließen und auf den hölzernen überdachten Korridor hinaustraten, der dem Haus wie ein Balkon vorgelagert ist, war es mir, als hätte ich einen Ort und eine Person verlassen, die mir teuer sind. Am Ende des Korridors warf ich einen Blick auf die

Hinterseite des Gästehauses und entdeckte, dass Madeleine auf unserem aufklappbaren Wäschegestänge ihre Unterwäsche und ihr gelbes T-Shirt mit der Aufschrift *La place est libre* zum Trocknen aufgehängt hatte. Der Kommissar, mit Edith im Gespräch, hatte sich bereits der Stiege zugewandt, die zu unserer Hube hinabführt. Es war mir recht, dass ihm Madeleines Leibwäsche und Sportbluse auf der Leine nicht aufgefallen war, denn das gelbe T-Shirt, nahm ich mir vor, würde ich nicht hergeben. Wenn schon der grandiose Gevrey-Chambertin zu Bruch gegangen war, den ich als Andenken an unseren Gast hatte aufbewahren wollen, so pochte ich nun im Stillen auf das Recht, wenigstens dieses Erinnerungsstück zu behalten.

Als Ricchius sich verabschiedete, fiel ihm mein Versprechen ein, ihn und Mimi zum Hannes Harkamp nach Flamberg einzuladen. „Diese Woche hätten wir Zeit für ein Abendessen", sagte er zögerlich.

„Wann es euch genehm ist", antwortete ich, „treffen wir einander am Donnerstag."

„In Ordnung. Mimi freut sich schon. Und ich hätte mich gefreut, wenn Madeleine dabei gewesen wäre", sagte er, und es klang ehrlich.

„Ihr Platz bleibt leer. Aber in unseren Gedanken hat sie einen Stammplatz", sagte ich und meinte es ebenfalls verdammt ehrlich.

***

Die Namen

Die folgenden, tatsächlich existenten oder existent gewesenen Personen, Betriebe oder Institutionen wurden im Text namentlich angeführt. Alle anderen Namen, vor allem jene der Tatverdächtigen, sind frei erfunden und haben mit existenten Personen nichts zu tun.

Ackerl Leopold
Adel Michael
Aeroflot
Albert-Ludwigs-Universität
Andy, Kollege
Baker Josephine
Bandur Anneliese
Barbic Anton
Bieber Ronald, DI Dr.
Bierbauer Reinhard
Breuner Carl Weikhard
Breyer Leopold
Crawford Cindy
Dante Alighieri
Dezalleux Auguste
Dostojewski Fjodor
Droin Jean Paul
Dunkl Irene, Dr.
Elsnegg, Weingut
Fagitsch Axel
Fagitsch Felix
Fagitsch Mario
Fischer Waltraud
Fly Niki
Friedl Othmar
Fuchs Franz
Fuchs Gerhard
Geier Swetlana
Germuth Tini
Goldberger Andy
Goriup Roland
Greene Graham
Grill Christoph
Grill Evelyn
Grill Ewald
Grill Franz
Grill Rita
Grimaldi Albert II.
Jürgens Curd
Hallervorden Didi
Harkamp Hannes
Hasenwirt, Seminarhotel
Hassmann Johannes
Held, Installationen
Hemmer Kurt
Herbst Hermann
Herbst Inge
Hollerer Albin
Holzer Rudi
Holzmeister Judith
Jürgens Curd
Kammel Werner, Mag., Dr.
Kapun Hugo
Kapun Peter
Karner Stefan, Dr.
„Keltentaverne"
Kermann Anton
Kermann Oswald
Knielyhaus
Kohlberger Heribert
König Franz, DDr.
Kos Herbert
Koschak Anton
Krainer Franz
Krainer Karl
Krampl Friedrich
Krofitsch Johann Michael
Kumpitsch Gottfried
Lackner Wolfgang
Lackner-Tinnacher Fritz
Lamprecht Egon
Lang-Gasthof Tscheppe
„Laucala Island Resort"
Le Bolch Alexandre
Lilly, Kirchenchor-Mitglied
Ludwig XVI.
Mad, Weingut
Maltech, Arbeitsbühnen
Maria, Kirchenchor-Mitglied
Marterer Werner, Mag.
Mateschitz Dietrich
Mc Ferrin Bobby
Meinl am Graben

Melcher Arnold
Melcher Siegfried, Ing.
Mitterand Francois
Miutz Ernst
Montgolfier, Brüder
Moser-Kapun, Weingut
Musger Peter
Muster August
Muster Elke
Obauer Karl
Obauer Rudi
Oliver, Kollege
Otto, Ediths Cousin
Plasch Erich
Pock Juliane
Pock Richard
Poll Dietmar, DI Dr.
Power Romina
Preßnitz-Haindl, Bestattung
Pronegg-Uhl Claudia
Rauch-Hoephffner Herbert
Rauhs Rudolf, Prof. Dr.
Rebenlandhof Resch
Regele Georg
Reinhard, Kollege
Reininghaus Peter, Dr.
Reiter Johann
Repolusk Günther
Repolusk Roland
Repolusk Spar-Markt
Resch Bernadette
Resch Erni
Resch Raimund
Richard Henri
Riederer Katarina
Riederer Tom, Kirchenwirt
Rothschädl, Weingut
Sabathi Erwin
Saziani Stub'n
Schlögl Karl
Schneider Franz
Schrei Manfred
Schweitzer Albert, DDDr.
Seidl Johann
Serafin & Fils, Weingut
Sertling Beppo
Sika Michael, Mag.
Sivetz Johann
Spindler Günther
Stelzl Peter
Stelzl Wolfgang
Stoff Johann
Strablegg, Weingut
Strobl Udo
Stürgkh, Weingut
Tanja, Redaktionssekretärin
Traude, unsere Perle
Trummer Gerhard, Oberst
Tscheppe Walter
Tschermonegg Erwin
Tschernko Edi
Urch Franz
Urch Manfred
Vracko Gregor
Wildbacher Thomas
Zaff Cornelia
Zangl Harald
Zangl Kurt
Zechner Kathrin, Dr.
„Zur Puxa-Mühle"
Zweig Stefan
Zweytick Hannes

PROverbis | Literatur

H. A. Ider
Djihad für Lila
Roman
232 Seiten, ISBN 978-3-902838-05-6

*

Emily Walton
Mein Leben ist ein Senfglas
Roman
128 Seiten, ISBN 978-3-9502912-7-8

*

Bobby Anders
Hinter Eis
Roman
280 Seiten, ISBN 978-3-9502506-4-0

*

Thomas Köhler
Geraume Zeit
Roman
204 Seiten, ISBN 978-3-9502506-6-4

*

Clemens Ettenauer
Morbuso geht ab
Eine Chat-Geschichte
80 Seiten, ISBN 978-3-9502912-0-9

*

Dorothea Schafranek
Hautlichtpartikel
Lyrik
64 Seiten, ISBN 978-3-9502506-1-9

*

Roland Böckle
Ent-Wickelung der Seele
Lyrik
80 Seiten, ISBN 978-3-9502506-0-2

*